LA VISIÓN DE MALINTZIN

HISTÓRICA

KYRA GALVÁN HARO

LA VISIÓN DE MALINTZIN

La visión de Malintzin

Primera edición: octubre, 2021

D. R. © 2021, Kyra Galván Haro

D. R. © 2021, derechos de edición mundiales en lengua castellana:
Penguin Random House Grupo Editorial, S. A. de C. V.
Blvd. Miguel de Cervantes Saavedra núm. 301, 1er piso,
colonia Granada, alcaldía Miguel Hidalgo, C. P. 11520,
Ciudad de México

penguinlibros.com

ISBN: 978-607-380-400-4

A mis hijos: Ámbar, Sara y Arturo David,
para que nunca olviden sus raíces
y el principio de nuestra historia.

Para Soraya Bello, mi editora,
por su apoyo y acompañamiento
en el proceso de sumergirnos
en la historia de Malintzin.

Both were imaginative and inventive. Though different, they have some things in common: they held many things sacred, they had conquered others, they loved ceremonial. Both were by most modern standars cruel, but cultivated. Both intermittentely dreamed of conquering what they thought of as "the world". Both were possesed by powerful beliefs which their leaders looked on as complete explanations of human life.

HUGH THOMAS
(The conquest of Mexico)

¿Soy por ventura hereje? Y si lo fuera ¿había de ser santa a la fuerza? ... que del cielo hacen muchas llaves y no se estrechó a un solo dictamen, sino que hay en él infinidad de mansiones para diversos genios...

SOR JUANA INÉS DE LA CRUZ
(Carta al padre Antonio Núñez, 1668)

Tal era el llanto y las lamentaciones sobre algún cuerpo anónimo; un cadáver que no era el mío porque yo, vendida a mercaderes, iba como esclava, como nadie, al destierro.

ROSARIO CASTELLANOS
("Malinche", En la tierra de en medio)

1

Desde la tumba

DICEN QUE LA HISTORIA LA ESCRIBEN LOS VENCEDORES, pero no siempre es así. La verdad es que la Historia se forma por diversas voces y se registra desde diferentes puntos de vista. Unos la cuentan dependiendo de cómo la vivieron o según se la contaron; otros, como un cuento que se va deshilachando de generación en generación, y algunos más la pintan con pinceles en papel amate o la graban en su corazón con hierros ardientes. Incluso hay quienes la heredan como un tesoro o una condena en la sangre que corre por sus venas o en el color de la piel. Los vencedores dan su versión como si fuera la única y verdadera, mientras que los vencidos van grabando sus historias donde pueden: en la tierra, en el aire, en los vegetales, en el reguero de sangre, en el alma rota, en el grito ahogado. La conservan de diferentes maneras, en recuerdos desvanecidos, en los telares, en el barro cocido, pero igualmente la depositan en sus vientres, en las moléculas familiares, debajo de las uñas.

Hace ya mucho tiempo que estoy muerta. El polvo, la tierra y el viento se han acumulado profusamente sobre donde alguna vez reposó mi cuerpo, el envoltorio que estuvo vivo y fue joven y tuvo la carne firme y elástica.

Hasta el día de hoy, nadie ha descubierto mi tumba. Nadie la ha desecrado. Mejor así. Mis huesos han desaparecido. Son polvo que se ha mezclado con la tierra tibia, con las lombrices y los gusanos y las hojas caídas. Es una buena lección que nos da la muerte. Nada nos llevamos, nada nos añade a nuestra estatura. Nuestras acciones se van borrando, las arrogancias las arrastra el tiempo como máculas de nube que somos. Nada queda, sino tal vez alguna palabra que nos recuerda, algún apunte perdido, un retrato esbozado con prisa.

Las ofrendas de conchas marinas, los aretes, los pectorales, las pulseras de oro, el copal, los sahumerios, los collares de jade y coralina, las perlas, los huipiles entretejidos con plumas, los lienzos de algodón, los xoloitzcuintles de barro y las guirnaldas de flores con que me enterraron, quedarán como testigos amordazados cuando los descubran. Dirán mucho y no dirán nada. El INAH mandará acordonar el sitio, limpiarán escrupulosamente la tierra con sus escobillas, analizarán cada objeto, datarán su época aproximada, su procedencia, su estado de conservación, y harán un inventario del número de objetos encontrados y de las capas en que se fueron colocando. Tomarán fotografías de la distribución y tamaño de los objetos. Clasificarán la especie a la que pertenecen los invertebrados marinos de la ofrenda. Es probable que de los tejidos de algodón sólo sobrevivan unos cuántos jirones, y de las plumas, casi nada. Si tienen suerte, es probable que también descubran mis manuscritos, los que mandé escribir y pintar, y luego resguardar en una caja de piedra, como antaño se enterraban las ofrendas a los dioses en el Templo Mayor de Tenochtitlán. Adelantarán teorías, aplicarán procesos para conservar las piezas y colocarlas en vitrinas selladas y quizá algún día, en un futuro no muy lejano, la gente las admire en un museo. Habrá controversia en cuanto a la edad del esqueleto y la causa de la muerte, pero la vida que latió en esos huesos se habrá ido, las ideas que circularon por mi cerebro ya no estarán, mis palabras, que alguna vez resonaron en mi garganta, se habrán diluido.

Hoy soy poco menos que polvo, pero mi consciencia está viva y es ella la que les contará la Historia, mi historia. Ahora puedo verlo y sentirlo todo, razonar y mirar para atrás y para adelante. Es privilegio de los muertos, y no por eso, de menor sustancia.

Ya no quedan rastros de ese siglo turbulento en el que viví, de las pieles que palpitaron llenas de vida y carcomidas por las pasiones, de los hechos que sucedieron y cambiaron el curso de la Historia. Han pasado cinco siglos, más de nueve atados de fuego nuevo, ciento ochenta y dos mil días con sus noches, y nadie sabe realmente qué fue vivir en aquellos momentos, qué cielos y qué alegrías y tormentos se sucedieron en nuestras vidas, y, sin embargo, en esos días se gestaron las bases para que estos territorios se volvieran un país, un lugar que crecería y se unificaría, pero en el que nunca habría paz, estaría condenado al castigo y a la aflicción y siempre estaría dividido en dos. Inmerso en esa dualidad tan bien representada por el dios doble: Quetzalcóatl-Tezcatlipoca, luz y oscuridad, blanco y negro, bondad y maldad, riqueza y pobreza, sequía e inundación.

Y aunque en aquel momento lo veíamos todo de muy diferente manera, la verdad es que estuvimos perdidos desde un principio en esa guerra. No teníamos posibilidades de ganar. Nos chingaron. Ya estaba escrito por los dioses, por los de ellos, que serían los victoriosos, y por los nuestros, que renunciaron, se dieron por vencidos desde antes de empezar. Y ese trauma lo llevamos muy adentro, tatuado en nuestros corazones de venado. Y así como un venado herido, traspasado por la bala de plata de un antiguo arcabuz, así hemos corrido con el corazón ensangrentado, con el corazón en la mano, y hemos pasado como exhalación por las páginas de la Historia. Llevamos quinientos años muriéndonos.

Yo sigo agonizando y llorando a mis hijos perdidos. A los que salieron de mis entrañas y a todos ustedes, porque les prometieron el paraíso terrenal y no se los cumplieron, les ofrecieron el cielo y la vida eterna, la protección y la bondad de los nuevos dioses, y no se los dieron, les prometieron reinos que les escamotearon. Les enseñaron mañas que no existían: el desorden, la ambición y la corrupción. El engaño fue su mejor maestro y el maltrato, su compañía. Y es por eso que lloro a todos los hijos de estas tierras, que siguen luchando contra el hambre, el despojo y la violencia.

Desde el comienzo, cuando los extranjeros llegaron en el año uno caña, o 1519 para ellos, los eventos sucedieron muy rápido. La guerra duró sólo dos años, dos vueltas al sol, o al menos así pareció. Pero nuestro padecimiento perduró mucho más: ha sido un sufrimiento sin fin.

Mi vida fue breve, porque así son las vidas humanas. Sólo un momento aquí en la Tierra.

Quiero contarles que en realidad fui muy afortunada, porque tuve dos muertes, una temprana y otra tardía. Algunos estudiosos, entre muchos que se han quemado las pestañas estudiando mi vida, como Camilla Townsend, Rosa María Zúñiga y Juan Miralles, plantean que morí alrededor de 1527, basándose sobre todo en dos hechos: que mi hija María así lo aseguró en un pleito por la herencia de su padre, y porque Juan Jaramillo, mi esposo, volvió a casarse aproximadamente en 1528.

Hay, sin embargo, un historiador inglés de mucho prestigio, llamado Hugh Thomas, quien murió en 2017 y que anda vagando todavía por el inframundo, sin encontrar la salida hacia la luz, que aseguró haber encontrado una carta en el Archivo General de la Nación, escrita por mi hijo Martín Cortés Malintzin, donde aseguraba que yo aún vivía en 1551.

Es por eso por lo que les voy a contar la historia completa de lo que pasó después de la caída de Tenochtitlán, para que no quepan dudas de cómo fueron desarrollándose los cimientos de una unidad social disímbola, donde caben tantos mundos, tantas lenguas; incluso les explicaré eso de mis dos muertes, sobre mis varias vidas; y sobre mis dos hijos. Lo que pasó antes y lo que pasó después.

2

El día inolvidable

(1º de noviembre de 1522, en la mañana)

RECUERDO MUY BIEN AQUEL DÍA. AMANECIÓ ESPLÉNDIDO. El cielo, de un azul profundo, estaba salpicado de nubes blancas y el frío del alba se trepaba por los pies, animándolos a ser más ágiles. Desperté con cierto sobresalto porque tenía que llevar a cabo un encargo. *Mi casa*, aquella que Hernán había mandado construir para mí, estaba lista para habitarla; era grande, señorial, de cal y canto. Hacía más de un año que Tenochtitlán se había rendido después del sitio, y como la ciudad quedó destrozada, la mayoría de los españoles y algunos de nosotros nos instalamos en el *altépetl* de Coyoacán. A sus capitanes más leales les repartió propiedades, al igual que a mí, que me favoreció como a otro capitán más, para disgusto de ellos y para placer mío. Lo bueno es que Hernán los convencía diciéndoles que sin mí no hubieran logrado nada, que yo había sido clave para ganar la guerra. Ellos acababan persuadiéndose de mala gana.

El antiguo *tlatoani* de Coyoacán había sido asesinado, junto con Moctezuma, el mismo día que salimos huyendo de Tenochtitlán, por lo que Cortés, cuando venció a la ciudad, designó a un joven noble —al que bautizaron como Hernando Cetochtzin— para que sucediera al anterior, y se aseguró de que éste fuera dócil e inexperto y no tuviera problemas en seguir "sus consejos". Tomó el edificio del palacio real de Coyoacán para sí y a mí me asignó unas tierras y huertas que no estaban lejos del corazón del altépetl. Algunos de los soldados se quejaron de esa decisión, pero nadie se atrevió a contradecirlo. Ahí mismo, en mis tierras, mandó construir la primera capilla, encima de unos templetes donde se llevaban a cabo sacrificios humanos. Dijo que ahí mero era donde debería de dejar de correr la sangre humana, que ahí mero se debía honrar a la Virgen María. Así que primero mandó hacer una construcción pequeña y endeble, de madera y adobe, donde empezamos a oír misa con regularidad. A su alrededor se levantó un gran atrio, que era lo importante, dijo, pues ese espacio abierto era el que ocuparían todos los habitantes del altépetl cuando asistieran los domingos al servicio religioso.

Estaba contenta, porque por primera vez en la vida yo tenía algo que podía llamar mío. Además, Hernán me nombró cabeza del *calpulli*. Ninguna mujer antes que yo había tenido ese cargo. La gente, aunque un poco sorprendida, aceptó la designación de buen grado. Mi fama se extendía por toda la región y me conocían, si no en persona, al menos de nombre. No en vano a Cortés todos los indígenas lo llamaban Malinche, es decir, el capitán de Malintzin. Nunca lo llamaron Cortés, él era conocido por mí y le daban ese apelativo.

Los residentes del barrio venían pues con cierta regularidad a consultarme sobre diferentes asuntos. Sobre las tierras, el agua, la siembra, pleitos entre vecinos, casamientos. Algunas cosas sabía cómo hacerlas, otras las tenía que aprender sobre la marcha o improvisar, y cuando tenía duda, le consultaba a Cortés, quien se había convertido en la máxima autoridad después del triunfo sobre Cuauhtémoc, sin que nadie, ni españoles ni naturales, lo rebatiera. Hubo algunos levantamientos esporádicos en los alrededores después de la rendición de los mexicas en agosto de 1521, pero nada grave, pudieron abatirse con unos cuantos soldados.

Hacía unos días, un grupo de principales había venido a consultarme algo delicado: la fiesta religiosa del Día de Muertos. Se acercaba la fecha y tenían mucho miedo de provocar la ira de los españoles si hacían algo indebido, no en vano aún estaba fresca la memoria de la matanza de la fiesta de Tóxcatl, cuando Alvarado había encerrado en el templo a tanta gente que luego fue asesinada a mansalva. Aunque no se hablaba del asunto, el hecho había quedado grabado en la memoria colectiva. Por eso querían pedir permiso para rendir culto a sus ancestros, para darles de comer y beber como se merecían, arrullarlos cariñosamente con sus canciones y bailes, y adormecerlos con el olor de la flor de cempasúchil. Sahumar las ofrendas y... hacer sacrificios de sangre. Les dije que eso último estaba tajantemente prohibido —pues a mí me quedaba claro que era una de las costumbres principales que Cortés quería cortar de raíz—, que tal vez podrían ofrendar la sangre de algunas codornices, me atreví a insinuar, y siempre y cuando lo hicieran a escondidas de los españoles, a medianoche, pero que el sacrificio humano estaba totalmente fuera de discusión. Les aseguré que iría a hablar con Cortés y con fray Olmedo, para ver si aceptaban que las fiestas se celebraran, pero que no debían tener demasiadas esperanzas.

Yo sabía que, aunque no les dieran permiso, de todos modos ellos celebrarían a escondidas. Irían al panteón cubiertos por la manta color obsidiana de la noche, en silencio, moviéndose sigilosos como jaguares, con los ojos abiertos de venado y sus corazones espantados latiendo desbocados en su pecho, pero que nada les impediría llevar, sigilosos, sus flores, su comida y su bebida, acompañados del fragante copal de los sahumerios, y abrirían los puentes que se establecen esos días especiales entre los vivos y los muertos, y esperarían pacientes su presencia en la helada madrugada, sentirían el tacto fugaz de sus deudos, verían las aureolas tenues de sus figuras materializarse en la opacidad de la noche. Y que no habría prohibición lo suficientemente fuerte para que ellos olvidaran a sus muertos, y que así sería también con sus dioses, a los que no habían olvidado, y que al día siguiente caminarían con la mirada baja del mustio, aparentando que nada fuera de lo normal había sucedido. Se mirarían unos a otros como si los difuntos no hubieran tocado este mundo el día anterior, como si nada fuera de lo normal hubiera sucedido. Guardarían un silencio hermético y cómplice. Un silencio que es a la vez armadura y medio de sobrevivencia. Lo entendía bien. Había que disimular, aparentar obediencia y complacencia. Yo, por mi parte, tenía que ser portavoz de las nuevas ideas, de los nuevos dioses, aunque en mi corazón era difícil darles cabida.

Pero, aun así, había que mantener las apariencias, darle obediencia al poderoso, evitar un confrontamiento. Nunca se sabía qué esperar de Cortés. Si estaba de buenas quizá consintiera la fiesta, o se hiciera de la vista gorda mientras le conviniera, como hacía tantas veces. Si estaba de malas, podía montar en cólera, prohibir y castigar. Y sus castigos no eran de poca monta.

Juana, mi doncella y amiga de toda la vida, me arregló, me peinó, me dio algo de comer para que no caminara con la panza vacía en mi estado. Para llegar al palacio sólo tendría que caminar un poco, pero Juana insistió. Vivíamos bastante cerca, pero Cortés había dejado de visitarme desde que su esposa, Catalina, hacía cosa de tres meses, llegó a la costa en un barco, desde la isla de donde partían casi todos los blancos: Cuba.

Había venido con su madre, sus hermanas y un hermano, algunas amigas, sirvientes, esclavos negros y también varios niños. Yo la había visto un par de veces y me había parecido fea, pero quizá eran mis celos, mi envidia. Tenía el cabello del color de la miel, era flaca y sin gracia y hablaba tan desafinada como una gallina. Caminaba con un séquito de sirvientes a su lado, como un barco de velas infladas balanceándose en altamar, acompañada de galeones en miniatura, abriéndose paso entre las aguas con esos vestidos llenos de viento por dentro y por fuera.

Fue la primera vez que me empecé a fijar en el color de la piel. Sí, ya sabía que ellos eran de un color blancuzco y nosotros éramos del color del *chocolatl*, pero al principio, cuando los conocí, eso no pareció importarle a nadie. O quizá para ellos sí lo fue y nosotros ni nos dimos cuenta. Lo único que supe fue que tanto ellos como nosotros teníamos dos ojos, dos piernas, dos brazos. Ellos no tuvieron problema en tocar nuestras pieles, ni nuestros cuerpos, con un deseo incontenible. En aquel entonces nos llamaba la atención el color de sus ojos y sus cabellos dorados, porque era algo que nunca habíamos visto, pero ahora esas diferencias parecían separarnos. Ellos sólo querían casarse con mujeres descoloridas.

Cuando llegué al palacio me extrañó ver tanta actividad desde tan temprano. Ya había varios sirvientes barriendo y limpiando la calle. De una carreta se estaban descargando odres de vino. Me encontré con mi amigo Bernal Díaz del Castillo, quien parecía dirigir una operación de aprovisionamiento. Nos habíamos hecho muy amigos desde que marchamos por primera vez hacia Tenochtitlán y nadie tenía idea de a qué nos íbamos a enfrentar. Él tenía un amigo muy cercano, Francisco Salcedo, que tocaba la guitarra, y con quien Juana se había casado, después de ser repudiada por Pedro de Ircio, a quien fue asignada después de la batalla de Centla. Pedro era un hombre hablantín, arrogante y presumido, y después de unas semanas cambió a Juana por otra mujer que los mexicas trajeron para que preparara comida. Cortés, sabiendo que Juana era mi amiga, la asignó a mi cuidado y fue cuando conoció a Francisco, pero desafortunadamente él no sobrevivió a la noche de la huida.

Un poco extrañada, me detuve a hablar con Bernal. Fue el primero en informarme que esa noche se celebraría una gran fiesta en la casa de gobierno. Me sorprendió, evidentemente, no estar invitada. Al ver mi expresión, Bernal se apresuró a aclararme que esa fiesta era sólo para españoles, que lo sentía mucho, a menos que su jefe —refiriéndose obviamente a Cortés— designara otra cosa. Por primera vez, también, comenzaba a sentir que no era tan necesaria para el amo como antes, y que ahora que estaba la doña española en casa me hacía a un lado, a pesar de que cargaba a su hijo en mis entrañas.

En eso estábamos cuando llegó otra carreta con puercos, gallinas y una gran carga de verduras. A los puercos sólo los conocía desde hacía poco tiempo, porque los barcos que llegaban a la costa los traían en gran cantidad. Esos animales no existían antes en estas tierras, pero ya se criaban aquí porque a los españoles les encantaba el sabor de su carne y los consumían en todas las ocasiones importantes.

Era claro que la celebración sería grande.

—¿Quién viene? —le pregunté a Bernal.

—Todos, doña, los soldados, los capitanes y las damas españolas —respondió un poco cohibido al hacer énfasis en *españolas*.

Me despedí y le dije a mi amigo que tenía algún asunto que tratar con el gobernador. Entré sin preguntar. A Malintzin nadie la detenía, todos me conocían y nadie me cerraba el paso. Subí las escaleras al piso donde Cortés tenía una sala donde hablábamos. Como no estaba ahí, pregunté por él y entonces vi que la flaca me miró desde lejos en el pasillo, con ojos de águila.

—¡Hernán, ahí os busca la india, la lengua! —gritó. Y de pronto, añadió sin tapujos con su voz tipluda—: ¡Cortés, que esa mujer está preñada, espero en Dios que no sea tuyo, espero que sea de otro indio, porque si no, mira que lo pasaréis mal... que lo digo yo que soy tu mujer!

Cortés apareció en el pasillo, secándose la boca con una servilleta, y al pasar le estampó a la flaca un beso desabrido en la boca.

—Catalina, ¿cómo creéis? ¡Qué cosas decís! ¡Ahora callaos e id a otro lado, que tengo cosas importantes que tratar con ella!

Un niño negro llegó corriendo a donde estaba la flaca y se aferró a las faldas de la mujer con mucha familiaridad. Ella titubeó, pues su primer impulso fue levantarlo del suelo, pero se contuvo, como si lo pensara mejor. Me pregunté por qué cambió de opinión. Luego le gritó a su esclava que viniera por él, y se fue. No la vi más.

—Malintzin, ¿qué pasa? —me preguntó Cortés—. Ya os he dicho que prefiero que no vengáis por aquí.

—Cortés ya no viene a visitarme —dije, más por molestar que por quejarme.

—Por ahora, no. ¿Qué sucede? ¿Está bien ese niño? —preguntó tocándome el vientre y dándome un largo beso en la boca, como confirmándome que no le importaba que nos viera su esposa, pero ella ya no estaba a la vista.

—Tengo algo que consultarte a vos y a fray Olmedo.

—Lo mandaré llamar, estaba almorzando —respondió al tiempo que le ordenó a un sirviente que lo trajera.

—Los del calpulli quieren saber si pueden realizar una celebración.

—¡Ay, por Dios! ¡Pero es que se la pasan de fiesta en fiesta! ¿Qué es ahora?

—Es la celebración a los muertos.

—¿A los muertos? ¿Y eso qué significa? ¿No me estaréis hablando de una herejía, Marina?

Fray Olmedo entró al salón y me saludó besándome la mano.

—Doña Marina —dijo un poco sorprendido—, ¿qué hacéis aquí, tan temprano? ¿Qué sucede?

—Fray Olmedo, vengo con un requerimiento del pueblo para celebrar la fiesta de los muertos.

—¿De los muertos, decís? ¿Explícame, hija, de qué se trata todo esto? ¿Cuándo festejan?

—Hoy en la noche, para amanecer mañana.

—¿Decís que mañana tienen la celebración a sus muertos?

—Sí, fray Olmedo. Los pueblos reciben a sus muertos con comida y bebida porque dicen que vienen esta noche a la tierra de los vivos. Que se abre un puente entre su mundo y el nuestro. Y hay que honrarlos y darles la bienvenida durante dos días, mañana y pasado mañana.

—¡Pero qué tontería es esa! —exclamó Cortés, haciendo un ademán de desechar la idea, que siempre decía cosas por el estilo y que, a diferencia de Olmedo, nunca se detenía a escuchar.

—¡No, esperad, Hernán! —lo detuvo fray Olmedo—. Pero ¡qué coincidencia tan maravillosa! ¡No os dais cuenta de que la fecha coincide con la celebración cristiana de los fieles difuntos, es primero de noviembre y mañana será 2 de noviembre, una oportunidad de oro para celebrar misa y explicar a los hombres y mujeres de estas tierras el significado cristiano de la fiesta!

—Decidme más detalles, Marina, os lo ruego —me pidió Olmedo.

Por supuesto que no mencioné el sacrificio humano que se llevaba a cabo para que el sacrificado llevara mensajes a los muertos. Le dije que la gente iba a visitar a sus muertos al lugar donde descansaban y que les llevaba comida y flores. Tampoco especifiqué otros detalles que no le gustaría oír, como que llevaban representaciones de huesos y calaveras.

La autoridad de fray Olmedo, sobre todo si se trataba de cuestiones religiosas, superaba la de Cortés. Fray Olmedo dijo que le parecía importante la coincidencia y había que aprovecharla, que les diera permiso de llevar flores, mas no comida, aunque yo no capté la diferencia entre una cosa y otra. Y que les dijera que, a cambio del permiso para festejar a sus muertos, debían asistir al día siguiente a misa, al atrio de mi parroquia, y que ahí, con mi ayuda, les explicaría el sentido cristiano del día de los fieles difuntos.

Los españoles querían borrarlo todo, arrasar con todo: las costumbres, las fechas, las celebraciones, pero cuando por alguna extraña razón las fechas de alguna festividad coincidía con las suyas, lo aprovechaban bien. Aún estaba lejos el momento de que la gente aceptara lo que ellos enseñaban. La gente seguía orándoles a sus dioses, llamándolos en la noche, pidiendo su ayuda a escondidas. Muchas veces ni siquiera entendíamos lo que nos explicaban de los nuevos dioses y los santos. Era muy difícil entender qué era un santo o una santa. O por qué les salían coronas de luz de la cabeza. Pero así era esto ahora que los españoles gobernaban; había que irse acostumbrando a otra cuenta de los días, a otros nombres de los días y los meses, a otras relaciones entre las personas, e incluso a otros sabores, que, como el puerco, acabarían por gustarnos porque su sabor era muy parecido al de la carne humana, la que había sido prohibida por los extranjeros, aunque estoy segura de que la gente del pueblo todavía la comía a escondidas.

3

La visita bien intencionada

(1º de noviembre de 1522, mediodía)

Unas horas más tarde de mi visita con el padre Olmedo vino a verme María de Estrada. Aunque había convivido estrechamente con ella durante nuestra estancia en Tenochtitlán, era la primera vez que venía a visitarme a mi casa en Coyoacán. Yo estaba un poco enfurruñada, pues me daba coraje no ser invitada a la dichosa fiesta que se iba a celebrar. Por primera vez hacían distinción entre los invitados, que sólo serían españoles. Si no hubiera sido por los tlaxcaltecas, reflexionaba, y por mí, ellos no estarían ahí, bailando y celebrando, pensaba con amargura. Ya se los hubieran comido en pozole. Aunque, claro, entonces no tendría una casa tan bonita y un atrio donde la gente se reunía. Pero, aun así, me dolía no ser invitada. Y pensar que sólo era apenas una probadita de lo que se venía.

María era una mujer distinta a todas las demás que conocía. Españolas o indígenas. María era una soldado y se había distinguido peleando en todas las batallas, pero especialmente en la de la noche triste de la huida de Tenochtitlán y en la de Otumba, cuando veníamos huyendo y casi todos los guerreros estaban heridos y maltrechos después de la lamentable salida de Tenochtitlán, incluido Cortés, que tenía una mano lastimada. Tan distinguida fue su intervención en esa batalla, que Cortés le otorgó varias encomiendas, como al mejor de sus guerreros, entre ellas un pueblo entero llamado Tetela del Volcán. La mujer también cuidaba a los heridos y a los enfermos cuando era necesario, y una vez me contó que había vivido con un pueblo de magos y adivinos a los que llamaban *gitanos*, que sabían leer las líneas de las manos y los naipes. Era rubia y callada. No hablaba mucho con los demás, pero era apegada a su esposo, Pedro Sánchez Farfán.

Me sorprendió verla llegar de vestido y bien peinada. Siempre andaba de pantalones y jubón, como los hombres, con camisa blanca y espada al cinto. En esta ocasión, de verdad parecía otra, toda una dama española, pero más bonita que la flaca. Era muy blanca y tenía los ojos verdes, como la piel de una lagartija. Simpatizaba conmigo porque era una *conversa*. Una vez me explicó que ella no creía en Jesucristo y la Virgen, creía en otro dios, como transparente, que siempre estaba presente y lo miraba todo, pero no tenía una imagen como la de Jesús en la cruz, me explicó. Y entonces los mismos españoles la torturaron. La bautizaron a fuerzas, igual que a nosotros, por eso ella entendía que creer en algo nuevo no resultaba fácil de un día para otro. Y que imponer una creencia en otro dios era algo engañoso para ambas partes. Ni los unos se convencían tan rápido, ni los otros se tragaban lo de que se convertían de un día para otro. Se pretendía, se simulaba, pero hasta ahí llegaba la cosa.

Además, ella también sabía varias lenguas, como yo. Hablaba el latín, el castellano y el hebreo, que era la lengua de su gente, y era de las pocas que había aprendido náhuatl.

A ella no iba a ofrecerle un chocolate. Le convidé vino, que Hernán me abastecía para que cuando viniera a verme siempre hubiera provisión, pero María me dijo que prefería agua. Vino tomaría mucho en la comida y en el baile, explicó.

Me habló sin rodeos, me expuso la situación, creo yo, lo más delicadamente que pudo, aunque la diplomacia no era su mejor don.

—Malintzin, lo que vengo a decirte es por tu bien. Mira, será mejor que no vuelvas a casa de Cortés —me advirtió.

Yo me sorprendí un poco. ¿Por qué no habría de ir si necesitaba resolver muchos asuntos, consultar con Cortés, y él me necesitaba para traducir? ¿Y a ella, qué le importaba?

—Lo sé —afirmó bajando los ojos y la cabeza con cierta vergüenza—, sé que tienes asuntos pendientes, pero la situación ha cambiado, Marina, y debes darte cuenta. De ahora en adelante ya no será lo mismo, y tienes que entenderlo.

"Ya no será lo mismo y tienes que entenderlo." Sus palabras resonaron en mi cabeza como un eco que me enfermaba, pues, aunque lo adivinaba en mi corazón de colibrí, no quería aceptarlo.

—¿Por qué?, ¿qué pasa? —todavía pregunté con ingenuidad de conejo blanco.

—Bueno, tú sabes, la esposa de *él* está aquí, ya no hay guerra, y estoy segura de que las maneras y las costumbres españolas van a prevalecer, van a regir, tu labor y tu lugar van a pasar a ser secundarios y tienes que comprender...

—¿Comprender que ahora mi presencia es molesta? ¿A pesar de que estoy esperando un hijo suyo? ¿De que si no hubiera sido por mí, no habría paz? —dije encabronada—. ¿Acaso no lo saben él y su mujer, la flacucha?

Entonces me miró como se mira a una mariposa rota, con esa mirada de compasión que se le regala a un moribundo. Su rostro, generalmente de expresión dura, se dulcificó, sus ojos se quitaron la armadura y el escudo, y me observaron de cerca con la piedad con que se le otorga la muerte a un caballo lastimado.

—De aquí en adelante todo va a ser diferente —reiteró—. Tu mundo cambiará en maneras que no imaginas y aunque quieras, aunque vayas a ser madre de su hijo, no serás parte de su mundo, Marina. Quizá él te quiera —dijo con cierta pizca de duda—, pero es un hombre demasiado ambicioso. Prepárate, mujer, porque te va a hacer a un lado. No se va a tentar el corazón.

"Qué sabe ella del corazón de Cortés", me pregunté. Me dolió como si me hubiera metido una estocada, como les hacían a esos pobres animales salvajes que traían para matarlos con gran algarabía y que les gustaban tanto. Luego me asusté, pues me cruzó el pensamiento de que quizá ella habría aprendido a adivinar el futuro, como su gente.

—Perdóname si he sido brusca, Marina, sólo quería advertirte. Los conozco bien, a los hombres —y luego agregó como si fuera necesaria la aclaración—: a los españoles.

Se bebió el agua que le di y se dio media vuelta y caminó unos pasos, pero antes de irse se giró y desde ahí insistió, como si lo pensara aún mejor:

—Marina, te voy a dar un consejo: lo mejor que podrías hacer es casarte con uno, aunque no fuera Cortés, sería la única manera en que pudieras… tú sabes, formar parte del nuevo mundo, de otro modo, tarde o temprano te harán a un lado, la gente empieza a aprender castellano por sí misma y muy pronto ya no serás indispensable. No serás la única lengua. Ni la única mujer, ni la única indígena. Ni siquiera la única madre.

Me quedé callada, mirándola por un rato con ojos de lechuza. Luego repetí con incredulidad:

—¿Casarme con un español?

—Sí, Marina, así podrás tener derechos, propiedades, tú sabes, papeles, dictar testamento, podrás pelear en un juzgado, tener una personalidad jurídica, te tomarán en cuenta, de otra forma… —y suspiró— no serás nadie en el mundo. Y mira que yo lo sé. Lo aprendí a la mala. Lo siento, en verdad que sí —se disculpó y se fue, agachando la cabeza, como si ella fuera la que me agraviaba, dejando la puerta entreabierta, dando paso a una estela de presentimientos aciagos, ella, que a fuerzas de tortura y sufrimiento había aprendido a vivir entre dos mundos y dos religiones, entre dos dioses diferentes, entre el escudo y la espada.

María se movía segura en el mundo que ahora parecía devorarnos como un monstruo de oscuridad, asfixiando a su paso a unos y aplastando a otros.

Sopló un viento frío que barrió el rastro que dejó y penetró mis huesos.

Bebí el vino que permanecía sobre la mesa como un testigo mudo. Cerré los ojos y los puños. Quise con todas las fuerzas de mi alma que las palabras de María fueran sólo como piedras lanzadas a un río, que resbalan y se limpian con el agua que corre y no tienen consecuencia.

Me sobrepuse, llamé a Juana y le dije que fuera a darles el permiso a los del pueblo y les dijera que a la mañana siguiente tenían que congregarse en el atrio de la parroquia, por órdenes de fray Olmedo y de Cortés.

Pensé que María no conocía la relación que tenía con Hernán, de nuestra unión de carne y espíritu.

Pero cuando me quedé sola, lloré, me sobé la panza temiendo por el futuro de mi hijo. ¿A qué mundo lo traía? ¡Tanto que había anhelado quedar preñada! Ya había tenido dos malpartos… Y era su hijo…

¿No me bastaba acaso con que ya no fuera esclava, que ahora fuera una mujer libre, rica, con una casa propia y tierras y joyas de oro? ¿Tendría razón la conversa o sólo tendría envidia? ¿Pero de qué iba a tenerme envidia si ella tenía un marido que quería y ahora poseía tierras que se había ganado con su esfuerzo? Quise pensar en ella como en un pájaro de mal agüero y solté sus palabras y las alejé de mí. No quise darle más vueltas, ni nublar el regocijo que me provocaba la existencia de ese hijo tan deseado. Fui a refugiarme a mi telar. Hacía mucho que no tejía, desde que estaba de esclava en Tabasco. Pero ahora la diferencia es que este telar y sus hilos me pertenecían y yo podía hacer el diseño que se me pegara la gana. Me hundí en el ritmo de la trama y la urdimbre por horas, hasta que la noche se tragó al día y sólo salí de mi feliz ensueño para irme a dormir.

4

El asesinato

(Coyoacán, 1º de noviembre de 1522)

Se le acercó tan sigilosamente que no lo escuchó entrar a la habitación. Catalina se retiró de la fiesta después de haber tenido un altercado con él y de haberse sentido humillada por sus comentarios enfrente de todos los asistentes a la fiesta. Contrariada y un poco bebida, estaba a punto de llamar a su doncella para que la ayudara a desvestirse, cuando lo sintió. Supo de su presencia porque lo delató su olor. Se asustó.

Hernán tenía ese tufillo característico, que esa noche estaba mezclado con la avinagrada fragancia del vino y el sudor que el baile había dejado en los cuerpos, aunque Catalina pudo percibir algo que no logró definir, pero la inquietó. Era algo parecido al enojo, o más bien tan potente como un odio añejo; distinguió el hálito de una rencilla entre ellos que venía de tiempo atrás. Una violencia que había quedado inconclusa cuando él se resistió a casarse con ella, a cumplir con la promesa del pacto matrimonial. Habían pasado tantos años desde entonces, y muchas cosas habían sucedido, y se preguntó si él todavía lo recordaría.

Cuando lo sintió a sus espaldas, reparó como una yegua asustada.

A bocajarro, él le preguntó si el mulatillo aquel al que ella le hacía tanta bulla y que se había traído en el barco desde Cuba era de verdad su hijo, como algún borracho lengualarga se había atrevido a insinuar en cuanto ella dejó el salón. No, corrigió el caudillo, *no insinuó*. Lo afirmó con suma alegría, ante todos los invitados, como si el hecho de que el capitán general, justicia mayor de la Villa de la Vera Cruz y adelantado de la Nueva España; él, Hernán Cortés —se tocó el pecho para subrayar sus palabras—, quien se jugó *su* fortuna y *su* pellejo durante dos años tremendos, entre los caníbales salvajes de esas tierras, fuera un cornudo común y corriente a los ojos de todo el mundo. Como si *eso* resultara algo *muy* gracioso, continuó; a decir por las risillas prolongadas que se escucharon entre todos los convidados a la fiesta.

Catalina lo negó tajantemente, al tiempo que la sangre se le helaba en las venas. Su corazón empezó a latir a un ritmo apresurado. Así que era *eso*, se dijo, lo que la hacía percibir el odio recién despertado en el corazón de Cortés. El chisme salió a la luz más rápido de lo que ella temía. Tratando de mantener la compostura, contestó:

—¿Cómo crees, corazoncillo mío? Cortesillo querido, si yo tanto os extrañé, ¿qué iba yo a andar buscando otros brazos? Si me dejasteis abandonada, por más de dos años, sin noticias tuyas, acongojada, anhelando vuestras cartas, abrazos y caricias…

La vena hinchada en la frente de Cortés denotó el grado de enojo y de coraje que se cernía dentro del extremeño azotando un vendaval dentro de su pecho. A gritos, y sin perder tiempo, mandó a que trajeran al niño ante su presencia.

—Si no es vuestro hijo, no os importará que lo mate —expresó de manera salomónica.

Catalina gritó, protestó.

—Dios mío, Hernán, pero qué os sucede, qué culpa tiene ese pequeño mulatillo, si su madre murió al nacer. Es un huérfano, pobrecillo. Yo sólo lo he cuidado y procurado como se cuida a un cachorro sin madre, y pues me he encariñado con él. Deber cristiano. ¿Por qué me maltratáis y me humilláis enfrente de todos, hoy que era una fiesta en mi honor y para celebrar la vida juntos, ya que durante tanto tiempo me mantuvisteis olvidada, despojada de nuestros bienes por Velásquez, luchando por mantener lo poco que quedaba de nuestro patrimonio, trabajando duro y apechugando la situación de estrechez y el escarnio público, y ahora, ¿me acusáis de serte infiel? Que soy inocente y mujer leal, te lo digo yo.

Que al niño no lo encuentran, le avisan a Cortés, que alguien debió de habérselo llevado en cuanto se armó todo el alboroto, le informan. Pero ¿quién? ¿A dónde?

Entonces Cortés, movido por un impulso incontrolable, por una fuerza invisible que lo domina, pone una mano en la garganta de Catalina Suárez, la Marcaida, y los dos forcejean. Después de medir la fuerza del hombre y saberse en desventaja, ella dice:

—Está bueno, Cortés, sí, os lo confieso, es cierto, es que me dejasteis tanto tiempo sin protección y ni siquiera estaba segura de que regresaríais, creía que estos indios salvajes os comerían de una zampada, y estaba sola y desesperada, no quería decíroslo porque no me ibais a creer, pero una noche un maldito esclavo, inflamado de deseo por mí, entró a mi aposento y me violó, me forzó, Hernán, cariño mío, es cierto, un pérfido esclavo, no sabéis lo que sufrí en silencio, y no había nadie que me defendiera, y sola lloré mi pérdida, mi rabia, pero quiso Dios que quedara encinta, qué queríais que hiciera, traté de deshacerme de él, pero no pude, y pues, aunque no quiera, es mi hijo, Hernán. Carne de mi carne. Pobrecillo. Es una criatura indefensa, inocente, sin nadie en el mundo. ¿Vos con cuántas indias no te has acostado? ¿Cuántos hijos os han nacido ya? Vuestra perra, la lengua, ésa, la que viene a buscarte, está esperando un hijo tuyo, ¿verdad? No lo neguéis.

Cortés reculó:

—Maldita ramera —pronunció y le dio una cachetada—. ¿Cómo os atrevéis a pedirme cuentas? Sois una mentirosa, siempre fuisteis una vil puta, ni más ni menos. Sólo buscando sacar beneficio a costa de lo que fuera. Os vestí con sedas y terciopelos, os di joyas y oro, pero de nada sirvieron, seguís siendo una cualquiera. ¿No veis que ya me has hecho el hazmerreír de todos mis capitanes, de toda la Nueva España? Al menos esta vez no estaban presentes también los indios. Si no, ellos también se estarían riendo de mí. Ya lo hicisteis una vez en Cuba, fui humillado por tu culpa, por tu necedad de casarte conmigo, y de nuevo me volvéis a poner en boca de la maledicencia. Decidme, ¿todos lo sabían menos yo? ¿Lo sabía tu hermano Juan y acaso también Velásquez? ¿Es que toda Cuba estaba enterada de lo del mulatillo? ¿Soy el último en enterarme? Pues ahora ya lo sabe toda la Nueva España, porque habéis traído con vos el fruto del pecado —dijo iracundo—. Puedo pasaros cualquier cosa, Catalina, menos ésta, es la peor estupidez que podíais haber hecho.

Y la mano del hombre, hipnotizada, vuelve de nuevo al cogote de Catalina como si fuera su destino, y el collar de perlas de varias vueltas, frágil en su calidad de objeto preciado, se rompe.

Las perlas redondas, brillantes con un fulgor de luna y de mar, contundentes en su iridiscencia, saltan desbocadas en el aire, como si fueran dientes tumbados en una batalla, como lanzadas por una ballesta, veloces y mortíferas cual balas; después de volar y sostenerse micras de segundo en el aire, caen, obligadas por la gravedad, rebotan en el suelo varias veces, imitando las gotas de lluvia, ruedan, giran haciendo un estruendo de cañón, anuncian una batalla en la intimidad de la amplia y fría habitación, resbalan una tras otra, como si mil lunas cayeran del cielo, anunciando catástrofe, tormenta, mientras el miedo inunda los ojos de Catalina, que ahora son un pozo medio lleno, acuoso, turbio.

Los dedos de Cortés, encubiertos por las piedras rodantes, duros, callosos, curtidos en el arte de sostener el acero de la espada y el escudo, aprietan el cuello de cisne, que va dando de sí, se aguada, mientras el toque continúa duro, constante, sofocante, dejando marcas negras.

El aliento de Catalina se corta, se interrumpe. Catalina se defiende, trata de gritar, no puede, trata de morder, de patear, araña, se orina, manotea, ahoga un grito. El aire se le queda atorado en el cogote. Los ojos se le quedan pelones y saltados.

Un olor inunda el aposento. El olor a muerte penetra las fosas nasales de Cortés, es algo que conoce extremadamente bien, no es agradable, es oscuro, viscoso y se pega a la piel. Huele a podrido, a tristeza sin remedio, a rastro de ángel negro. El olor acre lo despierta, de su arrebato de furia y cae en la cuenta de lo que ha hecho, de lo irreversible, de lo trágico; pero también reconoce lo conveniente, la alegría de la liberación, de lo práctico del asunto. Quién va a atreverse a reclamarle, a él, justicia mayor, capitán general, autoridad máxima de esos territorios. Es un asunto privado, aunque sea un crimen. Quién, quién se atreverá. *Ni siquiera Malintzin abrirá la boca para decir pío, o quizá ella menos que nadie*, piensa.

Aquella noche primera del mes de noviembre de 1522, los dioses la escogieron para celebrar un aquelarre, como si tanto los santos cristianos como los mexicas hubieran decidido llevar a cabo una orgía de carne para maleficio de los que vivían y de los que habrían de venir. Tlatecutli y Santiago mártir. La Coyolhauxqui y san José. La Virgen y Huitzilopochtli. Lo seleccionaron para celebrar un pacto: ¿por qué no hacer una mezcla —seguro se dijeron uno al otro—, un revoltijo de gentes, un lugar que no tuviera nunca ni pies ni cabeza? ¿Donde residieran monstruos híbridos de dos cabezas? ¿Dos cabezas que nunca se entendieran una a la otra?

Cortés respira, se mira las manos como si nunca antes se las hubiera visto, tiemblan, las desconoce. Cuenta mentalmente las perlas que alcanza a ver en el piso. Las vuelve a contar varias veces, pero no las recoge; constatar el número le ayuda a que sus manos vayan aquietándose. Manda llamar a la doncella de Catalina y le avisa que su ama murió.

—Le dio un ataque —le explica—. Se puso mal, se desmayó. Por más esfuerzos que hice para revivirla, no pude. Le arranqué las perlas porque la sofocaban. Recógelas. Ya ves lo enfermiza que era. Ah, y manda llamar al carpintero, que se ponga a trabajar en la caja de inmediato. La enterramos lo más pronto posible.

—Pero es medianoche, señor.

—De inmediato —grita.

La doncella está tiesa. No se puede mover. Tiene la palabra atorada en la garganta. Manda traer a su vez a la india llamada María. El cuarto apesta a orines, a miedo, a muerte. La doncella se santigua y respira con dificultad. No puede creer que Catalina esté muerta. Apenas esa mañana la peinó, le trenzó su larga caballera rubia, la vistió. Ya todos los invitados se fueron. Cuando Cortés se retiró, después de los comentarios impertinentes de un soldado que venía de Cuba, muchos se fueron, sospechando problemas. Sólo algunos se rezagaron. Al oírse los gritos del pleito, los pocos que quedaban se retiraron. Entre las dos quitan las sábanas empapadas en orines, sin decir palabra. El olor se recrudece, es vomitivo. La doña tiene moretones en el cuello y su rostro muestra una lucha por la vida. Con manos temblorosas buscan un vestido limpio en el arcón venido apenas hace unos meses de Cuba. Huele a ese perfume dulzón de gardenias que usaba la señora, a humedad, a nostalgia que se quedó flotando, a una pequeña ambición no cumplida. A orgullo pisoteado, a venganzas del pasado.

Nadie recoge las perlas a pesar del encargo del patrón. Nadie quiere saber de ellas. Nadie se atreve a tocarlas y ellas se quedan quietas en el suelo, mustias, entonando la canción del mal. Esas joyas del mar están malditas.

Se barren debajo de la alfombra.

El padre Olmedo viene corriendo a constatar lo sucedido. Es medianoche.

5

Cortés y Catalina

(Cuba, entre 1512 y 1515)

CORTÉS Y CATALINA SUÁREZ MARCAIDA NO ERAN EL UNO
para el otro, mas estaban destinados a ser marido y mujer,
por las buenas o por las malas.

Los Suárez eran una familia pobre, aunque insistían en
estar emparentados lejanamente con los duques de Medina
Sidonia. Catalina y Antonia, hermanas de Juan, habían venido a las Indias, específicamente a Santo Domingo, como
damas de compañía de la virreina María de Toledo, quien
era nieta del duque de Alba y esposa de Diego Colón.[1] Después de un tiempo prudente, las hermanas partieron a Cuba
para reunirse con su hermano Juan, a quien no le iba mal
como socio de un tal Hernán Cortés, al que había conocido
en las guerras de conquista de la isla. Las mujeres viajaban

---

[1] Hijo de Cristóbal Colón.

con la esperanza de adquirir una vida mejor, elegidas como damas de compañía de doña María de Cuéllar, la prometida de Diego Velásquez, gobernador de la isla. Sin embargo, quiso el destino que doña María muriera una semana después de la boda. Tragedia que sólo pudo achacarse a la voluntad divina.

Al morir María de Cuéllar, las hermanas quedaron sin colocación. Antonia permaneció al lado del viudo Velásquez y Catalina pasó a vivir temporalmente con su hermano Juan, en Baracoa, mientras se le acomodaba al servicio de otra dama. La pobre chica, aunque bonita, no era otra cosa que una mujer sin fortuna sirviendo a otras mujeres de mejor posición en la sociedad.

Baracoa era un lugar pequeño y es de pensarse que, tarde o temprano, sería inevitable que Catalina y Hernán, como socio de Juan, se conocieran. Y, efectivamente, se encontraron bajo el influjo del calor tropical y los ardores de juventud. Hernán sedujo a la joven —de quien se dice era frágil y enfermiza— con regalos y palabras melosas, en especial estas últimas, con las que el hombre fue siempre profuso. Usaba las palabras con cierto encantamiento, con un arrobamiento especial que seducía y convencía a todo el mundo, sin mediar esfuerzo notable de por medio. Y seduciendo a Catalina, Hernán prometió falsamente el casamiento para facilitar la cesión de derechos carnales. Durante un tiempo, los dos se revolcaron en la cama del joven notario con gran complacencia, empapando con sudor bien ganado las sábanas de fino algodón, traídas desde Sevilla. En un tiempo prudente, la dama reclamó, dulcemente, sin grandes aspavientos, el cumplimiento de la promesa de matrimonio hecha una mañana temprano en el lecho, mientras los jadeos del amor tomaban posesión de la garganta del extremeño.

Hernán, quien en realidad no pensaba hacer honor al compromiso, mandó a sus sirvientes a traer un poco de tocino y pan de cazaba, que pasó con vino aguado, y con semblante un tanto sombrío montó su caballo y se fue a revisar sus dominios, sin dignarse a contestar tan necio requerimiento. Pero a necedad, Catalina opuso necedad y media. Era pobre, pero no tonta, sin fortuna, pero tenaz, y se dirigió al pueblo a quejarse con su hermana Antonia, que para entonces ya era amante de su amo, el gobernador y viudo reciente Diego Velásquez.

Antonia Suárez, por su parte, había adquirido en la vida, mediante su excelente manejo de las artes amatorias, habilidades de convencimiento que parecían más refinadas que las de su hermana menor, y convenció a Velásquez de que le exigiera a su secretario Hernán el cumplimiento al juramento hecho a su hermana bajo los influjos de la pasión. Promesa que, una vez proferida, no podía romperse por ley.

Velásquez, más para complacer a su amante que por convencimiento propio, citó a Cortés para exigirle la reparación del daño a la doncella, ante testigos distinguidos. De paso pensó que no estaría de más bajarle un poco los humos al jovenzuelo, pues finalmente lo que se le exigía no era nada que un hombre decente no pudiera cumplir, y menos si la joven era de buen ver y estaba al mismo nivel social que el de su humilde servidor. ¿Qué quería Cortesillo —como él le llamaba—, casarse con una duquesa? ¡Vaya ínfulas que se daba el señorito! Si no cumplía su parte del trato, tendría que apresarlo y quizá hasta ahorcarlo. ¡La ley no podía burlarse y había que poner manos a la obra!

Rebelde por naturaleza, Cortés se negó tajantemente. Primero se sorprendió, luego se encabronó, y contrario a su naturaleza tranquila y su proceder moderado, algo adentro de él se sublevó con fuerza de vendaval, y conteniendo mal su ira le contestó al gobernador:

—Pero, Diego, ¿por qué me obligáis a casarme con alguien en contra de mi voluntad? Prefiero dejarlo todo. Renuncio a mi encomienda, a mi cargo, ¡en mala hora os ayudé en la conquista de la isla! Su señoría hace esto bajo presión. ¡Mirad, que lo obligan a vos! ¡Para empezar, no quiero utilizar la palabra *dama*! ¡Además, os he servido bien desde hace años, os apoyé con las armas y con la pluma, he seguido todos vuestros dictados y recomendaciones, os he sido fiel y ahora vos escucháis más la voz de una mujer sin escrúpulos que la mía! Además, escuchadme bien, Diego, ¡estas mujeres no tienen linaje alguno, son meretrices de baja ralea! ¡Que esto terminará por perjudicaros a vos también! ¡Os lo digo de verdad!

Como era de esperarse ante tal discurso, Velásquez se sintió ofendido. Su secretario de ninguna manera estaba a su nivel, ni en su clase, pensó, debería sentirse agradecido por todas las prebendas que le habían sido otorgadas. Secretario, notario y alcalde de Baracoa. Tenía tierras, ganado y sirvientes a sus costillas. ¿Quién se creía que era? ¿Qué hubiera hecho Cortesillo sin su apoyo y su ayuda? Si era sólo un extremeño sin fortuna. ¡Debería de estar hincado agradeciéndole sus dones! ¿De qué linaje hablaba si no tenía ninguno? ¡Apenas con suerte, era un hidalguillo cualquiera!

Velásquez, que para eso era Adelantado y gobernador de Cuba, en lugar de discutir, lo mandó apresar. Que su servidor Cortesillo, *tan* cercano a él, se sublevara no estaba del todo bien, daría muy mal ejemplo a sus súbditos.

¡Cómo se atrevía! Tal desacato debería castigarse, reflexionó con toda seriedad.

Pero ingenioso por naturaleza y virtuoso en recursos siempre inesperados, el secretario de Velásquez se escapó de la cárcel en una hazaña que se volvió la comidilla de la comunidad y pidió santuario en la pequeña iglesia de Santa Catalina, en Santiago, de donde, se dice, entraba y salía como Pedro por su casa, pavoneándose en la plaza a mediodía. Finalmente, el alguacil Juan Escudero lo apresó y lo mandó encerrar en el calabozo de un navío en altamar para que la huida fuera más difícil, si es que siquiera lo intentaba de nuevo.

Cortés sentíase humillado y despotricaba contra quien quisiera oírlo, que a quién se le ocurría encadenar y amenazar con ahorcar a un hombre libre sólo por no querer casarse con una mujer, de la que ni siquiera estaba enamorado ni le convenía hacerlo por muchas razones. Muchos trataron de convencerlo para que recapacitara, entre ellos Andrés del Duero, el otro secretario de Velásquez; fray Olmedo, un capellán muy cercano a él, también intervino, tratando de que lo reconsiderara. Su amigo Alonso Hernández Portocarrero y el mismo Juan Suárez, su socio y también hermano de la agraviada, le reconvinieron a que entrara en razón, pero todos los esfuerzos parecían en vano. Cortés quería casarse de otra forma, en otro momento, argumentaba fieramente, sin obligación, por el gusto de hacerlo y con alguien de más alcurnia y medios. ¿Para qué casarse si no era para avanzar en el entresijo social? Eso lo tenía muy claro. Para gozar de las mieles carnales había muchas mujeres disponibles en el mundo, argumentaba. ¿Cómo llegaría a ser gran señor, si se casaba con una mujer salida de la servidumbre? Eso no estaba en sus planes ni en sus expectativas. Esto, afirmaba, era una estratagema de Velásquez para bocabajearlo, sin duda alguna. El hombre exageraba y abusaba de su poder y él se vengaría, tarde o temprano.

Así las cosas, Cortés se volvió a escapar por segunda vez, en una canoa, y permaneció escondido por un tiempo hasta que, por fin, vio o se convenció de la conveniencia de reconciliarse con el gobernador. Aceptó el casamiento, dobló las manos y se mostró humilde y arrepentido con Diego Velásquez, arreglando diferencias y asegurándole su lealtad.

El gobernador, por su parte, mostrando condescendencia y perdón magnánimo por la insubordinación y rebeldía de su subalterno, fue testigo de cargo en la tan mentada boda, que, por sonada, fue muy concurrida. Nadie quería perderse el tan esperado acontecimiento, cuya negación rotunda por parte del comprometido había sido tema de cotilleo por varios meses en toda la isla. Pero, consecuente con su postura inicial de rechazo ante el acto legal y religioso que le obligaron a llevar a cabo, don Hernán Cortés no convivió conyugalmente con Catalina por casi tres años después de la ceremonia, repudiándola de manera pública, hasta que por fin se reunió con ella en 1515, cuando ya se habían apagado las habladurías y se le antojó llevársela a vivir a su hacienda de Baracoa. Así se forjó la fama de su fortaleza de carácter que muchos admiraron y otros, por supuesto, desaprobaron.

En el ínterin, Cortés tuvo una hija natural con una india de la hacienda, y para demostrar públicamente que no quedaban rencillas entre ellos, Diego Velásquez fue padrino de bautizo de la niña Catalina, cuyo nombre nada tenía que ver con su nueva y legítima mujer.

Para cuando se llevó a la Marcaida a cumplir con sus deberes conyugales, Cortés ya era un hombre rico que vestía trajes de terciopelo, un sombrero adornado con plumas vistosas y usaba cadenas y medallas de oro al cuello y grandes anillos con rubíes y zafiros en las manos. Ahora sí podía vestir a su mujer como condesa. Si la mujer no lo era, al menos lo parecería.

Catalina Suárez fue siempre una piedra que pesaría en el cuello de Cortés, un recuerdo asociado con los grilletes que le echaron en manos y tobillos, y pareció representar el resentimiento contra el gobernador Velásquez, un deseo de venganza que fue semilla madurando lenta y silenciosamente, hasta que floreció y dio un fruto amargo.

6

La noche densa que sorprende

(1º a 2 de noviembre de 1522, medianoche)

AQUELLA NOCHE FUE DENSA Y DURA COMO UN CUCHILLO DE pedernal. Ya había caído la primera nevada sobre los volcanes y el frío se colaba sin permiso por todas las rendijas de nuestras habitaciones. La chimenea crepitaba ya sus últimos estertores cuando desperté.

Primero se escucharon los ladridos de los perros. Juana, que dormía profundamente en la habitación de al lado, se despertó sobresaltada y supo de inmediato que algo grave sucedía. Se echó encima una manta gruesa antes de salir. Pasaba de la medianoche cuando oí los golpes en el portón y revuelo de voces. Me levanté con el corazón dándome tumbos en el pecho, pensé que me llamaban para traducir. Algo había sucedido para que vinieran a buscarme en la madrugada. ¿Tendría que ver con la celebración de los muertos? ¿Habrían incumplido con la promesa que me hicieron de no llevar a cabo sacrificios humanos? Temí lo peor. Ante mis ojos pasaron escenas de muerte y matanza.

Dos hombres y María que servían en casa de Cortés, y que me conocían bien desde los tiempos de Moctezuma, pues habían servido en el palacio de Axayácatl, habían corrido lo más silenciosamente posible a mi casa, para venir a contarme los terribles acontecimientos que habían sucedido hacía apenas una hora.

—¡Malintzin, algo terrible sucedió, Cortés mató a su mujer! —exclamaron precipitados y casi sin aliento, los tres, arrebatándose la palabra.

—¿Cómo? ¿Qué dicen? —contesté sobresaltada.

—Es verdad, ama, parece que la ahorcó —intervino María—, yo misma vi el cadáver.

—Con calma, cuéntenme de qué se trata, qué sucedió —contesté aparentando tranquilidad, cuando en realidad mi corazón saltaba en mi pecho como una liebre salvaje.

A borbotones me narraron el pleito, la indiscreción del soldado, lo del negrito que no encontraron. La furia de Cortés.

—Pero si apenas la vi esta mañana —repuse un poco confusa. ¿Acaso Cortés se había vuelto loco? ¿Vendría a matarme a mí también y a mi hijo? Me asusté muchísimo y estuve a punto de desmayarme. ¿A tal grado podía llegar su furia, su arrebato?

Me llevaron a mi cama y me arroparon. Juana me preparó un té de hierbas.

En cuanto estuve más tranquila, mis leales informantes continuaron con el chisme, con más detalles:

La fiesta fue desmedida, pues los españoles comieron y bebieron vino en grandes cantidades. Para las diez de la noche todos estaban bastante borrachos. Muchos vomitaban en el patio, y las mujeres, incluida Catalina, bailaban y cantaban sobre las mesas con gran alegría, agitando sus enaguas.

Luego, cuando Catalina se quejó con Cortés de que le quitaba gente para llevar a cabo *sus* encargos, algo sucedió. "¿*Tus* encargos, con *mi* gente?", cuestionó Cortés, molesto por el comentario, y le recomendó que mejor se retirara a sus aposentos. Ella, furiosa, obedeció muy a su pesar. Y la fiesta continuó. Pero al rato un soldado de los que habían llegado de Cuba, en el mismo barco que Catalina, se fue de la lengua, diciéndole a Cortés, entre risas, que no fuera ingenuo. Que se fijara bien en aquel niñito mulato que Catalina había traído consigo entre sus faldas, al que consentía tanto, porque de verdad no era hijo de una esclava, como ella decía, sino de ella misma, implicando que habiendo dejado a su mujer sola por tanto tiempo un esclavo negro le había comido el mandado y era un hecho de todos conocido, y que la unión había fructificado en aquel mozuelo.

—Cortés se puso pálido, ama —narró María, y se levantó de inmediato—. Como si lo hubiera golpeado una revelación. Yo le oí alguna vez recriminarle a doña Catalina que por qué le hacía tanto caso al niñito aquel. Creo que se percató del engaño y se dirigió a sus aposentos rojo de furia.

"Se oyeron gritos y discusiones, lloriqueos. Cortés mandó traer al niño negro. Todos temblamos. Pero alguien, no sé quién, supongo que alguna de las damas de la señora, o lo escondió, o se lo llevó como un fantasma en la noche, porque no lo encontraron. Hubo más gritos, y luego, nada. Cortés llamó entonces a la doncella de Catalina para informarle que su dueña estaba muerta, que le había dado un ataque. La mujer encontró regadas en el piso y sobre la cama las perlas de su collar. Luego me requirieron a mí —continuó María—, para que les ayudara a limpiar el cuerpo y le pusiéramos un vestido bonito. El cuello de la mujer tenía moretones y la cama estaba recién orinada. Aquello era un desastre.

”Cortés mandó llamar al carpintero para que construyera la caja en la que ellos acostumbran a encerrar a sus muertos lo más rápido posible. Pobrecitos, se han de sentir muy encerrados y solos —añadió María, sin que nadie le pidiera sus comentarios—. Fray Olmedo acudió de inmediato en cuanto se enteró de la noticia, y le aconsejó a Cortés que enterrarla era una mala idea, que más le valía enseñar el cuerpo y velarla a la vista de todos, con la tapa de la caja abierta, o la gente le creería culpable. Pero ya conoce al amo, doña Malintzin, de que se le mete una idea, nadie lo convence de lo contrario. No hizo caso de nada de lo que le dijo fray Olmedo. Ordenó que la metieran a la caja y la clavaran bien fuerte para que no se saliera, 'no fuera a ser que se recuperara del desmayo', dijo.

”Y nosotros aprovechamos el desorden que se desató para venir a informarle.

7

El principio

(Centla, 1519)

Hasta el 1º de noviembre de 1522 una ceguera en el corazón no me permitía ver más allá de mis narices. Sólo había seguido los acontecimientos como alucinada, y había vivido con toda intensidad hasta aquel día. ¿Cómo ver, si estaba involucrada? ¿Si era parte de lo que en su momento me pareció la experiencia más excitante de mi vida? En aquel momento yo era una pieza más del organismo híbrido que se formó entre nativos y extranjeros, como aquel animal que al principio imaginamos compuesto de hombre y caballo, que se movía con armonía y que logró una gran hazaña: la toma de Tenochtitlán. Derribar el imperio del mexica, que dominaba gran parte del territorio, a base de guerras y tributos. Ése había sido el objetivo principal. El destino, los astros, la casualidad, me unieron casi desde el principio al grupo de extranjeros que llegó por la mar: el de los vencedores.

En el pueblo de Tabascoob, nunca esperamos que los extranjeros nos derrotaran. Al principio, cuando tuvimos noticia de su aparición, pensamos que eran hombres como cualquiera, pero luego se vieron cosas muy extrañas, como que vestían de metal y sus cabellos eran de oro y tenían unas varas largas que echaban humo y hacían mucho estruendo y mataban desde lejos, como las flechas, pero no se veían ningunas flechas, y los hombres sólo caían muertos, fulminados como por un rayo, y traían esos animales terribles, mitad hombre y mitad venado, por lo que creímos que tenían que ser magos muy poderosos, teules, o dioses, de tierras extrañas. Por eso, al final, no nos sorprendió demasiado que salieran victoriosos.

Cuando se habló, después de la derrota de nuestros hombres en la batalla de Centla, de que se les iban a ofrecer mujeres —pues era costumbre que los perdedores brindaran regalos a los triunfadores—, de inmediato deseé estar en el grupo de las elegidas. Me atraía la aventura, aunque existiera el riesgo de pasarla peor de como estaba. Quería salir del pueblo, cambiar de aires, sentía que me asfixiaba en los confines de mi propia vida. Estuve en la plaza esperando bajo el rayo del sol a que me escogieran. No lo hicieron. Fui a preguntarle al mayordomo del cacique por qué no me había escogido y me dijo que yo ya estaba grande.

—¿Cuántos tienes? —preguntó—. ¿Veinte, veintiuno, o más? Y me recorrió con la mirada como si fuera una pobre gallina vieja que ya no pone huevos. Me hizo sentir muy mal, pero eso no iba a impedir que luchara por salir de ahí. Era mi oportunidad para irme y no regresar, quizá no tuviera otra.

La mayoría de las mujeres tenía miedo, pero yo no. A las chicas elegidas las mandaron a bañarse al río, peinarse y ponerse ropa limpia. Aproveché la ocasión para seguirlas, y a una chiquilla que se notaba menos espabilada que las demás le coloqué unos corales filosos junto a su ropa, para que los pisara cuando saliera del río. Hubo que sustituir a la chica, pues quedó con los pies sangrantes, sin poder caminar, tal y como yo lo había planeado. Nadie más quería ser entregada a los teules. Así fue como dejé el pueblo atrás. Un pasado que no volvería jamás.

No sabía qué vendría después, pero caminé erguida el mismo camino que las otras diecinueve mujeres, entre ellas Ixchel, mi mejor amiga. Aun así, temblaba.

Al llegar a donde se encontraban los extranjeros, hubo una especie de ceremonia. Había un hombre, quien hablaba maya porque había sido esclavo en un pueblo vecino al mío durante varios años, su nombre era Gerónimo de Aguilar, y que después habría de convertirse en mi compañero constante, pero eso todavía no lo sabía. Se dirigió a nosotras, pero con las palabras que decía, en otra lengua, un hombre barbado, flacucho y no muy alto, quien tenía una gran nariz y parecía ser el jefe de los viajeros. Era un hombre de cuya boca fluían muchas palabras. Se veía que se le daba el don de la lengua. Pensé que en eso nos parecíamos, él y yo, y me reí por dentro, porque no quería llamar la atención. Nunca antes había visto un hombre al que se le dieran las palabras tanto como a mí.

Le encargaba a Gerónimo decirnos muchas cosas, como que éramos las primeras que recibiríamos un don, un nombre nuevo, pero, sobre todo, hablaba de sus dioses, por eso al principio creí que el hombre era sacerdote. Mencionaba mucho a una diosa y a su hijo, que moraban en el cielo, en una mansión muy hermosa. Dijo varias veces que teníamos que renunciar a nuestros dioses y que estábamos equivocados en lo que creíamos y que teníamos que rectificar y vivir de acuerdo con sus reglas y recibir un rito de agua para poder convivir con ellos. En verdad me sorprendió la atención que nos dieron, y que en lugar de que nos mandaran directo a un rincón a preparar las tortillas, sin más, se tomaran la molestia de hablarnos de los dioses y esas cosas tan espirituales, terreno de los hombres y de los sacerdotes, a nosotras, mujeres que no sabíamos mucho de dioses, ni de otros mundos, acostumbradas a trabajar y a obedecer y a mantenernos calladas. ¿Qué nos importaban los dioses a nosotras? ¡Los dioses nos habían hecho esclavas!

Después de tanta palabrería que más bien me arrulló porque no entendía lo que decían, ni me importaba, apareció un hombre de cabellos dorados, que llamó mi atención porque tenía un círculo rapado en medio de la cabeza, y vestía unas túnicas largas que parecían muy lujosas, porque sus hilos brillaban al sol, y eso me fascinó. Yo, que había hilado tantas veces, nunca había visto algo así. Tenía ganas de acercarme a tocar la tela, pero no me atreví. Tiempo después supe que al hombre lo llamaban fray Bartolomé Olmedo, y él sí era sacerdote. Empezó a preguntarnos a cada una si renunciábamos al demonio. No sabíamos qué querían decir con eso, pero acostumbradas a no hablar y a no opinar, decíamos que sí a todo, entre risas nerviosas y lágrimas de miedo. Acto seguido, nos vertieron un chorro de agua en la cabeza, lo que nos sorprendió mucho porque pensamos que era una especie de brujería que nos transformaría en animales o algo así. Pero no pasó nada, entonces pensé que quizá sería un simbolismo como de lavarnos el nombre que teníamos, porque nos preguntaban nuestros nombres y luego nos daban uno a cambio, en su lengua. Cuando me preguntaron cuál era el mío, les dije que *Malinalli, hierba seca*. Entonces lo repitieron varias veces y pronunciaron algo que sonaba parecido: *Marina*. A mi amiga Ixchel la llamaron Juana.

En ese momento no entendí cuál era el sentido de cambiar el nombre de alguien, me parecía brujería, un acto para poseer el espíritu del otro y moldearlo a su forma. Pensé que era absurdo que los veedores de estrellas[2] de mi tierra se hubieran tomado tanto trabajo para escogerme un nombre apropiado a mi destino, para que ahora tuviera que aceptar otro que, aunque sonaba parecido, no significaba nada para mí. Tal vez debí pensar que mi destino cambiaría a partir de ese momento, pues después supe que el nombre Marina tiene algo que ver con el mar, que es la mujer que viene del mar y pertenece al mar. En ese momento me sentí muy confundida. Debí imaginarme que de hierba seca que se enciende al sol, en una aridez de amor, de nutrientes y de compañía, mi vida cambiaría a ser regida por el agua, que fluye, no tiene forma, pero llena todos los huecos y recipientes que la contienen.

El cambio de nombre, sin embargo, parecía un precio menor por liberarme de la esclavitud en la que estaba sumida. Tal vez con ellos también sería esclava, pero nunca

---

[2] Así se les designaba a los astrólogos en la antigua Mesoamérica.

había estado con quienes se tomaron tantas molestias por nosotras. Quizá no resultaran tan malos amos, después de todo. Quizá sí cambiara mi destino, pensé entonces.

El hombre que hablaba mucho también se dirigió a Tabascoob, a los principales y al pueblo, y les mencionó lo de los nuevos dioses que ellos adoraban y les aseguró que deberían dejar de sacrificar a la gente, pues los nuevos dioses no veían bien que se derramara sangre humana, cosa que a todos sorprendió, ni que se comiera la carne de los sacrificados, y muchos menos que los hombres se acostaran con otros hombres. Eso nos dio mucha risa. Era una costumbre muy antigua y muy extendida. Nadie lo veía mal. Los antiguos pensaban que a este mundo llegaban tres tipos de personas: los hombres, las mujeres y gente que tenía dos espíritus mezclados: el de hombre y el de mujer; por lo que había muchos hombres a los que les gustaba cogerse a los varones con espíritu de mujeres. Pero por lo visto a los blancos no los complacía esa vieja costumbre.

Yo ya me esperaba que después de la ceremonia no solamente cocinaríamos, sino que complaceríamos a un hombre, o a varios, y en efecto nos asignaron a cada una un varón. Nos repartieron entre los principales. A mí me tocó Alonso, un hombre joven y agraciado. Tenía los cabellos del color del cobre, que brillaban como metal a la luz del sol. Supe en ese momento que en verdad mi vida había dado un vuelco. El jefe que hablaba, que por lo visto era el tlatoani, no tomó ninguna muchacha, por lo que volví a pensar que sería sacerdote y controlaba sus impulsos. O quizá a él sí le gustaban los hombres, a pesar de que tanto dijera en contra de la sodomía.

Alonso Hernández Portocarrero era mucho más guapo que el jefe. Aunque la verdad al principio los veía a todos iguales. No los distinguía muy bien uno de otro, con esas barbas que les tapaban la mitad del rostro, y sus cabellos alborotados y rizados y sus ropas calientes y gruesas. Ese hombre era gentil, debo decirlo, me tomó de la mano y me miró como se mira a una paloma enjaulada. Me acarició la mejilla y, en ese momento, sus ojos me atravesaron. Eran como las aguas cristalinas de un lago y me estremecí, creí que era un dios del agua, un *tlaloque*. Me tomó de la cintura y me apretó para sí, suspirando. Para mí que tenía mucho tiempo sin tocar mujer, pero se controló y me soltó. Observé a los demás y pensé que se había cohibido.

Luego nos pidieron que preparáramos de comer porque estaban hambrientos. A las tortillas les llamaban pan. Fue de las primeras palabras que aprendí. Ellos comían un mazacote desabrido que llamaban pan de cazabe. Así que nos fuimos a cocinar con la idea de que estar entre dioses sería un poco mejor que como estábamos antes. Aunque yo me dije a mí misma ese día que estos dioses no me engañaban, que en cuanto cerrara la noche sabría la respuesta de si en verdad lo eran o no. La mayoría de los hombres estaban aposentados en los grandes cerros que caminaban sobre el agua, pero algunos de los principales estaban en tierra descansando, ocupando los templos y las estancias de los sacerdotes, en mi propio pueblo.

No fue sino hasta el oscurecer que Portocarrero me llevó a una de las habitaciones que ocupaban en el pueblo. Aún olía a incienso quemado y a tierra. Ellos traían consigo una maravilla que no había visto nunca: les llamaban *velas*. Las fabricaban con cera y un poco de trapo. En realidad, era algo muy sencillo, pero en nuestra tierra a nadie se le había ocurrido hacer eso. Iluminaban de noche los espacios donde se colocaban. Él traía una en la mano esa noche y su luz me atrajo de la misma manera que atraía también a los insectos. Quise tocarla, pero me advirtió que podría quemarme, o eso creí que me decía porque no entendía sus palabras. Quitó mi mano de ahí y la atrajo a su pecho, luego la bajó al punto donde estaba su hombría, ya de por sí un poco crecida. En cuanto se quitó la ropa supe que eran hombres y no dioses. Tan hombres como todos los demás. Tampoco se comportó muy diferente a los varones de aquí. Me besó en la boca un poco y luego me quitó el huipil. Nada más de verme los pechos, su *tepolli*, que era grande y rojo, a diferencia de los hombres de la tierra, que eran más oscuros, se levantó por completo. Me tocó los pezones y algo murmuraba, pero no le entendía nada, luego me apretó los pechos como si fueran naranjas y sin siquiera tener necesidad de acostarnos se acercó a mi *tepilli*, tocando con sus manos para sentir por dónde podía penetrarme, me cargó sobre sus muslos y ahí parados me acometió por primera vez. No sabía qué esperar ni cómo debía actuar. Antes de que pudiera decidir qué hacer, el asunto terminó, entre jadeos. Me dejó en el suelo y sin decir palabra se vistió y fue a hablar con sus hombres. Creo que se moría de ganas por ir a comentar el asunto, pues poco después escuché risas y un aire festivo entre los hombres. Estaban contentos porque, como a todos los hombres, estar con mujeres los ponía felices. Recuerdo haber reflexionado que no eran muy diferentes a los hombres de nuestras tierras. Yo me vestí de nuevo y salí de ahí. La noche era fresca y húmeda. Respiré hondo porque sentí que me asfixiaba. Algo se interponía en mi pecho oscureciendo mis sentimientos; tenía miedo. Por primera vez dudé de haber tomado la decisión correcta. ¿Qué pasaría conmigo? ¿A dónde iría con estos extranjeros? Supuse en aquel momento que no habría mucha diferencia con mi vida anterior.

Vagué un rato como alma en pena entre los edificios vacíos de mi pueblo, me sentía mareada, y fue cuando percibí un silencio devastador. Atrás quedaban las risas y el barullo de los hombres blancos. Era como si se hubiera instalado un hueco que borraba de un soplo todo lo sucedido antes de ese día. El espacio, el aire, se habían convertido en un pozo sin fondo por el que huían las ánimas de los muertos y también las de los vivos. Hasta creí que los dioses se despedían con un murmullo atropellado, pero me negué a aceptarlo. ¿Por qué se irían y nos dejarían abandonados? Contemplé las estrellas por largo rato, haciéndoles preguntas que quizá no tenían respuestas. No estaba segura de si mi destino cambiaría. Volvía a vivir lo mismo de siempre, preparando comida y siendo objeto del deseo de un hombre entre muchos, sólo que en otras manos, con otro dueño. Una sombra cubrió mi corazón y mi espíritu de nuevo sintió un tirón, la necesidad de huir, como aquella vez que era sólo una niña y no sabía nada de la vida, y quise ser jaguar por los montes, colibrí por los aires, agua de río que corre sin obstáculos, salvaje y decidida.

En aquel momento quise ser todo menos mujer, todo menos esclava. Lloré un rato. Había llorado tantas veces antes. Una vez que hube vaciado el agua salada de mi cuerpo, regresé a la habitación donde había estado con el hombre de cabello de cobre, pues ya no tenía un hogar, y me quedé dormida, tratando de olvidar cómo es que mi cuerpo era sólo un refugio temporal al que los hombres acudían.

8

La concubina

(16 de noviembre de 1522)

A CORTÉS SÓLO VOLVÍ A VERLO DESPUÉS DE QUE PASARON quince días de la muerte de Catalina. Me contaron que por donde pasaba se hablaba por lo bajito del incidente, pero nadie se atrevía a mencionárselo.

Vino a verme a mi casa. Venía vestido todo de terciopelo negro y con una capa que le daba la vuelta. Me reí para mis adentros porque parecía un pequeño murciélago a punto de levantar el vuelo, pero él se ufanaba de su postura de gran señor. Para nosotros el negro era un color que no existía en nuestra vestimenta. Era como la noche, la morada de Tezcatlipoca o de K'awiil. No entendía por qué cuando guardaban luto se vestían de obsidiana, aunque en realidad no sintieran pena alguna, y según sus costumbres tenían que hacerlo así, durante un año entero. Eran prácticas hipócritas que estaban muy lejos de nuestra comprensión.

Después de lo que pasó con su mujer no sabía qué hacer, ni cómo comportarme, no sabía si decir que lo sentía, porque no era así, me daba gusto que hubiera muerto, pero no podía decirle eso. Él se me acercó como si nada y sin preámbulos comenzó a besarme. Me resistí un poco y le dije, con cierta cautela, pues tenía miedo de su ira:

—Tu mujer acaba de morir.

—¿Y qué? —contestó divertido—. Eso a vos no os afecta en nada. ¿O sí?

—No sé, tal vez sí, tal vez no. Ahora eres libre —argumenté.

Cortés rio, con esa risa fresca y pequeña que tenía. Su risa era limpia, como la de un hombre inocente, que no tiene nada que temer, y parecía ajena a él, como si le perteneciera a otro hombre, más joven, más sencillo. Pero a ese hombre, a pesar de sus contradicciones, lo amaba, aunque también lo odiaba. Sobre todo, lo aborrecía cuando se reía de mí o de lo que decía.

Aplaudió un par de veces para que su ayuda de cámara[3] se acercara. Últimamente andaba siempre acompañado de un ayudante, un sirviente y, al menos, cuatro hombres que le cuidaban las espaldas.

—Traed vino —ordenó secamente—. ¡Ay, querida Marina! —habló dirigiéndose a mí—. No, no penséis tonterías —dijo tomándome de la barbilla—. Tendré que llevar dignamente mi viudez al menos por un año —suspiró—,

---

[3] A Cortés siempre le gustó el fasto y la ostentación. Si bien durante la guerra de conquista tenía un mayordomo, Joan de Cáceres, y un portador de estandarte, Cristóbal del Corral, después de la caída de Tenochtitlán se rodeó además de otros sirvientes, entre ellos un ayudante de cámara.

pero no penséis que por eso me casaré con vos. ¿Comprendéis? ¿Cómo podéis siquiera imaginar tal cosa, mi pequeño ocelote? Y volvió a reír, como si yo hubiera dicho algo muy gracioso.

Y yo, todavía ingenua, sin entender el nuevo mundo que se construía a mi alrededor, extendiendo sus círculos tenues de baba, como los de una telaraña de la que no puedes escapar, me atreví a insistir:

—¿Por qué no, Hernán, por qué no te casas conmigo? ¿No te gusto? Dices que te gusta mucho coger conmigo y estoy esperando a tu hijo. Entonces, ¿por qué no?

En eso, llegaron los sirvientes con el vino, y una vez servido éste, los despachó a todos para que nos dejaran solos.

—Marina, pronto seréis la madre de mi hijo y vos sabéis cuánto lo deseo y la emoción que eso me produce. Quisiera tener muchos hijos con vos, y amarlos a todos. No sabéis cuánto os quiero, pero estoy impedido, mi amado ocelote —afirmó dando un buen trago al vino que nos habían servido—. Tengo que casarme con alguien de mi altura y mi rango —continuó hablando como si le hablara a un niño—, alguien que encaje dentro de un mundo que vos apenas imagináis. Sois… única, sin duda, pero sois la lengua, Marina, sois *mi concubina*. Sabéis lo que es eso, ¿verdad? Viene del latín *concubere* y quiere decir la que se acuesta con uno. No os vendría mal estudiar latín. En cuanto lleguen los padres que he mandado llamar les diré que te enseñen la lengua, siempre es útil y vos tenéis facilidad para las lenguas, no será un desperdicio, no —concluyó con actitud arrogante, mientras dejaba la copa sobre una mesa y pasaba sus brazos por mi cintura.

Detestaba que me hablara así, con ese tono como si se dirigiera a una estúpida, como si yo fuera otra cualquiera con las que se acostaba, como si yo no valiera nada y no le hubiera dado todo: mi lealtad absoluta, mis habilidades de traductora y de negociadora. Entonces, como si me hubiera picado una avispa y aunque me había propuesto no hacerlo, le pregunté:

—¿La mataste? ¿Es verdad que la mataste? Cuando la gente ya no te sirve, te deshaces de ella, ¿verdad? ¿También me vas a matar a mí?

—¡Anda, anda! ¡Pequeña fiera! —me soltó como si me hubiera convertido en una coralillo—. Pero ¿quién os habéis creído vos? ¿La Real Audiencia? ¿El rey de España? —contestó ya más cabreado ante la confrontación.

—¡Te conozco, Cortés, a mí no puedes engañarme! ¡Nadie te conoce mejor que yo! —le respondí, y estuve a punto de decirle: "Nadie te ama como yo", pero me contuve. No quería humillarme más.

—¡Y yo no os daré explicaciones de mis actos! ¡A vos ni a nadie! ¡Vine aquí a gozar de vuestro lecho y de vuestro cuerpo, pero si no queréis darme lo que necesito, me iré con otra, que no me faltan! ¿Acaso no soy el hombre más poderoso de esta tierra? Ya vendréis a mí, y me rogaréis. ¡Lo verás, Marina!

Y dicho lo dicho, se levantó y se envolvió en su capa negra, como murciélago a punto de dormir, y se fue, llevándose a sus ayudantes.

En ese preciso momento me arrepentí.

—¡Cortés, no te vayas! ¡Cortés, te extraño! —supliqué sin poderme contener.

Pero fue inútil, se fue con toda su comitiva. Me quedé sola. Las copas de vino me miraban sobre la mesa como un recordatorio inmóvil de la breve reunión. Bebí un rato en silencio. Estaba esperando al hijo de Hernán, que lo había deseado tanto. Aunque ya llevaba cinco meses de preñez, no podía dejar de pensar en mis embarazos anteriores. El primero fue cuando apenas tenía poco más de quince años. No supe de quién era.

Mi triste historia comenzó cuando mi madre me vendió a unos comerciantes de esclavos cuando apenas tenía ocho o nueve años. Las razones para tal crueldad permanecerán como un pedernal clavado en su corazón. Ella habrá de pagar por lo que hizo cuando le pidan cuentas en el otro mundo.

Cuando apenas tenía once años y estaba haciendo las labores que me pedían mis amos, mientras les daba de comer a las gallinas, llegó el patrón sin que lo escuchara, y sin decir nada, me tomó por atrás y me arrastró con fuerza al interior de la selva. Ahí me tiró bocarriba y, sin que yo supiera cómo, me penetró violentamente, embistiendo una y otra vez, como un animal. Yo ni sabía, ni entendía de qué se trataba eso. Ni siquiera sabía que teníamos una cavernita donde entraba aquello. Grité y traté de defenderme, pero todo fue inútil. Una niña luchando contra un hombre. La bestia me dejó ahí tirada en la selva, sangrando y con el corazón destrozado. No sabía qué hacer, a dónde ir. Me acompañaban los ruidos de la selva, pájaros, insectos y el viento que susurraba. Mis lágrimas escurrían por mis mejillas, pero no se escuchaban. Ni siquiera estaba segura de lo que me había pasado, pero sí que se sentía como algo muy malo, algo que no debía de haber sucedido, como lo que hizo mi madre al venderme por unas mantas y fingir mi muerte. Se percibía también como algo que no debería contarse, mantenerse en secreto, muy dentro del pecho, escondido como un animal herido, sangrando. Lloré mucho, pensé en huir, en matarme. Poco sabía yo que "eso" se convertiría en un abuso constante en mi vida. Finalmente, tomé valor para regresar a casa. Al llegar, la mujer del amo me regañó por floja, porque según ella yo me había ido a jugar a la selva y me había ensuciado, en lugar de estar trabajando. El amo ni siquiera me miró, como si no hubiera pasado nada, como si yo hubiera sido un perro.

Al día siguiente me escabullí para ir a ver a la curandera del pueblo porque tenía dolor y ardor por dentro allá abajo, y aquí también, junto al corazón, porque luego supe que esos lugares están unidos, y con trabajos le conté entre sollozos lo sucedido. Me revisó y me dio unas hierbas. Me miró con compasión, pero me advirtió que estuviera alerta porque podría pasar de nuevo. Ella nada podía hacer para protegerme. Yo era propiedad del amo y él podría hacer conmigo lo que quisiera. Me dijo que tendría que ser muy fuerte, agarrarme a la tierra como las raíces de las ceibas si quería sobrevivir y que más me valía no quejarme, que me anduviera callada. Desafortunadamente, tuvo razón. A las pocas semanas sucedió de nuevo. El hombre me utilizó otra vez, sólo que esa vez ya no me sorprendió. Fue una pesadilla que duró tres años, hasta que la mujer del amo nos vio un día, mientras lo hacíamos en el cobertizo de los perros. Estoy segura de que ya lo sabía desde tiempo atrás, pero en ese momento enloqueció. Gritó y lloró y le pidió al esposo que me vendiera, me regalara o me diera de comer a las fieras.

Así fue como, a la edad en que la mayoría de las mujeres que tienen una familia que las cuida se casan, yo pasé a manos de otros vendedores de esclavos que me entregaron a otros dueños, que me alquilaban por sexo. Me tatuaron una flor en el ombligo, y un cintillo de grecas en el muslo derecho. Dijeron que era para hacerme más deseable con los clientes. Eran las marcas que distinguían a las prostitutas. Esa pesadilla duró dos años, hasta que me embaracé. Supongo que pensaron que ya había desquitado suficiente lo que pagaron por mí y no les gustaban esos líos de tener que alimentar una boca más.

Vendieron dos almas por el precio de una. Me llevaron a un lugar cercano, llamado Centla. Pero a los seis meses, tras un horrífico episodio de espasmos y dolor, di a luz a un niño muerto que no llegó a término. Casi muero yo también en ese parto prematuro, pero mi nueva ama era un poco más compasiva y me cuidó hasta que repuse mis fuerzas. Ellos sólo me ocuparon para hacer de comer, hilar y limpiar, lo cual agradecí infinitamente.

La primera vez que abusaron de mí, me quedé muda, porque no encontraba las palabras para describir lo que había sentido, yo que siempre tenía una palabra en la boca. Aunque era sólo una niña, me daba mucha rabia no haberme defendido, coraje no haber tenido alguien que me protegiera. Tampoco encontraba la manera de describir lo que me había sucedido, era algo que no entendía, era una afrenta a mi libertad de ciervo montés, a la inocencia de niña que no sabía nada de los misterios del sexo entre los hombres y las mujeres. No sabía cómo decir que el cuerpo del hombre me había insultado, humillado tan profundo como un pozo, dañado mi cuerpo y roto mi alma y no sabía decir la desazón que sentía. No podía quitarme de la cabeza la idea de que yo, quizá sin saberlo, había provocado al hombre. No sabía cómo explicarme que, a pesar de odiarlo, mi cuerpo tenía sensaciones que me gustaban y que a veces deseaba que sucediera *aquello* para sentirlas.

Una cosa era que me mandaran a hacer trabajos, que me dieran poco de comer, que me trataran peor que a los perros, pero otra cosa muy distinta era *eso* que me hacían de meterse con mi cuerpo en contra de mi voluntad. Me producía una vergüenza enorme, un odio por mí misma.

Para entonces el abandono de mi madre, que ya había olvidado a base de costumbre, regresó a atormentarme. Me sentía inquieta y abandonada, pero debajo de esas emociones tenía un presentimiento: que algún día hablaría y que, al hablar, las montañas retumbarían, que mi voz, entonces apagada, despertaría para ser oída y sería como la espada de un guerrero: podría herir, cortar.

Y poco a poco, con el tiempo, las palabras regresaron. Volvieron con un afán de venganza, revitalizadas. Entonces hablaba mucho y decía muchas tonterías, pero una tristeza oculta pasaba por debajo de lo aparente, con la fuerza de una corriente invisible en la superficie del río.

Estando con Cortés había pasado por dos embarazos anteriores que tampoco florecieron. Uno duró sólo un par de meses, y eso fue durante nuestra estancia en Tenochtitlán, cuando Moctezuma aún vivía y nunca llegué a confesárselo. Lo lloré en silencio.

El otro duró un poco más. Pero también se malogró poco antes de iniciar el sitio a Tenochtitlán.

Yo había estado sintiéndome un poco extraña semanas antes, con malestar estomacal y mareos, hasta que me di cuenta de que estaba encinta. Al principio no lo podía creer. Mi sangre mensual no apareció y me sentía hinchada del vientre. Lo comenté con Juana y ella fue la primera en decirme lo que me negaba en consentir. Yo odiaba la puntualidad de mi sangre. Me recordaba mi incapacidad para procrear, aunque contradictoriamente, cuando faltó, me asusté. ¿Y si Cortés se enfadaba? Su temperamento era volátil, ¿querría un hijo de *su lengua*?

Juana me dijo un poco lacónicamente: "¡Alégrate, que ya no vendrá el dios murciélago Camazotz[4] a morderte la vulva!" Estaba segura que Juana sintió envidia. Estaba amargada porque a su hijo se lo habían arrebatado en Centla y no lo podía recuperar. Sin embargo, ella no me dijo entonces que también esperaba un crío de sus días en Tenochtitlán, con el guerrero tlaxcalteca. Quizá no quería alterarme, o quizá sí me tenía envidia, no lo sé. Pasado el primer susto, me ilusioné mucho pensando en el pequeño chilpayate que venía en camino. Cortés hizo revisarme por su médico y yo también pedí una partera que mandé traer de Tlaxcala. Lo que sea que hubieran hecho los curanderos de huesos allá, cuando curaron a Hernán de una herida en el cráneo, había tenido resultados. A mí me metieron mano en mi bolsita y algo me arreglaron.

---

[4] Es el equivalente maya del dios murciélago mexica. La expresión vendría del mito de que el semen de Quetzalcóatl cayó en una piedra, creando al dios murciélago, que voló a morderle la vulva a la diosa Xochiquetzal, provocando el sangrado menstrual.

A la campaña del sur no acompañé a Cortés. Me refiero a cuando, ya pasada la batalla de Otumba[5], Cortés no quiso dejar ningún pueblo alrededor de Tenochtitlán sin conquistar, sin someterlos a su dominio, y fue a Cuautla y a Cuernavaca y a los pueblos aledaños a batallar, por eso de oídas me enteré de lo que sucedió. De algún modo, el caudillo, me aseguraron en aquel momento antes del sitio, había logrado lo imposible: crear alrededor de todo Tenochtitlán un cerco de pueblos aliados a los españoles, de esta manera ahora los mexicas se encontraban casi aislados en el valle, pues difícilmente los pueblos vencidos por los españoles se atreverían a aliarse con Cuauhtémoc. Decían que, de haber llegado con quinientos hombres, dieciséis caballos y algunas armas, ahora poseían un ejército de decenas de miles.

Debido a mi condición, el médico recomendó que era mejor que me quedara descansando en Texcoco, pero cuando Cortés regresó, victorioso y contento del éxito de sus campañas militares y con una dotación de mujeres de la

---

[5] La batalla de Otumba fue definitiva para la recuperación militar y moral de las tropas españolas, después de la derrota sufrida durante la huida de Tenochtitlán en la llamada Noche Triste. Se llevó a cabo el 7 de julio de 1520 en una llanura de ese nombre, hoy perteneciente al Estado de México y cercana a Teotihuacán. Los españoles se vieron rodeados por decenas de miles de guerreros indígenas y estaban condenados a ser aniquilados por la diferencia de número, pero la batalla dio un vuelco cuando Cortés, notando entre la multitud a un guerrero importante por su vestimenta y su estandarte, se dirigió a él, junto con la ayuda de Cristóbal de Olid y Gonzalo de Sandoval, entre otros. Lo derribaron y lo mataron, tomando el estandarte. El guerrero era el *Cihuacóatl* y capitán de la batalla, y cuando los indígenas vieron el estandarte en manos de Cortés, se dispersaron, otorgándole a Cortés la victoria.

región, me encontró postrada en la cama. No lo quise ver. Hacía tres días que me encontraba llorando sin parar.

Era el mes de marzo de 1521 y tres días atrás había perdido al niño o niña que tenía en mi vientre. Sólo habían pasado cuatro meses desde la concepción, me dijo la partera, pero con la sangre derramada de mi vientre, sentía que mi vida entera se había desperdiciado, un vacío se apoderaba de mí y no podía llenarlo ni con la luz del día. Una tristeza indescriptible me agobiaba y apretujaba mi corazón de abeja hasta hacerlo sangrar. Me sentí vulnerable, supeditada a los ciclos de mi sangre, dependiente de varón, de un amo, y eso nadie lo podía cambiar, convencida de que los dioses me habían abandonado. Recordé los días negros de mi alejamiento del hogar, mi esclavitud, ni primer aborto. Ni siquiera ese premio me otorgaba la vida, que, a cualquier mujer, le era común.

Nada me consolaba. Y no sabía a qué dioses rezarles, porque ya todos me eran extraños, unos porque me habían desamparado cuando más los necesitaba y se mantenían silenciosos, escuchando sin responder detrás de los árboles, y a los otros, los nuevos, los impuestos, sentía que aún no podía confiarles los adentros de mi corazón.

A pesar de mis deseos explícitos de no verlo, Cortés, que nunca se detuvo ante nada y menos ante los deseos de una mujer, entró a verme. Venía sucio y sudoroso y se le iluminó el rostro cuando me vio. Se sentó junto a mí. No pude acallar el llanto. Lloré por tantas veces que me había aguantado, haciéndome la fuerte. Como cuando él me maltrató, cuando pasamos hambres, cuando creí que lo mataban, cuando vi tanta crueldad y tanta sangre. Él me tomó en sus brazos y me llenó de besos. Me sorprendió su ternura de ciervo macho.

Yo me dejé caer desde un precipicio a sus brazos, y ellos me sostuvieron fuerte, con sus raíces de árbol centenario, con su nervadura de insecto tenaz, con su olor a hombre que contiene. Me regaló una cadena de oro que traía al cuello y me dijo con su voz ronca, en un murmullo que me arrullaba: "Ya llegará, el niño llegará. No os preocupéis más. Descansad. Os necesito fuerte, Marina, estamos a un paso del triunfo, no desfallezcas, por favor. Os amo".

Y lo dijo así, quedito, cerca de mi oído, como algo que sólo podía existir entre él y yo en ese instante y entre nadie más. *Os amo.*

Nunca supe si era cierto, si fue cierto, con el tiempo tomó la consistencia de un sueño, pero en aquel momento le creí, estoy segura que lo dijo varias veces y sus brazos me lo confirmaron. Fue la primera vez que pude navegar en sus ojos grises, en sus ojos de tierra marrón, sus ojos duros fueron un refugio para mí. Nunca más lo volví a encontrar.

En cuanto al triunfo del que me hablaba en aquel entonces, de conquistar Tenochtitlán, lo veía lejano y aún no tenía idea de lo que significaría, de lo que me traería el futuro, ni cómo cambiaría el mundo. Ni la infelicidad que nos traería a todos.

Al menos aquel día se quedó conmigo, hasta que mis lágrimas lavaron la pena, la apaciguaron, se la llevaron consigo, junto con el alma de mi hijo no nacido, al Xochatlapan.

Ahora me vienen estos recuerdos porque toco mi vientre tibio y redondo, lleno de vida, que ya cumplió cinco meses, y me siento feliz y triste a la vez. Quiero que este niño nazca, quiero sentirlo en mis brazos, respirar acompasadamente con su pequeño torso, tenerlo siempre cerca de mi corazón. Pero ¿a qué mundo habrá de llegar?

9

La nueva vida, la Nueva España

(Diciembre de 1522)

LOS DEL CALPULLI HABÍAN VENIDO A VISITAR A MALINTZIN de nuevo con preguntas. La gente del pueblo se sentía perdida con el nuevo calendario, esa cuenta de los días que no entendía y que sentía tan ajena. No sabían cuándo sembrar, ni qué sembrar, ni en qué momento cosechar. Estaban olvidando cuándo festejar a sus antiguos dioses y no sabían qué hacer con los nuevos, porque no los entendían, los sentían ajenos. Los obligaban a asistir a misa los domingos, pero sobre sus demás actividades no tenían mucho control, era imposible. Lo peor de todo es que tampoco había mucho interés por parte de los españoles en lo que hacían o en lo que a ellos les inquietaba. Nadie quería indagar en el corazón de los indios. Ése era el verdadero territorio ignoto y sin conquistar.

Marina descubrió que lo que más preocupación causaba en los corazones de los pueblos desde la caída de Tenochtitlán hacía ya más de un año era una sequía terrible que se había instalado en la tierra. Para los naturales era evidente que la causa de tal desgracia era provocada por la ausencia de sacrificios a Tláloc. Había escasez de alimentos y todos, tanto indígenas como españoles, lo habían padecido. El maíz estaba racionado y había poca variedad de verduras. Cortés, por su parte, estaba haciendo un esfuerzo enorme para traer comida de las islas. También quería diversificar las siembras. Mandó traer trigo, caña de azúcar, viñas, olivos, e incluso gusano de seda. Implantó la cría de puercos, chivos, burros y ganados bovino y caballar. Este nuevo territorio sería autosuficiente muy pronto, según los planes del conquistador. Pero el caos desatado por la guerra de conquista desordenó muchas cosas que aún no se acomodaban. Y el espíritu de la gente vivía rodeado de una densa niebla, Malintzin lo intuía. Caminaban por parajes brumosos, perdidos, sin encontrar la salida, porque ella misma se sentía así. La excitación de la guerra se había terminado, había que construir de nuevo, pero ¿hacia dónde caminar?

"Malintzin, te queremos consultar porque tenemos una duda —dijeron los del pueblo—. ¿Quién nos dirá ahora cuándo sembrar? Ya ves que las lluvias se fueron y no han querido regresar. Seguro que el señor Tláloc está muy enojado porque no se hacen sacrificios, seguro él tiene sed también. Antes, los sacerdotes, los *tlamacazqui*, consultaban los papeles que hablan y nos daban fechas precisas, porque observaban los cielos, y las estrellitas con su parpadear les decían cuándo había que plantar la primera semillita, y venían y nos indicaban, y hacíamos los sacrificios y le poníamos una ofrenda a Tláloc y en tiempos de sequía se sacrificaban muchos niños, y entre más lloroncitos, mejor. Y también alguna doncella, los que estaban destinados a ir ataviados con sus chalecos de concha nácar y sus collares de coral. Y subían las gradas del templo y se entregaban al dios, y Tláloc se complacía, lloraba harto y nos traía la lluvia a manos llenas... y las semillitas crecían y daban frutos... y nosotros le cantábamos y le bailábamos y teníamos comida en abundancia... y ahora no sabemos qué hacer pues todo está seco, porque los sacerdotes están muertos y nadie nos habla, querida tlatoani. No sabemos si bailar o no, pero no tenemos ánimo de cantar, porque nuestros corazones están apachurrados, como que tienen una plaga que los nubla y les cuesta trabajo seguir latiendo, y los chamanes no saben cómo curarlos. Sólo dicen que la tierra está triste y que el cielo no quiere llorar, por la afrenta tan grande que le hemos hecho de olvidar a los dioses."

Malintzin escuchaba casi al borde del llanto. Se mordía el labio para resistir. Ella misma podía sentir esa desazón, esa falta de humedad, ese vacío que pesaba en el aire, esa oscuridad en el corazón y tampoco sabía cómo explicarlo. Pero, por un lado, tenía muy claro que los sacrificios humanos eran ahora impensables. Hacía ya tres años que lo venía repitiendo, desde que Cortés la reclutó como lengua, que los sacrificios humanos eran algo malo, instigados por entidades malévolas. Por el otro lado, sabía bien que fray Olmedo no iba a sustituir a los sacerdotes antiguos y que la presencia de Tláloc, el de los colmillos acuosos, ya no podría ser pública nunca más, ni abierta, ni discutida, aunque ella supiera que aún le ponían ofrendas en sus casas y en los campos. Entonces ella preguntaba sobre la época anterior. Cuántos meses antes sembraban antes de cosechar y consultando el nuevo calendario que le habían proporcionado, les daba una fecha que no coincidía con el parpadear de las estrellas, ni con el guiño de la luna, o la bendición del sol. Se inventaba una fecha cualquiera, que no era sagrada, que no tenía nada que ver con el palpitar de la tierra. Era sólo un número vacío. Y les aconsejaba aguardar con esperanza el mes de mayo próximo, cuando posiblemente Tláloc se apiadaría de ellos desde donde estuviera y comenzaría a llorar recordando a sus antiguos adoradores, para traer vida a los campos que permanecían tristes e inertes. A la tierra que extrañaba la alegría de los pobladores, el rítmico penetrar de la coa,[6] las dulces expectativas de los labradores. El amor y el cuidado con que eran sembrados. Nada más podía hacer, más que rezar un rosario a la Virgen María y esperar a que ella también se apiadara, como madre amorosa, de los habitantes de aquellas tierras.

Malintzin veía en el rostro de los principales la desilusión que provocaban las pobres sustituciones de algo que alguna vez tuvo un sentido cósmico, por algo que estaba desprovisto de significado. Les aconsejó sacrificar conejos y gallinas, tal vez, dijo, aunque no fuera sangre humana, alegraría el corazón del antiguo dios, el olor del líquido sagrado, del agua de vida, como la llamaban, seguro le agradaría, pero

---

[6] La coa es un tipo de azada en forma de palo aguzado, empleada por pueblos indígenas de la América prehispánica para agujerear la tierra y echar las semillas para la siembra.

les advirtió que tuvieran cuidado de no hacerlo ni decirlo frente a ningún español. Sus caras se iluminaron y, como si les hubiera regalado un tesoro muy preciado, se retiraron haciendo caravanas.

En agradecimiento le dejaron algunos pollos, unas flores de calabaza y una buena dotación de chiles y tomates.

De eso se ocupaba cuando unos sirvientes le vinieron a avisar que Cortés necesitaba de sus servicios.

No deseaba ver a Cortés. La última vez que la visitó tuvieron un altercado, pero no podía negarse a acudir cuando sus servicios eran requeridos.

"Bueno, la que iría rogando a buscarlo ahora es solicitada", pensó Malintzin.

Tomó un rebozo y los acompañó.

—Marina —se dirigió Cortés a ella como si nada hubiera pasado desde la última vez que la vio—, necesito de vuestros servicios en la ciudad. Las obras de reconstrucción de la ciudad de Temixtitán[7] están avanzando y tengo que hablar con Juan Velásquez Tlacotzin, el antiguo Cihuacóatl, porque él es quien está supervisando las obras y aún no habla bien la lengua castellana.

Cortés se notaba de muy buen humor y Marina se sorprendió al descubrir que, debido a su embarazo, Cortés dispuso una carreta para su traslado a la antigua ciudad. Nunca había visto una. La habían mandado traer de Jamaica y era como una casita con asientos acojinados por dentro, con cortinas diminutas, y tirada por cuatro caballos. Se puso

---

[7] Así llamaba Cortés a la ciudad de Tenochtitlán.

muy contenta, y como sea, el viaje fue más cómodo de lo que hubiera sido a caballo.

Ella no había regresado a la ciudad desde la captura de Cuauhtémoc y, a pesar de que había escuchado que la estaban reconstruyendo, nunca se imaginó la fiebre de edificación que se gestaba en la antigua Tenochtitlán. La ciudad original había quedado destruida desde el sitio, prácticamente hasta sus cimientos, por razones tácticas. Los españoles pronto resintieron que los habitantes les disparasen piedras y flechas desde las azoteas de las casas y palacios, por lo que se vieron obligados a ir destruyendo todo a su paso. Conforme los españoles iban ganando terreno, iban demoliendo o incendiando, con el propósito de no dejar parapetos donde el enemigo se protegiera o desde donde pudieran lanzarles proyectiles.

Malintzin estaba impresionada. Un movimiento febril se traslucía en todas partes.

Miles de personas, decenas de miles, participaban en la construcción de la nueva ciudad. No era la antigua Tenochtitlán, que ahora sólo vivía en su memoria. Se desilusionó al principio al ver que ya no sería la misma de antes, sino algo totalmente diferente, algo que ella nunca había visto. Cortés, emocionado, le iba señalando a su paso:

—Aquí habrá una iglesia, por acá un hospital, allá se levantará la universidad, más allá un seminario, aquí un centro de administración, suministros de agua, casas residenciales, amplias calles y jardines para pasear. Más allá estará mi palacio. ¿Recuerdas, Marina, que precisamente ahí estaba el palacio de Moctezuma? Y aquí traeremos al pequeño Martín a misa los domingos... a la catedral.

En aquel momento, los dos se rieron como cualquier pareja que menciona al hijo que está por nacer, olvidando las rencillas anteriores. Cortés había demostrado más de una vez durante la guerra una capacidad poco común de tomar decisiones importantes de manera casi instantánea, de ser cruel y despiadado, pero terminada la guerra de conquista se mostraba más complaciente y jovial. La expectativa de ser padre por segunda vez[8] aumentaba su sensación de exaltación. Por fin había alcanzado sus metas: había conquistado el imperio mexica y sometido a casi todos los pueblos vasallos, por fin había sido nombrado gobernador por la Corona española y estaba dirigiendo la traza y la construcción de una nueva y vibrante ciudad. Tenía riquezas, tierras, hombres y mujeres que lo servían, negocios boyantes, qué más podía pedir.

Por su parte, Malintzin no tenía idea de qué era una catedral, pero sin duda sonaba como algo muy importante, y miraba embelesada la construcción de aquella ciudad, tan ajena, tan diferente a todo lo que había visto en su vida, pero de grandiosas proporciones. Enormes bloques de piedra se desbastaban de lo que alguna vez fue la gran pirámide de Te-

---

[8] Hernán Cortés tuvo once hijos. La primera nació en Cuba en 1514 o 1515 y se llamó Catalina Pizarro. El segundo fue hijo de Malintzin, Martín Cortés Malintzin. Luego vinieron otros tres: Luis, con una española llamada Elvira Hermosillo; Leonor Moctezuma, con Tecuichpo, hija de Moctezuma, y María, con alguna noble indígena. Luego tuvo seis hijos más con su esposa doña Juana Ramírez de Arellano y Zúñiga: Luis+, Catalina+, Martín, María, Catalina y Juana. Cortés reconoció y legitimó a todos sus hijos y a todos los que sobrevivieron los procuró, les dejó herencia, y a las hijas las casó con buenos partidos, salvo a Catalina, la menor, que murió soltera.

nochtitlán, y se les daba forma de ángeles o demonios, con gubias, mazos y cinceles, o se les pulía para que fueran parte de una trabe, un arco, o simplemente un ladrillo igual a otros. La ciudad se levantaba como la fantasía vista en un sueño.

Después de caminar varias cuadras llegaron a donde se encontraba Tlacoltzin, a quien ahora llamaban Juan Velásquez y era el lugar en donde alguna vez había estado el gran mercado, cerca del palacio de Moctezuma, y que ahora sólo era una plaza vacía, irreconocible. Él estaba supervisando las obras, leyendo los planos y haciéndole un gran trabajo a Cortés. Aún se necesitaban los auxilios de Malintzin, pues nadie hablaba tan bien el castellano como ella, ni traducía las ideas con más exactitud, aunque ya mucha gente comenzaba a manejar el español, pues era evidente que los extranjeros no harían el menor esfuerzo por aprender el náhuatl.

Malintzin saludó ceremoniosamente a Tlacoltzin, a quien conoció en la época de Moctezuma.

—Malintzin, señora, gran señora —contestó él—, es un honor volver a verla. Llego muy a tiempo porque precisamente quería preguntarle algo delicado a Cortés, acerca de cuáles son los canales que se conservarán y cuáles se van a rellenar para hacerlos calzadas. Además, está la cuestión del drenaje, que algunos de mis trabajadores no entienden cómo funciona. No hay nadie que traduzca tan bien como usted. Así tendremos la claridad necesaria.

Ahí presente también se encontraba Alonso García Bravo, quien había llegado a las costas en el momento en que decidieron marchar hacia Tenochtitlán, en un barco de Francisco Garay, que venía a reclamar tierras de la región del Pánuco. Cortés, con su proverbial labia, lo convenció a él y a otros hombres de unirse a sus huestes. Alonso había resultado muy útil, pues tenía conocimientos de geometría, cálculo y topografía. Además, era alarife, y era quien básicamente estaba poniendo en el papel la nueva ciudad. Era él quien aclaraba las dudas e inquietudes al antiguo Cihuacóatl, mientras Marina traducía.

Cuando quedaron aclaradas las dudas, la lengua observó con sorpresa que prácticamente todos los trabajadores eran indígenas y que la rueda era uno de los inventos —como en su momento a ella le habían fascinado las humildes velas de cera—, que los trabajadores habían adoptado con facilidad. Por todos lados se veían carretillas de mano, carros tirados por burros, poleas, instrumentos de hierro para tallar la piedra, que apenas hacía dos años ni siquiera soñaban que existieran. Todas estas innovaciones facilitaban tanto el transporte de materiales, como la carga de piedras y herramientas de construcción.

Mientras ella miraba fascinada la actividad constructiva se acercó un joven, más o menos de su misma edad, y a quien le presentaron: Santiago Severino, se llamaba. Era un chico tlatelolca muy avispado que ya hablaba bastante castellano, sabía interpretar los dibujos y, de hecho, también trabajaba en un libro pintado, que se basaba en uno más antiguo, donde estaban representaados los cuatro cuadrantes de la ciudad. El nuevo libro pretendía plasmar los nuevos cuadrantes, que eran básicamente los mismos, y que en su nombre conservaban el antiguo en náhuatl y se le agregaba el nombre de un santo en castellano. A él, alguien cercano a fray Olmedo, le había enseñado ya los misterios de la escritura española. Era algo que le maravillaba a Malintzin, porque, aunque Gerónimo de Aguilar, su antiguo compañero, le prometió enseñarle, nunca se lo cumplió. Ahora Gerónimo los odiaba, tanto a ella como a Cortés. Pero eso era historia pasada, o al menos eso creía.

A Santiago lo escogieron para ese importante trabajo porque era de los pocos que quedaban que sabía leer los libros de los antepasados; su padre y su abuelo —quienes habían muerto en el sitio de la ciudad— le habían enseñado desde que era pequeño cómo pintarlos e interpretarlos, le comentó a Malintzin. Él creció aprendiendo la manera de moler las tierras y los minerales para hacer el rojo y el negro y el verde y el amarillo. Eso era todo lo que él sabía, que un día pintaría libros y nada más. Desde niño vio cómo se fabricaba el papel amate y cómo se pintaban los libros y se doblaban, con cuánto amor y paciencia se dibujaban y se preparaban los colores. Pero tanta gente había muerto en la guerra con los españoles, ya fuera en las batallas, de hambre o de las nuevas enfermedades, que quedaban muy pocos que conocieran el oficio. Él se sentía agradecido por haber sobrevivido y de poder hacer lo que siempre le gustó, le contó orgulloso a Marina, con una sonrisa de dientes blanquísimos, que iluminó por completo aquella fría mañana de diciembre.

Cuando Cortés terminó de hablar con Tlacotzin, le indicó a Marina que quería que colaborara con Santiago en un nuevo proyecto. Se trataba de un censo que se llevaría a cabo en la ciudad, para saber cuánta gente vivía ahí, de qué edades y sexo y a qué se dedicaban. Eso le ayudaría a tomar decisiones y a pasar informes a la Corona española. Creía que los dos eran la combinación perfecta para crear la encuesta, para que hablaran con los caciques principales y entrenaran a cientos de ayudantes que recabarían los datos. Por lo que quería que Malintzin se encargara de hablar con todos los jefes de las comunidades aledañas y los barrios de la ciudad, para que dieran su aprobación y colaboraran convenciendo a la gente de contestar las preguntas. Además de que necesitaba que lo hicieran a marchas forzadas, pues lo ideal sería que terminaran antes de que Marina diera a luz, dijo.

A Santiago le ordenaron presentarse en casa de Malintzin en tres días. A ella ni siquiera le preguntaron su parecer.

En el camino de regreso, en la carroza, Cortés canturreaba una cancioncilla:

A quien contaré yo mis quejas
si a vos no.
Muerto quedo si tú me dejas
mi lindo amor.
Ay, ay, ay.

A Marina le gustaban las canciones. La primera vez que las escuchó fue durante la travesía por mar de Potonchán a los arenales de Chalchicueyecan. Los naturales de la tierra no entonaban así. La música que ella había escuchado, acompañada de atabales, conchas y flautas, era más simple, más rítmica, pero menos modulada. Ya se había aprendido algunas canciones sevillanas y le gustaba oír cantar a Hernán, que generalmente era serio, salvo cuando jugaba a las cartas. Denotaba su buen humor.

—Cortés, ¿se puede saber por qué estás tan contento? Te conozco bien, y algo traes —preguntó Malintzin.

—Pues que me ha llegado la noticia, Marina, de que el rey por fin ha firmado mi nombramiento de adelantado, gobernador y capitán general de estas tierras. Aún no sé cuándo llegarán las cartas, pero es un hecho, ha dos meses que lo firmó. No me ha hecho virrey, como esperaba, pero esto es grande, muy grande, mi pequeño ocelote.

—Me alegro por ti. Es lo que siempre buscaste, después de tanto esfuerzo y sacrificio.

—Y no os olvidéis, ni por un momento, que también después de tanto gasto, porque yo puse todo mi caudal en esta empresa. Veremos si me pueden repagar lo que invertí. Sí, es tiempo de celebrar, Marina —y se le acercó a la joven embarazada, la besó y le metió mano por debajo de la falda.

”Ah, y Marina, quería deciros que a partir de hoy tenéis licencia para vestiros como mujer española.

—¿Y yo para qué quiero vestirme con esas enaguas tan ridículas? —contestó Marina cuando pudo librarse de la lengua de Cortés, que la sofocaba.

—¿Decís ridículas? ¡Os veréis como una dama decente, del rango que merecéis! ¡Después de todo sois mi concubina! ¡Os mandaré traer vestidos finos de Sevilla!

Malintzin ya no pudo contestar porque Cortés se ingenió para montársele a pesar de los brincos que daba la carreta por el camino y del abultado vientre de seis meses de embarazo de Marina. Ella, lejos de rechazarlo, gozó la sensación de ir cogiendo en movimiento, lo que la excitó más que de costumbre y a cada sacudida del coche, pegaba un gritito de placer, lo que a Cortés lo volvió loco y lo hizo venirse más rápido de lo acostumbrado. En Europa, cuando una mujer se quedaba preñada, el marido no volvía a tocarla hasta después del parto, pero en estas tierras, las indias no hacían caso de esas indicaciones y gozaban como yeguas hasta un día antes del parto. Cortés lo comprobaba y se le figuraba que aquella experiencia era aún más gratificante, pues el tepilli de la mujer estaba aún más lubricado y aterciopelado que de costumbre, pero como Marina no había quedado satisfecha, fue ella la que se acomodó arriba de Cortés y le exigió, a base de caricias, una segunda vez.

El resto del camino, Hernán Cortés siguió cantando, mientras Malintzin, que miraba por la ventanilla de la carreta, recordó la primera vez que se subió al navío español, cuando partió de Centla para no volver. La nave se movía empujada por la fuerza del viento, del poderoso Kukulcán, o Ehécatl, como le decían los nahuas. Le gustaba sentir su caricia salada en el rostro, evocó. Era algo muy ingenioso lo de las telas que el viento llenaba. Eran muy grandes y las zurcían unas con otras y las amarraban a un palo alto, entonces, cuando entraba en ellas la bocanada de aire, se inflaban como enaguas y esto empujaba al barco sobre la mar, lo hacía avanzar sobre las aguas. Esas telas también las llamaban velas, usaban la misma palabra que para los palos de cera que iluminaban en la noche. A ella le parecía una coincidencia maravillosa, que no entendía, pero en su mente se unían a una idea de avance, de progreso. Unas velas abrían paso sobre las aguas poderosas del mar y las otras velas abrían la oscuridad de tajo y la desgarraban, irradiando luz sobre lo que los ojos no alcanzaban a ver. Y las dos cosas eran sencillas en sí mismas, pero daban gran poder a la gente que las usaba.

El viento refrescaba la travesía, pero el movimiento de las olas provocaba ciertos mareos, recordó cuando de pronto se sintió mareada por el ajetreo de la carreta.

Al llegar al palacio de Coyoacán, Marina vomitó cuando se bajó de la carreta. Cortés, un poco acongojado, le dijo que no podría llevarla en el vehículo porque las angostas calles se lo impedían y le ofreció que el cochero la acompañara. Ella aseguró estar bien y se fue caminando sola a su casa cuando empezaba a oscurecer.

A unas cien varas de haber dejado al recién nombrado adelantado de la Nueva España, un grupo de hombres la rodeó. Le gritaron *traidora* en náhuatl, le arrancaron la cadena de oro que traía colgando al cuello, y sin el menor titubeo la golpearon y luego se alejaron corriendo. La dejaron tirada en la oscuridad del camino.

10

Los colgados

(Diciembre de 1522)

Juana daba vueltas como león enjaulado, ya hacía muchas horas que Malintzin se había ido con Cortés y no regresaba. Podría haberse quedado a dormir en el palacio, como otras tantas veces, pero estaba encinta y algo que no podía explicar no la dejaba estar en paz. Decidió mandar a Rosa, una de las sirvientas, al palacio de Cortés, para asegurarse de que Malintzin estuviera bien.

Eran casi las nueve de la noche cuando Rosa regresó dando voces y con varios hombres que traían cargando a Malintzin. En el camino a la casa de Cortés se encontró con Malintzin inconsciente, quien era auxiliada por un hombre que la encontró tirada en el camino, en mal estado. Rosa le ordenó que corriera a pedir auxilio a la casa de gobierno para que enviaran gente que le ayudara. A Cortés le habían avisado y también venía en camino.

La acostaron y llamaron al médico. Temían que pudiera perder al bebé, debido a los golpes que había recibido.

Le ordenaron permanecer en cama por varios días, y Cortés, a su vez, ordenó a Gonzalo de Sandoval que no parara hasta dar con los culpables, planeaba darles un castigo ejemplar.

Marina tenía un ojo cerrado, un pómulo abierto y algunos moretones en las costillas, pero no perdió al bebé, que era lo que ella, Juana y Cortés más temían. Sin embargo, no eran sólo las heridas físicas lo que la entristecía, sino el hecho de que la hubieran llamado traidora. Ella nunca antes sintió que estuviera traicionando a alguien al tomar parte en la guerra, porque era sólo una esclava que había pasado a manos de los extranjeros y sólo había hecho el trabajo que le encomendaron hacer. Igual que, como en su caso, hubiera hecho tortillas. No era nahua, ni tampoco maya. No le tenía lealtad a nadie porque no se sentía parte de ninguna comunidad, no tenía familia, y en la vida los hombres sólo habían abusado de ella. O así lo había sentido siempre. Había crecido para ser una *ahuianime*, una fuente de la que todos bebían. En todos los años que los hombres la usaron, se endureció, se volvió tierra seca, buscó satisfacer sus propias necesidades, su sobrevivencia. Aprendió que había que ser como un guerrero, pasar por la vida con valentía, sin quejarse.

Lo que la inquietaba era que los hombres que la asaltaron pensaban que era una traidora, ¿lo pensarían así otras personas? Y si era así, ¿cuántas? Ella había sido víctima de una sociedad donde había amos y esclavos, y las niñas se compraban y se vendían para hacerlas prostitutas. ¿De verdad la habían atacado por eso? ¿O fue acaso la sed de oro, la nueva y codiciada mercancía que antes no tenía ningún valor, y que ahora medía todos los intercambios, la causante de su ataque?, cavilaba al recordar que le habían arrancado la cadena de oro que portaba y que había sido uno de los muchos regalos que Moctezuma le había dado.

Iba sanando, pero estaba inquieta y no se recuperaba como debía. Santiago se había presentado puntual a la cita, dos días después de haberla encontrado en Tenochtitlán, pero lo habían regresado. Lo del censo se retrasaba, le dijeron, hasta que ella se recuperara.

Después de unos diez días, y de varios interrogatorios, dieron por fin con los culpables. Cortés quiso que Malintzin los identificara. Cuando lo hizo, la obligaron a presenciar la ejecución. A tres de ellos los colgaron en la plaza de Coyoacán, y a los dos que planearon el ataque los aperrearon ante la atónita mirada de la agraviada y el pueblo entero. No era la primera vez que presenciaba un aperreamiento, pero siempre resultaban muy perturbadores. Después de la sentencia, los dos mastines asesinos se asignaron para cuidar la casa de Marina.

Acerca de los ajusticiamientos, Cortés sentenció: "Para que sirva de advertencia. Para que nadie más se atreva a poneros una mano encima, Marina. Atacaros a vos es como atacarme a mí".

Ese día, Marina vio a un Hernán Cortés que no reconocía. Su mirada exudaba odio y rencor. Lo había visto antes autorizar ejecuciones que habían sido difíciles de decidir —como cuando colgó a varios de los que se le amotinaron en la Villa Rica porque querían regresar a Cuba—, pero en esta ocasión parecía gozar el tener poder sobre vida y muerte. Algo más le estaba sucediendo a ese hombre y a su entorno que ella no había visto antes. A pesar del hijo que esperaban, y que era un símbolo de su unión, de la unión entre un hombre con la mujer que discutía todas sus decisiones y le preguntaba su opinión, de españoles y naturales, el hombre se estaba alejando de ella y sentía que debía hacer algo para impedirlo, pero ¿qué? ¿Qué podía hacer ella?

Trató de pensar cuál o cuáles podían ser las causas que aquejaban a Hernán, ella se había abocado a los problemas del calpulli, a ayudar a fay Bartolomé con la enseñanza del catequismo, a cuidar de su preñez, y había dejado de enterarse de lo que sucedía en el entorno español, en el que antes del sitio de la ciudad ella vivía inmersa.

Quizá la cosa era que, simplemente, la guerra se había acabado y la mayoría de los españoles no estaba conforme con cómo se había repartido el dinero, ni cómo se estaba concertando el nuevo gobierno, que por más de un año había significado: sólo Cortés. Seguramente se sentía presionado. Había, por todos lados, y le constaba, muchas habladurías sobre él. Se decía que en su palacio tenía una habitación llena de oro, que quería sublevarse contra el rey de España, que tenía demasiados esclavos, que exigía que se le llamara *Su Alteza*. Nada de eso era cierto.

Lo que sí era verdad es que Cortés había cambiado, se le notaba, pensó Malintzin. Estaba cada día más arrogante, más lleno de sí, más alejado de ella y de todos. Ya no confiaba en nadie, estaba muy ocupado pensando. ¿En qué? ¿En cómo iba a defenderse de sus enemigos? ¿En cómo acrecentaba su riqueza? ¿En cuáles serían sus próximas aventuras?

Cortés era un hombre que no se quedaba quieto, y ella lo sabía. Era cierto que era aún más poderoso que cuando era sólo capitán de las tropas. Ya era Adelantado pero deseaba más, se sentía rey. Todos los demás que le habían ayudado a ganar las tierras y el poder habían quedado muy abajo. Nadie lo merecía. Supuso que ella menos que nadie.

Respecto a los cuentos que circulaban sobre su riqueza, eran eso, cuentos. Ella sabía que tanto él como sus capitanes buscaban oro desesperadamente. Entre otros estaba la gran cantidad de oro que se había perdido en aquella infame noche, la Noche Triste, y que no habían encontrado. Lo habían buscado en los canales, en las ruinas de los palacios, en el recinto sagrado.

Si Cuauhtémoc sabía algo del destino de aquel oro, no lo dijo cuando lo apresaron. Aseguraba que ellos no habían hallado nada en los canales aquella noche que salimos huyendo de la ciudad. ¿Lo escondió? ¿Se perdió para siempre? Era un misterio.

11

La noche más triste

(30 de junio-1º de julio de 1520)

MALINTZIN REGRESÓ ACONGOJADA A SU CASA DESPUÉS DE los ajusticiamientos. Bernal la acompañó llevando de sendas correas a los dos enormes mastines, que todavía tenían resabios de sangre en sus hocicos. A ella no le gustaban esos animales, le resultaban demasiado agresivos. Aceptó tenerlos porque eran buenos cuidadores, pero siempre le habían provocado miedo, y la primera vez que los vio le parecieron bestias del inframundo, sedientas de sangre y de carne humana. Para agradecerle a Bernal su ayuda lo invitó a comer, y una vez amarrados los perros en el jardín de atrás de la casa junto a los otros perros que tenía, se sentaron en una gran mesa que Malintzin colocaba en el patio para comer en los días calurosos, bajo unas arcadas. Sin embargo, los aperreamientos le habían removido recuerdos de la guerra que se agolparon en su mente, aunque uno persistía en abrirse paso, quizá porque era de los más tristes que recordaba. No pudo evitar comentárselo a Bernal, mientras les servían vino y unos tacos de mole y nopales que la cocinera había preparado. También les trajeron pollo y flores de calabaza con maíz y jitomate. Bernal estaba hambriento, así que no se hizo de rogar.

Durante la plática recordaron cuando, habiendo enfrentado a Pánfilo de Narváez cerca de la Villa Rica de la Vera Cruz, venían cansados y preocupados por las noticias que iban recibiendo en el camino de regreso a Tenochtitlán, sobre la situación en la que se encontraban los españoles en la ciudad. Parecía que la visión que había tenido Blas Botello, el astrólogo y vidente, era cierta. Blas había pedido hablar con Cortés después del enfrentamiento con Narváez y muy agitado le comunicó que un espíritu le había mostrado a Pedro de Alvarado sitiado, en una situación muy difícil en el palacio de Axayácatl y atacado por los mexicas.

En aquel momento no podían comprobar si lo que decía Botello era cierto, pero Cortés había temido algo así desde hacía tiempo y había dejado a Alvarado a cargo de la ciudad. "¿Qué habría hecho Pedro para estar en esa situación?", se preguntaba el conquistador. Regresaron con prisas a la ciudad el 24 de junio de 1520, lo que quería decir que Alvarado y sus hombres debían tener poco más de un mes en un estado muy difícil, sitiados y con muy poca comida y casi sin agua.

Bernal recordaba perfectamente que se habían visto forzados a dar un rodeo a la laguna para poder llegar a la ciudad, pues había puentes levantados y barricadas que impedían el paso, por lo que, en lugar de entrar por la calzada de

Iztapalapa, entraron por Tacuba. Era claro que la ciudad se encontraba en un estado de guerra. El mercado estaba cerrado, con vallas en las calles, en fin, era de no creerse cómo se miraba la ciudad. Un silencio sepulcral los recibía, no había gente en las calles. Quizá guardaban luto por sus muertos, aventuró Malintzin o quizá tenían órdenes de no salir.

—Lo que más me impresionó en aquel momento, Bernal, fue que las calles estaban desiertas, parecía un pueblo abandonado —comentó Marina.

—Si os soy sincero, doña Marina —Bernal usaba el *doña* como signo de respeto, aunque él y Marina eran casi de la misma edad—, yo sentí mucho miedo en aquel entonces, pensé que ahí quedaríamos todos, que estábamos entrando a la hora de nuestra muerte. Y ¿sabéis, doña? Lo que más me aterrorizaba era acabar arriba de la torre del Huichilobos,[9] aquel, con el pecho abierto, entre los salvajes que arrojarían mi cuerpo escaleras abajo, ¡hijoeputa! —continuó Bernal, haciendo expresión de horror.

"Bueno, perdón, doña, por lo de *salvajes.*

—Bernal, no te disculpes. Eran salvajes. Nadie quiere morir así, con el corazón todavía temblando en la mano de un sacerdote. ¡Hasta te hacían creer que de verdad el sol no saldría nunca más si no bebía sangre humana! Pero aquí estamos, Bernal, vivos, no sé cómo. Fueron tantas las veces que temí por mi vida.

Marina se adentró en sus pensamientos. Le preguntó a Bernal si se acordaba de que, de camino al palacio de Axayácatl, el caballo de Pedro de Solís se rompió la pezuña al

---

[9] Se refería a Huitzilopochtli.

atorarse en uno de los puentes y se encontraron a un mexica colgado de un árbol y Botello les susurró que esas señales eran muy malos agüeros. Todos se estremecieron. Lo que no le dijo a Bernal fue que desde aquella noche en que se había acostado con Blas Botello se sintió de algún modo atada a él, ponía mucha atención a lo que decía.

Al llegar al palacio, lo primero que hizo Hernán fue llamar a Alvarado y preguntarle qué había pasado.

Alvarado, siempre tan seguro de sí mismo, tartamudeó. Nada de lo que decía era coherente. Marina nunca lo había visto así. Se justificó con el caudillo diciendo que lo que había detonado el enojo de los mexicas había sido que Cortés había colocado la cruz y el retablo de la Virgen en el templo antes de irse a enfrentar a Narváez —quizá un poco apresuradamente, acotó— y que, además, los tlaxcaltecas le informaron de un ataque sorpresa que preparaban los mexicas después de la fiesta de Tóxcatl.

La fiesta era en honor al dios Huitzilopochtli-Tezcatlipoca, que se celebraba antes de la llegada de las lluvias y se ofrecía un guerrero que debía bailar y tocar la flauta en honor al dios antes de ser sacrificado. Moctezuma y los sacerdotes ya le habían pedido permiso con anticipación a Cortés para celebrar la ceremonia y el español había aceptado.

Cortés estaba rojo de ira, echaba espuma por la boca. Le dijo a Alvarado que se diera de santos que no lo ajusticiara ahí y en ese momento, que por su culpa había echado a perder su trabajo de meses, que era un imbécil y un malnacido. Que no estaba en su autoridad haber tomado ninguna decisión, que debió de esperar a que él regresara y más estando en una situación tan débil como en la que se encontraban, con pocas armas y hombres. Le manifestó con mucha claridad que nunca debió de haberlo dejado a él al mando, pero reconoció que al final era su propia culpa haber confiado en él.

Marina repasó los hechos con Bernal y los dos convinieron en que Moctezuma solicitó hablar con Cortés, pero éste se negó. Estaba muy enfadado por las noticias que le habían dado al llegar, concernientes a la comunicación que aparentemente se había establecido entre Narváez y Moctezuma, mientras Cortés iba de camino a la costa a enfrentarlo, y que se decía que Moctezuma le había enviado un gran medallón de oro al primero, esperando que Narváez pudiera liberarlo del yugo en que Cortés lo mantenía.

En el fondo, Cortés no quería echarle toda la culpa a Alvarado, quizá pensaba que los mexicas sí tramaban algo en contra de ellos. Pero la pregunta acuciante era: ¿cómo podrían los mexicas haber estado planeando un ataque y luego haber dejado expuestos a cientos de hombres bailando sin armas durante la fiesta? Era evidente que no esperaban un ataque tan artero del puñado de extranjeros.

Cortés, evocó Malintzin, aún tenía esperanzas de salir airoso, de voltear la tortilla, y mandó construir unos manteletes para avanzar en la batalla, pero no fueron realmente de mucha ayuda.

Juana, las esclavas y algunas de las mujeres de la servidumbre le aconsejaron a Malintzin que debían huir, disfrazadas de mujeres mexicas, que nadie las notaría, y que era el momento preciso para hacerlo. Que se quedaran las españolas que venían con los extranjeros y las hijas y parientas de Moctezuma. Ellas huirían y empezarían de nuevo.

Pero Malintzin dudó. ¿A dónde irían? ¿Qué harían? No podía regresar al territorio de Tabascoob, a ser esclava. ¿A Tlaxcala? ¿Dónde estaba su lugar en el mundo?, pensó entonces. Ya no podía concebir la vida sin Cortés.

A la mañana siguiente, Cortés la mandó llamar. Quería que Moctezuma saliera a la azotea del palacio a hablar con sus gentes y pedirles que pararan la lucha. Moctezuma se negaba. Estaba ofendido porque el español no había querido escucharlo.

Bernal ya había bebido suficiente vino cuando Marina le ofreció un licor que le enviaban de la tierra de mixtecos.

—Bebe, Bernal, te gustará. Es bebida de dioses, se llama mezcal.

Bernal primero halló fuerte la bebida, pero pronto le agarró el gusto y envalentonado cuestionó a Marina:

—Marina, una cosa que no me gustó fue lo que hizo con Moctezuma. ¿Recordáis? Cómo lo obligó a subirse a la azotea. Pobre hombre, se veía apesadumbrado. Me hacía pensar en un pájaro enjaulado, ya no tenía fuerzas, ni brío.

Marina recordaba el incidente perfectamente. Ella transmitía lo que Cortés le ordenaba, pero el tlatoani contestaba: "Malinche, ¿qué más quieres de mí? Yo ya no quiero vivir, ya no quiero escucharte, ya no quiero saber nada de ti. Déjame en paz".

Fray Olmedo, que le tenía mucho cariño a Moctezuma, lo convenció diciéndole que debería hablar con su pueblo, tranquilizarlo. Moctezuma no estaba muy convencido, estaba renuente a hacer cualquier cosa por los extranjeros. A su manera, se había sublevado, quizá tenía esperanzas de ser libre y de regresar a gobernar a su pueblo si sus guerreros los cercaban y mataban a los extranjeros.

—Leonel de Cervantes le puso un cuchillo en el cuello y lo amenazó con matarlo, ¿no es así, doña? —aseguró Bernal—. Subimos a la azotea Francisco Aguilar, vos y yo y Moctezuma. Tratamos de protegerlos con nuestros escudos, de los dardos y flechas que aventaban los mexicas enfurecidos.

—¡Pero no sirvió de nada, Bernal, no sirvió! —exclamó Marina con lágrimas en los ojos.

Bernal la tomó de las manos.

—Marina, ¡éramos nosotros o ellos! ¡Fue un milagro haber salido con vida esa noche, y vos lo sabéis bien!

Los dos brindaron con sus jarritos de mezcal:

—¡Salud!

Marina recordaba bien cómo Moctezuma, con el ánimo decaído, se sobrepuso lo mejor que pudo y con voz apagada comenzó a exhortar a sus súbditos —que gritaban y, exaltados, comenzaron a lanzar piedras— a que pararan la guerra, argumentando que los españoles habían prometido dejar la ciudad.

La gente le gritaba palabras soeces, improperios que los extranjeros no entendían, pero ella sí. Le decían que era la puta de los españoles, que era un *culoni*, un homosexual, un cobarde. La lluvia de piedras arreció, a ella la golpearon en un hombro y a Moctezuma, en el abdomen y en la cabeza. El hombre se desvaneció y tuvieron que bajarlo rápidamente y lo llevaron a una habitación. Desde ese momento, Malintzin sintió que era su obligación permanecer junto a él. Mandó llamar a los médicos, al español y a los mexicas que aún quedaban en el palacio. Vinieron y le limpiaron la herida, le dieron a oler sales, pero no recobraba la conciencia.

Cortés estaba muy nervioso y daba vueltas como jaguar enjaulado. La mandó llamar y le preguntó por Moctezuma. Estaba fuera de sí, daba órdenes contrarias, se quedaba callado, y luego volvía a dar órdenes. "Moctezuma ya no me sirve, su gente ya no lo obedece...", murmuraba.

—Cortés estaba muy alterado aquel día, ¿recuerdas, Bernal, que no sabía qué hacer hasta que entró Blas Botello a hablar con él, acompañado de algunos capitanes?

—¿Fue en ese momento, o un poco más tarde, casi al anochecer? —cuestionó Bernal.

—Si no me equivoco fue entonces, porque Cortés aún tardó un par de horas en decidir y coordinar la huida —contestó Marina.

Cortés lo recibió un poco exacerbado, no tenía tiempo para el astrólogo. Estaba en un momento en que necesitaba concentrarse para tomar decisiones, afirmó.

—Dejadme solo, os lo ruego —le pidió a Botello.

Pero los hombres que lo acompañaban le dijeron que era importante lo que tenían que decirle.

—¡Hablad pues, qué deseáis! —contestó Cortés de mala gana—. ¿No veis que estoy ocupado? ¿Pensando en qué es mejor para todos?

—Cortés —aseveró Blas Botello con apremio y con pasmosa seguridad—, tenemos que salir esta noche. Un espíritu que me es familiar y que me advierte del peligro me ha dicho que tenemos que salir hoy mismo de la ciudad.

—¿Qué decís?

—Que si no salimos hoy mismo de Tenochtitlán, todos hemos de morir.

Lo aseguró tan solemnemente, que todos los hombres se impresionaron. Ya se sabía de su acierto con la visión que tuvo de Alvarado en peligro, estando en Cempoala. Ni uno solo de los hombres de Cortés dudaba de su palabra.

—Pero no os preocupéis —continuó Botello, como tratando de suavizar la situación—, también me han dicho que regresaréis a la ciudad y será vuestra.

Cortés se sorprendió. Sabía que la predicción pesaba sobre los hombres porque la visión que había tenido Blas, de Alvarado sitiado, era ya una leyenda en boca de todos y que poco podría hacer para contradecirla. Se resistía a dejar la ciudad, a pesar de lo evidente que era el peligro para todos. Según él, todavía había esperanzas de recuperar su posición y no deseaba dejar de hacer la lucha hasta el último momento, había hecho tantos progresos, pensaba.

Cortés se sentó, abatido. Él aún tenía planes para resistir, según Bernal, pero por primera vez vio lo evidente. Con los ojos cerrados murmuró que no podían dejar cabos sueltos. Dio órdenes de que pasaran por la espada a Moctezuma y a todos los principales mexicas que se encontraban presos en el palacio de Axayácatl.

Marina, a pesar de la obediencia que le debía a Cortés, protestó. Nadie más lo hizo. Abogó por él y por los nobles mexicas con evidente angustia, le dijo al amo que eso le pesaría de por vida, que tuviera compasión, que el tlatoani no era cualquier reo, sino el emperador de los mexicas. Pero Cortés, cabizbajo, la miró por un breve momento y sólo negó con la cabeza. Ella entendió que nada podía hacer para cambiar el destino del tlatoani.[10]

La realidad era que Moctezuma agonizaba. No sólo estaba herido en el cuerpo, sino también en el alma. Ya no quería vivir.

—Marina, pensad que Moctezuma en esos momentos era como un caballo herido. Difícilmente podría haber sobrevivido.

—Eso, Bernal —dijo Marina arrastrando un poco las palabras por efecto del alcohol—, como un animal herido en la selva, como un jaguar.

Cuando los hombres que llevaron a cabo el crimen regresaron a notificarle del hecho, Cortés, tan nervioso como todos, lloró. Se tocó el pecho y sollozó.[11] Agachó la cabeza y no la levantó hasta que pudo dominar sus sentimientos. Nadie se movió. Todos estaban conmovidos. Le preguntaron qué hacían con los cuerpos y dio órdenes de que los sacaran

---

[10] Es importante aclarar aquí que existen tres versiones sobre la muerte de Moctezuma: la primera es la de los cronistas españoles y en ella no hay controversia: Moctezuma murió a causa de una pedrada recibida mientras trataba de calmar al pueblo mexica desde la azotea del palacio de Axayácatl. La segunda es la versión indígena, que dice que el tlatoani fue muerto por los españoles y su cadáver fue aventado a un canal. La tercera es la posible combinación de las dos anteriores: que, herido por la piedra, Moctezuma hubiera sido rematado por los españoles una vez que su presencia ya no reportaba ninguna utilidad.

[11] Bernal Díaz del Castillo narra lo siguiente al respecto: "Cortés lloró por él, y todos nuestros capitanes y soldados y hombres hubo entre nosotros, de los que conocíamos y tratábamos, de que fue tan llorado como si fuera nuestro padre y no nos hemos de maravillar de ello viendo cuán bueno era" (*Historia verdadera de la conquista de la Nueva España*, México, Editorial del Valle de México, t. II, p. 491).

a un costado del palacio. Marina, al ver a Cortés así, corrió a refugiarse a un pasillo. Ahí también lloró por Moctezuma y los demás señores, por ella, por Hernán. No podía creer lo que estaba sucediendo. Hacía sólo unas semanas todo marchaba bien. Hacía sólo unas semanas ella y Cortés soñaban con reinar en Tenochtitlán. Tan sólo un par de meses atrás Moctezuma estaba alegre y dicharachero, quería aprender español, bromeaba con ella y le obsequiaba pulseras de oro.

Toda la tarde se ocuparon en planear la fuga, que comenzaría a medianoche.

Como a las diez de la noche les informaron los vigías que mujeres con antorchas se acercaron al palacio, a reconocer los cuerpos, y que lloraban y gritaban amargamente al reconocer los cuerpos. Escuchar sus lamentos a través de los gruesos muros del palacio era desgarrador.

Mientras tanto, Cortés hizo los preparativos para cargar el oro. Mucho se repartió entre los hombres, en forma de tejos y lingotes, y el resto lo repartieron en mulas.

También se planeó cómo saldrían. Al frente de la columna irían Sandoval, Ordaz, Francisco Acevedo, Tapia y Lugo, junto con un destacamento de algunos tlaxcaltecas que irían cuidando a las mujeres, entre las que se encontraban doña Luisa, la esposa de Alvarado; doña Elvira, esposa de Velásquez de León; las tres hijas de Moctezuma, doña Isabel, Ana y Leonor; doña Francisca, la hija de Cacama; y Malintzin, que era tan preciada o más que las mujeres nobles. También irían los frailes Olmedo y Juan Díaz, Gerónimo de Aguilar, el traductor, y, por supuesto, Juana, la doncella de Malintzin.

—No olvidéis, doña Marina, que iba yo con órdenes expresas de cuidaros cuerpo a cuerpo.

—Cómo olvidarlo, Bernal, mi fiel amigo… si no hubiera sido por ti… tú me ayudaste a salir del agua cuando tuvimos que cruzar el canal.

Atrás vendría Cortés, el tesoro, y al final de la columna, Pedro de Alvarado con Velásquez de León y otros sesenta hombres, más o menos.

La retaguardia la cerraban los tlaxcaltecas.

Cuando salieron llovía y hacía frío. Avanzaban en silencio. Empapados, lograron cruzar los primeros cuatro puentes que los separaban de Tacuba, y estaban a punto de cruzar la laguna cuando los vieron. Primero una mujer que bajó a sacar agua y luego un sacerdote. Gritaron alertando a los guerreros. En cosa de minutos ya les llovían flechas encima. Tuvieron que nadar los últimos dos canales para poder llegar a tierra firme. Cortés, quien ya venía pasando los puentes, regresó a ayudar a los que venían detrás. Todos los puentes estaban levantados y en el agua se perdió la yegua y el caballo que habían cargado con el oro, y también el cañón.

Dicen que el peor desastre ocurrió en el segundo puente, cuando ya habían pasado las mujeres, y que estaba tan lleno de cadáveres de caballos, españoles y tlaxcaltecas, que los que podían, pasaban sobre los muertos.

Cayeron al agua las otras mulas que habían llegado con Narváez, con el oro y los papeles de Cortés, también quienes estaban a cargo de los animales.

En un momento dado, Cortés también se sumergió en el agua y se vio rodeado por varios guerreros mexicas, y salvo porque llegaron Cristóbal de Olea y Antonio Quiñones en su ayuda, los mexicas se lo hubieran llevado y lo hubieran sacrificado.

—Fue una confusión terrible, Bernal, si no hubiera sido porque me escudaste con tu cuerpo, y me sacaste del último canal, no estaría aquí, bebiendo contigo. Estaba oscuro y resbaloso y no se veía bien a lo lejos. Nunca pude ver bien quién venía detrás de nosotros, sólo escuchaba alaridos, oía el saetar de las flechas, los disparos, los quejidos, el relinchar de los caballos, los gritos de guerra de mexicas y tlaxcaltecas.

María de Estrada venía en la retaguardia montando un alazán y peleando como una diosa entre los tlaxcaltecas.

Tanta gente murió, fue tanta la confusión y la angustia. Los que lograron dejar el último canal de la ciudad se sintieron afortunados. Malintzin recordaba que Cortés no quería salir esa noche, y que, de algún modo, la predicción de Blas Botello fue determinante para todos.

Llegaron empapados y completamente agotados a un lugar llamado Popotla. Casi al amanecer, arrastrándose, cuando la noche es más oscura, se reunieron todos los sobrevivientes. Tiritaban de frío y estaban aterrados. No sabían si los perseguirían. Casi todos venían heridos, sucios, con la ropa desgarrada o manchada de sangre. Aun así, Cortés, quien también venía herido de una mano y con lágrimas en los ojos, los instó a seguir caminando, como pudieran, ayudándose unos a los otros, montando a los más maltrechos en los caballos, sospechando una persecución.

—¡Cómo temíamos que nos vinieran persiguiendo, pisándonos los talones! ¿Verdad, Marina?, avanzábamos como podíamos entre aquellos charcos pantanosos, tratando de cubrirnos entre los pastos —evocó Bernal, también con lengua pastosa.

Cortés, en medio de la confusión y el desorden, preguntó por Marina y por un carpintero llamado Martín López.[12] Quería saber si estaban ahí. A nadie le extrañó que preguntara por ella, era la lengua, pero del carpintero no entendían, pensaron que había enloquecido.

Cuando empezó a clarear, y se alcanzaron a ver rayones de color rosa y amarillo por el horizonte, Marina pensó que todo había acabado, que ya no habría futuro, que nunca se sentaría al lado de Cortés, compartiendo el trono de Tenochtitlán. Pensó que vendrían tras ellos y que los arrasarían como hormigas, tal como lo había dicho Blas, y que no tendrían modo de defenderse, pues todos venían heridos, exhaustos, sin armas, devastados.

Pero el sol, sin importarle los eventos humanos, subió diligentemente por el horizonte y calentó los cuerpos macerados y la lengua sintió hambre. "Estoy viva", se dijo. "Quizá me queden unos días más de vida —reflexionó y se sintió agradecida—. Tal vez consiga una tortilla dura entre el fango."

Se organizaron para atender a los heridos entre aquellos pastizales. Tuvieron que pasar un par de días, hasta que el caos se hizo orden y la confusión, claridad, mientras se curaba a los heridos y se auxiliaba a los moribundos, para que se dieran cabal cuenta de quién faltaba.

---

[12] Martín López fue el carpintero que se encargó, después de la noche triste, de dirigir la fabricación de los trece bergantines con los que Cortés atacaría y sitiaría la ciudad de Tenochtitlán durante varios meses.

Jamás volvieron a ver ni a doña Ana, la hija de Moctezuma, ni a doña Elvira, la hija de Maxixcatzin. Faltaban también Juan Velásquez de León; Francisco Salcedo, el marido de Juana; Lares, el Jinete; Francisco de Lugo; Pedro González de Trujillo; el joven Orteguilla y su padre, y también, entre otros, el astrólogo Blas Botello, quien les aconsejó que salieran aquella noche fatídica.

Otros cuatrocientos hombres aproximadamente cayeron en la huida, más casi dos mil tlaxcaltecas. Quizá lo tenían merecido. Quizá deberían haberse rendido, meditó Malintzin, quizá debería haber huido a un lugar a donde nadie la conociera y dejar atrás a Cortés, como se lo sugerían las mujeres. Ya había corrido demasiada sangre y tenía miedo, frío y hambre. Sin embargo, se quedó. Algo muy fuerte la ataba a un destino que, aunque huyera lejos, no habría de cambiar.

—Lo más difícil fue notar la ausencia de los que no volverían más, Bernal.

—Y del tesoro perdido, doña —remató Díaz del Castillo.

Juana encontró a Bernal y a Marina, roncando sobre la mesa del patio con el jarrito de mezcal vacío y volteado sobre los platos vacíos.

12

Vísperas de Navidad

(1522)

YA ESTABAN A FINALES DE DICIEMBRE Y SE ACERCABA LA celebración más importante de los extranjeros cristianos: la natividad del niño Jesús. Fray Olmedo estaba muy entusiasmado porque por primera vez se llevarían a cabo varias celebraciones para conmemorar la fecha gloriosa. No serían demasiado grandes, pero en esta ocasión el pueblo de Coyoacán se uniría a ellas, y era la gran oportunidad para introducir a los naturales en las nuevas fechas, que, como cristianos, deberían honrar de ahí en adelante.

Los mexicas celebraban, por esas mismas fechas, el triunfo de Huitzilopochtli sobre su hermana Coyoxhautli y los cuatrocientos guerreros o Centzon Huitznáhuac, en una fiesta muy importante, llamada Panquetzaliztli. Tradicionalmente, la gente elaboraba la figura del dios Huitzilopochtli con maíz tostado amasado con miel de maguey, se encendían fogatas, se tocaban los atabales y se comían panes de amaranto. Por supuesto, también se llevaban a cabo sacrificios humanos. Fray Olmedo, fascinado de nuevo con la coincidencia de fechas importantes, quería llevar a cabo una celebración de la Navidad cristiana, que fuera inolvidable para los nativos, de tal modo que los salvajes ritos paganos fueran diluyéndose en sus memorias y tuvieran otros con los cuales sustituirlos.

De algún modo, Marina se había convertido en la mano derecha del fraile. A ella fray Olmedo le agradaba mucho y lo observó bien desde aquel primer día en que ella y sus compañeras fueron bautizadas. Poco a poco fue dándose cuenta de que aquel hombre era de las pocas personas a quien Hernán escuchaba —y eso no era cosa menor— y, en la mayoría de los casos, lo complacía. Olmedo era más o menos de la edad de Cortés, rubillo, tenía la nariz chata y se afeitaba la barba. También era un hombre prudente y juicioso, que salvó la vida varias veces a Hernán y a todo el grupo, al impedir que presionara demasiado a algún gobernante a bautizarse o a destruir a sus dioses, en un momento inoportuno. Se veía, en opinión de Malintzin, un poco mayor que Hernán, por la costumbre de usar su cabello rasurado en una tonsura. A ella no le extrañó del todo la costumbre, pues los guerreros en su tierra se cortaban el pelo en diferentes formas, de acuerdo con sus rangos y grados de ferocidad, pero sí le sorprendió saber que eran sólo los sacerdotes los que lo usaban así. A los españoles les desagradaba muchísimo el cabello de los sacerdotes indígenas, que lo usaban largo y apelmazado con la sangre de los sacrificados. Por lo que Malintzin, por su parte, consideró curioso que los sacerdotes de ambas culturas tuvieran puntos de vista tan contrarios en materia de cómo llevar el cabello: unos largo y desordenado y otros corto y con un rape en la coronilla, pero, al fin y al cabo, parecía que cómo llevar el cabello ocupaba un lugar de importancia capital en materia de religión. A ella eso le pareció chistoso y se rio un poco la primera vez que tocó la tonsura de Bartolomé, a pesar de que Hernán le dio un manazo y le advirtió que debía tener respeto, pero el fraile la defendió argumentando que tuviera en cuenta la inocencia de la muchacha.

Por la afinidad que se dio entre ellos, y porque Olmedo consideraba importantísima la labor de Malintzin en materia de evangelización —le ayudó desde el principio con los naturales, con Moctezuma y los señores de Tacuba y Tlatelolco, entre otros—, el fraile le tenía mucha consideración y se entendía muy bien con ella. Ella no parecía creer del todo en su corazón en los nuevos dioses, pero tenía muy claro que era la nueva realidad y que no había manera de oponerse. Lo mejor que podía hacer era tratar de convencer a los pueblos de que fueran aceptando las nuevas creencias. De manera pacífica.

Fray Olmedo contaba con Marina para que integrara a todos los calpulli del altépetl de Coyoacán, pues su labor no era sólo de evangelista, sino que también era la coordinadora de las actividades que se llevarían a cabo en esa fiesta: los villancicos y la pastorela.

La incorporación de la nueva música era una de las labores que más les gustaba a los dos.

Hasta antes de unirse a los extranjeros, Marina sólo había escuchado el batir de los tambores, el sonido profundo de las conchas y el tintinear rítmico, pero monótono, de los cascabeles. Nunca nada igual a la música europea. Una música suave, delicada, hecha como en el aire, como magia a través de pulsar las cuerdas de una cosa que tocaban y llamaban guitarra. Tenía la forma de una jarra de madera, con cuerdas y un brazo largo, que nombraban mástil, como el de los barcos, y sonaba como el agua de una cascada, pero más ligera, como el aleteo de las libélulas, el soplar del viento, dentro del que se conjugaban diversos sonidos, como murmullos, suspiros y gorjeos de pájaros... La primera vez que la escuchó fue cuando, marchando hacia Tenochtitlán, la tocaban durante la noche, alrededor de la hoguera, algunos de los hombres que venían con Cortés, cuando descansaban de un largo día de caminata. Ahí fue la primera vez que escuchó aquello que la fascinó. A ella y a Juana les gustaba oír esa música acompañada de voces, aunque no entendieran lo que cantaban. Algunas canciones eran groseras, suponían, porque los hombres se reían, y aunque ella no entendía, se reía con ellos por el simple gusto de hacerlo. Aparte de la música les compartían vino, esa bebida que había aprendido a apreciar, porque los ponía de buen humor y se olvidaban las penas. Fue durante esas reuniones que Marina y Juana conocieron a los jóvenes Bernal Díaz del Castillo, Francisco Salcedo y Manuel Alcocer, porque ellos traían ese instrumento musical que la tenía embelesada: la guitarra. Esos soldados eran amables con ellas y no se querían sobrepasar, porque había muchos mano larga, y otros que forzaban a las mujeres sin más, recordaba Marina, aunque algunas de las mujeres que se iban uniendo a la marcha se fueron con gusto y sin protestar con algunos de los soldados. De hecho, así fue como comenzó la rencilla con Gerónimo de Aguilar, cuando una noche dormían a la intemperie, el intérprete del maya la quiso forzar. Tenían pocos días de haber salido de Cempoala y Cortés se había regresado a la costa por una urgencia. Ella gritó, se defendió y fue Bernal quien acudió en su ayuda. Desgraciadamente, todo el campamento se enteró y Gerónimo, ante el rechazo público de Malintzin, empezó a despreciarla. Después quiso ponerla en mal frente a Cortés, pero no le resultó su artimaña y el caudillo nunca le dio su confianza.

Con el tiempo, los barcos que habían llegado a las costas después del sitio de Tenochtitlán habían traído otros instrumentos musicales: laúdes, flautas, violas y arpas. Fray Olmedo quería que los naturales empezaran a aprender canto y también a tocar algunos de los instrumentos. Todavía eran pocos los que lo hacían, pero, al igual que Marina, parecían fascinados con las dulces armonías que podían salir de sus gargantas y de manera entusiasta se presentaban a las clases del coro y de instrumentos. Los cantos se darían en español, por un grupo de españoles, y en náhuatl, con el grupo que dirigía Marina de miembros procedentes de su calpulli. También preparaban una representación del nacimiento de Jesús. Así que, entre otras cosas, fray Olmedo y Marina dirigían la construcción de un modesto pesebre en el atrio de la pequeña iglesia de la Concepción y la confección del vestuario para los actores de la pastorela. A Marina se le ocurrió que los naturales hicieran representaciones de la Virgen y el niño y los pastores con maíz tostado y semillas, con la misma técnica que ellos utilizaban para representar a su antiguo dios Huitzilopochtli. Al fraile le pareció una excelente idea. También se les animó a que prepararan sus galletas de amaranto y miel para que ahora las asociaran con la Navidad.

El grupo de mujeres españolas estaba ocupado confeccionando dulces para la temporada y preparando algo que llamaban ponche, que era una bebida caliente con frutas y algunas especias nuevas que estaban llegando a la Nueva España, como el azúcar y la canela.

En fin, que hasta el mismo Cortés se sentía liberado de la nube negra que pesaba sobre él desde la muerte de su esposa e, imbuido por el espíritu navideño, le había dado instrucciones a Santiago Severino de que atrasaran un poco el plan del censo y ayudara a Marina con los preparativos de los villancicos y la pastorela. Él era el encargado de anotar las canciones y repartirlas al coro y también dibujaría la representación del nacimiento del niño Jesús, para que sirviera como medio para enseñarles a los naturales y a las siguientes generaciones.

El entusiasmo de fray Olmedo era contagioso, aunque Malintzin estaba preocupada por su salud.

—Bartolomé, tienes que cuidarte. No te enfríes —le aconsejó Marina, pues las noches de invierno del Valle de México podían ser bastante duras.

Sólo a Hernán y a Marina les permitía que lo llamaran por su nombre de pila.

—No os preocupéis por mí, querida Marina, estoy bien y no puedo explicaros lo feliz que me siento de estar haciendo esto. Es precisamente lo que Dios esperaba de mí y por fin estoy cumpliendo su excelsa voluntad.

Sin embargo, fray Olmedo tosía.

13

Nochebuena

(Diciembre de 1522)

EL TAN ANSIADO DOMINGO 24 DE DICIEMBRE LLEGÓ POR FIN
para fray Bartolomé y Marina, y a las siete de la noche comenzaron las fiestas. Gran parte del pueblo de Coyoacán se
reunió en el atrio de la minúscula iglesia para escuchar los
villancicos, que se cantaron primero en español y luego en
náhuatl. Después de los cantos vino la representación del
nacimiento de Jesús, de la que todos los indígenas estaban
muy pendientes y aplaudieron mucho e hicieron ruidos extraños como de guerra cuando terminó. Pasadas las nueve
dio comienzo la misa, y a las diez de la noche se repartió
el ponche que hicieron las españolas y algunos dulces. A la
gente se le permitió que se quedara en el atrio a celebrar y
pasar el rato.

Marina y Santiago Severino estaban invitados a la cena
de Nochebuena que se serviría en el palacio de Cortés. La

cena no fue exclusiva de los españoles, pero la lista de indígenas se iba reduciendo cada vez más.

Había vino y ponche a manos llenas, y a la hora de sentarse a la mesa Cortés no convidó a Marina a sentarse a su izquierda, tal y como ella lo había hecho antes en tantas ocasiones. Esta vez el conquistador se rodeó de gente realmente importante. A su lado derecho estaba don Julián Alderete, el tesorero real, a quien Marina odiaba, y del lado izquierdo se encontraba Gonzalo Sandoval, alguacil y capitán favorito de Cortés después de la noche de la huida. Les seguían a ambos lados fray Pedro Melgarejo, quien había llegado junto con Alderete y era, en ese entonces, el confesor preferido de Hernán. Fray Olmedo y Alvarado habían pasado a segundo plano y ya no ocupaban los lugares de gracia.

Los platillos desfilaron por las mesas entre grandes aclamaciones de la concurrencia: gallinas asadas, cerdos rostizados, y frutas y verduras, algunas a la usanza mexica, con salsas y moles. Era, sin duda, un banquete mestizo, donde el pan eran aún las tortillas.

A Marina y a Santiago los invitaron a sentarse en una mesa cerca de la cocina, desde donde entraban y salían decenas de personas cargando los platillos calientes y los platos sucios de regreso. El trajín era tremendo y por ahí pasaba un chiflón de aire frío, por lo que, una vez servidos sus platos, y con un ponche caliente en una mano, los amigos decidieron moverse a unas bancas que habían colocado en el jardín. Ahí podrían departir sin ser molestados y, además, Marina pensó, con cierta tristeza, que Cortés ni siquiera notaría su ausencia, pues estaba muy ocupado atendiendo a gente *importante*.

La conversación fue a parar a Julián Alderete, designado como tesorero real en Santo Domingo y quien había arribado en el barco de un tal Bastidas poco antes del sitio a Tenochtitlán, en un navío cargado con víveres, armas, jabones, lociones, toallas, navajas y otros artículos que habían sido muy bien recibidos por los españoles. Incluso el comerciante había tomado parte como ballestero, en algunas batallas previas al sitio, durante la expedición a Cuernavaca y sus alrededores. Por su parte, Alderete había fungido en un tiempo como mayordomo del obispo Fonseca, por lo que Cortés temía que estuviera prejuiciado en su contra, pero resultó un aliado valioso, al menos por algún tiempo. Marina, que en cuanto a españoles se trataba no siempre desplegaba sus mejores dotes de diplomacia, lo despreciaba, y Santiago no perdió la oportunidad para preguntarle si era cierto si había sido él y no Cortés, como se decía, quien había ordenado la tortura de Cuauhtémoc.

Marina dudó un poco antes de contestar. No estaba segura de si debía divulgar los entretelones de lo que sucedía en el círculo íntimo de Cortés. Podría traerle problemas. Se mordió el labio y titubeó.

Santiago lo notó y le aseguró que sería discreto. Era sólo una curiosidad personal. Lo que ella le dijera no sería repetido, le aseguró. Además, hablarían en náhuatl y las posibilidades de que les entendieran eran pocas.

—De acuerdo, Santiago, pero si me entero de que has dicho algo, no puedo responder por ti —le advirtió.

—Lo aseguro —reafirmó éste.

—Bien. Es cierto. Recordarás que cuando Cuauhtémoc se rindió, o más bien lo atraparon en el lago huyendo en su canoa, en una tan adornada que llamó la atención de los españoles (si hubiera huido en una simple canoa, ni siquiera lo hubieran notado) —acotó—, pero iba ahí, con todo su séquito, y con Tetlepanquetzaltzin y su familia. Al revisarlos les encontraron algunas joyas de oro, mantas y plumería, pero no eran para nada lo que ellos se esperaban. Al exigir Cuauhtémoc que deseaba ser llevado a la presencia de Malinche, de inmediato me mandaron llamar para que trastocara sus palabras. Él quería que Cortés lo matara en ese instante con una daga que Hernán llevaba al cinto. Entiendo que para él era deshonroso ser el perdedor y permanecer vivo. Quería que lo sacrificaran. Cuando Cortés se negó y lo trató con dulces palabras, diciéndole que admiraba lo valiente que era y lo que había resistido a pesar del asedio, Cuauhtémoc lloró.

—¿Lloró? —preguntó sorprendido Santiago.

—Sí, lo hizo. Supongo que estaba hambriento y exhausto y sólo pensaba en morir. Su honor estaba comprometido. Cortés no entendía lo que significaba para él que el vencedor no acabara con él en ese instante y le perdonara la vida. Entonces no lo vi como cobardía, sino como una señal de nobleza. Dijo que había hecho todo lo que había podido para salvar a su gente y su ciudad, pero que ya no podía más, aceptaba la derrota y también la muerte de sus dioses… "¡Mátame, Malinche! ¡Por favor!", insistió. "¡No merezco vivir!", sollozó emocionado. Cortés lo observó con los ojos entrecerrados, evaluando la situación, y le contestó que no podía matar a sangre fría a un guerrero de su talla. Le dijo que sería tratado de acuerdo con su rango. Y luego, sin esperar demasiado, le preguntó por el oro. Por el oro que se había perdido en la noche de la huida, el que se encontraba entre las ropas de los caídos y en las mulas de carga y los caballos. El oro de los tesoros de los reyes mexicas.

—¿Y qué contestó?

—Cuauhtémoc se irguió. Respiró hondo y, con un semblante más de profunda tristeza que de agravio, aseguró que no había tal oro. Que el oro que ellos se llevaban esa noche que huyeron no había aparecido, que se había hundido entre el fango, la sangre y los cuerpos de los vencidos, y que el poco que quedaba lo habían tirado a un remolino que hay en el lago, porque para ellos ese oro estaba maldito, sólo les había traído destrucción.

—¿Y les creíste?

—No lo sé. Pensé que estaba mintiendo y que estaba escondiendo algo, pero era difícil saber. Es cierto que los caballos y las mulas que transportaban el oro se quedaron en los canales y no supimos qué fue de ellos, ni si fue posible rescatarlo o no. Salimos huyendo y no pudimos entrar de nuevo a la ciudad hasta casi un año después, así que todo es posible. Nosotros veníamos en la vanguardia, no pudimos ver qué sucedió. A Tetlepanquetzaltzin le preguntaron lo mismo y aseguró que él tampoco sabía nada del oro. Entonces, Cortés, quizá conmovido por la valentía de Cuauhtémoc, no insistió. Los mandó a un edificio contiguo al palacio de Coyoacán y dio órdenes de que se les diera de comer y se les permitiera asearse y los trataran bien, pero mientras tanto, dio órdenes de buscar el oro por todos lados. Quizá con la esperanza de encontrarlo sin la necesidad de tener que presionarlo. De todos modos, él ya tenía el control de la ciudad y de todos los territorios aledaños.

"Recordarás que cuando la gente pudo salir de Tenoch-titlán —continuó Malintzin— salió en muy mal estado. Desmayándose de hambre, enferma, en harapos, apestando a muerte y prácticamente con lo puesto. Y, aun así, los soldados la revisaban buscando oro.

—Lo recuerdo bien, querida Malintzin, yo venía de Tlatelolco y viví en carne propia lo que estaba sucediendo.

—Pues bien, como sabrás, no encontraron nada, ni en las ruinas de los palacios, ni en las casas, ni en el lago. Después Cortés mandó a sus hombres en busca de oro nuevo: Alvarado a Oaxaca, Sandoval a Coatzacoalcos con la misión de descubrir el otro océano, y a Olid a Michoacán y Colima. Fueron acompañados por tlaxcaltecas, e incluso mexicas, que buscaban recompensa en la rapiña y otros privilegios, como montar a caballo, vestir a la usanza española y recibir el título de *don*.

—Pero ¿qué pasó con Cuauhtémoc? —cuestionó Santiago.

—Alderete no estaba conforme con el oro que se encontró en otras partes, quería más, para mandarle el quinto al rey, al menos eso decía, y estaba obsesionado con el recuento de los lingotes que le contaron se habían perdido, y era tanta su insistencia que seguramente lo quería para apropiarse de él, entonces estuvo apremiando a Cortés para que volvieran a preguntarle al tlatoani, pero con un método más persuasivo. Es decir, torturarlo, ¿comprendes?

"Cortés se negaba —continuó Malintzin—, quizá porque quería el oro para sí también y esperaba que Alderete se marchara pronto a España, o de verdad esperaba tener de su parte a Cuauhtémoc, porque pensaba que aún le sería útil, tal y como conservó a Moctezuma por un buen tiempo.

—Y supongo que Alderete insistió.

—Sí, así fue. Por lo que me mandaron llamar aquel día. Fue en el mes de octubre de 1521. Lo recuerdo muy bien.

—¿Y qué pasó?

—Ahí estaba Alderete, con su cara de perro mastín y una especie de locura que bailaba en sus ojos. Estoy segura de que ya lo había planeado, porque ya tenían todo listo cuando llegué, y Cuauhtémoc y Tetlepanquetzaltzin yacían en unos camastros y estaban encadenados de manos y pies. Hicieron que yo les preguntara dónde estaba el oro perdido. Dónde lo habían escondido. Pregunté tres veces y me hicieron decirles que, si no lo confesaban, les iría muy mal y lo lamentarían. Estaban asustados, podía verlo en sus rostros. Como los animales salvajes, que no están acostumbrados al encierro, ni a la crueldad de los hombres y no saben a qué se van a enfrentar. Y aunque tengan instintos de fiera, sus pupilas se dilatan dejando escapar un aullido de temor por los ojos.

—¿Y dónde estaba Cortés?

—Cortés estaba parado atrás de mí. Muy callado. Nunca dijo una palabra, debo decir en su defensa. Entonces —continuó Malintzin con voz temblorosa— les vaciaron aceite en los pies y encendieron unas antorchas. Imaginé lo peor. Una vez que ellos también intuyeron lo que iba a suceder, se encogieron instintivamente tratando de protegerse, y a mí me hicieron preguntarles una vez más: "¿Dónde está escondido el oro?" Cuauhtémoc, sin dudar, respondió con seguridad que no había más oro. Y entonces, Alderete ordenó que les acercaran las antorchas a los pies. Fue espantoso, no lo soporté, me volví para no mirar tal atrocidad y unos gritos pavorosos salieron de sus gargantas. La piel achicharrada tronaba y siseaba. No podía imaginar tanto dolor. Daba lástima ver cómo se retorcían esos valientes guerreros, parecían chinicuiles con sal.

"Y entonces, pasó algo extraño —prosiguió Malintzin—, Tetlepanquetzaltzin le suplicó a Cuauhtémoc, con lágrimas de dolor en los ojos, que le permitiera decir algo. Él le contestó que él también estaba sufriendo, pero que si se consideraba un guerrero águila, soportaría la prueba como un hombre y no diría nada.

"Inmediatamente me preguntaron qué estaba diciendo el señor de Tlacopan. Mentí, a la fecha no sé por qué; nunca lo hice antes. Les dije que se quejaba del dolor, pero en ese instante supe que ocultaban algo y se habían puesto de acuerdo para negar la existencia del oro. Una segunda vez acercaron la flama a las extremidades de los dos hombres. Más gritos, y un acre olor a carne quemada invadió el oscuro recinto.

"Estaban a punto de hacerlo por tercera vez cuando Cortés se acercó a Alderete y le puso una mano sobre el brazo y negó con la cabeza, como diciendo que no tenía caso. Alderete ordenó a los hombres que apagaran las antorchas y salió muy molesto. Entonces le pregunté a Cortés si podía llamar a un curandero para que viniera a atender a los tlatoanis.

—¿Y aceptó?

—Claro que aceptó, él admiraba a Cuauhtémoc y, como sea, lo quería vivo —aseguró Malintzin.

Ella pensaba que Cortés aún deseaba interrogarlo, pero sin la presencia de Alderete, aunque ese pensamiento no se lo comunicó a Santiago.

—¿Y tú crees que Tetlepanquetzaltzin quería hablar, decirles dónde escondieron el oro? ¿Crees que de verdad haya un tesoro escondido?

—Creo que sí, que al menos escondieron algo. Me dio la impresión de que era el castigo que Cuauhtémoc quería imponerles a los extranjeros, sabiendo que el oro es lo único que les importa. Es como si hubiera decidido no decirlo jamás y Tetlepanquetzaltzin parecía saber algo al respecto. O quizá sólo hizo como que no quería decirles y en verdad el oro de aquella noche se perdió para siempre. ¿Cómo saberlo? Quizá ellos —dijo refiriéndose a los extranjeros— se pasen quinientos años buscando su oro perdido, mientras nosotros usaremos ese tiempo tratando desesperadamente de recuperar a los dioses que nos abandonaron, de encontrar nuestra voz y nuestro centro. ¿Cómo saber si algún día regresarán, Santiago? ¿O si algún día encontraremos ese tesoro maravilloso? ¿Qué crees tú que sea más valioso? ¿El oro, los dioses, nuestras vidas efímeras o el viaje del sol y las estrellas por el universo?

Santiago estuvo a punto de comentarle a Marina que él creía que en realidad sus dioses no los habían abandonado, sino que más bien eran ellos quienes los habían olvidado, y que aún había tiempo de arrepentirse, pero al último momento decidió callarse. Sabía que Marina era gran colaboradora de fray Olmedo y les hablaba mucho a los pueblos de aquellos dioses extraños que nadie entendía.

Terminada la cena y la plática, Marina le pidió a Santiago que la acompañara a su casa. Después del asalto, ya no se atrevía a caminar sola de noche. Estaba segura de que, aunque la cena iba para largo, nadie en esa fiesta la echaría de menos.

Mientras se acercaban a su casa y al atrio de la pequeña iglesia, notaron de inmediato el rítmico retumbar de los
atabales y tintineo de los cascabeles que los acompañaban.
Marina temió que si Cortés se daba cuenta quizá los mandara castigar. La gente del altépetl se quedó en la plaza a
comer los *tamalli* y el atole de maíz, mientras ellos habían
ido al palacio a cenar. Para ellos, en una fiesta no podía faltar el canto y la danza, como lo habían hecho sus ancestros
cientos de años atrás.

Aun a su pesar, algo se removía en el pecho de Malintzin con el golpeteo de los tambores. Una premonición, una
desazón se apoderaba de su *yóllotl*,[13] su *corazona*, y le susurraba caución, peligro delante del camino.

[13] La palabra *yóllotl*, corazón en náhuatl, es un sustantivo femenino.

14

La visita de Tecuichpo

(1523)

Vino a verme unas semanas antes del nacimiento de Martín, por eso lo recuerdo bien. Fue anunciada como doña Isabel de Moctezuma. Si yo tenía cinco mujeres a mi servicio, Tecuichpo tenía el triple, y se hacía acompañar de todas a donde quiera que viajaba. Con ese séquito y con las insignias que portaba, todo el mundo se daba cuenta de que era miembro de la realeza. Tenía licencia, otorgada por Cortés, de vestirse a la usanza española y de usar el *doña*, pero también portaba la insignia de su padre y solía ondearla en varios estandartes como si fuera un guerrero mexica en plena batalla. Aquella chiquilla flaca de sólo catorce años era Tecuichpo, bautizada como doña Isabel Moctezuma. Yo la conocí durante la estancia en Tenochtitlán, cuando era sólo una niña de once. Desde entonces me pareció que se movía confiada como un cachorro de jaguar por la selva maya, conociendo su linaje y mostrando una superioridad sobre los demás. Desde entonces la envidié porque lo tenía todo: un padre y una madre que la protegían, una familia amorosa, un palacio y sirvientes a sus pies, y estaba prometida a uno de los guerreros más famosos: su tío Cuitláhuac.

Sólo tres años después había perdido a Cuitláhuac; su nuevo esposo, Cuauhtémoc, estaba preso y aún se recuperaba de la tortura a la que fue sometido; su padre había sido asesinado; su hermana Ana, muerta en la noche triste, y su madre, víctima de viruela. Pero aún conservaba su nombre y su posición, y Cortés la protegía porque le juró a su padre que cuidaría de ella. La tenía viviendo con otros nobles mexicas en una casa medio en ruinas en la nueva ciudad. Había embarnecido un poco, y conservaba en su rostro algunas marcas dejadas por la epidemia de viruela que azotó Tenochtitlán después de que salimos huyendo y que mató a Cuitláhuac. Su cabello negro ahora reposaba en un chongo sobre sus hombros, a la usanza española. De no haber sido por el color de su piel, cualquiera la hubiera confundido con una joven dama extranjera. Usaba un abanico para tapar el lado de su rostro más picado por la viruela negra.

Mientras duró nuestra estancia en el palacio de Axayácatl, me miró siempre con desconfianza y desprecio. Hablamos varias veces, pero ella, una simple escuincla, mantenía su actitud de ama y señora, pues fue educada para ser hija y esposa de tlatoani, mientras que yo, que padecí innumerables infortunios, agradecía haber salido del estado de esclavitud en el que me encontraba antes de la llegada de los españoles y estaba a cargo de las traducciones entre Cortés y los tlatoanis. Tenía una gran responsabilidad y me encontraba ocupada casi todo el tiempo, entre negociaciones, visitas y evangelizaciones. En aquel entonces me menospreciaba porque supongo que ayudaba a los extranjeros que la tenían presa a ella y a su familia, mientras yo gozaba de sus favores y tenía una posición privilegiada. Después de la noche triste, la dejé de ver, hasta ese día en que la princesa se dignaba venir a visitarme. Me pregunté qué asunto la traería.

Le ofrecí comida, agua, vino, lo que pude. Aceptó el vino. Así que también se había malacostumbrado a él, pensé.

La senté en una silla en el jardín, porque el tiempo era espléndido y las buganvilias estaban floreciendo. Aplaudió para que una de las damas trajera un obsequio. Me entregó un abanico. Me quedé perpleja, pues no sabía de dónde lo habría sacado. Parecía que Isabel hubiera nacido española, y se notaba que se adaptaba a las nuevas costumbres con vertiginosa rapidez. Después me enteré de que Cortés le había enviado varios. A mí no me había regalado ninguno.

—Y bien, ¿en qué puedo servirte, Tecuichpo? —dije adrede, porque no me salía llamarla *doña Isabel*—. ¿A qué debo el placer de tu visita?

—Marina —contestó, ella sí usando mi nombre de bautizo, como si yo fuera una de sus muchas sirvientas—, necesito que me ayudes —aunque habló en un tono que me pareció un poco más humilde que el que le conocía de antes, pero muy parecido al que usaba su padre.

—¿En qué puedo servirte? —repetí, pensando que con sus ropas españolas parecía uno de esos monos que atrapaban en la selva de Tabasco y los vestían con ropas y los adiestraban para que fueran mascotas.

—Verás, Cortés me ha mandado noticia de que quiere casarme con un hombre, un español. Y pues como sabrás, yo estoy casada con Cuauhtémoc, es mi esposo, no puedo casarme con nadie más.

—¿Con quién quiere casarte?

—Con Alonso de Grado, un señorón muy viejo —añadió. Me reí.

—Bueno, Alonso de Grado es nada más unos años mayor que Cortés.

—Pues eso, que es un viejo y no puedo casarme con él. ¿Crees que podrías hablar con Cortés y convencerlo de que no me case con él?

—¿Te puedo preguntar algo, Tecuichpo? ¿Acaso tu matrimonio con Cuauhtémoc se consumó? Hace dos años eras apenas una niña. Y bueno, Cuauhtémoc está preso, no creo, no creo que…

—¿Qué es lo que no crees? ¿Que me haya hecho su esposa? ¿O que no falte mucho para que lo maten? —replicó furiosa, levantándose de la silla y caminando alrededor de ella. Si estaba controlándose a sí misma, perdió los estribos—. ¡Maldita traidora! —exclamó—. ¡No sé cómo pudiste ayudarlos, desde el principio, siempre has estado de su lado, de los malditos blancos, hablando por ellos, defendiéndolos como si fueran dioses, como si se lo merecieran! ¡Gastando tu saliva, tu aliento sagrado de mujer, sólo para que ellos pudieran comunicarse, torturarnos, robarnos, matarnos! ¡Mírate, eres una puta! ¡Eres una más de sus servidoras que manejan a su antojo! ¡Haces nada más lo que ellos te indican! ¿Qué no tienes sentimientos? ¿No te importa lo que nos han hecho? ¡Míranos, nos han convertido en sus esclavos!

¡Hasta vas a tener a sus hijos! ¿Qué no tienes un poco de orgullo?

Me sorprendí. Nunca pensé que viniera a gritarme, a insultarme. "¿Traidora por qué?", me preguntaba, si yo no era mexica, ni noble, ni pariente suya. Bien se entendía que ella no sabía lo que era ser esclava.

—¿Viniste a mi casa a insultarme o a pedirme ayuda? —respondí, yo también, furiosa y herida—. Claro, te ayudaré. Le diré a Cortés que acelere los preparativos para tu boda. ¡El que seas hija de Moctezuma, a quien yo aprecié y quien me enseñó mucho, no te da derecho a maltratarme! ¿Acaso piensas que tú no serás obligada a tener a *sus* hijos? Tarde o temprano lo harás. ¿Crees que ese destino está reservado sólo para mí? ¡No entiendes que todo ha cambiado! ¡Ahora todos somos sus sirvientes y tú serás una más! ¡Aunque te vistas como española y te digan doña, eso no cambiará nada! ¿Crees que porque eres noble te tratarán mejor? Quizá un poco mejor que a mí, pero ¡no te equivoques! ¡Fuera de aquí! ¡Mírate tú, que te vistes y te comportas como ellos! ¿No te das cuenta de qué risible te ves? —concluí.

Me levanté y le grité a *mis doncellas* que acompañaran a doña Tecuichpo y a sus doncellas a la puerta, que su visita había sido corta y que ya se iba.

15

Recuerdos de Moctezuma

(Marzo de 1523)

Malintzin se quedó muy alterada después de la visita de la princesa Tecuichpo. Se sentía muy mal pues no creía merecer los insultos que recibió por parte de la joven. Juana temía que con este disgusto se le adelantara el parto, por lo que le ordenó a Rosa que fuera a llamar a la partera, mientras tanto, la recostó y le sirvió una infusión tranquilizante. Afortunadamente, según dijo la partera cuando la revisó, todo parecía estar bien con el bebé, sólo le pidieron reposo.

Por la tarde se presentó Santiago, que venía a ver con ella lo de los arreglos del censo. Por su estado delicado y recomendación expresa de Juana, sólo conversaron tomando un chocolate caliente. Se rieron un poco, al comentar que cada vez que venía a visitarla, algo sucedía que la tenía indispuesta. Platicaron y por supuesto que la conversación giró en torno a Tecuichpo, pero sobre todo acerca de Moctezuma, a quien Malintzin recordó por la visita de su hija. Malintzin le narró a Santiago la primera vez que, entrando a la izquierda de Cortés en la ciudad de Tenochtitlán, el 8 de noviembre de 1521, con todo el grupo de españoles, tuvo la oportunidad de ver al gran tlatoani por primera vez.

"El emperador llevaba puesto su *máxtatl* y un *tilmatli* con incrustaciones de placas delgadas de turquesa y chalchi-huitle, que era una cosa extraordinaria. Me recordó los colores de la diosa Chalchihuitl, que se me había aparecido un par de veces en mi vida. Me pregunté si tendrían relación, si Moctezuma vestía sus colores sagrados para honrarla, para reconocer la importancia de que su ciudad descansara sobre el dominio del agua.

"También portaba un bezote y una nariguera de oro de finísima confección. De pronto me sentí expuesta al hacerme consciente de que llevaba colgados varios de los collares de oro que nos había mandado regalar. De ninguna manera me los merecía, aunque me los había ganado por mi labor de trastocar las palabras. Observé que también estaba ataviado con pulseras y ajorcas de oro, y cascabeles en las pantorri-llas, y noté que a Cortés le brillaban los ojos. Odiaba esa enfermedad que padecían los españoles. Luego supe que 'eso' se llamaba *avaricia*.

"A mí me parecía un prodigio y un privilegio poder estar de pie frente al gran tlatoani de los mexicas y, además, a punto de hablar con él. Me sudaban las manos, mi corazón palpitaba, no me sentía digna.

"Llegó el momento en que el gran tlatoani se acercó a Cortés y, mirándome sólo de reojo, se dirigió a él con las palabras que los anfitriones usan con sus huéspedes más apreciados.

"—Malinche —le dijo, y su voz era profunda y agradable—, ya has llegado a tu casa. Estás fatigado, ya a la tierra tú has llegado. Has arribado a tu ciudad, ésta es tu casa. Has llegado a sentarte en tu trono. Me parece que esto es un sueño, pero aquí estás, has llegado y yo te recibo. Te conocía desde hace tiempo, te esperaba, eras anunciado. Por fin están aquí y comerán y descansarán. Sean bienvenidos —dijo mirándonos a los ojos a mí y a Cortés, pero refiriéndose a toda la compañía.

"—De nosotros nada tenéis que temer, apreciado señor —salieron las palabras de mi boca, pero no eran mías, eran las de mi amo. Yo agregué al principio las fórmulas de cortesía, que Cortés ignoraba: *señor, gran señor, apreciado señor.*

"—Agradecemos mucho los dones que nos habéis hecho llegar por nuestro camino. Nuestro corazón muestra mucho contento por haber llegado al fin a vuestra espléndida ciudad —agregó Cortés—. Hace ya mucho tiempo que deseábamos verlo y oírlo, y maravillarnos por vuestro reino del que cuentan tantos prodigios. Muy complacidos estamos de vuestra hospitalidad. Os ruego aceptéis estos humildes regalos —dijo entregando algunas camisas y collares venecianos, así como un arcabuz y otras naderías.

"—¿Es cierto que vienen de donde sale el sol? —preguntó con cierto cansancio el gran tlatoani.

"—Es cierto que de ahí venimos todos nosotros —dijo Cortés, refiriéndose a toda la compañía—, somos vasallos de un gran rey, que tiene por súbditos a muy grandes príncipes y señores y él, teniendo noticias de vuestra señoría, nos envió a salvar vuestras almas.

"Moctezuma volvió de nuevo a reiterar que éramos bienvenidos y que cualquier cosa que se nos ofreciera sería cubierta por los servidores que nos atenderían, y argumentando que estaríamos muy cansados del viaje nos pidió que descansáramos. Hizo entonces una reverencia y subió de nuevo a su litera."

—¿Y lo volvieron a ver? —preguntó Santiago.

—Oh, sí, lo vimos muchas veces más, pero no siempre en circunstancias favorables.

—Cuéntamelo todo, Malintzin —suplicó Santiago.

—¿Todo? ¿Quieres que te cuente todo? Hay cosas íntimas que...

—Por favor, soy tu amigo, prometo ser discreto, y quizá algún día valga la pena escribir tu testimonio de lo que sucedió, nadie más que tú tiene el privilegio de haber vivido todo de tan cerca...

—Está bien, pero sólo te lo relato a ti, y te pido discreción.

—Cuenta con ello, Malintzin.

"Aquella noche del primer día que llegamos al palacio de Axayácatl, a medianoche exactamente, arropadas por el silencio, sonaron las conchas ceremoniales, con un sonido penetrante, profundo, misterioso como la oscuridad misma, despertándonos a todos. Se escuchaban como el sonido de los lobos salvajes llamándose unos a otros. Nosotros no lo sabíamos entonces, pero, además de hacer sonar las conchas, los sacerdotes se sangraron las orejas, las piernas, el prepucio, como lo hacían cada noche, para ayudar a que saliera el sol a la mañana siguiente, y yo yacía inquieta en el lecho. Me acurruqué en los brazos de Cortés con un escalofrío. Él me besó en la frente, también estaba despierto, y supongo que preocupado o maquinando su siguiente paso. La mente de Cortés nunca descansaba, pero contenerme en su abrazo fue como cobijarme bajo la ceiba más grande de la selva, como encontrar de nuevo los olvidados brazos de mi padre, y eso me tranquilizó y volví a dormirme.

”Al día siguiente, Cortés acordó devolverle la visita de cortesía a Moctezuma, así que me envió a mí, a Aguilar y a Juan Cáceres, su mayordomo, a que preguntáramos cuándo sería conveniente hacerlo.

”El palacio donde el tlatoani vivía era enorme y de dos pisos. Estaba recubierto de una piedra blanca que brillaba al sol y tenía aplicaciones de águilas y jaguares sobre sus paredes. En el piso de abajo se encontraban las tareas administrativas del reino y talleres para artesanos donde se trabajaba el oro, la pluma y el barro. Según me dijeron, también tenían varias cocinas y aposentos donde se alojaban el tesorero real, los contadores, los mayordomos, los músicos y los danzantes del palacio, al igual que sus bufones, quienes siempre estaban listos por si Moctezuma quería escucharlos o verlos bailar.

”Algunas de las habitaciones que logré ver tenían pinturas de ricos colores en las paredes y estaban decoradas con alfombras de petates y de pieles de animales, con asientos cubiertos de piel también.

”Finalmente, me dijeron que la hora más conveniente para visitar al gran tlatoani sería cerca de la seis de la tarde, antes de que el soberano tomara su merienda. La visita debería ser corta, nos indicaron, y terminar en cuanto se le fuera a servir la cena, cerca de las siete.

"Acudimos una pequeña comitiva que Cortés escogió personalmente. Iban sólo cuatro capitanes: Velásquez de León, quien no habría de salir vivo de esa aventura, Alvarado, Diego de Ordaz y Gonzalo de Sandoval, además de cinco soldados, entre ellos, Bernal Díaz del Castillo, Gerónimo de Aguilar y yo.

"Moctezuma nos recibió en una sala de gran tamaño cuyo techo era de maderas finas y sus vigas imitaban las ramas gruesas de un árbol centenario. Las paredes estaban pintadas en rojo y en azul con dibujos que no comprendí, pero parecían describir un ritual de sacrificio y donde se involucraban la luna y el sol.

"El huey tlatoani se sentó en el *icpalli* o trono real, el cual estaba hecho de petate de vivos colores, y sentó a Cortés a su mano derecha, sobre el piso cubierto con pieles de conejo, de jaguar y de puma. Nos sirvieron jarritos de chocolate caliente con chile.

"Nos recibió con cálidas palabras como solían dictarlo los códigos de conducta mexicas, y después se dispuso a escuchar a Cortés.

"Cortés comenzó a hablar de algo que ya le había escuchado muchas veces, pero que no me gustaba decir. De su religión y sus dioses. Sabía que ése era un punto muy delicado para cualquiera. A nadie le gusta que le digan que han estado equivocados toda la vida y que ahora tienen que cambiar nada más porque sí.

"Relató la historia de la pareja llamada Adán y Eva —que ya debes de conocer, Santiago— y que eran nuestros padres, y que solamente existía un Dios todopoderoso, su hijo sacrificado y su madre virgen. Y porque Dios es bueno, ya no debería de haber sacrificios humanos ni consumo de carne humana, porque eso era una abominación. Yo estaba ahí con mi gran arrogancia diciéndole qué hacer al gran emperador mexica. La verdad es que me sentí un poco ridícula hablando de cosas que ni entendía, ni me importaban, y Moctezuma estaba molesto. Sólo el protocolo diplomático impedía que nos mandara matar, ahí, en ese lugar y en ese momento. A mí me costó trabajo seguir traduciendo. Con extrema paciencia oyó el soberano mexica el discurso. Me admiré de su control. Lo observé con cuidado por primera vez. Era un hombre atractivo. Su cabello era negro obsidiana y sólo mostraba algo de gris arriba de las orejas. Su pose era magnífica y su nariz delgada y recta. Sus pómulos eran sobresalientes y sus ojos no muy grandes, pero tenía una mirada aguda, alerta, de águila, debajo de unas cejas espesas. Su frente era amplia y denotaba preocupación, y al mismo tiempo, aburrimiento. Su pecho era amplio y robusto. Un gran pectoral de turquesas montadas en oro con trabajo de plumería le otorgaba una imagen de realeza.

”Contestó que todo eso que le decía Malinche ya se lo habían contado sus enviados. Y entonces, por primera vez, se dirigió a mí directamente. Nadie más en esa sala podía entendernos:

”—Por cierto, Malintzin —me dijo—, no sé si creas todo lo que te dicen los extranjeros, pero veo algunas similitudes con nuestras costumbres, cuando me hablas de ese rito en el que echan agua en las cabezas y te ponen un nombre, se parece a la costumbre nuestra de cuando nace un niño y la partera lo baña y hace una oración a la diosa del agua, Chalchiuhtlicue: ʻTened por bien, señora, que sea purificado y limpiado su corazón y el agua se lleve toda la suciedad que hay en él...'

"Pensé que el emperador tenía toda la razón, yo no había reparado en eso, era muy parecido a la purificación de los 'pecados' de que hablaban Cortés y Bartolomé.

"Cortés de inmediato se inquietó, sabiendo que Aguilar, que sólo hablaba maya, no entendería ni jota de lo que Moctezuma me decía, e intervino, nervioso:

"—Marina, ¿qué pasa? ¿Qué dice?

"—Malinche —le contesté—, tranquilízate, el emperador me habla del parecido de los ritos nuestros con los cristianos.

"—¿Cómo? ¡Eso es imposible!

"—Te ruego que tengas calma, déjame hablar con él y prometo contarte a través de Gerónimo todo lo que Moctezumotzin haya dicho. Es de mala educación no escuchar al tlatoani.

"Cortés aceptó a regañadientes. Se hizo un silencio.

"Moctezuma continuó:

"—También hay semejanzas con la María que tanto predican y la diosa Coatlicue, madre de nuestro insigne Huitzilopochtli. Ella también se embarazó sin varón, colocando en su pecho una bola de plumas mientras barría.

"—Tiene usted razón, gran señor de Tenochtitlán, no lo había reflexionado —contesté, ciertamente sorprendida.

"—Y su dios sacrificado en una cruz, pues también es derramamiento de sangre de una vida preciosa por las almas de muchos. Como nuestros sacrificios para que el universo siga caminando —dijo en una voz pausada y tranquila—. Como ves, las cosas no son tan diferentes, pero ellos quieren imponer sus ideas, sin siquiera conocer el origen y la razón de lo nuestro.

"Y eso no es todo —afirmó—, esa historia de su pareja original, ¿cómo se llaman? —me preguntó.

"—Adán y Eva, su señoría. Sí, sé que son nombres extraños —agregué, sabiendo que nadie de los españoles me entendía.

"—¿Pues no te parece que son la representación de la dualidad del universo y su creación, igual que nuestros Ometecutli y Omecíhuatl? Para que el mundo exista tiene que haber hombre y mujer, como tú con tu Malinche. Una interacción entre la energía masculina y la femenina crean la vida, así de simple, así de mágico.

"—Si me permite contestar, señor —dije, un poco cohibida—, soy ignorante de sus dioses, pues me crie con los mayas, en Tabasco, pero ciertamente es notable que existan tantas similitudes.

"—Ahora dile a tu Malinche —continuó—, para que no se ponga ansioso, que ya hablaremos de eso más adelante.

"Cortés pareció medianamente satisfecho y aprovechó para pedirle permiso para que él y su gente pudieran visitar y admirar la ciudad en los días siguientes.

"Le fue concedido y salimos de ahí en cuanto nos dimos cuenta de que los preparativos de servir la cena estaban cerca. Moctezuma nos había hecho el favor de enviarnos los mismos platillos de su cena.

"Esa noche, Cortés y yo comimos opíparamente, como hacía mucho no lo hacíamos. Nos trajeron varios y diversos platillos sólo para nosotros dos, servidos por doce sirvientes. Me sentí agradecida. Yo siempre tenía hambre y muchas veces no podía satisfacerla, así que esa noche me sobrepasé, comí de todo.

"No comentamos nada sobre Moctezuma, pero desde ese día le tuve mucho respeto. No me pareció que fuera un cobarde, como muchos comentaban. El miedo por su pueblo parecía genuino, después de todo él era responsable de lo que sucediera. Quizá sólo temía el futuro, como cualquiera de nosotros teme la muerte cuando está cerca.

"A la luz de las velas, y después del banquete, Hernán se puso meloso, quizá fue el efecto del chocolate. Bebimos un poco de vino, pues lo poco que quedaba lo teníamos racionado. Me susurró al oído:

"—Marina, vos y yo seremos reyes de esta ciudad, imaginad las riquezas, imaginad el poder… ¡Reinando juntos en este paraíso!

"Con el oído derecho lo escuchaba y me emocionaba pensando en las riquezas y el poder del que me hablaba Cortés, me imaginaba sentada junto a él, en un trono como el de Moctezuma, en una sala llena de pieles y de manjares y de esclavos sirviéndome. Ahora yo sería la dueña y señora y mandaría y sería cruel y caprichosa; pero mi oído izquierdo me dictaba sensatez, ser cauta, tener compasión, y entre mis dos oídos, que peleaban el uno contra el otro, estaba mi boca como pasmada, como adormecida, pues no hablaba ni opinaba, sólo quería comer, beber y besar a Hernán, y eso fue lo que hice.

"Nos abrazamos, nos mordimos, nos dejamos moretones de amor en el cuello. Gocé su tepolli dentro de mi tepilli, porque sabía que a él lo deseaban muchas mujeres, ya que era fiero como un jaguar, astuto como cuervo y su palabra era como un *huehuetlatolli*[14] y, después de oírlo, quedabas como hechizado y convencido de todo. Y lo mejor es que sólo quería estar conmigo, no con las demás, quería que yo fuera su reina. Y teníamos el mundo a nuestros pies. Yo era la tierra y él la lluvia fertilizadora. Por fin estábamos en Tenochtitlán, la ciudad de las garzas azules, donde los sueños, el deseo y la noche fueron nuestros."

[14] Discursos que daban los maestros a los alumnos, los padres a los hijos, y que contenían su pensamiento, las normas de conducta y su visión moral.

16

El tlatoani de Xochimilco

(Febrero de 1523)

ERA FEBRERO DE 1523 CUANDO PARTIMOS HACIA XOCHIMILCO para hablar con el tlatoani Apochquiyahuatzin, conocido por su nombre de bautizo, don Luis Cortés Cerón de Alvarado. El hombre tenía el privilegio de contar con dos de los nombres de los principales conquistadores. Nos dirigimos a verlo un grupo formado por Pedro de Alvarado y su mujer, doña Luisa Xicoténcatl, fray Bartolomé de Olmedo, Santiago Severino, yo y una veintena de soldados que nos acompañaban. Viajábamos a territorio amigo, y prácticamente gobernado por Alvarado, pues era encomienda de su jurisdicción, lo mismo que los muelles de la ciudad. Aunque Pedro perdió mucha influencia con Cortés a partir de la decisión errónea de ordenar la matanza en Tenochtitlán y desde entonces no volvió a ser tan cercano a Hernán, nunca dejó de ser uno de sus favoritos. Y aunque desde el principio

Alvarado no fue de mi agrado, tuve que acostumbrarme a su presencia.

Don Luis nos recibió con regalos y palabras de bienvenida, no en vano Alvarado era su patrón. El cacique de Xochimilco era su vasallo, así que sabía bien ante quién doblegarse. Mi misión en la visita era enterarlo del censo que Cortés quería llevar a cabo, y hacerlo colaborar. Por supuesto que don Luis no tuvo ninguna oposición a la petición y se mostró muy solícito a que su pueblo contestara todas las preguntas que se harían. A Santiago lo enviaron en ese momento a hablar con todos los caciques de los altépetl vecinos que conformaban Xochimilco. A Alvarado y a Luisa Xicoténcatl, a quien Alvarado parecía adorar, los recibieron con guirnaldas de flores, los agasajaron con regalos y los llevaron de paseo por los canales, sirviéndoles a bordo de la canoa lo mejor de sus manjares.

Por mi estado, el tlatoani mandó que se me atendiera con grandes cuidados y me ofrecieron un asiento relleno de plumas de pato para mi comodidad y un gran banquete, al que accedí con gran satisfacción.

—Malintzin, apreciada señora —se dirigió a mí don Luis mientras comíamos—, quiero hacerle una propuesta.

—Diga usted —contesté mientras comía con gran apetito, sin imaginar lo que venía.

El tlatoani me alabó entonces en demasía, diciendo lo bonita que era y que su corazón se halagaba y se llenaba de miel nada más de verme, que yo era una mujer muy valiosa, que era como una pluma de quetzal o como un jade precioso y que él me quería como su pareja.

Me extrañó un poco; al saberme amante de Cortés, nadie se atrevía a tocarme, ni a dirigirse a mí con intenciones amorosas o eróticas, pero el tlatoani no sólo me lisonjeó, sino que me pidió en matrimonio, a pesar de mi avanzado estado de ingravidez.

Quedé tan perpleja que hasta dejé de comer. Mentiría si dijera que no me halagó. Era la primera vez en mi vida que recibía una propuesta de matrimonio. Por supuesto que no era la manera correcta de hacer una propuesta. Ésta se hacía a través de los padres y se pactaban las condiciones de la unión. Aunque yo no tenía padres y era mayorcita, además él tampoco era un joven, ya tenía, de hecho, una esposa y varias concubinas, pero, aun así, le agradecí el gesto.

Le contesté que si no miraba que esperaba al hijo del conquistador, al tiempo que señalaba mi vientre, tan abultado que parecía que pronto explotaría. Me dijo que le gustaban mucho las mujeres embarazadas y que yo era como un delicioso tamalli relleno de carne humana. Que, si yo lo deseaba, en ese momento podíamos fornicar, ya que los demás estaban ausentes y nadie se atrevería a oponerse a nuestros deseos. Así podríamos "probarnos", sugirió. Se acercó a mi asiento con rapidez y yo, que estaba muy torpe para moverme a esas alturas de mi preñez, no logré levantarme. Don Luis metió los dedos, ávidamente, en mi tepilli, mientras yo trataba de forcejear para que me dejara en paz. Luego, con gran rapidez y habilidad, metió las manos debajo de mi huipil, manoseando mis pechos. Me dijo que no le importaba que pariera al hijo de Cortés, que para él sería un honor cuidarlo y que considerara seriamente que él se casaría conmigo en cuanto yo quisiera, y al muchacho lo criaría como un noble guerrero xochimilca, y que muy pronto tendríamos muchos hijos e hijas nuestros, que serían indígenas nobles que repoblarían la zona. Que yo sería la señora y ama del lugar, no la amante del conquistador. Palabras que se me quedaron clavadas en la *yollotzin*.

Argumentó que quizá luego los españoles se cansaran de estas tierras y se fueran, que lo pensara con cuidado porque era sabido que Cortés era muy mujeriego y que luego, lueguito me iba a dejar, y que al menos con él sería la esposa principal de un tlatoani de una comunidad muy importante. Muchos alimentos salen de Xochimilco, dijo mientras trataba de besarme, mientras yo esquivaba su boca llena de saliva, y el hombre estaba tan caliente que, cuando me di cuenta, me mojó el muslo con sus jugos.

Estaba furiosa, pero no podía hacer nada hasta que los demás regresaran. Así que traté de seguirle la corriente y le serví todo el pulque que pude con la esperanza de que la borrachera le trajera el sueño y dejara de molestarme.

Cuando por fin volvieron Alvarado y Luisa del paseo, y Santiago de hablar con los caciques, emprendimos el camino de regreso a Coyoacán lo más rápido que pudimos. El xochimilca apenas podía pronunciar palabra, pero nos despidió con cortesía.

En el camino de regreso estuve muy callada y pensativa, y a todo lo que Santiago me decía le contestaba con monosílabos. Supongo que pensó que era mi estado y que sólo estaba cansada.

En realidad, iba recordando episodios que ya había olvidado, como cuando muy recién llegada con los españoles, Alvarado, el Sol, me molestaba. Lo evitaba, porque, siendo un hombre muy atractivo, las mujeres, tanto blancas como indígenas, se volvían locas por él, les gustaba su cabello del color del sol. De hecho, ya había tomado para sí algunas de las esclavas de mi grupo, pero a mí me daba desconfianza, además, me había manoseado en un par de ocasiones y eso no me gustó. Tenía dueño y no era de cualquiera, ya no lo sería más. La última vez que intentó forzarme, mi Alonso lo encontró abrazándome y apretujándome contra una pared del barco. Me había subido la falda y hurgaba con su mano asquerosa y maloliente en mi tepilli. Yo trataba desesperadamente de librarme, hasta que Alonso lo vio y le recriminó. Algo le dijo y Alvarado me soltó, pero estaba segura de que buscaba la oportunidad para hacerlo de nuevo, no era un hombre que obedeciera a nadie, ni siquiera a Cortés. Era salvaje y malcriado, estaba acostumbrado a hacer su voluntad, como un niño berrinchudo. Así que cuando lo veía cerca, procuraba separarme y aproximarme lo más que podía a Cortés, o a Alonso, pues estando cerca de ellos no se atrevía a molestarme.

De eso ya había pasado mucho tiempo. Alvarado ya ni me miraba ahora, estaba embelesado con su Luisa y no tenía ojos para nadie más. La gente decía que Luisa lo hechizó dándole a beber unas hierbas antiguas. No lo sé. No sé si utilizó hierbas o sabía cómo moverse en la cama. Había pasado mucho tiempo desde que alguien se había atrevido a meterme mano. Estaba molesta y quería llegar a casa lo antes posible, pero ¿qué podía hacer?

Lo que más me molestaba era la sensación de que algo no estaba como debería estar, pues parecía que la gente me decía constantemente que debería estar mejor, o en otro lado, o con alguien más. Recordé lo que María de Estrada me advirtió, aún antes de que Cortés matara a su mujer, que ya nada sería igual y debía acostumbrarme; cuando Tecuichpo me llamó traidora y me reclamó mi actuación sumisa, lo mismo que me gritaron los ladrones, y ahora este atrevido quería casarse conmigo porque daba por hecho que Cortés me iba a dejar muy pronto. ¿De verdad ellos veían algo que yo no estaba viendo? Luego recordé a Blas Botello. Él era el único con quien había cogido además de Cortés. La primera vez que me topé con él fue en la playa. Lo conocía como el brujo de los españoles. Alonso acababa de embarcarse a España para llevar las cartas de Cortés en el *Santa María de la Concepción*, y una vez que los perdimos de vista en el horizonte, Cortés ordenó barrenar los diez barcos anclados en el golfo, pero antes mandó desmontar todo lo útil que quedaba en ellos: cuerdas, aparejos, velamen y madera, argumentando que los necesitaría más adelante. Y sí que los necesitó, aunque nunca nos imaginamos entonces en qué circunstancias.

Yo, mientras tanto, temblaba de miedo. Estaba sola y sin protección, junto a hombres bárbaros, tan bárbaros y crueles como los nuestros, y cerca de uno en especial que no se tentaba el corazón para matar si lo contradecías o te cruzabas en su camino. Cortés tenía una fuerza enorme e invencible en su interior, esa fuerza, lo comprendí pronto, era la enfermedad del oro. Ella era la que lo conducía y lo azuzaba como una yegua al galope. Me constaba haberlo visto herido, derrotado y en circunstancias muy adversas y, sin embargo, lo vi levantarse, hacer milagros, mover a las piedras y a los hombres.

En aquel momento, me retiré a meditar a la playa. Mirar el mar me tranquilizaba. Me acerqué a la orilla esperando encontrar la imagen de la diosa Chalchihuitl o un pez que hablara, pero no encontré nada por el estilo. Me topé con Blas, quien era un hombre mayor, pero muy atractivo, su pelo color plata brillaba como el metal mientras los rayos dorados y rojizos del sol lo iluminaban. Era el único con ese color de cabello.

Me tomó de la barbilla y me dijo:

—¡Hombre, niña! Pero ¿por qué tan melancólica? No me digáis que le extrañas ya, al Portocarrero. Una cosa os digo, olvídate de él porque no regresará. Lo he visto en los astros —hizo una seña con el dedo índice señalando el cielo—, pero no tenéis de qué preocuparos, porque estaréis bien protegida y vos jugaréis un papel muy importante en todo esto. Claro, quizá vuestro corazón no estará en el lugar donde quiere estar, pero eso es cosa de todos los días. Si uno pudiese tener todo lo que desea y cómo lo desea… anda ya, ¡alégrate, mi niña!

Después de animarme, Botello se fue suspirando por la playa. Yo había visto que, por las noches, el hombre observaba el cielo con un pequeño instrumento y hacía anotaciones en un libro grande que llevaba a todos lados.

Aquella noche, Cortés me mandó llamar. Creí que se trataba de traducir, junto con Gerónimo de Aguilar, pero me encontré sola frente a él, en su covacha hecha de ramas y troncos, aunque cubierta con algunas cortinas para que no se viera desde afuera y unos tapetes moros que cubrían el suelo de arena. El lugar estaba vigilado por soldados de confianza. Estábamos solos y nadie nos molestaría.

Me sirvió una copa de vino, esa bebida oscura que ellos tomaban cuando no encontraban agua dulce. Era amarga y me produjo un ligero mareo, igual como cuando iba en la casa que navega, y luego se acercó y me besó. Me dijo que yo le gustaba desde que me vio y que envidiaba a Alonso por tenerme. No sabía si creerle o no, porque lo había visto hacerles arrumacos a algunas de las españolas, pero lo importante ahora es que ya sabía perfectamente bien quién sería mi dueño de ahora en adelante. Al menos, pensé, Alvarado no se atrevería a tocarme nunca más, y suspiré.

En aquel momento me sentí un poco cohibida. Desde el principio había visto a Cortés como el líder, como el sacerdote, como un hombre lejano e intocable. No me imaginaba compartiendo el lecho con él. Había estado conviviendo muy cerca de él en las últimas semanas, desde que me convertí en su lengua, y sentía una atracción muy fuerte hacia él; mi vulva palpitaba cuando me acercaba mucho a su cuerpo, pero al mismo tiempo quería ser cauta. Le temía, era un hombre de pasiones, aunque hacía esfuerzos para controlarse todo el tiempo. Le tenía cierta desconfianza, era como cuidarse de estar demasiado cerca del fuego.

No era un hombre común, sabía que no iba a poseerme como la primera vez que lo hizo Alonso, parado y de prisa. Cortés era un hombre de rituales, era capaz de utilizar todas las herramientas posibles para volver leales vasallos a todo el mundo. Pero al mismo tiempo, si le convenía, te marcaría con un hierro candente sin el menor remordimiento. ¿Qué utilizaría conmigo? ¿Me convenía entregarme sin resistirme o debería poner distancia?

La mirada de Cortés, entre burlona y profunda, me despertó los sentidos. Me partió en dos. Era como un hechizo, porque era yo y era otra, que no era yo. Era tierra yerma y de pronto fui yerba seca que se enciende con una mirada, un gesto, una palabra. Fui incendio, esperanza, compañera, presagio y vaticinio. Fui destino y mujer débil, guerrera y ocelote. Él me hizo atreverme, me dio poder, coronó mi lengua, mi palabra habló como adormilada, como amenaza de tormenta, como cielo nublado y como sol ardiente. Me dio la posibilidad de ser y las posibilidades siempre son mágicas. Me encendí como luciérnaga nocturna.

Nuestros cuerpos se aproximaron, y en cuanto estuvo cerca mi pecho se agitó y mis inspiraciones se hicieron más rápidas, como si comenzara una carrera por mi vida. En ese momento debí de haber salido huyendo. Quizá no era el hombre más agraciado entre los extranjeros, pero la gente lo miraba para arriba, lo obedecía, le juraba lealtad, daba la vida por él, y yo pensaba que ésa era la razón por la que aquel lejano rey lo había escogido y lo había enviado a él, y eso le daba un atractivo difícil de explicar. Me sirvió más vino. A pesar de mi instinto, hice intentos por resistirme y traté de salir con alguna excusa. Él me jaló del brazo y me atrajo hacía sí, me besó. Mis jugos comenzaron a removerse. Me abrazó con fuerza para iniciar el acto que comenzó cuando el Tloque Nahuaque, el señor de lo cerca y lo lejos, creó al hombre y a la mujer para que se tocaran y se atrajeran con una fuerza que no se puede controlar por medio de la voluntad.

Primero sentimos el calor que iba subiendo por nuestros cuerpos, que, combinados, formaron el fuego del infierno, ese fuego que quema por dentro la razón y luego sale por el aliento de nuestras bocas, ardiendo, y nos empujaba a anhelar el tacto húmedo de las lenguas, dos lenguas que se buscaban para aplacar el fuego, dos lenguas que no pronunciaban el mismo idioma, pero que sí se atraían con el deseo animal, primordial del sexo, para unirse en la consumación de una atracción que no podía negarse. Fue entonces cuando me pegué a su cuerpo como un pedazo de carbón calcinante, sin ningún pudor, sin resistencia. ¿Para qué alargar una situación que de todos modos iba a desenvolverse por dictado de los astros, por voluntad de los dioses? Me desvistió. Mis prendas cayeron con el silencio ruidoso de un acontecimiento importante. Sentí un leve temblor que recorrió todo mi cuerpo, conforme sus ojos me tocaban sin tocar, con deseo, ese deseo que florece en la vista de los hombres y es como el agua que alimenta los campos. Se quedó mirando mis pechos y mis pezones y me dijo en voz baja que hacía largo tiempo que me deseaba, o eso quise entender. Comenzó a acariciar mis pechos, torpemente al principio, pero la mecha de su tacto nos encendió y nos besamos, nos embebimos uno al otro con el impulso de la necesidad. Yo guie sus manos con suavidad, enseñándoles para que fuera aprendiendo. Los besos corrieron de la boca al cuello, a mis pezones, a mi tepilli. Primero me tomó por detrás, como se toma a los animales, y arremetió fuerte, sosteniéndome de las caderas. Con suavidad, como pude, me retiré y me volví hacia él. Lo besé, aunque sus barbas me hacían cosquillas, me hacían reír. Le dije que así no, que tenía que aprender. Se sorprendió un poco, no entendía lo que decía, pero rio, divertido. Bebimos más vino y luego me tiró al suelo, donde tenía un lecho improvisado, y ahí unimos nuestros cuerpos con más igualdad para el placer. No sé qué sentía él, pero parecía gozarlo bastante, mientras que mi cuerpo se despertaba poco a poco a nuevas sensaciones. Me senté sobre él en cuclillas y me moví como el molinillo para batir chocolate. Sabía que eso les gustaba a los hombres. Hacerlo con los blancos se parecía a hacerlo con los otros hombres, pero a la vez era diferente. Daba cierto poder, otorgaba una especie de armadura para protegerse, como la que ellos usaban para pelear. En aquel momento me sentí invencible, intocable. Ardía mi cuerpo, pero también mi alma de abeja, de colibrí, y me arqueaba y dictaba el contrapunto en el ritmo frenético de atabales, de cascabeles, y al mismo tiempo gozaba, algo que había sido prohibido para mí en mi vida anterior. Ahora era yo la que tenía un hombre, alguien a quien saborear, paladear poco a poco, lamer hasta cansarme. Debía desconfiar, lo sabía, pero eso no iba a amargarme los gozos del amor.

Cuando terminamos, no me corrió de ahí. Seguimos tomando vino y ese mareo dulzón que se subía a la cabeza me gustó, me desinhibió, y reímos y jugamos, y luego lo volvimos a hacer, por gusto, por rebeldía, porque se nos dio la gana, porque a los dos nos gustaba el placer que nos dábamos.

17

El nacimiento de Martín

(Marzo de 1523)

LA LABOR DE PARTO COMENZÓ A MEDIANOCHE. MALINTZIN llamó a su fiel doncella Juana cuando comenzaron las contracciones, que se fueron haciendo más seguidas conforme pasaban las horas. La tlamatqueticitl ya tenía dos días viviendo en la casa de Coyoacán —pues de acuerdo con sus cálculos, el vientre de su paciente había bajado—, lo que la obligaba a mantenerse cerca para esperar a que el niño tuviera ganas de nacer. Se despertó por aviso de Juana y de inmediato organizó la actividad en la casa, que se volvió febril. Las mujeres iban y venían trayendo agua que pusieron a calentar en un brasero, en la que echaban yerbas especiales para abrir sus pulmones y con eso ayudar a la parturienta a respirar mejor y a relajarse. También le dieron a beber la raíz de una hierba llamada cihuapactli, pues ayuda a que los niños les den ganas de salir al mundo. Mientras tanto, la ayudante de la partera le daba a Malintzin masaje en la espalda y la comadrona acomodaba el vientre, asegurándose de que el niño no naciera de nalgas.

Cerca de las cinco de la mañana la partera estaba considerando darle a la parturienta una bebida hecha con cola de tlacuache, pues el trabajo de parto se había tardado ya varias horas, y ése era el mejor remedio para acelerar el parto, cuando anunció que la dilatación era completa. A Malinalli, que yacía extenuada y con la piel empapada en sudor, la detuvieron por los hombros entre dos mujeres para que se acuclillara y el niño pudiera salir por fuerza de gravedad. "Puja, puja", le gritaron. La parturienta estaba cansada, pero hizo su mejor esfuerzo para pujar y ayudar a la criatura a llegar a este mundo. Primero salió la cabecita, revestida de un fino vello negro. Y sólo unos segundos después, con un leve giro a la derecha, salió el cuerpo del infante desenvolviéndose como el capullo de una mariposa que se rompe con un soplo. Es un niño, confirmó la partera, quien desde el principio del embarazo lo había pronosticado.

Malintzin dio un largo suspiro de alivio. Algo como una alegría indefinible recorría su cuerpo. La acostaron, procedieron a limpiarla, le dieron un masaje para que se relajara y esperaron a que naciera la placenta.

La partera se tapó la boca alternativamente con la mano y dio gritos de guerra.

—¡Malintzin, has atrapado a un pequeño guerrero! ¡Tú misma eres un guerrero valiente! ¡Has ganado la batalla! ¡Eres vencedora! ¡Bravo!

La comadrona, una mujer chiquita, vieja y arrugada, era la mejor de Coyoacán, le dijeron. Había traído muchos niños al mundo y éste no sería el último, pero sí era uno de los más importantes. El hijo de Cortés, la Malinche, no era poca cosa. Así que lo tomó entre sus brazos envolviéndolo en una manta, y le habló con voz afable: "Eres muy bienvenido, hijo mío, amado, piedra preciosa, plumaje rico. Del medio de ti corto tu ombligo, sabe y entiende que ésta no es tu casa, porque eres soldado, eres ave que llaman quecholli, eres ave que llaman zaquán, eres ave y soldado del que está en todos lados".

Malintzin sólo escuchaba sin saber qué hacer.

"Esta casa donde has nacido no es sino un nido, es tu salida en este mundo, aquí brotas, aquí floreces, aquí te apartas de tu madre, como el pedazo de la piedra donde se corta, tu propia tierra otra es, en otra parte estás prometido, que es el campo donde se hacen las guerras, donde se traban las batallas, para allá eres enviado…"[15]

Malintzin intervino, molesta:

—¡No digáis tal cosa, no quiero que mi hijo sea un guerrero, no quiero que tenga nada que ver con la guerra! ¡No! —exclamó—. ¡No quiero que ése sea su destino!

—Pero, mujer —le contestó la comadrona—, es un varón, es su destino primero.

—¡No, las cosas están cambiando!, ¿qué no lo veis? —argumentó molesta.

Juana intervino.

---

[15] Bienvenida tradicional que se daba a los niños varones cuando nacían. Fray Bernardino de Sahagún, *Historia general de las cosas de la Nueva España*, México, Porrúa (colección Sepan Cuántos), 2016, p. 367.

—Marina, es la bienvenida tradicional a tu hijo, deja que la partera termine. No sea que algún mal recaiga sobre el niño por no darle la bienvenida como es debido. Estás sensible, recuéstate y descansa.

"Tu propia tierra y tu heredad, y tu padre, es la casa del sol, en el cielo, que se llama Totonámetl in manic. Y esto que te corto de tu cuerpo en medio de tu barriga es cosa debida a Tlaltecutli y deberán enterrarla en medio del campo, a donde se dan las batallas para que no se eche al olvido, tu nombre, ni tu persona."

La comadrona cortó y anudó el ombligo del niño y luego procedió a limpiarlo. En ese momento Malintzin recordó lo que Moctezuma le mencionó aquel día que lo visitaron en su palacio sobre la similitud entre el bautismo por agua de los cristianos y el baño de purificación de la diosa.

Entonces, sin que la parturienta sintiera mayores dolores nació la placenta, con la que las mujeres guisarían un caldo reparador. La vieja comadrona dejó al niño en manos de Juana por unos instantes y hurgó en los adentros de la madre en busca de restos que pudieran infectarse. Ordenó que se le trajera una infusión de hierbas que desinflamaría y desinfectaría sus órganos. Luego, procedieron a untarle una pasta vegetal por todo el vientre y a vendarla, pues eso ayudaría más rápido a la recuperación de la figura de la madre.

—Sólo queda la ceremonia del nombramiento y llamar al *tonalpouhqui* —dijo con voz temblorosa la comadrona—. Pero eso último le corresponde al padre, no creo, no sé… ¿qué podemos hacer? —terminó casi en un suspiro.

Se hizo un silencio, todas esperaban a que Malintzin dijera algo. Ella reflexionaba qué debía hacer, a quién le sería fiel esta vez, a los ritos de la tierra o a las costumbres españolas, que seguramente condenarían a las primeras, por considerarlas *demoniacas*.

Normalmente, el bautizo mexica se celebraba desde el primer día del nacimiento del infante o hasta cuatro días después, dependiendo de la salud del niño y de las predicciones del adivino. ¿Le pondría un nombre en náhuatl y otro en español?, meditó. Estaba segura de que Cortés no lo permitiría. ¿O acaso desde el primer día no se habían afanado los extranjeros en cambiarles el nombre a todos ellos como requisito indispensable para tratarlos? Llamar al tonalpouhqui o adivino sería desafiar abiertamente a Cortés y a fray Olmedo. No se atrevía a tanto. Pero si la ceremonia del nombramiento la realizaban a escondidas, pues era nada menos que la partera quien la llevaba a cabo, entonces nadie más tendría por qué enterarse. El secreto quedaría como un pacto de silencio entre el círculo de mujeres que la cuidaban.

Todas guardaban silencio, esperando su respuesta.

—Querida Tlamatquitícitl —respondió de manera formal—, te ruego que llevemos a cabo el ritual del nombramiento, y lo llevemos en nuestro corazón y lo guardemos en un acuerdo confidencial entre nosotras, antes de que Malinche se entere del nacimiento de su hijo. Creo que, por lo pronto, llamar al adivino no será posible. El padre del niño no debe saber que su hijo tendrá otro nombre, un nombre que lo una a esta tierra para siempre. ¿Podrías sugerir un nombre?

—Bueno, qué esperan, muchachas —contestó la comadrona dirigiéndose a Juana, Rosa y a las muchachas que la ayudaban—. ¡Hay que preparar la comida, que ésta será una gran fiesta! Mientras, prepararé el ritual. ¿Qué te parece el nombre de Cuauhcolli?, el abuelo de las águilas le comentó a la madre, porque él será el primer abuelo de muchos jóvenes guerreros que vendrán después de esta nueva estirpe que crecerá y se extenderá por estas tierras como la maleza.

Malintzin afirmó con la cabeza, se sentía emocionada y conmovida. Era un nombre digno de un guerrero de buena y encumbrada familia. Tener un hijo daba una sensación de completitud que nunca había sentido. Era como si el mandato de los dioses de ser mujer sobre la tierra cobrara sentido. Reproducirse, equipararse a un dios o diosa en la potencia generadora de otro ser humano. ¡Se sentía tan orgullosa de sí misma! ¡Por fin lo había logrado! ¡Después de tantos fracasos!

La *tícitl*, como le decían de cariño a la partera, le dejó al niño en sus brazos, mientras iba al patio a realizar los preparativos para la ceremonia. Ya eran cerca de las siete de la mañana y el día se desperezaba abriendo sus ojos entre unas cuantas nubes en el horizonte. El cielo aún tenía un tinte violeta.

El corazón de Malintzin palpitaba acelerado cuando aquel pequeño bulto comenzó a respirar en sus brazos. Lo observó con turbación. Lo había deseado tanto, lo anhelaba, lo extrañaba en la calidez de su vientre, y por primera vez podía apretarlo entre sus brazos, olerlo, besarlo. Creyó que su amor estallaría de no poder contenerse. Era pequeño y su cabello era casi negro, pues tenía unos reflejos castaños. Su piel era suave y delicada, pero su color era y no era. No era de su misma tonalidad, pero tampoco era del color de la de Cortés. Su hijo era una mezcla, un híbrido, una nueva raza. El nombre sugerido por la partera parecía exacto.

Sus ojillos eran castaños y muy vivos, como el de las águilas, pero sintió una punzada de dolor al notar una íntima tristeza en su mirada. ¿Se lo imaginaba? ¿En verdad estaba sensible? ¿El recién nacido era como un animal salvaje que se sabe nacido en cautiverio? Ahora, al pensar que no vendría el tonalpouhqui, ¿cómo sabría si su hijo había nacido en un día aciago o no? ¿Cómo? ¿Cómo sabría cuál sería su destino? Al menos se alegraba de que fuera un varón, así no tendría la suerte de una mujer. Eso era un buen comienzo. Su vida tenía que ser mejor.

Le acarició la cabecita y las mejillas. Trató de recordar a su propio padre y se dio cuenta de que lo había olvidado. Su rostro estaba casi completamente borrado por el tiempo. Por el contrario, encontró de inmediato un parecido con Hernán Cortés, el padre del muchacho, y quien ahora llevaría el nombre español de su abuelo paterno, Martín. Marina le habló en maya, en náhuatl y en español, para que él entendiera que lo amaba con todo el corazón y que no le cupiera ninguna duda. Se preguntó qué saldría de esa combinación de pieles, humores y lenguas. Tenía miedo de que resultaran monstruos, hombres y mujeres siempre en discordia en obra y pensamiento. ¿Cómo entenderse si nacían de diferentes cielos, venían de dioses de cepa tan contraria? ¿Cómo habría de darse una raza así, en contradicción permanente, con asentamiento encontrado en dos dimensiones? Su avance nunca cuajaría, estaría continuamente resquebrajado y destinado a fracasar.

Sería quizá como un castigo perpetuo de los dioses. Una fragmentación que ni se quiebra, ni se adhiere. ¿Representaría una expiación más dura que el sacrificio humano? Entonces, Malintzin acercó a Martín, al pequeño Cuauhcolli, a su pecho, y éste se prendió con avidez. Y Malintzin lloró desconsoladamente. De cansancio, de emoción, de aflicción.

Unos minutos después, la partera anunció que estaba todo listo para la ceremonia.

Se llevó al niño al patio a donde se encontraba ya un pequeño escudo de plumas y una jarra llena de agua. Lo tomó en brazos y le dijo: "Oh, águila, oh, jaguar, Cuauhcolli precioso, has llegado a este mundo, estás fatigado, aquí encontrarás sufrimiento y dolor, te han enviado tu padre y tu madre, el gran señor y la gran señora".

Y con sus dedos vertió unas gotas de agua en la boca del niño diciendo: "Toma, recibe, ve con qué has de sobrevivir aquí en la tierra, para que crezcas y reverdezcas; ésta es por quien tenemos y nos mereció las cosas necesarias sobre la tierra; recíbela".

Tocando el pecho del niño, dijo con palabras sabias: "Cata aquí el agua celestial, cata aquí el agua muy pura que lava y limpia tu corazón, que quita toda suciedad, recíbela; tenga por bien de limpiar y purificar tu corazón".[16]

Lavando de nuevo el cuerpo del niño, instó al mal a que se apartara de él y lo dejara en paz, invocando a la diosa Chalchichuite a su cuidado.

Habiendo hecho esto, la mujer presentó al niño, cuatro veces al cielo, invocando al sol y a las divinidades astrales, en los cuatro puntos cardinales.

---

[16] Fórmulas que eran recitadas por la partera, citadas en, Jacques Soustelle, *La vida cotidiana de los aztecas*, México, FCE, 1977. Provienen de fray Bernardino de Sahagún, *Historia general de las cosas de la Nueva España*, *op. cit.*

La partera entregó de nuevo el niño a Malintzin y le afirmó:

—Está hecho. Ahora puedes llamar al padre.

Malintzin, como si despertara de un sueño, ordenó:

—¡Hay que llamar al doctor Ojeda! —recordando que no había hecho caso de la orden de Cortés de llamar al galeno cuando comenzara el trabajo de parto.

Juana la miró como diciendo: "Ya para qué".

—Háganlo, Juana, o Cortés se enfada. Y también avísenle a él, que ya es padre de un niño.

Cerca de las nueve de la mañana, de ese 23 de marzo de 1523, corrió Rosa a avisarle al gobernador Cortés, de la Nueva España, que era padre de un niño varón y que él y la madre se encontraban bien de salud.

Muchos años después, habrían de decir que Martín nació meses después, a finales de aquel año, para que las malas lenguas no dijeran que Malintzin estaba embarazada cuando aún vivía Catalina Suárez, la Marcaida, la difunta esposa de Cortés, y asegurar así que todas las reglas de la decencia se habían seguido al pie de la letra.

18

La feliz paternidad de Cortés

(Marzo de 1523)

CORTÉS LLEGÓ A LA CASA DE MALINTZIN POCO DESPUÉS DE que la partera hubiera dispuesto todo en orden y encontró a la madre primeriza en la cama, con el bebé en sus brazos, mientras intentaba darle el pecho. Con una expresión de sol radiante, los besó a los dos, y antes de que Malintzin pudiera reaccionar, le arrebató al niño y lo levantó en brazos con orgullo. Sin ninguna consideración con la madre, se lo llevó embelesado al salón, a mostrárselos a fray Olmedo y a Gonzalo Sandoval, con quienes había llegado acompañado.

—Pero qué majo que está —dijo Sandoval, que era parco al hablar.

—Ya era hora, Cortés, de que tuvierais al varoncito —comentó Olmedo.

—Sí, al fin —contestó él como en un sueño. Y en ese momento y sin que nadie esperara esa acción de su parte, se hincó con el niño en brazos y le dio las gracias a la santísima Virgen de los Remedios por haberle concedido tal favor, al mismo tiempo que con su mano izquierda se las arreglaba para tomar y besar el crucifijo de oro que le colgaba al cuello, junto con otras gruesas cadenas del mismo material, y luego se dirigió a Bartolomé—: Bendecidlo, Olmedo, qué esperáis —dijo en un tono de voz que sonaba más a orden que a súplica.

—Por supuesto, Hernán, pero sabéis muy bien que no podemos realizar bautizos durante la Cuaresma. Habrá que esperar a la Pascua.

—Pero, Bartolomé, eso no puede ser posible, ¿qué no se puede en casos de extrema necesidad? —respondió el reciente padre con apremio, el hombre cuya virtud no era la paciencia.

—Vos lo habéis dicho, en casos de extrema necesidad, Hernán, sí, pero mirad, este niño está más sano que tú y que yo. Tened un poco de paciencia.

—¿Y cómo sabéis que se encuentra bien, eres acaso médico?

—No, pero… —balbuceó, entendiendo la exigencia del gobernador de la Nueva España—. Está bien, Cortés —dijo en tono complaciente—, lo tomaremos como un caso delicado, de todos modos, más vale, no sabemos cómo reaccionan estos niños indianos a los vientos del valle. Lo bautizaremos cuanto antes.

Cortés asintió con cara de satisfacción.

—Juana me dice que las mujeres están preparando comida para la fiesta y que esperan que llegue mucha gente del pueblo —agregó fray Bartolomé Olmedo, quien sabía bien a dónde llegaban los límites con Cortés—. Creo que debemos invitar a todos vuestros conocidos y traer a más cocineras para que ayuden a preparar el festín y mañana mismo celebramos la misa en la capilla.

—Invitad a todos lo que se os ocurra, Bartolomé, será una gran fiesta, no todos los días le nace un heredero varón a Cortés. Sandoval, id y mandad traer todo el vino que sea posible, y decid en la cocina que traigan comida a la casa de Marina porque prepararemos un gran banquete. Por cierto, Gonzalo, vos serás el padrino de bautizo. Id también y conseguid una madrina, alguna de las damas españolas que nos acompañan, Isabel o María, seguro querrán llevar ese honor. ¡Ah, y llamad a Juana!

—A la orden, señor gobernador —replicó Sandoval, como si estuviera recibiendo una orden militar.

Cuando Juana se presentó ante su presencia, Cortés había vuelto junto a la cama de Malintzin.

—¡Juana! —le llamó la atención—, ¿se puede saber qué son estos trapos que trae puestos mi hijo Martín? ¿Por qué no se le ha vestido con las prendas que le cosieron con tanto empeño las mujeres españolas? ¡Que el niño no puede andar así, hombre! ¡Mi hijo vestirá a la usanza española desde hoy y no de otro modo, y que no se diga más! ¡Ah, y conseguidle pronto una nodriza de leche al niño! ¡Marina no puede estar amamantando enfrente de todo el mundo! Sólo las sirvientas lo hacen. ¡He dicho! —exclamó.

Juana lo despidió con una leve reverencia, pero con el gesto torcido.

—Ya oíste, Malinalli, lo que dicta el señor.

—Sí, ya escuché. Pues anda, hay que hacerlo, no queda más remedio.

—¿Y no te entristece que no vas a amamantar a tu hijo? ¿Que no vestirá como nosotros?

Malintzin no contestó. Sólo hundió el rostro en la almohada. Al menos ahora se alegraba de haberle dado otro nombre a escondidas, un nombre por el que sólo ella lo llamaría. ¿Qué importaba después de todo cómo lo vistieran? El vestido no hacía al hombre. ¿O sí?

A los dos días le quitaron al niño de su pecho y lo pusieron en manos de una nodriza. Ése fue el primer indicio de su separación.

Sin embargo, ella estaba ahí, presente, cuidando a su hijo, asegurándose de que el corazón de Martín tuviera todo el alimento posible, ese alimento que nos hace crecer y hacernos fuertes, un alimento que no está en la leche, sino en los ojos de quienes nos miran.

19

El aguacero en el corazón

PRÁCTICAMENTE OCUPABA LA MAYORÍA DEL TIEMPO CUI-
dando a mi hijo, que crecía como un muchachito sano y
vivaracho. Era muy risueño y de sangre ligera. Cortés nos
visitaba casi todos los días, porque estaba muy apegado a
Martín. Fue una sorpresa para mí descubrir que él disfrutaba tanto ser padre. Jugaba con él, le hablaba de sus hazañas
y de las aventuras que habrían de correr los dos. Pero una
cosa era el crío y otra, su ser natural mujeriego que nunca
descansaba.

Un día regresaba a mi casa del campo, ya pasada la hora
de comida, porque me llamaron para ser jueza en una dispu-
ta de tierras en las cercanías de Coyoacán, y para mi gran
sorpresa, cuando llegué me encontré a Hernán follándose
a la nodriza de Cuauhcolli en mi propia cama y a mi hijo
berreando inconsolable en su canasto.

Eran principios de junio y la temporada de lluvias había
comenzado, sin la necesidad de intervención por parte del

viejo dios Tláloc, sin el requisito de tener que sacrificar do-
cenas de niños, de tiernos corazones, y presentarlos vestidos con chalecos de concha nácar, con sus *epnepaniuhqui*
y sus lágrimas preciosas, que, como antes se creía, sería la
única manera de traer abundantes lluvias. Las aguas habían llegado solas, puntuales, con estruendos de tormenta, con rayos y truenos, navegando fúnebres por el cielo
en canoas negras. Tal parecía, sin embargo, que el hecho
de que el agua se vertiera desde el cielo sin la ayuda del
dios tutelar, en lugar de alegrar a la gente, la entristecía. Era
como si constataran que sus dioses en verdad ya no tenían
ninguna utilidad. Como si por primera vez adivinaran que
el universo se movía sin necesidad de derramar sangre, el
agua de vida, como le llamaban, algo que creían era esencial para hacer caminar a las estrellas, para mover los cielos, imprescindible para atraer las aguas, para equilibrar la
armonía del cosmos. Y ese entendimiento los confundía,
los llenaba de temor, y también de vergüenza. Parecía que
después de todo sí habían estado equivocados. Había algo
más allá afuera, quizá en verdad fuera un padre benevolente que traía la lluvia sin necesidad de ofrendarle vidas,
sangre humana. Aun así, yo sabía, porque lo había visto
en sus casas, que todavía les ponían ofrendas a Tláloc y a
Ehécatl, que les cantaban y les bailaban a escondidas. No
era difícil descubrir los remanentes de papel quemado,
de flores, de sahumerios llenos de copal y hasta los restos de
codornices sacrificadas.

Aquella tarde caía un fuerte aguacero, con rayos que espantaban con su luz que deslumbraba entre la penumbra y
truenos que cimbraban la casa y ensordecían el sonido de

los pasos cuando uno caminaba por los pasillos. Venía empapada hasta los huesos y sólo quería cambiarme de ropa. Entré chorreando a mi habitación, y fue cuando vi recortarse su silueta entre las sombras.

Me quedé inmóvil, el agua que goteaba de mi ropa formó un charco sobre las baldosas.

Yo sabía desde hace mucho, desde siempre, que Cortés se cogía a otras mujeres, y sabía que lo hizo todo el tiempo que estuvo conmigo, ya no me sorprendía. Durante la estadía en Tenochtitlán lo hizo con doña Ana, y tal vez con doña Leonor, las hijas mayores de Moctezuma, que entraban y salían de su habitación con la sonrisa en la boca, pero nunca lo vi en acción. En aquel entonces me dolió mucho, pero lo disculpé. Lo disculpaba siempre. Quizá porque sabía que la naturaleza de los hombres, todos, es mudable, no como la de la mujer, que es sólida como una roca. Y que todos los grandes señores tenían varias mujeres. Éste no sería la excepción. Moctezuma, Cacama, Xicoténcatl, Cuitláhuac, hasta Tabascoob. Pero eso no quería decir que no me sintiera celosa, enojada. Cuánto envidiaba a los cisnes que volaban en la selva y que se unen de por vida a un solo compañero.

Por instinto, corrí a levantar a mi hijo de la cuna, que estaba junto a la cama, a mi adorado Cuauhcolli, que lloraba desconsolado, asustado por el estruendo de la lluvia y los rayos, y nadie venía a consolarlo. Lo acerqué a mi pecho, protegiéndolo. Fue hasta entonces cuando notaron mi presencia, primero ella que estaba de espaldas en la cama, y luego, Hernán. En ese instante se agolparon en mi cabeza tantos recuerdos, buenos y malos, pero, sobre todo, afloraron las ofensas.

Mi corazón corría como un puma en cacería y las lágrimas, traicionándome, brotaron de mis ojos sin control.

—Pero, Hernán —le recriminé con furia y dolor—, ¿qué es esto? ¡Y en mi propia cama! ¡Y con esta cualquiera! ¡Y enfrente de mi hijo! —agregué sin poderme contener.

Los dos comenzaron a vestirse lo más rápido que pudieron y la nodriza al ver mi mirada furibunda corrió a refugiarse a la cocina.

Cortés, después de arreglar su atuendo lo mejor que pudo, retomó su compostura y rompió en carcajadas.

—¡Ay, mi pequeño ocelote, siempre habéis sido una fierecita! ¡Controlaos! —dijo—. ¿Qué esperáis de mí? ¿Queréis que sea un fiel esposo? ¡Acostumbraos! ¡El hecho de que sea el padre de vuestro hijo no quiere decir que seas mi dueña, ¿entendisteis? —y le tomó la barbilla y le meneó la cara con rudeza. Él continuó: —¿Qué queríais que hiciera? —e hizo un ademán con las manos como si se limpiara acabando de comer.

—¡Vete! —grité con tanta rabia que se puso pálido—. ¡Vete de aquí, Cortés, y no vuelvas! ¡No me importa que seas el adelantado, el gobernador, el rey de España!

—¡Hmm, estáis celosa! ¡India revoltosa! —contestó indignado—. Si no fuera por mí, vos no seríais nadie, dad gracias de que me fijé en vos —expresó molesto—. ¡Dad gracias de que tenéis un hijo mío, a quien apartaré de vos, tenlo por seguro! ¡No quiero que crezca como un indio, hablando náhuatl!

Cortés se echó su capa al hombro, se caló el sombrero con plumas y se fue en medio de la tormenta. No le importaron ni los truenos ni los rayos. Se fue como si hubiera sido él mismo el dios del agua. Vi su figura recortada por la luz del relámpago, como si un aura dorada lo rodeara y luego nada, desapareció. Mi hijo lloraba y yo también comencé a llorar. Empapada, lo apretaba contra mi pecho con desesperación, con incertidumbre. Mi corazón estaba roto, resquebrajado como el barro, hecho añicos. Nunca más se repararía. Me había amenazado con separarme de él, con quitármelo. Se había cogido a la nodriza en mi habitación, en mi cama, en mi cara, sin vergüenza ni arrepentimiento.

Juana entró a rescatarme, había oído los gritos y vino corriendo a ver qué sucedía. Ella nunca había querido a Cortés, y me lo advirtió miles de veces. "Ten cuidado con ese hombre, no le confíes tu corazón", me dijo. "No le des más que palabras y sexo —me recomendó—. Nunca el corazón."

Pero uno jamás experimenta en cabeza ajena.

Juana llamó a Rosa para que sostuviera y tranquilizara al niño y lo cambiara de ropa porque había quedado mojado después de que lo apretara contra mí. Me ayudó a secarme mientras me preparaban un baño de agua caliente. Y luego, cuando finalmente pude bañarme y estuve arropada en mi cama, me dejó sola con comida caliente, una botella de vino y dos velas encendidas. Antes de irse, acordamos que se buscaría a otra nodriza.

Era noche cerrada para entonces, y la lluvia había amainado. Sólo unas cuantas gotas danzaban tímidas sobre el tejado. Juana era la mujer más sabia sobre la tierra. Sabía cuándo acompañar y cuándo era tiempo para dejarte sola.

En la penumbra de la habitación y en el silencio sepulcral de la noche, muchos recuerdos vinieron a mí. Los vi como si hubiera sido el día anterior y las emociones me inundaron.

La llegada a Tlaxcala, las negociaciones, cómo comenzó mi enamoramiento de Cortés.

***

Entré a la ciudad de Tlaxcala por primera vez, a la vanguardia de la columna, al lado de Cortés, junto con los de a caballo, el mayordomo, el portaestandarte y los demás capitanes. ¡Qué importante me sentía! ¡Los principales salieron a recibirnos vestidos de rojo y blanco, que eran sus colores característicos, en sus vestiduras de fibra de maguey![17] Sonaron los tambores y los caracoles y la gente abarrotó las calles para conocer a los extranjeros. Muchos todavía creían que eran dioses. Se había corrido el rumor de que eran inmortales, porque no morían en las batallas. Los sacerdotes, vestidos de blanco, se acercaron a sahumarnos con el copal, como parte del ritual de bienvenida. Xicoténcatl el joven, que ya nos conocía, presidió la comitiva y nos dirigió un discurso de acogida con palabras floridas.

—Mucho se han fatigado los señores, pero han llegado a su casa. Es su casa Tlaxcala, la ciudad del Águila. Aquí podrán descansar.

Así comenzó. Los cuatro dirigentes de Tlaxcala, que eran soberanos de los cuatro señoríos, fueron presentados por el

---

[17] Los tlaxcaltecas no tenían algodón porque ellos no lo sembraban y no comerciaban con los mexicas, por eso sus vestiduras eran un poco más toscas, pues utilizaban la fibra del maguey para vestirse, y tenían motivos en rojo ya que eran productores de la grana cochinilla, un insecto parásito del nopal con el que producían el tinte rojo para los textiles. La cochinilla fue el producto más exportado después del oro y la plata durante la Colonia.

joven dirigente: Maxixcatzin, jefe de Ocotelulco, Xico-téncatl padre, de Tizatlán, Tlehuexolotzin, de Tectipac, y Citlalpopoca, de Quiahuiztlán. Ambos bandos hicieron caravanas e intercambiaron algunos regalos. Yo tenía que estar ahí, haciendo las presentaciones, atenta y sin perder un solo detalle, una sola palabra equivocada habría sido fatal. A veces tenía que corregir un poco lo que me decía Gerónimo de Aguilar, porque, aunque él hablaba el maya a la perfección, no sabía las formas del náhuatl, las fórmulas de cortesía, los diferentes matices que tenían las palabras. Yo sabía que este momento era muy importante para Cortés, era todo con lo que había soñado hasta el momento —aliarse con Tlaxcala—, y le había costado mucho esfuerzo. La unión con Tlaxcala era crucial para poder vencer a los mexicas. Creía que ya había sacrificado mucho y en ese momento nadie de nosotros tenía idea de lo que vendría después.

Xicoténcatl el Viejo se acercó a Cortés para saludarlo de cerca, y a través mío le dijo que se alegraba de conocerlo antes de morir, de poder tocar a un gran guerrero que traía consigo el amanecer de otros tiempos. Le advertí a Cortés que tendría que soportar el tacto del tlatoani, porque el hombre estaba ciego y quería palparle la cara. Le habló entonces de una profecía que aseguraba que vendrían hombres provenientes de la dirección del sol naciente y un día los gobernarían. Él creía que había llegado el tiempo profetizado y que tenía la suerte de vivirlo. Los dos se simpatizaron de inmediato. A partir de ese momento, ambos se sentarían lado a lado en todas las reuniones, y hasta donde pude ver, nació una relación de aprecio y respeto mutuo, que no vi nunca con nadie más, ni siquiera con Moctezuma.

Primero que nada, nos dieron de comer, teníamos tanta hambre que devoramos lo que nos ofrecieron en poco tiempo. Teníamos semanas de mal comer. Y, para mi sorpresa, a mí me hacían caravanas constantemente. Todos me trataban como si fuera una princesa. A veces tenía ganas de decirles: "¿Qué no se han dado cuenta por mi piel que no soy uno de ellos?" "¿Que yo no vengo del mismo lugar desconocido? Pero parecían no notarlo. Muchas veces me pregunté qué veían en mí, qué veían en la unión entre el capitán y yo, porque nos pintaban juntos, nos hablaban a los dos, no dejaban de decirle *Malinche o el amo de Malintzin*. Nunca se dirigieron a él por su nombre, siempre le llamaron Malinche. ¿Acaso verían en nosotros la dualidad de la creación? ¿A Ometecuhtli y a Omecíhuatl? Entonces yo no sabía nada de eso, lo aprendí después, pero como él hablaba a través mío, o al menos así lo veían ellos, eso fue muy importante para mí, porque en nuestros pueblos, al que habla se le sitúa en un lugar de poder y respeto, por eso me convertí en un tlatoani, *el que habla, el que manda, el que tiene autoridad*, y eso en una mujer era algo inaudito. Todavía lo es. De un día para otro, de ser una esclava invisible, pasé a ser alguien visible, importante. Por eso se sorprendían tanto de mi participación, y por eso, también, creían que eso sólo podía darse si lo dictaban las estrellas o los dioses. La gente me reverenciaba como a una elegida de los cielos, y eso a Gerónimo le molestaba mucho, porque a él prácticamente no lo veían, no lo tomaban en cuenta, no lo reverenciaban como a mí, a pesar de que él hacía la mitad de la traducción, cuando yo traducía del náhuatl al maya y él del maya al español.

Nos alojaron en habitaciones decoradas con murales de colores cerca de los templos principales (me refiero a mí, a Cortés y a los capitanes) y sólo nos prohibieron entrar al templo. No fue necesario más insistencia, pues pronto pudimos observar en el *tzompantli* las cabezas sangrantes de un par de caballos, colgando junto con la gorra roja de terciopelo que Cortés les había mandado de regalo unas semanas antes. Eso era suficiente para disuadir a cualquiera de entrar a donde no éramos bienvenidos. Por lo demás, nos trataron como a verdaderos huéspedes.

Recuerdo muy bien que, pasados unos días, los tlaxcaltecas le dieron una sorpresa a Cortés. No eran ricos, no tenían oro ni plata, pero le regalaron trescientas esclavas que recibió con gusto. Las repartió entre Alvarado, Alonso de Ávila, Alonso de Grado y entre los demás capitanes y entre muchos de los soldados, pero escogió una que le gustó para él.

Cuando estuvimos un momento solos, alcancé a decirle:

—¿Qué vas a hacer, Cortés? ¿Te las vas a coger?

Él se rio mucho y me dijo:

—¿Estáis celosa, mi pequeño ocelote? ¿No queréis quedarte? ¡Podríamos retozar los tres! ¡Los tres seríamos muy felices, besándonos, acariciándonos!

Entonces hizo algunas señas obscenas con la lengua y a mí me dio mucho coraje y me fui.

—No te aparezcas hasta mañana —me gritó.

Recordaba que lo del sobrenombre de *ocelote* salió un día cuando ya habíamos pasado Xalapa rumbo a Tenochtitlán y estábamos cerca de la montaña nevada que ahora llaman Pico de Orizaba, y atraparon a un cachorro, era pequeño, pero muy bravo, y cuando lo querían tocar, rugía y mordía, entonces Cortés comentó que se parecía a mí en lo bravo, y se rio mucho. Preguntó cómo se llamaba el animalito y repitió: oce-lote, y desde entonces me llamó así de cariño.

Aquella noche tuve que dormir entre las mujeres, aguantándome las lágrimas por la humillación tan grande que sentí. No debí de haber sentido nada, finalmente, yo era su amante, su sirviente, pero me dolió, y mucho. Fue la primera vez que supe que estaba enamorada del caudillo. En mis tiempos como esclava, nunca me había atado a los dueños con sentimientos, de alguna manera lograba separarme, no involucrarme, por eso me asustó, luego me sorprendió, y más tarde me apesadumbró. Yo, la princesa abandonada, la lengua, la forjadora de palabras, no era nada al lado de Cortés, era sólo humo, una simple mujer a la que tomaba como suya por las noches, a la hora que quería; me había domado, cautivado de igual manera que a los hombres rebeldes, con sus palabras estúpidas, con sus promesas, con sus sueños; me había convencido, como a todos, y ahí estaba yo, rabiando, muriendo por dentro porque se cogía a otra mujer, porque la tocaba, porque la besaba con ese aliento de embaucador, de mago negro que hechizaba, de serpiente emplumada antigua. ¡Ay, cómo lo odié aquella noche! ¡Lo odié por ser hombre, porque tenía poder sobre mí, más poder que si hubiera sido mi dueño, lo odié porque lo amaba! No soportaba la idea de que sus manos duras, pero de tacto suave, tocaran el cuerpo de otra. Que sus labios delgados y su lengua juguetona tocaran el cuello de otra mujer. Que el calor de su cuerpo calentara otro torso, otras piernas. Que su tepolli penetrara otro tepilli que no fuera el mío.

Rechiné los dientes, golpeé la tierra con los puños, eché espuma por la boca, lloré amargamente. Juana, mi leal Juana, me lo advirtió y yo no le hice caso. Esa noche mi corazón se deshizo en vapor de agua, se volvió tecolote maldito, ardió como chile bravo y no descansó hasta que el sueño me venció.

A la mañana siguiente, mis esclavas me lavaron y me peinaron a la usanza mexica, con dos molotes en la cabeza; era la moda, me dijeron. Me vistieron con uno de los *huipillis* más bellos que nos había regalado Moctezuma. No comentaron nada de mis ojeras, pero le dieron un leve masaje a mi rostro. Entonces llegó uno de los siervos cubanos, Cortés me mandaba llamar, dijo. Mis ojos estaban hinchados de tanto llorar. Sólo deseé que no se diera cuenta, al fin los hombres nunca notaban esas cosas, y efectivamente, no lo hizo. Me hizo presenciar la entrega de la muchacha con la que había pasado la noche a uno de sus hombres. No supe qué pensar, mi corazón temblaba, ¿qué me quería decir? ¿Qué no le había gustado cómo se la chupó? ¿Qué no le gustó la cuevita de la mujer? ¿O simplemente quería demostrarme que conmigo podía hacer lo que se le viniera en gana? ¡Y yo se lo demostré con mis celos! "Diosa mía, Xochiquetzalli, protégeme —rogué—. No me dejes flaquear, dame fuerzas, ponle una armadura a mi corazón, una como las que usan los hombres del mar para protegerse de las heridas. O déjame morir por la espada." Me prometí entonces a mí misma, ahí mismo, en ese instante, endurecer el corazón, así que no hice ningún aspaviento, ninguna expresión de dolor o satisfacción.

—Cortés, estoy a tus órdenes —dije en castellano en la más neutral de las voces. A veces me atrevía a decir frases cortas y sencillas en aquel idioma que poco a poco iba aprendiendo.

—Venid, vayamos a presenciar algo, una ceremonia, nos tenéis que ayudar —me dijo, y me tomó de la mano y me llevó consigo, sin importar mis esfuerzos por esconder mis sentimientos.

Desde entonces ese hombre me había hecho sufrir, me había lastimado. Y yo me había dejado porque lo amaba. Tenía a su hijo, era su mujer, y, sin embargo, hacía conmigo lo que le daba la gana, no me tenía el menor respeto.

Amé a Hernán en su boca sedienta de amor, en la ferocidad terrible de su ambición desmedida, amé su valentía en su cuerpo delgado y musculoso y deseé insensatamente que su tepilli entrara y saliera de mí cuerpo con el ritmo de los *teponaxtlis*, deseé inútilmente que su espíritu me llenara con el cariño que nunca tuve, deseé con ingenuidad que su boca me bebiera como a la sangre de los sacrificados para que su sol saliera para mí todos los días, y anhelé en lo más profundo de mi vientre que me dejara una parte de sí. Que en nuestros cuerpos se cumpliera la fusión de la dualidad sagrada, tal y como la veían en el cielo los sabios mexicas.

A partir de ese día, recordaba, Cortés, como disculpándose por el desliz, no me falló por muchos meses. Y yo, cuando estaba con él, le hacía el amor como si me faltara el aire, como si me fuera a morir al día siguiente. El hombre había mejorado mucho en las artes amatorias porque yo le iba enseñando lo que me gustaba, lo que era coger con suavidad, lentamente, acariciarse el cuerpo como si se tocaran los pétalos de una flor, olerse como si se oliera una fragancia.

Durante el día las cosas podían ser diferentes, él daba las órdenes, era al que todos obedecían, al que todos decían: "Sí, señor, sí, capitán", pero en las noches Cortés era todo mío, yo era la dueña y la mandamás del espacio amatorio que compartíamos, y él era mi esclavo. Yo lo dominaba, y él lo sabía. Creo que, en el fondo, eso fue lo que nunca me perdonó. Pasó su vida afirmándose, buscándome en cada mujer que se encontraba, odiándome hasta la eternidad sólo por eso. Cortés fue el gran seductor, el deseado porque era poderoso, carismático, querendón. En realidad, todo él era ambición. Ella era la fuerza que realmente lo movía, la primavera de su naturaleza.

Muchos hombres me desearon, muchos, pero yo amé a ese que nunca lo mereció. Hasta que la vida nos fue separando.

20

Los primeros frailes

(Septiembre de 1523)

EN EL MES DE AGOSTO, NOS AVISARON QUE UNOS FRAILES, hombres dedicados a Dios, igual que Bartolomé de Olmedo y Juan Díaz, habían llegado al puerto de la Villa Rica de la Vera Cruz. Querían enseñar a la gente la nueva religión y Cortés los había requerido al emperador. Curiosamente arribaron, según supe, el 13 de agosto de 1523, o sea, en el segundo aniversario de la toma de Tenochtitlán. Se me figuró que era una señal curiosa. Una señal de que las cosas no irían para atrás, sino, por el contrario, de que los cambios continuarían hacia adelante, conformando una nueva sociedad.

Martín tenía ya cinco meses y sus cachetitos eran rojos y carnosos, como una tuna jugosa. Jugaba mucho con él cuando tenía tiempo. El resto del tiempo lo pasaba casi exclusivamente con Juana, pues teníamos mucho cuidado de no dejarlo solo con nadie más, desde el episodio aquel en que la nodriza lo abandonó para dedicarse a otras labores más licenciosas con el padre del niño.

Desde el incidente con la ama de cría, la relación con Hernán se enfrió un poco. Él ya no visitaba al niño tan seguido y yo lo evitaba lo más que podía. Por supuesto que él me trataba como si nada hubiera pasado, pero algo se rompió irremediablemente. Lo podía sentir con claridad en mi *corazona*. El dolor que sentía aún estaba vivo y debajo de mi piel. Era una espina que molestaba cada vez que se rozaba. Claro que trataba de ocultarlo lo mejor que podía. No quería que supiera cuánto me dolía. A veces pensaba que ese hombre nunca había tenido sentimientos. Para que algo parecido al amor aflorara de su interior, se necesitaban circunstancias muy extremas.

Un brote de viruela había asolado de nuevo a la ciudad. Así que, para evitar el contagio, los trabajos de reconstrucción se detuvieron y la gente que ya vivía ahí se mudó temporalmente. Cortés dio órdenes de que el niño y yo nos refugiáramos en Texcoco, no quería que nos enfermáramos. Por eso, también a los frailes recién llegados se les indicó que se dirigieran a Texcoco mientras pasaba la epidemia. Ahí serían recibidos por Hernando Ixtlixóchitl y se establecerían en el palacio del primer gobernador indígena cristiano, y gran apoyo de Cortés en el gobierno.

Así fue como me trasladé a Texcoco, junto con mi hijo Martín, en compañía de Juana y su hijita Xóchitl, de dos años, y de Rosa, quienes me asistirían con el cuidado del niño, mientras yo trabajaba con los padres y les daba la bienvenida en nombre de Cortés, quien entonces argumentó que estaba muy ocupado para atenderlos personalmente en aquel momento.

Cuando llegamos a Texcoco, Ixtlixóchitl mismo nos recibió en su palacio y nos atendió como a huéspedes distinguidos a mí y a mi hijo. Los padres ya estaban instalados en sus habitaciones y no los vi sino hasta la cena.

Ixtlixóchitl era un tlatoani fuera de lo común, pues fue de los primeros en convertirse al cristianismo, aun en contra de los deseos de su propia madre. Cortés lo apreciaba bastante y él estaba aprendiendo las maneras de los españoles e incluso hablaba ya bastante español. Era un hombre de mediana edad, de piel suave y voz agradable. Se notaba su educación tanto en sus modales como en sus expresiones. Se presentó junto a su esposa, y, tras sus órdenes, nos sirvieron un banquete variadísimo, con platillos especiales que no probaba desde que habíamos estado en el palacio de Axayácatl, hacía ya casi cuatro años. Los frailes dijeron que comían poco y no se atrevieron a degustar algunos de los platillos que les parecieron demasiado extraños, como las tortitas de ahuatles, que están hechas con los huevos de mosco que se recogen de la laguna, o los tacos de chapulines, que, para nosotros, eran una delicia digna de Moctezuma.

Como era lógico, el primer obstáculo con el que se enfrentaban los frailes y que deseaban remontar lo más pronto que fuera posible era la lengua, y así lo externaron en la cena, lo que me pareció muy sensato. No podrían enseñar ni comunicarse con la gente que querían evangelizar sin aprender el náhuatl. Casi nadie se tomaba la molestia de aprenderlo. Así que por eso nos mandaron llamar a mí y a

Santiago, para que estableciéramos el primer contacto con ellos y los guiáramos un poco en el aprendizaje de la lengua.

No sabía qué esperar. Mi único trato con frailes había sido con Bartolomé y con fray Juan Díaz, y Bartolomé era quien me había enseñado todo lo que sabía de los nuevos dioses. Cortés también a veces me hablaba de eso, pero no me explicaba tan bien como lo hacía Bartolomé de Olmedo. Éramos amigos, y aunque alguna vez tuvimos un episodio desagradable, porque estaba borracho, nunca jamás volvimos a estar en desacuerdo. Yo estaba preocupada por él, porque la última vez que lo vi tosió sangre sobre un pañuelo. Estaba enfermo y yo no sabía qué le pasaba. Temía perderlo, pues era la única persona en el mundo que me protegía y que me trataba bien, independientemente de mi pasado, de que fuera "india" o mujer. Fue así desde un principio. Entre él y yo hubo un entendimiento que se dio sin palabras, parecía que él me entendía mejor que nadie. Sólo aquella vez, después del triunfo de Cortés sobre Narváez, me tocó los pechos con deseo, cuando le pregunté por qué no podía casarme con Cortés. Y me enojé mucho cuando lo hizo. Tanto, que me fui a las afueras del campamento a meditar. Ahí me encontré a Blas Botello mirando a los astros y haciendo anotaciones en su cuaderno. Y por alguna razón incomprensible, las estrellas dictaron que Blas y yo tuviéramos un encuentro de pasión. No lo buscamos, simplemente se dio de manera natural, mientras todos los demás celebraban el triunfo de Cortés sobre Pánfilo de Narváez. Pero eso estaba en el pasado.

Pedro de Gante, uno de los padres que había llegado, era un hombre muy serio. Alto y largo, con una nariz también muy larga. El padre Tecto y el padre Aora eran más bajos y de cara chata. Ellos me parecieron en aquel momento más bondadosos. Me sorprendí al descubrir que los padres no eran españoles, sino de otra comarca llamada Bélgica, y aunque hablaban español bastante bien, tenían un acento raro, y al principio me fue difícil entenderlos. Me pregunté cuántos lugares existirían del otro lado del océano que no pertenecían a los españoles. Finalmente, logramos entendernos, aunque con un poco de esfuerzo de ambas partes. Les presenté a Santiago y les dije que él era un pintor de libros y que podría darles una idea de cómo ellos plasmaban sus ideas con sus dibujos. Y que era de los pocos que sabía escribir con letras, tanto en español como en latín. Se sorprendieron bastante de sus habilidades y afirmaron que les serían muy útiles.

Habían pasado casi dos meses de mi estancia en Texcoco cuando me llegó una carta del gobernador, lo cual era extraño, porque él sabía perfectamente que yo no sabía leer. Dudé mucho en hacerlo, pero al final le pedí a Santiago que me la leyera. Era el único que podía hacerlo y tenía que confiar en él, aunque tratara asuntos privados en ella. La carta decía así:

Coyoacán, a 20 de octubre del año del Señor de 1523

Doña Marina Malintzin:
Muy señora mía,

Le escribo esta misiva para disculpar a con vos por aquel incidente de la noche aquella de la tormenta, que vos sabréis perfectamente a qué me refiero.

Han pasado ya varias semanas desde que os fuisteis y puedo deciros que os extraño como no tenéis una idea. Lo mismo que a mi hijo Martín, de quien no puedo, ni debo, estar demasiado tiempo separado. Os ruego perdonéis mis impulsos naturales que son difíciles de controlar. Ya me he confesado con el padre Olmedo y Dios ha perdonado mis pecados. Espero en Dios que su magnánimo corazón haga lo mismo. Venid a Coyoacán lo más pronto que podáis y dejad a cargo de Santiago la atención a los frailes. Parece que la viruela se ha calmado ya. Si así lo deseáis, regresad con vuestras damas, escoltadas por el correo que os envío con la carta.

vuestro,
Hernando Cortés
Adelantado y gobernador de Nueva España

Mientras Santiago leía la carta, pensé que Cortés la había dictado. Ni siquiera se molestaba en escribir de su puño y letra. Conocía perfectamente su letra y ésta debía de ser de un secretario. Está de más decir que me conmovió el hecho de que el arrogante de Cortés se disculpara conmigo, así que me apresuré a empacar y a irme con el correo de vuelta a Coyoacán. Antes de partir, agradecí a Ixtlixóchitl su hospitalidad.

A mi pobre corazón aún le faltaba mucho que aprender.

Santiago se entristeció con mi partida, pero no se atrevió a opinar, sólo me deseó buen viaje y mencionó que extrañaría mi presencia.

21

Reencuentro

(Noviembre de 1523)

Cortés fue a vernos en cuanto llegamos a Coyoacán. Se moría por ver a Martín. Le sorprendió lo grande que estaba. Lo cargó, lo hizo reír, le trajo de regalo una cosa que, dijo, era una *sonaja* y estaba hecha de plata. Alguien se la había traído de España. Digna de un príncipe de la cristiandad, comentó. Luego de un rato, llamó a Juana para que se lo llevara a comer.

En cuanto nos quedamos solos me ganó el impulso. No lo pude evitar. Fui yo la culpable. Él me acercó a su cuerpo con sus manos duras y yo me dejé ir, tal y como si me hubiera metido debajo del chorro helado de una cascada. Me aferré a sus labios, no me despegué de su lengua y nuestras respiraciones agitadas se volvieron una. Ahí en el suelo, sobre el tapete, nos fuimos derritiendo en un abrazo de atracción, en el que, entre beso, mordida y jadeo, nos íbamos desvistiendo y yo iba sintiendo su piel que ardía, que se adhería a la mía, que era como la piedra expuesta al sol quemante, que se ganaba paso a paso mi deseo y arrebataba mi alma montado en un caballo brioso. Grité de placer, de desesperación, de impotencia. También de rabia, porque disfrutaba ese deseo. Dos lágrimas escurrieron por mis mejillas, porque me hacía sentir como nadie lo había hecho, porque mi cuerpo se estremecía movido por un temblor incontrolable, porque lo daba por perdido y luego lo recuperaba, porque sabía que lo perdería para siempre. Porque era mío y no lo era.

Cuánto más se desea lo que no es nuestro, más se nos aleja.

Quedamos extasiados, riéndonos de no haber podido alcanzar la cama, tal era nuestra urgencia de ser uno solo. Una vez más, lo perdonaba, caía en sus brazos, era su vasallo fiel.

Esa noche me llevó a cenar a su palacio, en donde comimos muchas viandas y tomamos vino en exceso, sólo él y yo, lo cual era algo raro, porque Cortés siempre estaba rodeado de gente. Me puso al tanto de cómo marchaban las cosas. De los barcos que estaban llegando a puerto, con esposas, hijas, nietas de los conquistadores, lo cual parecía entusiasmarle mucho. Como si no hubiera suficientes mujeres en esta tierra, me decía yo. ¿Para qué querían a las güeritas?

Me platicó de cómo marchaban los planes para criar puercos, caballos, toros. Me dijo que ya estaba empezando a sembrar la caña, para que tuviéramos azúcar. Yo ya había escuchado hablar de ella, pero no tenía idea de qué era exactamente. Me dijo que era algo dulce, como la miel de las abejas, pero sacada de una planta, que él la sembraba en su hacienda en Cuba, porque era planta de clima cálido y que, por eso, la había mandado llevar a Cuernavaca, y que me llevaría a ver cómo planeaba organizar las plantaciones. También me dijo que había decidido mandar a Pedro de Alvarado a Guatemala, a poblar y a conquistar, con una buena dotación de hombres, caballos y armas.

Me entusiasmé cuando me dijo que me llevaría a conocer Cuernavaca, puesto que yo no había ido a la campaña del Sur, antes de la conquista de Tenochtitlán, por estar embarazada del niño que perdí. Extrañaba mucho los tiempos de la guerra en que Cortés y yo estábamos siempre juntos, noche y día, y a todas horas comentábamos juntos los sucesos del día, concertábamos estrategias e intercambiábamos nuestras dudas e incertidumbres. Ya no era lo mismo. Lo veía poco, lo compartía con mucha gente, con otras mujeres, con su propia inercia de estarse moviendo, porque Hernán nunca se quedaba en un mismo lugar. La aventura era su única obsesión, aparte del oro, por supuesto. Me decía que quería ir al norte, al extremo sur, a conocer todo el territorio que ahora consideraba suyo.

En los últimos tiempos, muchos españoles que nunca había visto, que no habían estado en la guerra, llegaban a tomar puestos en la administración, querían probar suerte en los negocios o querían encomiendas, y yo ya no entendía mucho de lo que sucedía entre ellos. Cortés ya no me explicaba las cosas.

Esa noche me quedé a dormir. Cuando estábamos en la cama era mío, pero fuera de ella era de todos y de nadie a la vez. Lo acaricié como a una joya preciada que sabes que estás a punto de perder, como a una pluma de quetzal, como al macho que era, y él respondió de inmediato, a la hembra que yo era. Suave, paso a paso, nos hicimos gozar como corresponde. Con la lengua, con los muslos, con los dedos. Y la saliva fue bálsamo que nos llevó a altamar, a navegar por aguas calmas y tormentosas, nos bajó a la tierra por veredas sinuosas y en las curvas y los pliegues nos enalteció a las cimas del placer, al cielo de la diosa de la carne. "Qué lástima que los cristianos no tengan una diosa como Tlazoltéotl, serían más felices, menos ambiciosos", pensé. Tuve en mi posesión el cuerpo del conquistador, lo moldeé a mi antojo, lo detuve cuando fue necesario y lo alenté a seguir en el momento indicado. Nos venimos simultáneamente, con grandes jadeos y sudores y luego, nuestros cuerpos exhaustos entraron en el mundo de los sueños.

Su gran cama de cuatro postes, con sus gasas protectoras para los mosquitos, que había mandado traer de Cuba, se convirtió en un barco de velas ahítas de viento que me llevaron lejos, me deslizaron por las aguas del mar y sentí aquella brisa curativa con olor a sal golpeando sobre mi rostro. Soñé que el bergantín me llevaba hasta las playas de un pasado que creía perdido.

Estaba en el mismo campamento de la costa a donde nos aposentamos para enfrentar a Pánfilo de Narváez, y dormía junto al cuerpo tibio de Cortés. Lo tocaba y lo sentía frágil y vulnerable, como aquel día en Zautla cuando me miró con sus ojos castaños, pidiéndome refugio en los míos. Me gustaba así, cuando él se refugiaba en mis pechos, como un niño. Cuando yo fungía de madre tierra y él era el agua que la fertilizaba. El agua que vertía en forma de lágrimas que salían de esos ojos que tanto ocultaban cuando estaba atribulado, cansado, o incluso temeroso, pero en el sueño su cuerpo se desvanecía al tacto, se hacía humo, desaparecía y yo me levantaba, buscándolo.

Me daba cuenta de que había amanecido y el día despertaba nublado y el aire estaba fresco. El cuerpo de Cortés había aparecido de nuevo y estaba junto a mí. Blas Botello se presentaba en nuestra tienda al despuntar el alba, disculpándose de encontrarnos aún desnudos, con las piernas trenzadas. Sacaba de una bolsa su cuaderno y sus dibujos; aquellos que los sabios mexicas también consultaban. Los astrólogos de Moctezuma no se le despegaban, lo seguían a todas partes, querían entender qué hacía, qué sabía y si podían aprender algo de él, de su método de observar las estrellas. Cotejaban sus libros con los de él, para encontrar coincidencias o contradicciones.

Botello, un poco teatralmente, levantaba el dedo índice apuntando al cielo, y luego lo bajaba con ímpetu, señalando la tierra y decía: "Cortés, tiene que ser hoy mismo, porque además es Pentecostés, hoy, 27 de mayo, al anochecer.[18] *Veni, Sancte Spiritus*", agregó en latín, como para dar mayor dramatismo.

Luego ya no estábamos en el campamento: veía una batalla que se llevaba a cabo entre llamas, bruma y lluvia y después reparaba en los hombres que se reunían para celebrar una victoria. "Ganamos", gritaban y bebían.

El vino corría a raudales y yo me envalentonaba y le decía a Cortés, subida en una mesa y con los pechos desnudos, que quería casarme con él. Se hacía un silencio y Cortés

---

[18] 27 de mayo de 1520.

decía en voz alta: "Marina quiere que me case con ella, caballeros. ¿Qué opináis vosotros?"

Todos reían estruendosamente, a grandes carcajadas, por lo que huía de ahí, avergonzada, pero fray Olmedo me detenía. Me explicaba con paciencia que eso era imposible porque Cortés estaba casado y los cristianos no podían casarse más que con una sola mujer, a menos que esa mujer muriera.

"¡Malditos cristianos!", exclamaba. "¡Pues ojalá se muera pronto la mujer!", gritaba y escupía, maldiciéndola.

Fray Olmedo entonces me detenía, pues yo trataba de escapar, me acariciaba la cara y me besaba apasionadamente en la boca. Me estrujaba y me tocaba los senos, pero yo me zafaba y corría... Llegaba a las afueras del pueblo donde me topaba con Blas Botello, que, nervioso, observaba los cielos, con su cuaderno en la mano, haciendo dibujos, y al verme llegar agitada, me preguntaba qué me pasaba. Me hacía señas de que me sentara junto a él. Le contaba todo, a pesar de que no quería hablar. Con Blas todo era extraño, era un mago poderoso, y cuando estaba con él, el tiempo y el espacio se prolongaban, cambiaban, se transformaban. Me decía lentamente que lo que sucedía es que yo era una mujer muy sensual, muy atractiva, que por eso los hombres me deseaban y que fray Olmedo, a pesar de su investidura, también era hombre, que tenía que ser benevolente con él. Yo pensaba que los hombres siempre se defendían entre sí, hicieran lo que hicieran.

Me ofrecía vino y me decía: "Prepárate, querida Marina, porque vienen tiempos difíciles y Cortés será una de tus últimas preocupaciones". Me explicaba lo que veía en el cielo. Me señalaba las formas de las constelaciones y apuntaba a algunas estrellas importantes. Mas yo no veía el cielo. Nunca me había fijado qué hermosos eran sus ojos. A diferencia de los del caudillo, que eran castaños, pero nubosos, los de Blas eran azules, tan transparentes que, de hecho, en ese instante veía reflejados en ellos los millones de estrellas como sobre un espejo de metal, como en el espejo de oro pulido que me había regalado Moctezuma. Él me hacía sentir muy tranquila, tenía algo especial. En eso, me atravesaba para tomar el odre, y entonces me tomaba del brazo, me acercaba hacia sí y me besaba. Un beso prolongado y suave como el terciopelo. No lo apartaba como a fray Olmedo. Sabía que soñaba, pero también que era real. Ahí, sobre una mantilla sevillana, entre los maizales, me dejaba ir porque yo no era yo, no era Marina, era otra Marina la que se permitía estar con él, y mi cuerpo no era mi cuerpo, era un cuerpo más blanco, un cuerpo extraño, de una mujer madura, y mi piel no era mi piel, era parte de la piel de Blas, y mis muslos se abrían como una boca hambrienta en busca de comida, y el cabello color plata de este hombre brillaba como una luna dirigiendo el movimiento de las estrellas entre mis piernas, mientras su lengua me elevaba al nivel de los astros-luciérnagas y me sacaba lágrimas que estaban guardadas y que salían de mi tepilli en un sollozo gozoso, y su boca era un remanso de encantamientos, pero no era yo la que sentía, sino otra, en un tiempo muy lejano, y me preguntaba cómo me había perdido de este hombre, de sus brazos, de su callada manera de mirar las estrellas. Y no era yo la que me maravillaba de todo esto, sino otra mujer que nos observaba desde los maizales. También sentía las miradas de los que observan las estrellas, los astrólogos mexicas que lo acompañaban, que le preguntaban, que se extasiaban. Ellos en silencio, agazapados en la oscuridad, distinguían nuestros cuerpos amándose como si fueran astros que danzan y se sorprendían del mensaje que dictábamos al ver nuestros cuerpos despidiendo calor.

Me desperté a la mañana siguiente, perturbada, para encontrarme con el rostro sonriente de Cortés diciéndome cómo le sorprendió ver que me había quedado llena de deseo en las entrañas, porque en la noche me había retorcido y quejado con sensualidad, como si hubiera estado haciendo el amor. Y yo me quedé de una pieza, porque aquello había sido un sueño, pero no lo había sido, sino una realidad, era un recuerdo de algo que había sucedido exactamente así. ¿Cómo era posible?, me pregunté. ¿Era magia? ¿Acaso Blas quería comunicarse conmigo? ¿Quería advertirme como cuando nos previno de que teníamos que regresar corriendo a Tenochtitlán porque Alvarado estaba sitiado en el palacio de Axayácatl en posición de debilidad? ¿Vendrían más adversidades? ¿Por qué recordaba este incidente precisamente la noche en que volvía con Cortés? ¿Por qué me visitaba en *su* cama?

Me levanté un poco confundida. Mi cuerpo desnudo, lejos de sentirse satisfecho, se sentía sediento de caricias, de tacto. Cortés tenía un gran espejo a un lado de su cama frente al que se vestía todos los días. Me contemplé en él con deleite. Me vino a la mente la primera vez que había visto un espejo de los extranjeros y cómo me había sorprendido. Lo vi en el camarote del capitán Alaminos. Era un espejo ovalado de tocador, con su base, y estaba situado sobre una mesa, junto a una jofaina y un aguamanil. Cortés me había llamado poco después de la primera vez que les trastoqué las palabras de los guerreros enviados por Moctezuma. En el camarote se encontraban el capitán Alaminos, Cortés, Alonso y Gerónimo.

Al acercarme a ellos pasé junto a la mesa y de pronto vi a una mujer vestida como yo que desaparecía rápidamente. Pensé que era un hechizo, que un nahual me perseguía. Entonces me regresé para ver si la veía de nuevo y ahí estaba. Su pelo largo y negro, su rostro sorprendido y mi huipil. Se asemejaba a mí, pero no era yo, porque yo estaba parada ahí junto a la mesa y ella estaba sobre la mesa, mirándome. Entonces pensé que podría ver su cuerpo si me animaba a mirar detrás de aquel objeto, por lo que miré de un lado y luego del otro y no había nada. Y cuando me movía ella replicaba mis movimientos y escondía su cara en la nada.

Alaminos y Cortés me llamaron: "Marina, Marina, ¿qué hacéis?"

Traté de señalarles que algo muy malo me acechaba, un doble que quería jugar conmigo. Un espíritu maligno. Fue cuando se dieron cuenta de lo que sucedía. Y los dos comenzaron a reírse a carcajadas.

"Marina, es un espejo", dijo Cortés. Le ordenaron a Gerónimo que me dijera qué era un espejo. El único espejo que yo había visto era uno de plata pulida que estaba en la casa del señor Tabascoob. Le pertenecía a su esposa y la vi mirándose en él mientras la peinaban y yo llevaba un regalo de parte de mi amo; pero éste era diferente, era de verdad como un lago tranquilo, aunque mucho mejor.

Lo toqué, era muy liso y plano, me acerqué a verme, no podía creer que fuera yo, que "eso" fuera mi rostro. Mi aliento formaba una nubecilla. Y luego vi mis ojos e hice bizcos. Me toqué las mejillas. Abrí la boca y me vi los dientes. Eran muy blancos. Me imaginé mi propia calavera hablando. No me podía despegar de mi propia imagen. Nunca la había visto con tanto detalle. Veía mi frente amplia y mis ojos grandes, como un lago de agua de obsidiana hirviendo. Mis propios ojos me hechizaban, no podía dejar de mirarlos. Mis pestañas eran negras y muy largas y mi piel color canela era muy suave, mis mejillas eran del color del chile guajillo. Hacía muecas y en un momento me acercaba y en otros me alejaba.

Mientras, los cuatro hombres no paraban de reírse de mí. Tenía ganas de aventarles una piedra para que se callaran. Encontré una barra de jabón junto al aguamanil y se las lancé como un dardo. Desafortunadamente no le cayó a ninguno.

"Marina, Marina, ¿qué tanto os miráis en el espejo? —la voz de Cortés me trajo de regreso—. ¿Qué no veis que nos traen el desayuno?"

Me volví para ver que el mayordomo nos traía unos huevos con chorizo sobre una gran bandeja de plata.

22

Juana

(Noviembre de 1523)

A CUERNAVACA NO FUIMOS SOLOS, ÍBAMOS ACOMPAÑADOS de toda una comitiva. Venían con nosotros Gonzalo de Sandoval, fray Olmedo, cerca de una veintena de soldados, el valet, el mayordomo, los cocineros, algunos guerreros tlaxcaltecas, varios indios cubanos y negros, y los enseres y tiendas para acampar.

Era de esperarse que Cortés no me quería nada más de compañía. Fuimos recibidos por los jefes locales que le eran fieles y con quienes quería negociar para que le dejaran sembrar la caña en sus tierras de manera pacífica, aunque ésa era una forma diplomática de decirlo. En realidad, los iba a despojar de grandes cantidades de tierra para apropiárselas, y no quería oposición y, además, de paso deseaba que ellos aprendieran el arte de sembrar la caña y cosecharla y, según entendí, extraerle el azúcar. La siembra, aprendí entonces, no se hace a través de semillas, sino de plantar trozos de tallos, que ya Cortés había mandado traer de Cuba. Por eso necesitaba enseñarles cómo se hacía y los siervos cubanos y los negros sabían el arte de plantarla, para eso los llevaba, y a mí, para traducir, para suavizar las negociaciones, y para que les hablara de tal manera que entendieran lo que tenían que hacer y no se sintieran ofendidos. En otras palabras, que comprendieran que no se podían negar. A cambio les prometía un par de años de no pagar impuestos, que podían ser extensibles si empezaban a producir suficiente azúcar. Cortés la quería no sólo para consumo local, planeaba enviarla a España y, con eso, hacerse un hombre muy rico. Les quería advertir también que en los próximos meses comenzaría también la construcción de *haciendas*, aunque yo no sabía exactamente qué quería decir, sólo lo repetía, pero supuse que eran como palacios, donde pensaba vivir como un rey, porque a Hernán le gustaba vivir bien y con todo el lujo de un soberano, pues ahora era como el nuevo Moctezuma.

Nos pasamos un par de semanas por allá, y de verdad era un lugar hermoso como me habían contado. Había tanta vegetación y agua y pájaros y flores maravillosas. Me recordó a Centla, pero un poco menos caluroso.

Cuando regresamos, al pequeño Martín le dio mucho gusto verme, y a mí verlo a él. Agitaba sus manitas y sonreía. Estaba tan guapo. Volvimos justo a tiempo para ver partir a Pedro de Alvarado, con un pequeño ejército de conquistadores. Iba también acompañándolo su hermano Gonzalo, quien había participado en la guerra, pero nunca había tenido el encanto o la picardía de su hermano Pedro. Era más callado y reservado, aunque igual de ambicioso.

Era el 23 de noviembre de 1523, y me pregunté si los volvería a ver.

A los pocos días de nuestro regreso fray Olmedo me pidió ayuda con los preparativos para la Navidad, pero también requería mi asistencia con la construcción del Hospital de Jesús, del que Hernán deseaba que Bartolomé se hiciera cargo. Sería el primer *hospital*, y como me explicaron, sería un lugar a donde irían los que estaban enfermos para que otros los cuidaran y los curaran. Yo no había visto nunca un lugar así, pero me entusiasmaba mucho esa idea, porque cuando la gente se enfermaba no tenía a dónde ir, o quién le devolviera la salud. Me gustaba ayudar a la gente, y, sobre todo, a los que tenían menos, o habían sido despojados de sus casas, o de sus tierras después de la guerra.

El nuevo edificio iba a estar situado a la entrada de lo que había sido la ciudad de Tenochtitlán. Ya había acompañado a Hernán y a Bartolomé al sitio y había visto cómo habían levantado un amplio patio central con arcos y columnas alrededor, y cuartos a donde estarían los enfermos en sus camas.

Bartolomé quería que tradujera algunos detalles a los constructores, para que ellos entendieran muy bien lo que tenían que hacer.

En esos días, llegó a la casa un regalo de Cortés. Era un cargamento que le había llegado de Cuba y quería enseñarme lo que era el azúcar. Nos dejaron varios costales, pero Juana y yo no sabíamos qué hacer con ellos. Habíamos agujereado uno y el azúcar salió corriendo como arena que se deslizara de mis dedos. ¡Era un polvo tan blanco! Se parecía a la sal, pero sabía exactamente a lo contrario. Nos sorprendimos. La probamos y era dulce como la miel, pero diferente. Los dedos nos quedaban pegajosos. Le di a Martín con mi dedo meñique y decía: *má, má*, queriendo decir que le diera más, pues ya balbuceaba algunas palabras en español; Cortés no quería que le hablara en náhuatl, aunque a veces lo hacía cuando él no estaba.

No fue sino hasta un poco más tarde que llegó Bartolomé a verme, antes de que yo pudiera acudir a su llamado, y se encontró con Juana en la cocina con un montón de tejocotes y le dijo:

—Traed acá esa fruta, niña. Peladla y luego ponedla a hervir en un cazo.

Juana obedeció.

—Ahora, mi hija, echadle azúcar.

—¿Así? —preguntó Juana con un puño en la mano.

—¡No, hija! Ponedle unas dos o tres tazas. Y así podéis preparar cualquier tipo de fruta en almíbar.

—¿Almíbar? ¿Qué es eso? —pregunté.

—Pues es precisamente esa mielecilla transparente que se va formando al dejar hervir la fruta con el azúcar —nos explicó—. Podéis añadir azúcar al chocolate, al mole, a todo en lo que pongáis miel y en los que os guste. Le dará un sabor dulce.

Las tres estábamos sorprendidas, porque Rosa se nos había unido, y las otras mujeres que nos ayudaban en la cocina la probaban y se les formaba el asombro en los ojos. Pensé entonces que era como la mielecilla del amor, esa que se mezcla con los jugos del hombre y la mujer. Era cosa de alegrarse. Así que para eso era el azúcar, concluí, un sabor que deleitaba al paladar. Cortés tenía razón. Sería una mercancía muy buscada.

Cuando Bartolomé se fue, quedamos en vernos en el hospital al día siguiente, y Rosa y las muchachas salieron de la cocina para cuidar a Martín. Me quedé sola con Juana y la noté muy cabizbaja. La conocía demasiado bien como para darme cuenta de que algo andaba mal en su ánimo, a pesar de que ella casi nunca se quejaba de nada.

—Es mi hijo, Malintzin, siempre me pregunto qué habrá sido de él y si algún día podré recuperarlo. Si estará bien, si estará triste o enfermo, o si siquiera me recuerda. ¿Es que alguna vez iremos de nuevo a Centla?

—No lo sé, Juana, pero te prometo que lo recuperaremos. Le diré a Cortés que mande a alguien por él, o nos vamos tú y yo, con algunos hombres a caballo.

—Ya ha pasado tanto tiempo, Marina. ¿Crees que me reconozca? ¿Crees que el padre quiera dármelo? Hace cuatro años que no lo veo. Debe tener cerca de nueve.

—¡Debe estar tan guapo! —contesté, tratando de darle ánimos, pero pensando cómo me sentiría yo si tuviera que dejar atrás a mi adorado Cuauhcolli.

Aún recordaba cómo había berreado Juana, entonces Ixchel, cuando no dejaron que se llevara a su hijo. Llegó con los extranjeros con los ojos hinchados y el corazón roto. La verdad no sé cómo sobrevivió a la pérdida. Quizá el nacimiento de su hija le ayudó un poco a recuperarse.

—Juana, nunca me has contado con detalles cómo es que quedaste preñada de Xóchitl. Por cierto, tendrás que bautizarla, tarde o temprano —le reconvine.

—Ya sabes que fue en Tenochtitlán —me contestó lacónica.

—Lo sé, pero sólo tú sabes qué pasó contigo y con Cuanamaxtli.

Poco después de la noche en que salimos huyendo de Tenochtitlán, a instancias de Blas Botello, y que ahora nombran la Noche Triste, a mí se me ocurrió mandar un espía a Tenochtitlán, porque Cortés estaba ansioso, pues a un mes de la huida, no sabíamos absolutamente nada de lo que sucedía allá. Estábamos residiendo con los tlaxcaltecas, y Cortés ya tenía un plan para recuperarse y regresar a tomar la ciudad, pero mientras tanto, no sabíamos qué pasaba, qué planeaban, si querían perseguirnos, si nos atacarían en Tlaxcala o cuál era su estrategia, ni cómo se preparaban para la guerra.

Como ningún español podría hacerlo y yo tampoco, porque era demasiado conocida entre los mexicas, entonces pensé en Juana. A ella difícilmente la reconocerían. No podía ir sola, así que pensamos asignarle un acompañante, alguien que pudiera cuidarla de cualquier peligro, y los tlaxcaltecas pensaron en un guerrero llamado Coanamaxtli. Les pusimos indumentaria del valle de México y les dimos instrucciones para que viajaran como cualquier matrimonio que visita el templo de Huitzilopochtli en peregrinación.

Acordaron que entrarían a la ciudad por Zumpango, que era un camino menos transitado que Iztapalapa, para no despertar sospechas. Les proporcionamos comida para el camino, objetos preciosos para pagar alojamiento y víveres. Deberían tener los ojos bien abiertos y escuchar todo lo que pudiera ayudarnos a saber qué tramaban y preguntar todo lo posible sobre cómo pensaban defenderse de los extranjeros.

Entonces Juana había regresado después de varias semanas a Tlaxcala y le había informado a Cortés de su visita a Tenochtitlán, pero nunca habíamos tenido tiempo para contarnos los detalles. Mientras aprendíamos cómo hacer tejocotes en almíbar, aquella tarde Juana me contó lo siguiente:

—Por el camino y con la convivencia, no me fue difícil actuar plenamente el papel de esposa que tenía que representar con Coanamaxtli. En honor a la verdad, te diré que es un hombre bien parecido y, sin esperarlo, me enamoré perdidamente de él.

—¡Y cómo es que no me lo dijiste! —exclamé.

—Supongo que estabas demasiado ocupada, Papalotzin[19] —respondió Juana antes de continuar su relato.

"Cuando llegamos a la ciudad, la observé muy cambiada a como la había visto la última vez. Es decir, en cierto modo era la misma de siempre, porque ya habían limpiado los destrozos de la Noche Triste y la vida transcurría con normalidad, pero algo en el ambiente ya no era igual a como la vimos por primera vez. Había desconfianza en el aire, un silencio extraño, una sensación de intranquilidad y de hostilidad se cernía en las calles contra todos los extranjeros, aunque de ningún modo se respiraba un ambiente de triunfo.

"Aún podían verse los estragos en la ciudad. Había gente reparando muros y reconstruyendo los puentes, porque, además, se preparaban para celebrar la fiesta de Ochpaniztli, que era la fiesta de Año Nuevo, o 'barrido', porque en el comienzo de algo se necesita hacer una limpieza, una reno-

---

[19] "Pequeña mariposa" en náhuatl.

vación de todo lo viejo, para poder sembrar sobre tierra fértil, tú lo sabes bien, Malintzin. La fiesta, nos enteramos, se llevaría a cabo entre el 1º y el 20 de septiembre y coincidiría con la ceremonia de coronación de Cuitláhuac, con quien la gente parecía estar muy contenta, pues en las conversaciones siempre lo comparaban con Moctezuma, de quien decían era un debilucho y un cobarde, que qué bueno que lo habían matado a él y a toda su descendencia, y que ahora tenían la fortuna de tener a un guerrero tan valiente como tlatoani.

"Pero también escuchamos opiniones diversas, había gente que no estaba de acuerdo con Cuitláhuac, y decía que era mejor pactar con los españoles, negociar una rendición pacífica, así se evitaría la destrucción de la ciudad y la muerte de guerreros y civiles. Por un momento no supimos qué hacer. Si regresar y llevar estas nuevas a Cortés, o esperarnos un poco a ver si averiguábamos algo más. Nos enteramos también de la noticia de que las imágenes de la Virgen y la cruz que había mandado poner Cortés en el templo de Huitzilopochtli habían sido removidas del Templo Mayor. Los dioses, nos decían, ya podían descansar y sentirse satisfechos, pues ya ocupaban de nuevo el lugar que les correspondía, y la gente comentaba esto con satisfacción.

"Por pláticas en el mercado supimos que muchos de los españoles y tlaxcaltecas que habían sido tomados prisioneros la noche de la huida aún estaban vivos y que no los habían matado de inmediato, como creíamos, sino que los estaban guardando para las fiestas de coronación, pero que a los que habían muerto durante la noche de la huida, a ellos sí se los habían comido.

"Preguntamos si podríamos ver a los españoles que estaban prisioneros, porque nosotros —aseguramos— nunca habíamos visto uno y teníamos mucha curiosidad.

"Nos dijeron que eso era imposible, que los tenían presos en diversos lugares y que la gente del pueblo no sabía dónde estaban. Se decía que algunos estaban en la casa de lo Negro, otros, en la casa de los Dardos, otros quizá en la casa de las Águilas, pero que era imposible entrar ahí. Sólo los sacerdotes lo hacían.

—¿Y por qué nunca le informaron de eso a Cortés? —le pregunté a Juana un poco sorprendida.

—Para qué, Marina, Cortés no hubiera podido hacer nada y sólo se hubiera sentido muy mal. Fue horrible presenciar sus muertes...

Después de llevarse las dos manos a la cara para tapársela, Juana continuó:

—Era poco lo que nosotros dos podíamos hacer, así que decidimos quedarnos a ver la coronación, que se llevó a cabo el día 7 de septiembre, por si nos enterábamos de algo más. Lo que averiguamos, tú lo sabes, era que acumulaban armas para que todo el pueblo, hasta las mujeres y los niños, estuviera armado, aunque fuera con palos y piedras. Me contaron que tiraron al lago el cañón y los falconetes que se quedaron varados en los puentes, y también las ballestas y los arcabuces que se encontraron, en lugar de aprovecharlos. Sólo recogieron las espadas, que valoraban mucho, por el extraño metal del que estaban hechas, porque rompían la obsidiana como si nada, y algunas armaduras y cascos.

"El día 7, muy temprano en la mañana, se escucharon los tambores y los *atecolli* anunciando la ceremonia. De los templos salían columnas de copal y la gente empezó a congregarse en la plaza del recinto sagrado. Se unieron los danzantes junto con los sacerdotes que habían ayunado por varios días y se habían autosacrificado. Los concheros comenzaron a danzar al ritmo de los *teponaxtles*, y los cantores comenzaron a entonar sus cantos. Había un ambiente de festividad que recorría todo el espacio, pero al mismo tiempo un ambiente de respeto y reverencia que se dejaba sentir. Hombres, mujeres y niños llenaban la plaza con alegría, con sensación de pertenencia. Traían flores y ofrendas al nuevo monarca. Las danzas y los cantos duraron hasta el mediodía y, entonces, el ritmo de los tambores comenzó a cambiar, los danzantes y los cantores se retiraron, dando paso a los sacerdotes y a la realeza mexica.

"Se sacrificó primero a la esclava que personificaba a la diosa Toci, la abuela, la Tierra, y al decapitarla, se desollaba su cuerpo. Un sacerdote se ponía la piel encima y se acercaba a los pies de la gran pirámide, al lado de la nueva representante de la diosa Toci, y se simulaba un acto sexual. La tierra quedaba fertilizada y la gente gritaba de alegría.

"Los sahumadores reales sacaron seguidamente el copal para purificar el espacio. El ritmo se volvió más solemne, más adusto.

"Cuitláhuac, ataviado con su ajuar real, con bezote y brazaletes de oro y un gran penacho, atravesó el recinto sagrado desde la casa de las Águilas hasta la escalinata del templo, la que subió con gran mesura, y allá arriba, sentado en un trono, se le leyeron sus deberes y obligaciones y se le colocó un exquisito collar de oro, y el penacho ceremonial se cambió por una diadema de oro.

"El sacerdote mayor alzó los brazos para anunciar que estaba hecho, que los mexicas tenían nuevo huey tlatoani.

"La gente gritó con júbilo. A continuación, el nuevo Huey tlatoani bajó las escaleras del templo y se sentó a los pies de la pirámide con sus principales, debajo de un templete ricamente adornado con flores, que servía para guardarlo de los rabiosos rayos del sol. Fue entonces que aparecieron los prisioneros. Fueron llevados arriba del templo, uno por uno. Fueron más de cuatrocientos sacrificados, entre españoles y tlaxcaltecas. Todos venían pintados y vestidos con un taparrabo. Algunos gritaban y se desesperaban, otros iban sin luchar, sus fuerzas y sus esperanzas perdidas. Las escaleras del templo se llenaron de sangre en un santiamén. Era una locura ver aquella masacre, aquel río de sangre correr por las escalinatas del templo. Ya habían pasado casi tres horas cuando vi a Juan Velásquez de León subir las escaleras forcejeando y gritando. Cuatro hombres lo llevaban y apenas podían con él. Me impresionó tanto ver a aquel bravo guerrero sometido así. Gritaba: '¡Malditos herejes, los maldigo por siempre! ¡Idólatras salvajes! ¡Maldigo su ciudad, su ciudad caerá hasta los cimientos y nunca volverá a ser suya! ¡Su ciudad será despojo de guerra y sus volcanes serán testigo! ¡En menos de un año todos estarán muertos!'

"Por supuesto que la gente ahí congregada, incluyendo a Cuitláhuac, no entendió lo que decía, pero yo me estremecí, y aún lo hago cuando lo recuerdo, y más al pensar que su maldición se cumplió, Marina. Yo entonces no podía hablar castellano, como tú, pero ya lo entendía a la perfección.

Suspiré y Juana continuó con su narración:

—Al llegar al tope del templo lo perdí de vista. Más tarde vimos su cabeza barbada colgando del tzompantli.

—¡Qué terrible visión! —interrumpí.

—Sí, fue algo tremendo. Estábamos a punto de irnos, cansados de ese festín de sangre que sólo a los mexicas parecía entusiasmar sobremanera, cuando algo llamó mi atención.

—¿Qué fue, Juana?

—Por un lado de la pirámide vi a alguien conocido. Era nada menos que Blas Botello, que venía también pintado y en taparrabo, pero en la cabeza traía un tocado del dios de los murciélagos, algo que ninguno de los otros prisioneros traía.

—¿Estás segura?

—Sí, su pelo color plata era inconfundible. Venía detenido por dos sacerdotes, pero no lo subieron a la pirámide, lo cual me extrañó mucho. Sólo le dijeron: "¿A dónde crees que vas?, tú vienes con Tzinacán, la ceremonia está lista y después serás uno de los nuestros…"

—¿Estás segura de que era el dios murciélago?

—Por supuesto, los mayas también lo adoran, ¿recuerdas? Ya sabes que el dios murciélago está relacionado con los nahuales, con los *tlahuelpuchi*, que son mitad hechicero y mitad vampiro. Tienen la capacidad de convertirse en vapor y se alimentan de sangre humana.

—¿Y tú crees en eso, Juana?

—Por supuesto que sí, Malintzin, yo en la tierra de Tabascoob ya había visto uno, aunque no sabía lo que era, y luego Coanamaxtli me habló de las tlahuelpuchis de Tlaxcala, que son servidoras del dios murciélago y se alimentan de la sangre de los niños.

—Y entonces, ¿qué hiciste?

—No podía hacer nada, si gritaba algo me delataría, así que permanecí callada, tratando de ver a dónde lo llevaban, pero estoy segura de que me vio y me reconoció. Quizá pensó por un segundo que estábamos ahí para salvarlos, pero él tampoco pronunció mi nombre, temiendo que me apresaran. Parecía que lo arrastraban a alguna de las casas sagradas.

—¿Y presenciaste el sacrificio de Blas Botello, más tarde? —inquirí, con el corazón en la boca.

—No, yo no lo presencié. No sé qué habrá pasado con él. Si lo sacrificaron no fue ese día, no mientras estuvimos en la ciudad. Decidimos quedarnos unos días más en Tenochtitlán para ver si algo cambiaba y al mismo tiempo gozar de nuestro amor, pues el tiempo que teníamos era sólo nuestro —comentó Juana, en tono confesional.

Malintzin no dijo más, pero esta información era nueva para ella y se preguntó qué habría sucedido con Blas Botello.

Juana continuó:

—Estoy segura de que fue durante esos días cuando quedé preñada. El miedo a ser descubiertos, la excitación que nos provocaban los acontecimientos, nos hicieron acercarnos más el uno al otro, y en la taberna donde nos hospedábamos, donde nos refugiábamos a comentar los sucesos, hacíamos el amor durante las noches, al despertar y a veces por las tardes.

"A los pocos días de la coronación nos enteramos de que Cuitláhuac había caído enfermo. Los médicos del emperador no sabían de qué se trataba, estaban muy sorprendidos, nadie había visto esa enfermedad. Un rumor corrió por la ciudad. Cuitláhuac no era el único, muchos estaban cayendo con extraños síntomas, y en pocos días morían sin poder ser auxiliados. Les salían unos granos negros que luego supuraban y los debilitaban hasta la muerte. Se decía que era un castigo que enviaban los dioses, por haberlos abandonado. De nuevo, la ciudad mostraba una cara sombría. Coanamaxtli y yo temimos ser contagiados y decidimos dejar la ciudad lo más pronto posible. Nos apresuramos a llegar a Tlaxcala a entregarle nuestro informe a Cortés.

Malintzin se quedó pensativa por unos minutos y luego respondió:

—Creo que hace mucho que no ves a Coanamaxtli y te hace falta. He sido muy egoísta. Ve a Tlaxcala y llévale a Xóchitl para que la vea. Descansa un poco.

—No quiero dejarte sola, Malintzin. Necesitas ayuda con Martín.

—No te preocupes, Juana, yo puedo con Rosa y las cocineras, vete por la Navidad, uno o dos meses, y regresas cuando quieras. Anda. Sólo que sea antes del cumpleaños de Martín.

—Gracias, Malintzin, gracias.

23

Navidad de 1523

(Diciembre de 1523)

LA NAVIDAD DE 1523 SE ME QUEDÓ GRABADA EN LA ME-moria por varias razones: fue la primera que pasé con mi hijo Martín, y aún puedo ver la expresión de asombro en su rostro cuando vio a los actores de la pastorela. Aplaudía y estaba muy alegre, a pesar de que tuvimos que soportar el frío intenso. Hernán le puso su gorro de terciopelo azul con plumas en su cabecita, para protegerlo, y desde entonces le mandó hacer varios de su tamaño. Se veía muy gracioso con las plumas.

La segunda razón por la que me acuerdo es que fue la última Navidad que pasé junto a fray Bartolomé, aunque yo no lo sabía entonces.

La tercera fue porque en esa fecha hubo un visitante importante, aunque inesperado: don Francisco de Garay.

Garay llegó a territorio del Pánuco desde aquel verano y había estado tratando de apropiárselo. Garay, según me contó Cortés, había sido gobernador de Jamaica y había logrado que le dieran un nombramiento como adelantado del Pánuco, sin siquiera haber puesto pie en la tierra. Pagó una expedición de cuatro barcos que exploraron una península que llamaron Tierra de Amichel.[20] En 1520, Garay envió al Pánuco otra expedición a cargo de un tal Camargo, para establecer una colonia a orillas del río de las Palmas, pero los indígenas les dieron pelea y los expulsaron del territorio. Huyeron para encontrarse con los hombres de Cortés en la Villa Rica, en donde se hundió uno de los barcos y los hombres que sobrevivieron se unieron a Cortés.

Cuando Garay llegó a tratar de apropiarse del lugar, tres años después, se encontró con que Camargo había muerto y los hombres restantes se habían unido a Cortés, y eran ellos quienes habían establecido un pueblo llamado Santiesteban del Puerto. Decidió entonces viajar a la ciudad de México y enfrentar a Cortés de una vez por todas.

Llegó a Coyoacán el 22 de diciembre y pidió audiencia con Hernán. Yo estuve presente en las pláticas porque esos días antes de la cena de Nochebuena y de la comida de Navidad me quedé en su casa para supervisar los banquetes.

Como era su costumbre, Cortés se excedió en amabilidades hacia su huésped, aunque yo sabía perfectamente que no quería compartir con nadie el territorio que consideraba de su propiedad.

---

[20] Hoy en día la Florida.

El primer encuentro fue ríspido. Garay le enseñó a Cortés su nombramiento de adelantado del Pánuco y Cortés, como si estuvieran llevando a cabo un duelo de espadas, le mostró a Garay una cédula real fechada el 24 de abril de 1523, donde se indicaba que *nadie* podía instalarse sin un nuevo permiso del rey, en ningún lugar previamente colonizado por don Hernando Cortés.

Discutieron, alzaron la voz, se dieron muchas quejas mutuas entre sí, bebieron mucho vino, se disculparon, rieron y se abrazaron durante dos días completos. Yo los escuchaba disimuladamente desde donde podía esconderme: el salón, la cocina, el despacho.

Llegaron al punto en que hablaron de alianzas. Cortés ofreció a su hija Catalina en matrimonio —la que había nacido en Cuba—, sabiendo que Garay tenía hijos casaderos. Para Garay, según lo que iba aprendiendo de las costumbres españolas, no representaba mucha ventaja, pues la hija de Cortés, quien aún vivía en Cuba, aunque legitimada por el papa, era una bastarda, pero tenía a su favor ser la hija del gobernador y adelantado de Nueva España, y próximamente hija de un marqués. Además, y sobre todo, se ofrecía una dote generosa. Para Cortés, el hijo mayor de Garay representaba una garantía para su hija. Como iba entendiendo, las mujeres eran como mercancías que se intercambiaban por el trato más ventajoso que pudiera conseguirse. Debo añadir que no era muy diferente a las costumbres que tenían los nobles mexicas o los mayas.

También acordaron que Cortés no haría ningún intento de colonizar la Tierra de Achimel, y Garay, por su parte, no reclamaría el Pánuco. Brindaron y se regocijaron. Cortés pidió que le trajeran una botella de ese licor que los españoles llaman brandy para sellar su pacto. Y se hablaron como amigos de toda la vida.

Yo por supuesto veía con desconfianza la aparente sinceridad de los dos. Conocía demasiado bien a Hernán y no me fiaba de él. Sospeché que tramaba algo, aunque no sabía exactamente qué. De Garay no podría asegurar nada, pero era un hombre mayor y suponía que no se dejaría vencer así como así.

El día 24, Nochebuena, después de los festejos y la cena, asistimos todos a la misa de medianoche.

Al día siguiente, Garay fue el invitado de honor en la comida navideña. Ocupó el lugar junto a Cortés. Todos comimos y bebimos con alegría. Fray Bartolomé estaba muy satisfecho por la pastorela y los coros de los niños, había sido un trabajo duro que se había preparado con antelación durante meses. Yo también me sentía feliz, a pesar de que extrañaba a Juana. Recuerdo que pensé comentarle a Cortés, en cuanto hubiera oportunidad, que mandara unos hombres a traer al hijo de Juana, que permanecía en Centla. Cortés no sabía nada del asunto.

Terminada la comida del 25, Garay dijo tener dolor de costado. Cortés se preocupó por atenderlo lo mejor que pudo. Mandó llamar a su médico, el doctor Ojeda, pero nada pudieron hacer.

Garay dictó testamento, tan mal se sintió, y nombró albacea a Hernán. El 27, al mediodía, falleció.

Era de no creerse. Mucha gente empezó a murmurar de nuevo que Cortés lo había envenenado. La muerte de Catalina Suarez, la Marcaida, surgió de nuevo en las conversaciones, junto a la idea de que quien le estorbaba, pronto se encontraba camino hacia la muerte.

Yo también tenía mis dudas, pero esta vez me las guardé. No abrí el pico para nada. Sólo observé. "¿Sería capaz?", me pregunté, sólo para responderme afirmativamente. Capaz, sí que lo era. ¿Lo hizo? No podría jurarlo. Sólo cinco días duró en manos de su anfitrión.

Sin embargo, el doctor Ojeda y el licenciado Pero López, el notario, juraron que Cortés no lo había envenenado, que Garay murió de dolor en el costado, por haberse enfriado saliendo de la iglesia el día de Nochebuena.

24

El año 6 Técpatl

(1524)

EL AÑO 1524, O 6 TÉCPATL (CUCHILLO PARA SACRIFICIOS), fue como una noche de tormenta en que el océano se retira y regresa con fuerza trayendo peces, arena, fragmentos de madera, conchas y regalos inesperados. Fue un tiempo de vientos borrascosos, de progreso y deslumbramiento, de oscuridad y entumecimiento. Trajo momentos para guardar, segundos para atesorar, y otros para olvidar. Estuvo lleno de sorpresas, traiciones y movimientos. Fueron tiempos para sentirse mareado, roto, contrito y colmado de deseos. Hubo días violentos y otros mansos, y el dolor profundo se mezcló con las risas y las complacencias. Fue un año de inicios y también de despedidas. Fue un año que cortó la noche en dos y la volvió de jade.

Fue un momento que marcó el comienzo de nuevas siembras y el arrancar de raíz de viejos hábitos. Caras y formas desconocidas hasta entonces iban tomando su lugar en la Nueva España y yo fui protagonista y testigo de algunas de ellas.

En enero, Cortés decidió enviar a Cristóbal de Olid a explorar y conquistar un lugar al sur que llamaban el cabo de las Hibueras. Como siempre, trataba de adelantarse a todo y escuchó que un tal Gil González Dávila andaba por aquellos territorios, conquistándolos. A Cristóbal ya lo habían enviado con anterioridad a explorar y conquistar el territorio donde vivían los tarascos, pero la ambición de Cortés era ilimitada, quería llegar aún más lejos, por lo que le entregó a Olid seis navíos y cuatrocientos hombres, pero eso no fue todo. También le dio ocho mil pesos oro para comprar caballos y provisiones en Cuba para la misión. Quizá ahí estuvo el mayor error, enviarlo al territorio de su peor enemigo. Quizá en el corazón de Olid ya crecía la traición.

Yo le advertí que tuviera cuidado con Cristóbal. Era atrabancado como Alvarado, pero también era lisonjero y ambicioso. Le dije que no le diera tanto dinero, y tanto poder, que era mucha tentación y podía engañarlo, que no debería tenerle tanta confianza. Alvarado tenía sus defectos, era cruel y no muy inteligente, pero le era leal a Cortés, eso sí me constaba.

Desafortunadamente, cada vez escuchaba menos mis consejos. Sus oídos estaban cerrados y lo que lo movía era la ambición de ser dueño de más territorios. Así que, a pesar de mis protestas, Olid partió hacia Cuba con gran pompa.

En febrero la tierra habló y protestó. Hubo movimientos en el interior de Tlatecutli[21] que se sintieron, espantándonos a todos, y de inmediato, los indígenas se inquietaron porque lo vieron como un signo de advertencia, como signo de cambio y la consecuente necesidad de hacer un sacrificio humano. Es muy probable que en algunos lugares se hayan llevado a cabo, era difícil evitarlos, controlar un territorio tan grande. Teníamos noticias de que se hacían todavía en algunos lugares por indígenas remisos y que también se consumía carne humana, sólo que ahora, a escondidas.

En los pueblos se encendieron veladoras a Tepeyóllotl,[22] para que aquietara su alma, su furia felina. Los españoles, que no estaban acostumbrados a los tremores de la tierra, se hincaban en el suelo, santiguándose y pidiendo clemencia al Dios padre y a la Virgen.

Es cierto que todos tenemos miedo ante las fuerzas de la naturaleza porque son incontrolables, violentas, impredecibles. A mí me asustaban mucho los temblores porque cuando era pequeña, en mi casa teníamos unos conejos en un corral techado, y después de un temblor, los animalitos murieron aplastados, y lloré mucho. Eran mis amigos, con ellos platicaba.

Pero esta vez el temblor trajo algo bueno.

---

[21] Es el nombre de una diosa mexica antigua que se considera encarnación del caos y deidad de la tierra. Tiene propiedades generativas, pero también tiene el aspecto de ser devoradora de sangre y cadáveres.

[22] Tepeyóllotl era el dios de las montañas (corazón del monte), de los ecos, los temblores y terremotos. Representado con la figura de un jaguar, su nombre hace alusión al sonido del corazón de la tierra cuando ésta se mueve.

Vino a visitarme Santiago. Hacía apenas unos días que había temblado, y algunas de las obras que se llevaban a cabo en la ciudad se dañaron. Cortés estaba muy preocupado y necesitaba un traductor de tiempo completo para ayudar a supervisar los trabajos. Lo mandaron llamar a Texcoco, donde permanecía ayudando a los frailes. Me dio mucho gusto verlo. Nos abrazamos y conversamos mucho de lo que había pasado en los últimos meses.

Debo confesar que Santiago me gustaba, pero él era tímido y no se atrevía a nada conmigo. Siempre conservaba una distancia y yo tampoco me decidía a llegar más lejos. Su integridad me apabullaba, pero verlo me hacía muy feliz. En aquel tiempo me sentía sola y un poco abandonada. Prometió que mientras estuviera en la ciudad, vendría a verme. Yo le mostré que mi hijo ya casi caminaba, y nos volvimos a ver en el cumpleaños de Martín, que cayó en un domingo.

Preparamos una gran fiesta a la que estuvo invitado todo el altépetl de Coyoacán y algunos principales de pueblos vecinos, y por supuesto, mucha de la sociedad española que ya vivía en la Nueva España. Juana había regresado apenas hacía unos días, junto a Coanamaxtzin, así que fue de mucha ayuda.

Hubo mole con guajolote y muchos lechones asados de la granja de Cortés. Vino y pulque, junto a agua de tuna, satisficieron la sed de los invitados. A unos cuantos escogidos se les ofreció mezcal, una bebida que trajeron de la región de Oaxaca y que fue muy comentada. Trajeron muchos regalos para Martín. Apochquiyahuatzin, el señor de Xochimilco, le presentó una trajinera para su uso personal, que trajeron cargando varios burros. Más tarde, cuando pudo hablar conmigo, me dijo que su ofrecimiento seguía en pie. Se casaría conmigo en cuanto yo lo ordenara. En aquel entonces sólo me reí. Ojalá lo hubiera escuchado con más atención.

Los españoles le regalaron al festejado ropa, joyas, zapatillas, telas, juguetes. La gente del pueblo trajo principalmente comida.

Pero el regalo más bonito de todos fue el que le dio Santiago. Un libro pintado que contaba la historia de su nacimiento. De sus padres y de cómo era él ahora, el heredero de dos culturas, de dos ideas diferentes de la vida.

Unos días después, Santiago y yo nos fuimos a pasear al bosque de Coyoacán y ahí, en medio de los árboles, nos acercamos para darnos un beso. El primero fue tímido, pero los siguientes fueron apasionados. Nos acercamos en un abrazo y ya no nos despegamos. En arrebato nos amamos sobre la cama de agujas de los pinos y los oyameles. No se lo contamos a nadie.

Los dos lloramos; él, balbuceando, me aseguró apenado que no podría darme la vida que yo merecía, la vida que Cortés me daba. Yo, con lágrimas rodando por mis mejillas, le dije que eso no me importaba, pero que tenía miedo, miedo de Cortés, de lo que venía en el futuro y que temía que gente como nosotros no tenía cabida en ese mundo. Nos apartamos para no volvernos a ver en varios meses, pues fue hasta junio que el destino habría de juntarnos de nuevo.

Y, de nuevo, fue la visita de unos padres lo que nos unió. Unos frailes que habrían de marcar un cambio, un respiro, un balance en estas tierras atribuladas. Llegaron a la Villa Rica en mayo y desde su llegada fueron causando sensación a su paso. Las noticias los precedían.

En aquel entonces yo no sabía que existían diferentes órdenes religiosas y que cada una tenía sus propias características. Sólo conocía a fray Bartolomé, que era mercedario, y no tenía idea de quién era san Francisco, ni sus seguidores, los franciscanos. Aprendí después que eran hombres que hicieron votos de pobreza. Así que, a diferencia de todos los hombres españoles que yo había conocido, ellos venían descalzos y con ropas humildes y muy gastadas. Buscaban otro tipo de satisfacciones en la vida, más del lado del espíritu. Durante muchos años, yo había caminado descalza, así que entendía perfectamente bien qué era eso. No fue sino hasta que Cortés me mandó hacer unos zapatos de cuero que supe lo que era caminar de otro modo que no fuera sentir el suelo directo sobre las palmas de los pies. No sólo significaba un acto de pobreza, sino un símbolo de humildad.

De esta manera avanzaron hasta la ciudad de México, escoltados por varios soldados enviados especialmente por Cortés.

A su paso, la gente se arremolinaba a su alrededor para observarlos. En verdad les parecían extraños, y los tocaban y les hablaban, y se espantaban de verlos, pero ellos no entendían por qué los miraban tanto, y había una expresión que escuchaban repetirse una y otra vez: *motolinía, motolinía*. Uno de los frailes, Toribio de Benavente, le preguntó a uno de los soldados qué quería decir esa palabra. El soldado contestó que quería decir *pobre*. "¡Ah!, pues de ahora en adelante seré conocido como fray Motolinía", anunció.

Se decía que la gente les temía porque algunos de los frailes parecían muertos que habían regresado a la vida, que se levantaban de las tumbas, porque los veían flacos y largos y pálidos, con vestiduras casi rasgadas y viejas, y creía que eran espíritus que caminaban sobre la tierra.

Así que cuando por fin llegaron a la ciudad de México, el 18 de junio, todo el mundo hablaba de ellos.

Cortés, junto a una gran comitiva, que me incluía a mí y a fray Olmedo, fue a recibirlos a San Antonio Abad, a donde ya se levantaba una pequeña parroquia. Había sido precisamente ahí donde Moctezuma vino a recibirnos la primera vez que entramos a la ciudad de Tenochtitlán.

Ahí, enfrente de todos los reunidos, se hincó en su presencia y les besó la mano. Habló diciendo que con su llegada por fin se cumplía su sueño de evangelizar estas tierras como era debido, pues desde el principio ése había sido uno de sus propósitos. Al menos me constaba que desde la primera vez que lo vi, nos habló de Dios y de la Virgen María, aunque en aquel entonces no entendiéramos ni jota de lo que estaba diciendo. Y que lo primero que hizo fue mandar bautizarnos.

Luego fray Olmedo les dio la bienvenida y mencionó que Dios era grande, que llegaban justo a tiempo para reemplazarlo en su labor y se sentía tranquilo de dejarla en sus manos. Ahora pienso que él sabía que la muerte lo rondaba. También me hizo acercarme a ellos y arrodillarme en su presencia. Les indicó que yo en realidad era la primera evangelizadora en estas tierras, porque cuando nadie hablaba castellano, yo había sido la primera en llevar la palabra divina a los pueblos indígenas del territorio. En explicarles la verdad sobre Dios y en hacerles ver el error en el que se encontraban los idólatras y salvajes que practicaban el sacrificio humano.

Los padres me saludaron con una caravana, encomiando mi labor y su importancia para el futuro. Me dieron sus bendiciones.

Desde entonces los padres hicieron una gran labor, donde el amor, la paciencia y la tolerancia fueron sus principales armas de conquista. Llevaron su palabra a Tlaxcala, Texcoco, Huejotzingo y a la ciudad de México, principalmente. Lo primero que hicieron fue fundar colegios para enseñar a los niños, no sólo religión, sino a escribir y leer y otras labores.

La misión de Santiago, quien también fue llamado a recibirlos, y la mía, fue convencer a los caciques principales de enviar a sus hijos a esas escuelas, para educarlos como cristianos y recibir el bautismo. Me considero muy afortunada de haber conocido a estos hombres tan piadosos que siempre nos trataron a los indios como seres humanos.

25

El recinto sagrado y la humillación

(Mayo de 1524)

Poco después de la llegada de los doce apóstoles, como llamaron a los misioneros, Cortés recibió informes de que Cristóbal de Olid lo había traicionado. Le llegó noticia de que al pasar por Cuba a comprar los caballos, armas y enseres que necesitaba, Diego Velásquez lo buscó, o quizá fue al revés, el caso es que se unieron y quedaron de acuerdo en que el territorio de las Hibueras lo ganaría a nombre de Velásquez y no de Cortés. La antigua enemistad estaba abierta y supuraba, así que la noticia caló hondo en el ánimo de Cortés. No sabíamos entonces que Velásquez moriría semanas después.

Cortés estaba furioso. No cabía en sí de la ira. Sólo lo vi así cuando regresamos a Tenochtitlán después de enfrentar a Pánfilo de Narváez y Alvarado le contó lo de la matanza en el templo y cómo eso lo hizo perder todo lo que él consideraba ganado hasta ese momento.

Estaba que echaba espuma por la boca, rompió unas copas que se hallaban sobre la mesa y daba manotazos en el aire como queriendo pegarle a Olid. Juró que se vengaría, que lo mataría, que sus cenizas se quemarían en el infierno por toda la eternidad.

Sin pensarlo demasiado, abrí la boca y le dije que se lo había advertido. No lo hubiera hecho porque se fue a golpes contra mí. Su mayordomo tuvo que intervenir para quitármelo de encima.

Llegué a casa con un ojo morado y golpes en los brazos y en el pecho. Juana no me dijo nada en ese momento, pero después habló seriamente conmigo.

—Tienes que dejar a ese hombre, o un día te matará —me advirtió—. Te matará como lo hizo con la otra, Catalina. ¿Eso estás esperando? Mira cómo vienes.

—Juana, no me digas nada, fue mi culpa. Dije algo que no debí. A veces le tengo miedo, pero me siento acorralada. No puedo irme sin su permiso. Si lo hago, entonces sí es capaz de buscarme y matarme.

—Malintzin, sé que será difícil deshacerte de él. Sobre todo, si él no quiere. Pero mientras sigas a su lado, sólo serás algo que usa cuando necesita y luego desecha. Me parte el corazón decírtelo así, pero tienes que darte cuenta de que él no te ama. Sólo te utiliza.

Me dolió que Juana me dijera las cosas tan brutalmente, sin diplomacia. Lo peor de todo es que en el fondo de mi corazón ya lo sabía. Tantas veces antes me había humillado.

Le pedí una infusión para los nervios. Cuando regresó le argumenté:

—Además está de por medio mi hijo, Martín. ¿Qué será de él si su padre no ve por él? ¿Cómo puedo escondérselo?

—La verdad sería lo mejor que le pudiera pasar a Cuauhcolli —dijo refiriéndose a Martín—. No lo sé, Marina, no sé exactamente cómo, pero tienes que alejarte de él. Tú no eres nada junto a él. Tienes que pensar que el día menos pensado te quita a tu hijo y no podrás hacer nada. Reflexiona, tú eres muy inteligente, Papalotzintli —me advirtió y me dejó sola.

Me quedé pensando en las muchas cosas que Cortés me hizo y en las que me ofendió. Una de las que más me dolían hasta ese entonces había sucedido unos días después de haber llegado a Tenochtitlán y pasear y conocer la ciudad. Cortés lo hizo no sólo por gusto sino por cuestiones de estrategia. Mandó una solicitud a Moctezuma para visitar el recinto sagrado, aduciendo que deseaba conocer un poco más sobre los dioses mexicas. El gran tlatoani respondió que daba su anuencia y que sería un placer acompañar personalmente a los extranjeros.

Cortés arregló las cosas para que a la visita sólo fuéramos acompañados de un pequeño grupo de personas, como el que se había presentado ante Moctezuma la primera vez que fuimos a verlo a su palacio: Cortés, Juan Velásquez de León, Pedro de Alvarado, Diego Ordaz, Gonzalo de Sandoval, Gerónimo de Aguilar, Bernal del Castillo y yo. Esta vez, sin embargo, agregó a un par de capitanes: Alonso de Grado y Andrés Tapia, y la presencia siempre prudente y discreta de fray Olmedo.

Cerca de la diez de la mañana, Moctezuma llegó en su litera a la puerta del palacio de Axayácatl, y de ahí el grupo, acompañado de Petlalcálcatl y otros servidores de

Moctezuma, quienes se desvivían por taparle el sol con un parasol hecho de algodón y plumas preciosas, y lo refrescaban constantemente del intenso calor con grandes abanicos, se dirigieron a la entrada principal del recinto, que se situaba a unos cien pasos. A una orden del mayordomo, las masivas puertas de madera se abrieron de par en par para que pasaran el supremo gobernante y sacerdote y sus acompañantes.

La primera impresión que recibimos fue el impacto abrumador de su extensión, era enorme. Difícilmente lo abarcábamos con la vista. Aunque los hombres habían rodeado la ciudadela religiosa por el exterior y calcularon una extensión aproximada de quinientas varas castellanas[23] por costado, al interior el espacio, ocupado principalmente por templos y otros edificios religiosos y educativos, se sentía como una ciudad dentro de otra ciudad. Bullía la actividad, tanto de sacerdotes, de alumnos del Calmécac y militares, así como de cientos de fieles que venían a rendir culto a sus dioses, a ofrendar y hacer sacrificios y que entraban por una puerta lateral.

Eran más de setenta construcciones[24] las que ahí se apreciaban. Con lo primero que nos topamos fue con la casa de

---

[23] Equivalía a tres pies. Aproximadamente entre ochenta y cinco y noventa centímetros. Hoy en día se considera, de acuerdo con las excavaciones realizadas por el Programa de Arquitectura Urbana (PAU) del INAH, que el recinto sagrado tenía una extensión de siete cuadras por lado, o sea, aproximadamente setecientos metros cuadrados.

[24] De acuerdo con fray Bernardino de Sahagún y sus fuentes indígenas, en su libro *Historia general de las cosas de la Nueva España*, afirma que se encontraban setenta y ocho edificios.

los Embajadores, llamada así porque ahí se alojaban los enviados de otras culturas que llegaban a dialogar sobre acuerdos o desacuerdos con el huey tlatoani. A su lado izquierdo, se encontraba la casa de Tezcatlipoca, y unos metros más adelante, un edificio bajo llamado el Mecatlán, o casa de los Músicos. Ahí, según nos explicaron, los músicos eran entrenados en toda clase de instrumentos, cantos y danzas. En el centro de la plaza, un poco más adelante, se encontraba un majestuoso juego de pelota, decorado con mampostería policromada. Los españoles ya habían conocido algunos de ellos a su paso por el territorio, pues yo también los había visto, pero ninguno con ese lujo en la decoración. El juego de pelota tenía gradas alrededor para los espectadores y un sistema de mantas movibles para protegerlos del sol. Lo adornaban serpientes emplumadas que bajaban por las paredes hacia los círculos solares por donde pasaba la pelota de hule. Sin embargo, los visitantes aún no tenían idea de cómo se jugaba ese juego ni estaban enterados de su sesgo mortal.

A un costado del juego de pelota había una gran fuente a donde desembocaba el acueducto que traía agua desde Chapultepec. La nombraban el *tozpálatl*, o manantial sagrado de uso exclusivo de los sacerdotes. De hecho, en todo el complejo ceremonial se encontraban varias fuentes, algunas públicas y otras no, según nos explicó el mayordomo de Moctezuma.

Los extranjeros no entendieron las explicaciones que nos dieron acerca de que el recinto sagrado era una representación simbólica del universo del pueblo mexica, de su cosmovisión, de su historia como linaje y de la leyenda de sus dos deidades principales: Tláloc y Huitzilopochtli. Uno era un dios agrícola y el otro un dios bélico. Y, alrededor del eje de su templo doble, de esa dualidad dependiente y circular, giraba todo el panteón mexica. Partiendo del templo gemelo, una línea invisible marcaba los territorios de uno y otro dios. Del lado de Tláloc, el norte, se encontraban las fuentes y las deidades que tenían que ver con la lluvia, el agua y el viento, y sus representantes animales, como ranas y culebras de agua. Era el flanco de la vida, de la fertilidad, de lo que crecía y se alimentaba.

Del lado sur, el del dios guerrero, se levantaban los edificios y templos que tenían que ver con la guerra, el sol y el fuego, pero principalmente con la muerte, la sangre y la destrucción. Era, sin embargo, la muerte, según creían, una forma de regresar a la vida, a través del sacrificio y la ofrenda de corazones palpitantes que renovaban el ciclo infinito de principio y final que habría de perpetuarse sin parar. La muerte era sólo una puerta para entrar de nuevo a la vida.

Admirando los edificios, nos encontramos con un templo redondo, dedicado a Quetzalcóatl, que tenía forma cilíndrica y un techo en forma de cono por el que salía humo. Nos explicaron con paciencia que la obra estaba dedicada al viento, dios al que no le gustaban las esquinas y quien le abría paso al dios Tláloc, pues el viento siempre trae consigo las nubes, y luego, su desenlace: la lluvia. Sin embargo, al fraile Olmedo le escandalizó constatar, cuando se acercó por la escalinata a la entrada, que ésta tenía la forma de unas fauces gigantescas de serpiente, la cual mostraba sus colmillos llenos de veneno. Masculló que "algo así" sólo podía ser obra del demonio, dio grititos ahogados y se santiguó.

Habíamos caminado ya más de media hora y aún no llegábamos a las escaleras del templo principal. El sol de otoño quemaba las pieles de los visitantes, quienes sudaban copiosamente y tenían sed. Los ayudantes de Moctezuma corrieron solícitos a la fuente más cercana para abastecerse de agua y trajeron jarritos llenos del líquido precioso para todos. Descansamos unos minutos y continuamos la marcha.

Del lado del templo de Huitzilopochtli nos indicaron que se encontraban la casa de los Dardos o Tlachcochcalli y la casa del Cihuacóatl o consejero del emperador. Nos señalaron el Templo del Sol, el Coateocalli o casa de los Varios Dioses y otros templetes redondos que llamaban *cuauhxicalcos*, una especie de adoratorios donde se paraban los sacerdotes a hablar con los fieles para interceder por ellos directamente con los dioses. De ellos había más de una docena. Estaban decorados con estuco blanco y de sus flancos sobresalían cabezas de serpiente pintadas con variados colores.

Bastante cerca ya de las escalinatas los españoles pudieron percatarse de algo que ya habían visto en otras ciudades y que hacía que los cabellos se les pararan en punta: los llamados *tzompantlis*, unas plataformas bajas de unas siete varas por lado, en donde se alzaba una empalizada donde se ensartaban cientos de cráneos pelones y pestilentes que eran visitados por voraces enjambres de moscas. Alcanzaron a localizar unos cuatro de ellos. La vista de aquel macabro espectáculo les hizo acelerar el paso. Sabían perfectamente bien que ése sería su destino en caso de fracasar en su campaña militar.

Ya percibíamos el característico olor del copal ahumando los templos, cuando vimos varios árboles que daban sombra. Eran cuatro encinos robustos que se erguían desde plataformas redondas con estuco policromado. Cortés quiso dirigirse ahí para descansar bajo su sombra, mas Petlalcálcatl lo detuvo, tomándolo del brazo. Le explicó que eran los árboles sagrados del templo y uno sólo se podía acercar a ellos si iba en busca de consejo y oración.

—¡Qué cosa más estúpida! —exclamó Cortés en tono despectivo—. ¿Quién querría conversar con un árbol o tomar consejo de él?

No traduje el comentario, por educación, y me disculpé con los anfitriones, mientras Cortés se adelantaba con el gran tlatoani y sus capitanes. El mayordomo me explicó que los árboles eran sagrados porque sus ramas eran el sostén de la bóveda celeste y los conductos de los flujos cósmicos, en tanto sus raíces eran los caminos hacia el Mictlán. Eran, de hecho, representaciones de la energía del cosmos.

—A través de sus troncos —me explicó— llegan al mundo las influencias tanto benéficas como dañinas, que los dioses envían a la tierra, pues como usted sabe, pueden causar severos daños o proporcionar todos los dones. También están asociados a la fertilidad de la naturaleza; aquí, a su sombra, se viene a pedir buenas cosechas. ¿Comprendes?

Entendía, sabía lo que era tener que arar y sembrar la tierra para obtener el preciado maíz o el algodón y otros sustentos, y apreciaba el respeto que debe tenerse por la naturaleza, la tierra y el agua, cosa que los hombres blancos parecían no entender.

Yo estaba muy impresionada, había tantas cosas que no sabía y me gustaba esta nueva modalidad de mi vida en que las personas eran amables conmigo y me trataban como a una persona importante. Todo lo que el mayordomo había explicado era muy interesante. Odiaba que Cortés no fuera más amable y no le importaran las costumbres y creencias de la gente, pues de lo único que quería hablar era de sus tres tontos dioses. ¡Ya los odiaba! ¿Quién había oído hablar de ellos? ¡Eran tanta estupidez como querer hablar con un árbol!, según su punto de vista. Pero, por supuesto, no externé mis pensamientos al servidor de Moctezuma. Sólo agradecí efusivamente la atención y aceleramos el paso para alcanzar a los demás, que ya llegaban al pie de la escalinata del templo.

El templo doble era impresionante. Sus escalinatas parecían erguirse hasta el cielo. El dedicado a Tláloc estaba pintado de azul y blanco y el de Huitzilopochtli de rojo y negro.

Subimos diez escalones para llegar al primer cuerpo de la pirámide de Huitzilopochtli, a cuyos lados se encontraban sendos portaestandartes tallados en piedra, con ojos de madreperla, que sostenían unos enormes estandartes de plumas preciosas de variados colores y que se erguían junto a unos elaborados braseros donde se quemaba el copal.

Sobre el suelo de este nivel se veía un gran monolito redondo que representaba a una mujer rota. Todos lo rodearon con curiosidad. Estaba pintado con vivos colores y pregunté, a pedido de Cortés, qué significaba y por qué yacía en el suelo y no estaba adosado a alguna pared.

Les explicaron que representaba a Coyolxhautli, la hermana de Huitzilopochtli.

Alvarado hizo entonces un comentario soez acerca de la diosa, algo así como que no sabían que el demonio tenía hermanas y que, si tenía más, las usarían para cogérselas. Que ellos podían romperlas a todas, después de mancillarlas. Todos los hombres, menos fray Olmedo y yo, soltaron una sonora carcajada al escucharlo.

Moctezuma me preguntó de qué reían los señores, pero negué con la cabeza, como diciendo que no valía la pena traducir el comentario. Gerónimo de Aguilar no entendió lo que el monarca me preguntó y se sintió excluido.

A continuación el tlatoani le pidió a su mayordomo que siguiera con la explicación sobre la Coyolxhautli.

—Como les decía, esta diosa era la hermana de Huitzilopochtli, la diosa que tenía cascabeles en las mejillas y era la regidora de la luna y las mareas, la hija de Coatlicue, nuestra madre celestial. Coatlicue, que un día estaba barriendo en lo alto del cerro de Coatepec, se encontró una madeja de plumas en el suelo, se la guardó en su seno y, sin darse cuenta, y sin mediar acción de hombre alguno, quedó preñada del dios de la guerra.

En ese momento, se me ocurrió interrumpir la traducción del relato y hacer un comentario en castellano, inspirada por las observaciones que Moctezuma me había compartido y las mías propias.

—¡Sí, quedó preñada por el espíritu, igual que la Virgen María! —dije entusiasmada por la analogía.

Cortés se puso rojo de ira y, sin poder controlarse, me asestó una bofetada tan fuerte que perdí el equilibrio y estuve a punto de caerme, de no ser porque Petlalcálcatl me sostuvo en el aire.

—¡No digáis herejías, india imbécil! —exclamó Cortés.

Toda la compañía se quedó inmóvil.

La cara me ardía como carbón encendido, por el golpe, por la vergüenza, por la rabia.

—¿Cómo os atrevéis a decir una herejía así? ¡Vos qué sabéis de esas cosas, india ignorante! ¡Vos no estáis aquí para comentar, mucho menos para hablar de teología, sino para traducir! ¡Desgraciada india atrevida! Pero ¿qué os habéis creído? —exclamó furioso.

Gerónimo de Aguilar, quien tradujo el parlamento del castellano al maya para decírmelo y que no me cupiera duda de lo que decía Cortés, pareció gozar grandemente del exabrupto. Hasta subió el tono de voz para estar seguro de pasarme el mensaje exacto, no sólo en palabras, sino en tono y volumen, a mí, la mujer a quien antes deseó y ahora despreciaba de manera abierta.

Me sentí profundamente humillada y mi primer impulso fue correr a refugiarme a la sombra del árbol sagrado. Crucé la mirada con Petlalcálcatl, como agradeciendo el gesto que había tenido conmigo. Busqué desesperadamente en mi interior algo que pudiera servirme para no caer por un precipicio, para no llorar. Entonces encontré aquel destello de fuego azul que me mantenía viva, que me había sostenido en los momentos más difíciles de mi vida. En un instante, tomé la humillación y mi tristeza y, una vez más, las inmolé en esas llamas que todo lo consumían y purificaban, en un efecto como el de la confesión con la diosa Tlazoltéotl,[25] la comedora de inmundicia. Después me tragué las lágrimas y seguí traduciendo lo mejor que pude, porque me costaba trabajo concentrarme, no podía pensar en otra

---

[25] La diosa Tlazoltéotl de la sexualidad y el deseo carnal también era llamada la Comedora de Inmundicia, porque, entre otras cosas, tenía la capacidad de absolver los excesos, las desviaciones y otras fallas de conducta moral.

cosa más que en la contrariedad que me provocó el golpe asestado por aquel hombre que admiraba, que amaba y que tanto odiaba al mismo tiempo.

Petlalcálcatl continuó, a pesar de la incomodidad que provocó el arrebato de ira de Cortés. Después de todo, el amo sabía lo que hacía con sus servidores:

—Coyolxhautli, al enterarse de que su madre estaba embarazada, la juzgó erróneamente, pensando que le había sido infiel a su padre y consideró que merecía la muerte. Arengó a sus cuatrocientos hermanos para que subieran al cerro y la mataran.

Alvarado hizo otro comentario descortés acerca del número exagerado de hermanos, pero esta vez fue el mismo Cortés quien lo mandó callar.

El mayordomo, un poco molesto con las interrupciones, continuó:

—Mientras tanto, Coatlicue dio a luz a Huitzilopochtli, quien nació como un guerrero adulto y armado, recibió a sus hermanos y peleó con ellos fieramente, lanzando a su hermana desde la punta del cerro. La brutal caída ocasionó que Coyolxahutli se partiera en pedazos. Es por lo que su efigie se encuentra aquí, al pie de la escalinata.

No sé si Cortés y los demás se dieron cuenta de que lo que los mexicas hacían era reproducir sus mitos en piedra.

Íbamos a continuar el ascenso al templo cuando Petlalcálcatl me detuvo:

—Lo siento mucho, Malintzin —dijo con voz educada—, a partir de este punto, sólo varones. Ninguna mujer ha subido jamás y no podemos hacer excepciones.

Se lo comuniqué a Cortés y detecté que el hombre, por un momento, se sintió perdido ante la perspectiva de quedarse mudo, es decir, sin mí, sin su lengua, a la que acababa de golpear por hablar de más. Cortés insistió directamente a Moctezuma. El tlatoani sólo bajó la cabeza en señal de aprobación, mirando a Petlalcálcatl. Permitieron que subiera.

Bernal Díaz del Castillo contó ciento catorce escalones hasta la plataforma de la cima del templo de Huitzilopochtli. Había ahí dos banquetas policromadas y talladas, y en el centro, en una plataforma baja, una efigie del dios hecha de semillas. Delante de él se encontraban una piedra y un hoyo que se notaba que era un desagüe para que escurriera la sangre de los sacrificados. El copete del templo tenía cráneos incrustados y las almenas que lo remataban eran figuras de *papalotls* y de biznagas pintadas de rojo.

En cambio, pudimos apreciar que, en el templo vecino de Tláloc, las almenas representaban figuras de nubes y caracolas. En su plataforma, reposaba la figura de un chac-mol, también ensangrentado. Ambos dioses recibían sedientos el agua de vida de hombres, mujeres y niños para traer a la tierra sus dones necesarios para la vida: el agua y la luz del sol.

Moctezuma, amablemente, le preguntó a Cortés si él y sus hombres no estaban cansados después del arduo esfuerzo requerido para subir tantas escaleras.

Cortés, molesto ante la pregunta, que sintió retadora, le contestó que no, que él nunca se fatigaba, y de inmediato, quizá envalentonado después de la desavenencia conmigo, comenzó a decirle a Moctezuma que ellos no veían con buenos ojos el sacrificio humano, ni la costumbre de comer restos humanos, que ellos estaban equivocados en su religión y que deberían de abrir los ojos. Que ellos querían enseñarles sobre los verdaderos dioses y, además, necesitaban que les dieran un espacio en sus templos para adorar la cruz.

Traduje todo esto sin atreverme a comentar nada. Todo el asunto me parecía vergonzante, pero fui fiel a mi papel de traductora.

La reacción de Moctezuma y de los sacerdotes fue de molestia y de desagrado. Dijeron que así eran sus creencias y que ellos tenían derecho de defender a sus dioses y sus costumbres. El ambiente se tornó muy tenso e incómodo para todos. Pensé que por la mente de Moctezuma pasó el impulso de aventar a Cortés por las escalinatas del templo, pero por alguna razón desconocida se contuvo. Si lo hubiera hecho, quién sabe qué hubiera pasado.

La intervención de fray Olmedo, siempre oportuna, salvó el día.

—Hernán, debéis de ser cauteloso —recomendó—, recordad que somos minoría en este momento y quizá más adelante será más apropiado hacerles ese requerimiento, hay que ir razonando con ellos poco a poco, la evangelización con esta gente tiene que llevarse a cabo con paciencia y compasión o podrían tener una reacción no deseada. Los asuntos de la fe son complicados, por favor, no insistáis. No todos tienen la misma reacción y ya veis que estáis hablando nada menos que con el emperador de estas tierras.

Moctezuma y Petlalcálcatl me miraron inquisitivamente, preguntando con los ojos qué estaba pasando. Yo no sabía qué hacer.

—Quieren saber qué pasa —intervine en castellano, saltándome a Gerónimo.

—Decidles que por el momento no hablaremos más de este tema. Que estén tranquilos —respondió Cortés malhumorado.

Moctezuma se quedó en el templo, tratando de lavar la ofensa que acababan de escuchar en labios del hombrecillo blanco.

Bajamos en silencio los ciento catorce peldaños y al llegar a tierra me separé del grupo. No supe si mis servicios fueron requeridos más adelante. Vagué por el lugar llorando en silencio y me refugié bajo la sombra del encino sagrado, con quien dialogué por un largo rato. No fue sino hasta el atardecer que regresé al palacio de Axayácatl.

En aquel entonces no era libre. Era aún una esclava, y mi vida pendía de un hilo. Los mexicas podían haberme matado si me separaba de Cortés, él era mi seguro de vida. Y si daba un paso en falso, Cortés no dudaría en mandarme colgar.

Ahora tenía mi libertad y a mi hijo. El hijo que nadie podría quitarme. Mi casa. Cortés no iba a casarse conmigo, ya me lo había dejado claro, entonces, ¿no podría yo tener la posibilidad de rehacer mi vida? ¿En verdad podría?, me preguntaba. ¿Era libre o estaba en una jaula de oro? Era algo que debía averiguar o seguir soportando sus humillaciones. ¿Cuántas más vendrían si no ponía un alto?

Pero aún habría de cometer varios errores más.

26

La amenaza

(Mayo de 1524)

Cuando Cortés vino a verme, pasados unos días, Martín, que ya caminaba, corrió hacia él.

—¡Papá, papá! —y se abrazó a sus piernas.

Hernán lo levantó y lo llenó de besos.

—¡Martincillo! ¡Pero mirad, que ya corréis! ¡Esperad a que te suba al caballo! ¡Seréis un gran jinete!

Y luego, más serio, se dirigió a mí.

—Marina, veo que os vais reponiéndoos, disculpad, pero no debisteis haberme dicho que me lo advertisteis. Lo que hizo Olid fue una traición de gran calaña y nadie se lo hubiera esperado, menos yo, que deposité en él toda mi confianza.

Yo no contesté.

—Sólo quiero informaros que he enviado a Francisco de las Casas tras él y su mala leche. Le he dado un par de navíos y unos cien hombres para que lo capture y lo traiga de vuelta para ser ajusticiado por traición.

Continué sin abrir la boca. Para lo que me importaba que hubiera enviado a su primo a capturar a Olid. Por mí que todos se pudrieran en el infierno.

—Cortés, quiero hablar contigo —dije con seriedad, rompiendo el silencio.

—Seguís enfadada, eso es, es que no era el momento…

—No, no es eso, Hernán, yo sólo quiero saber si soy libre y puedo hacer lo que me plazca.

—¿Volvéis con eso? ¿No os he dado vuestra libertad? ¿No tenéis una casa, que ya la quisiera Gerónimo de Aguilar, que se la pasa persiguiéndome para que le otorgue un solar, mientras anda por ahí diciendo por donde puede, pestes de mí y de ti? ¡Es más mi enemigo que el propio Velásquez! ¡Joder!

”¿No sois una mujer rica, con joyas de oro y rentas? —continuó—. ¿Acaso no tenéis en encomienda a Olutla y a Jaltipan y tenéis el derecho a usar el *doña*?

—No es eso, quiero saber si me puedo casar con alguien que no seas vos.

—¿Casaros? —preguntó Cortés, bastante sorprendido—. ¿Y para qué os queréis casar? ¿Tenéis acaso un pretendiente?

—Tengo varios, Cortés. Entre ellos el tlatoani de Xochimilco. ¿Crees que Marina te esperará toda la vida? ¿Que sólo tú le importas a Marina?

—Pero ¿qué tenéis con el casamiento, Marina? ¿Es que no os basta con tener un hijo del gobernador de Nueva España? ¿Para qué os queréis casar?

—Para que mi hijo tenga un padre y yo tenga alguien que me proteja.

—Pero padre tiene mucho, no temáis, que ya he pedido una bula papal para reconocer a Martín como hijo legítimo, que si algo tengo es que nunca he negado a un hijo o a una hija. Y decidme, ¿cómo se vería que la madre de mi hijo se casara con otro? ¿Eh? ¿Con el tlatoani de Xochimilco? —se rio—. ¡Vamos, Marina! ¿Pero qué se os ha metido en la cabeza? Pequeña fierecilla, será mejor que os olvidéis de esas ideas y te pongas a hacer cosas más útiles, o me veré en la necesidad de quitarte al niño.

—¿Qué dices, Hernán?

—Como lo oyes, que no quiero que el niño ande por ahí hablando náhuatl y vistiendo taparrabo, viviendo entre indios. Martín será un caballero español, un buen soldado y vasallo del rey, aunque sea mestizo. Es hijo de Hernando Cortés y su destino será otro, faltaba más. Será caballero de la Orden de Santiago y ahí es donde será educado.

—¿Ya tenías planes para él y nunca los habías consultado conmigo?

Hernán se quedó callado, otorgando la respuesta.

Ante la amenaza de que me quitaría a mi hijo, me invadió un miedo terrible. Mis entrañas se encogieron y le quité al crío de los brazos. Muy dentro de mí sabía que era capaz de hacerlo y lo temía. Sabía, por ejemplo, que aún buscaba al mulatillo hijo de Catalina Suárez, su mujer, para matarlo. No había quitado el dedo del renglón, aunque ella ya no estuviera y hubieran pasado dos años de su muerte. Tenía pistas que le decían que lo habían sacado de la ciudad y se lo habían llevado al sur. Pero si me quitaba a Martín, yo moriría, no podría vivir más en este mundo sin él, y entendí que mi libertad estaba lejos, más lejos de lo que yo deseaba, mientras Cortés tuviera el poder de intervenir en mi vida.

27

La despedida de Olmedo

(Julio-septiembre de 1524)

Los meses de julio, agosto y septiembre me los pasé metida en la casa de fray Bartolomé Olmedo, cuidándolo. Estaba muy enfermo y necesitaba ayuda. Tenía un sirviente y una cocinera a su cargo, pero estaba muy pálido y débil, tosía mucho, tanto, que a veces no podía respirar. Y entre tos y tos, escupía sangre. El doctor Ojeda decía que era una enfermedad conocida por ellos como tisis y que no había nada que pudiera hacer por él. Era cosa de esperar el final. Nosotros nunca habíamos visto algo así, ahora veíamos un montón de enfermedades nuevas y raras. Entre Juana y yo le poníamos hierbas de *okalótl*[26] a hervir para que pudiera respirar mejor y hacíamos lo que podíamos por él. Mandé llamar a Santiago para que le escribiera cartas de despedida

---

[26] Eucalipto.

a su familia en España, y Cortés le envió al notario para que dictara testamento. Está de más decir que el cuidado y la organización del Hospital de Jesús, que Cortés le había encargado, quedaría en manos de alguien más, porque Bartolomé estaba incapacitado para hacerlo.

Yo estaba muy enfadada con Cortés, porque desde que llegó el fraile Melgarejo, junto con Alderete, el tesorero, Hernán se había olvidado de Bartolomé. Ya no se confesaba con él, ni lo frecuentaba como antes. Le dejó a cargo el hospital, pero él andaba muy ocupado en otras cosas, como en la organización de una expedición a las Hibueras o Higueras, o como le dijeran.

Semanas después le mandaron mensaje notificándole que su primo Francisco de las Casas, a quien había enviado tras Olid, había sido apresado por aquel y ahora deseaba ir personalmente, pero no se preocupaba de Bartolomé para nada, aun sabiendo que estaba tan mal de salud. Bartolomé era su amigo, de los pocos que habían estado con nosotros en las buenas y en las malas, aconsejándolo con la debida prudencia, en los momentos más difíciles de la guerra. Siempre fiel, sin quejarse y sin protestar, pero Hernán no parecía darse cuenta de nada, sólo pensaba en irse lejos, en conquistar más tierras y hacerse más rico.

Conversamos mucho Bartolomé y yo antes de su partida. Aún hoy se me quiebra el corazón como el jade porque me hace falta. Me dijo que se alegraba de que los doce apóstoles, como les llamaban a los padres franciscanos, hubieran llegado a tiempo para tomar su lugar; que se iba tranquilo. A mí me encomendó luchar para que los pueblos y, sobre todo, para que los niños y jóvenes aceptaran la nueva religión, que yo debía ser la tlatoani, en el sentido de vocera, de la religión cristiana, ser la defensora de la Virgen María. Me encargó continuar con las tradiciones de las fiestas de guardar, del nuevo calendario, y que en la Navidad debían realizarse las pastorelas, aprenderse los villancicos y elaborarse los dulces tradicionales. Insistía en que mi labor era más importante que la de Cortés, porque iba a perdurar en los corazones de la gente y no la de él, que sólo buscaba la gloria personal. Que debía de mantener el contacto con la gente de la tierra. Me advirtió que los españoles harían su propia sociedad, su propio círculo, y que seguramente nos excluirían, pero que yo debería ser el enlace entre los dos. Me aseguró que me consideraba una mujer muy importante para la Nueva España. Yo deseaba que Cortés hubiera pensado lo mismo de mí.

Antes de morir me dio la bendición y me pidió que fuera por el capellán Suárez para que le diera la extremaunción. Murió la mañana del 3 de octubre, en mis brazos. Por primera vez entendí por qué los blancos se vestían de negro cuando alguien cercano moría. Así sentí mi alma, sin color alguno. Me sentí tan sola en medio de ese nuevo mundo que apenas entendía. Lloré su muerte por varios días.

Mientras tanto Cortés me había estado insistiendo desde hacía un mes que lo acompañara a la expedición a las Hibueras, pero le había dicho que no y que no. No quería dejar a Olmedo, ni tampoco a Martín. Ahora Bartolomé estaba muerto y mi alma vacía. Yo le preguntaba a Hernán que cuánto tiempo tardaríamos y que para qué me quería, que estaba cansada de ser su traductora, que había mucha gente que hablaba náhuatl y que ya sabía español. En realidad, no me necesitaba, era un viaje muy largo y yo ya tenía un hijo.

Me insistía en que tardaríamos sólo un par de meses, a lo mucho tres, en ir y venir, y me argumentaba que necesitaba alguien que hablara no sólo náhuatl, sino también maya, pues atravesaríamos gran parte del territorio de grupos de lengua maya, y yo era la única con tales características. Descartaba por completo llevar a Gerónimo de Aguilar, con quien se habían enemistado, y ¿para qué llevar un alacrán al cuello?, se preguntaba. Iría un gran contingente: soldados, caballos, armas, gente de Tlaxcala, vendrían el padre Tecto y el padre Aora y —me sorprendí al saberlo—, también llevaría a Cuauhtémoc y a Tetlepanquetzaltzin, pues había escuchado rumores de que se preparaba una conspiración mexica en su contra y no quería dejarlos solos en la ciudad. Temía que instigaran una sublevación en su contra y serían los líderes perfectos para llevarla a cabo. Yo lo veía poco probable, a estas alturas ya me parecía imposible. Los mexicas no tenían ejército, ni armas, y su espíritu estaba quebrado, pero era evidente que él aún temía la influencia que el gran tlatoani mexica pudiera ejercer ante el pueblo.

Hasta donde sabía, los dos señores gozaban de cierta libertad y ya se habían recuperado de sus quemaduras, aunque ambos cojeaban un poco y tenían que apoyarse en bastones para caminar.

Cuando Olmedo murió, Cortés volvió a insistirme sobre el viaje. Me dijo que me haría bien distraerme, vivir una aventura. Yo estaba dudosa, no tenía deseos de emprender una caminata tan larga, llena de imprevistos, tan extenuante. Ya había vivido algo parecido durante la guerra. Me aseguró que me apartaría un caballo nada más para mí, que nadie osaría oponérsenos en el camino, que no nos faltaría comida.

Le pregunté que qué ganaba yo con el viaje, que mejor me quedaría en mi casa a cuidar a mi hijo y a velar por la gente de Coyoacán.

Me dijo que, si iba con él, me daría lo que yo le pidiera.

—¿De veras, Cortés? ¿Lo juras? —me entusiasmé.

—Os lo juro por la Virgen María y por todos los ángeles —contestó, santiguándose.

—¿Lo que sea?

—Lo que sea. ¿Qué queréis? ¿Oro? ¿Vestidos? ¿Otra encomienda?

—Te lo diré a su tiempo.

—Está bien.

—¿No me quitareis a mi hijo, te pida lo que te pida?

—No lo apartaré de vos —afirmó.

Y yo, ingenua de mí, me dejé convencer una vez más por el gran embaucador, por el encaminador de almas: Hernando Cortés. Quizá en mi alma también se removía un deseo inconfesado de aventura.

Así que dejamos la ciudad un 12 de octubre de 1524. Martín tenía un año y casi siete meses de edad, y me despedí de él con el corazón acongojado. Lo dejé al cuidado de Juana, esperando verlo de nuevo en unos cuantos meses.

El contingente con el que salimos distaba mucho de parecerse al de la guerra contra los mexicas. Íbamos miles, entre españoles, tlaxcaltecas y ahora también algunos mexicas entusiastas que decían ser guías por aquellas tierras, pero ahora esa mezcla de personas viajaba cooperando y en amistad. Venían con nosotros dos de los cuatro hombres que el rey de España había encargado que ayudaran a Cortés con la administración de la Nueva España: el factor[27] Gonzalo de Salazar y el veedor[28] Pedro Almíndez Chirinos. Los otros dos: Alonso de Estrada, tesorero, y Rodrigo de Albornoz, contador, permanecerían en la ciudad de Tenochtitlán sustituyendo a Cortés en sus labores de gobernador. Nos acompañaban soldados de a caballo y de a pie, llevábamos armas, falconetes, ballestas, incluidos cañones; tiendas para acampar, comida y enseres. E iba mucha gente sólo con el propósito de cargar las comodidades del gobernador. Y para su placer, nos acompañaban también bufones, malabaristas, músicos de arpa y guitarra e incluso algunos danzantes.

Grandes cantidades de vino se cargaron para sustituir el agua corriente cuando hiciera falta. Yo iba sobre un caballo, tal y como Cortés me lo había prometido. Me sentía poco menos que reina. Íbamos en la retaguardia de ese gran ejército, que, por donde se le mirara, más parecía la corte de un rey magnífico que de un simple gobernador. Y de esa guisa partimos, en medio del lujo, la algarabía y la emoción de comenzar una nueva aventura.

---

[27] Recaudador de impuestos.
[28] Inspector.

28

El rompimiento y la unión

(Octubre de 1524)

LOS PRIMEROS DÍAS DE CAMPAMENTO FUERON EXCITANTES. Vinieron a mí los recuerdos de la marcha hacia Tenochtitlán, cuando dormíamos a la intemperie, y recordé esa sensación de libertad que da estar todo el día al aire libre, escuchando el canto de los pájaros, el sonido del agua al correr, sintiendo el viento en el rostro, el sol ardiente sobre la piel, el frío mordaz en las noches. Dormí en la tienda de Cortés todos los días hasta que llegamos a Orizaba, unos diez días después de haber salido de la ciudad de Tenochtitlán.

Nos despertamos después de haber hecho el amor, descansados y de buen humor, como todavía lo hacíamos: con ganas, con deseo. Pensé que era un buen momento para hablar del *asunto*. Le pregunté:

—Hernán, ¿vamos a pasar por Centla, no es así?

—¿A Centla, y para qué queréis vos ir a Centla? ¿Queréis ir a visitar a un viejo conocido? Pensé que nunca más querrías pasar por ahí.

—¿Recuerdas que te dije que vendría contigo si me concedías un deseo?

—Sí —contestó dudoso—. ¿Qué es eso que tanto deseáis? ¿Acaso queréis ajusticiar a tu amo? Eso es fácil de arreglar.

—No, Cortés, quiero recuperar al hijo de Juana, mi Juana.

—¿Juana tiene un hijo?

—Tuvo un hijo con su amo, pero después de la batalla de Centla, cuando nos regalaron a vosotros, la forzaron a irse sola, sin su hijo. Desea recuperarlo. Y le prometí que te lo pediría… Sólo tú tienes el poder para hacerlo.

—Bueno, no es exactamente la ruta que pensaba tomar; nos desviaremos un poco. Pensaba cortar por en medio para no tener que rodear la península de Yucatán, para llegar más rápido a nuestro destino.

—Serían unas cuántas leguas de más —argumenté.

—El niño no aguantará el viaje de ida y regreso: lo haremos de regreso.

—Cortés, hagámoslo ahora que tenemos tiempo y energías. Una vez recuperado, puedes mandarlo de regreso a Coyoacán con dos o tres soldados de Tlaxcala, así no te quito a tus guerreros, pero si van en tu nombre, nadie se opondrá, lo sé.

—¿Eso era todo lo que queríais pedirme? ¿No queréis nada para vos?

—Quizá sí, pero qué me dices de lo que te pido, ¿me lo darás? ¡Lo juraste!

—No lo sé, lo voy a pensar. Vos deberíais reflexionar qué vais a hacer ahora que lleguemos a vuestro pueblo. Tenéis que presentarte como la cacique que sois, quizá dar un discurso, vengaros por todo lo que os hicieron, o mandarlos matar, torturar, si es que vuestra madre aún vive —me respondió en un tono que me pareció chocante.

No sé por qué, pero me puse furiosa. Me enfadó mucho que no pudiera darme una simple respuesta, después de todo lo que había hecho por él. De mi lealtad a prueba de fuego, aun en los momentos más difíciles. Me dio coraje que pudiera ser tan avaro con sus decisiones cuando lo que le pedía era algo menor, no era gran cosa, y para Juana significaba tanto, además, yo se lo había prometido. Me molestó que me dijera que me vengara de mi madre, torturándola. Quizá alguna vez lo había pensado, pero no iba a hacer una cosa así. Fue como si me hubieran rozado las espinas que traía clavadas en el corazón desde hacía rato y una fibra sensible disparó mi cólera, sintiendo una fuerza que me impulsaba a decir todo lo que pensaba, sin miedo, sin pensar en las consecuencias, y me fui de la lengua.

Salté de la cama como un jaguar, y contrario a lo que hacía normalmente, que lo trataba siempre con un tono de voz muy controlado, le grité al gobernador de la Nueva España como si hubiera sido uno de mis criados.

Le dije que cómo era posible que no pudiera otorgarme un favor, cuando, para él, era nada. Yo había arriesgado mi pellejo al estar con él al serle leal a pesar de los peligros pasados; que si él hubiera perdido la guerra, a mí me hubieran desollado y decapitado como a una rata. Que sin mi ayuda, nunca hubiera podido comunicarse con nadie. Ni con los mayas, ni con los totonacas de Cempoala, ni con los enviados de Moctezuma, ni con Cuauhtémoc, ni con todos los caciques que se le rindieron. Que yo había negociado, convencido, ordenado y organizado la rendición de pueblos enteros y, muchas veces, podía haber jugado doble, pues hubo muchas oportunidades en las que pude traicionarlo y no lo hice, como cuando entramos en Cholula. Le recordé que seguía ahí, a sus pies y en su cama, trabajando a su servicio, que estaba junto a él sin chistar, sin quejarme, siempre dispuesta, dándole mi cuerpo y mis besos y mis ojos para su refugio.

—¡Pequeño ocelote, para! ¿Qué os sucede? ¡Callaos!

—¿Que qué me sucede? Me sucede que ya no quiero más ser tu esclava, tu *concubina*, para que te acuestes conmigo y luego con quien se te ocurra cada vez que se te pega la gana. Y tú no quieres casarte conmigo porque lo que quieres es una señora española que huela a humedad y a podredumbre, que tosa y se desmaye y se eche de esas aguas que huelen dizque a flores, y apestan a podrido, y que no sepa hacer nada más que reírse de lado y abanicarse, con un abanico como el que le compraste a Tecuichpo, y a mí, que te amo y te soy fiel, nunca me diste uno. ¡Ah!, pero eso sí, quieres una mujer que vista esas naguas llenas de holanes y tenga la piel blanca como jícama desabrida y te dé una buena dote y tenga un título de esos que es lo único que te importa, lo sé. Y no interesa que yo sea la madre de tu hijo, de tu único hijo varón. Nunca vas a cambiar, eres un desgraciado, un hijo de puta, Cortés. ¡Un avaro, un ambicioso, lo quieres todo al mismo tiempo! ¡Todo tiene que hacerse como tú quieres!

Cortés, al principio divertido, luego sorprendido ante mi exabrupto, se tornó agresivo cuando lo insulté.

—¡Eso sí que no! Vos no vais a insultarme, ¿quién os habéis creído? ¡La hija de puta sois vos! ¡Que se os ha metido el demonio en el cuerpo! ¡Ven acá que os voy a dar vuestro merecido! —gritó tirándome de los cabellos con una mano y al mismo tiempo tratando de agarrar la fusta para azuzar a los caballos.

Para ese momento nuestros gritos habían despertado a todo el campamento y pude distinguir, tras una abertura, que se había formado un círculo de curiosos alrededor de la tienda.

Yo me zafé y Cortés me persiguió por la tienda. Entonces tomé un cuchillo de los que nos trajeron la noche anterior para cortar la carne de un venado que cazaron. Él me atrapó, pero yo alcancé a meterle un buen corte en el brazo, que empezó a sangrar de inmediato. Cortés llamó a gritos a su mayordomo y a Sandoval mientras me tenía atrapada con el brazo sano por los cabellos, obligándome a mantener la cabeza torcida de un lado. Entraron a la tienda como exhalación y me detuvieron entre los dos, aunque todavía forcejeaba y aventaba patadas y escupitajos.

Cortés dio órdenes de que me amarraran de un poste, que deberían colocar en medio del campamento para escarmiento por mi insubordinación. Me ataron a él, estando casi desnuda, sólo con un camisón ligero. Un gran silencio se esparció por el lugar. Se escuchaba el canto de los pájaros, que parecían comentar la situación, entre extrañados y divertidos. Cortés llamó a su médico para que le curara la herida del brazo. La lavaron y luego le dieron varias puntadas. El corte había sido profundo. Luego lo vendaron y le pusieron el brazo en un cabestrillo para inmovilizarlo.

A mí me dejaron atada en el palo y, por órdenes del capitán Cortés, no me dieron de comer ni de beber durante todo el día. Aparte del hambre y la sed que sentía, los moscos me comían, el sol me quemaba, pero lo peor de todo era el coraje y la humillación que sentía, que fue creciendo conforme el día avanzaba. Me arrepentía de haber aceptado el viaje, me dolía el corazón cuando pensaba en Martín, y mi alma, a pesar del sol que agobiaba mi cuerpo, se hundía en una lóbrega oscuridad que parecía no tener fondo. También me sentía culpable por haberlo herido, en realidad no quería lastimarlo. Era sólo que a veces me enfurecía su necedad y su arrogancia. Tomé la decisión de disculparme en cuanto pudiéramos hablar. A pesar de todo el sufrimiento y la humillación, traté de permanecer erguida y sin doblegarme.

Los hombres comieron, bebieron, rieron enfrente de mí, y uno que otro se atrevió a hacer algún comentario soez sobre mi cuerpo.

No fue sino hasta que comenzaba a anochecer, cuando se dieron órdenes de desatarme. Me dolían los brazos y mis muñecas estaba irritadas por la cuerda. Había tenido que orinarme ahí mismo, y olía mal. Me dolía el estómago de hambre. Corrí al río a bañarme en cuanto me soltaron.

Cortés me mandó llamar a su tienda. Lo primero que noté es que había una mujer de las que habían venido con el grupo para preparar la comida, acostada en su cama. El mensaje era muy claro: dormiría con ella esa noche. Temí que pudiera ordenar que me colgaran, como alguna vez lo vi hacer con españoles. Hablamos en castellano enfrente de la mujer. Dudo que hubiera entendido gran cosa de nuestra conversación, aun así, no fue a solas.

—Cortés, quiero pedirte disculpas. Enloquecí, me enfadó mucho lo que dijiste.

—Marina, he perdido mucha sangre y el médico ha tenido que zurcir la herida y tardará varias semanas en sanar, lo que me mantendrá bastante inútil. A cualquier otro que hubiera hecho lo que vos hicisteis le hubiera mandado cortar la mano, pero sois la madre de mi hijo. Así que he estado pensando qué hacer con vos.

—Aparte de la humillación de mantenerme atada a un palo todo el día, a merced de las burlas de tus hombres, que me vieron casi desnuda, querrás decir.

—Sí, aparte de eso. Quizá tengáis razón, ya no deberíamos de estar juntos. No me conviene seguir teniéndoos de concubina, así que decidí, porque ya os lo había prometido con anterioridad concederos que vaya un grupo de hombres a reclamar al hijo de Juana y se lo lleven de regreso a Coyoacán.

Suspiré aliviada cuando me lo dijo, pero temí que viniera algo más. Cortés era vengativo y lo había hecho quedar muy mal enfrente de sus tropas y de los tlaxcaltecas. Seguro se hablaría de eso por varios días.

—También voy a concederos vuestro *otro* deseo.

—¿Mi otro deseo? ¿No me vas a castigar?

—¿Ya no recordáis que me pedisteis que deseabais casarte con otro?

Permanecí callada. Me sentí como si todavía permaneciera atada al poste y faltaran por venir los azotes, disfrazados de regalo.

—No puedo permitir que te cases con un mexica, o un tlaxcalteca o un xochimilca, así que te casarás aquí, enfrente de todos, con un español.

Me sorprendí mucho de su decisión y, a pesar de mi enojo, de mi dolor, me invadió el miedo. ¿Qué pretendía? ¿Me molerían a palos? ¿Era una trampa? Mi corazón empezó a correr como un venado perseguido.

—Así que decidme, Marina, ¿quién os gusta de mis hombres?

—¿Quién me gusta? —pregunté, incrédula, tartamudeando.

—Sí, Sandoval puede ser, pero ya tiene una india, Elvira, y parece feliz con ella. Así que lo descartamos. Bernal Díaz del Castillo es muy joven, también tiene a su india, pero es vuestro amigo, y más o menos de vuestra edad, pero no tiene oro ni propiedades, ni es capitán; también están Arango, Padilla, Ircio, Jaramillo, González. Escoged, anda, no os toméis tanto tiempo que no tengo toda la noche, me esperan los placeres —dijo mientras se volvía a mirar a la cocinera.

Me sentía doblemente humillada. Típico de Cortés, me concedía lo que deseaba, pero bajo sus condiciones, en el momento que él deseaba y me desterraba de su vida, así, de un momento a otro, sin ninguna consideración. No sabía qué decir, mi corazón latía desbocado, caballo sin brida, y trataba de repasar los nombres que me ofrecía, las posibilidades, trataba de entrever el futuro en un instante, dudaba en aceptar su favor, estaba confundida. ¿Y si esto era una trampa? ¿Es que de verdad ya no me amaba? ¿Tan fácil me soltaba, me dejaba libre?

—Anda, ¿quién os gusta? —interrumpió mis pensamientos, apurando mi decisión.

—¿Y si quien escoja no quiere casarse conmigo?, después de todo soy una india, como tú lo dices.

—Ocelote, no os preocupéis por eso, quien sea, aceptará, os lo aseguro, pues, aunque no quiera, lo haré el hombre más rico de Nueva España. ¿Quién en su sano juicio puede rechazar a doña Marina con semejante dote?

Todavía confiando en que no todos los hombres se dejan llevar por la ambición, y que yo podría decidir después qué hacer con mi vida, sin pensarlo mucho, contesté:

—Entonces, Juan Jaramillo.

Juan siempre me había gustado, aunque secretamente porque era majo, y lo dije como se escoge entre un mamey y un zapote, pues no lo conocía bien ni lo había tratado mucho.

—Muy bien —replicó sin chistar—, mañana celebramos la boda. Ahora iros y dejadme solo.

***

Así fue como el 24 de octubre contraje nupcias con el capitán Juan Jaramillo, capitán de Cortés, en un hermoso lugar llamado Huilapan, a unas leguas de Orizaba. Juan era más joven que Cortés y también muy bien parecido. Era alto y de cabello oscuro, pero de ojos muy azules. Sus labios eran llenos y su nariz recta. Supe —todo el mundo lo supo— que Cortés lo había mandado llamar después que a mí para convencerlo de llevar a cabo la unión. Al principio fue difícil, pues nadie quería casarse con una india. Cogérselas, sí, pero atar el nudo era otra cosa. Pero el seductor de la palabra habría de persuadirlo. Le ofreció oro y propiedades. Muchas más de las que le hubieran tocado en el reparto común entre soldados.

Luego brindaron entre todos y lo emborracharon hasta que cayó perdido. A la mañana siguiente lo levantaron para que, tambaleándose, llegara a la iglesia. Nuestro testigo fue Aranda.

En mi pecho confluían tantos sentimientos encontrados que no podía distinguirlos claramente. Tenía miedo al rechazo, miedo de estar con un hombre que apenas conocía y al que no amaba. Él tampoco me amaba, así que no sabía qué resultaría de todo esto. Ni siquiera me había acostado con él, no sabía si su olor me seduciría. No sabía si aceptaría a Martín, si alguna vez me amaría. Pensé entonces en María de Estrada, quien me recomendó casarme con un español; tenía sus ventajas, dijo. Así que quizá resultara bueno después de todo, pero yo tenía mis dudas. No podía concentrarme en el presente, no me sentía feliz y todo me daba vueltas. Cortés no me había dejado hablar, ya había tomado *su decisión* cuando habló conmigo.

En el momento de la ceremonia en la pequeña iglesia, me arrepentía de haberme peleado con Cortés, de haberlo herido, de enfrentarlo. ¿Estaríamos separados para siempre? Yo aún lo amaba, mi corazón lo necesitaba, a pesar de lo que nos habíamos lastimado. Sollocé por dentro cuando el padre me preguntó si aceptaba a ese hombre que casi ni conocía, para que fuera mi esposo, porque sabía que una palabra me separaba del hombre que amaba, que admiraba, el padre de mi hijo, y estuve a punto de protestar, de salir corriendo, de decir que no. Esperaba que alguien interviniera, que alguien dijera que no podía llevarse a cabo el matrimonio. Pasó una eternidad, alguien tosió, el silencio me pesaba en los hombros y la voz no salía de mi garganta.

En ese momento me volví para ver a Cortés entre los invitados y tenía la cabeza agachada, parecía compungido. Luego, sin que me diera cuenta de lo que sucedía, escuché que la gente gritó con alegría, aventaron las gorras y los cascos por el aire y, sin saber cómo, me vi afuera de la parroquia, como en un sueño. Jaramillo me besó en la boca, un poco cohibido, y por primera vez sentí sus labios llenos sobre los míos. Palpitaban, estaban vivos, pero ¿eran míos? Unos rieron, otros gritaron vivas. Cortés no se encontraba por ningún lado. ¿Qué estaría sintiendo ese hombre de hierro?, me pregunté.

No asistió a la celebración, me dijeron que se emborrachó solo en su tienda hasta el amanecer.

29

Encuentro familiar

(Octubre-noviembre de 1524)

JARAMILLO VOLVIÓ A EMBORRACHARSE DESPUÉS DE LA BO-
da, tanto que no llegó a *nuestra* tienda esa noche. Yo también bebí bastante, para qué negarlo. Un par de veces estuve
a punto de ir a visitar a Cortés a su tienda, pero algo me
detuvo. Sin embargo, cerca del amanecer fui a asomarme
para ver si la mujer que había visto el día anterior estaba
ahí. Hernán estaba solo y rumiaba para sí. Me acerqué, me
acurruqué y me quedé dormida junto a él. Como a la hora,
oímos ruido y Sandoval nos encontró abrazados. Me levanté de inmediato y salí corriendo, pero el daño estaba hecho.

Se corrió la voz de que al recién casado ya le ponían los
cuernos en la primera noche. Traté de explicar, pero fue en
vano. Pronto, éramos el hazmerreír de todos. Jaramillo fue
a reclamarle a Cortés, y a mí no me quería ni ver. Le dijo
que él no cargaría con sus responsabilidades y que, si yo re-

sultaba embarazada, él no se haría responsable, que a costa de qué precio sería rico. Cortés le explicó que no había sucedido nada, que había sido la fuerza de la costumbre de los cuerpos, nada más, que me perdonara, que no era mi culpa. Que la noche anterior, al no llegar él, me había sentido sola, que tuviera un poco de paciencia y que le redituaría en muchos beneficios. La verdad, no sé ni por qué me defendió.

Jaramillo se aplacó, pero todo salió mal desde el principio. La siguiente noche entré a su tienda sin saber qué esperar. Le dije que no se enojara, que todo había sido un malentendido, que estaba ahí para él. Comencé a seducirlo, en verdad me gustaba, pero ese día me cogió como un animal. Brusco, rápido y sin la menor delicadeza. Después iría suavizándose un poco, pero yo estaba triste. Extrañaba a Martín, y el camino se alargaba.

Días después el padre Tecto me encontró sentada sobre unas piedras cerca del río y me preguntó qué me pasaba.

Le dije que me sentía acongojada. Me preguntó si quería confesarme.

Había encontrado que la confesión cristiana era una manera de descargar las preocupaciones del corazón, así que le dije que sí. Lloré mucho. Le conté que buscaba una manera de acercarme a mi esposo y no sabía cómo, y que lo sucedido el día después de la boda lo había echado todo a perder. Que no había sido mi intención ponerlo en ridículo, sólo que mi corazón estaba triste y, sin pensarlo, había ido en busca de un poco de calor, de lo conocido.

—Pero el calor no lo encontraréis en los brazos de ese hombre, Marina —me aconsejó el padre, refiriéndose a Cortés—. Dedicaos a vuestro esposo, a su bienestar, preocupaos por vuestro hijo y por servir a Dios, sirviendo a vuestros semejantes. Debéis ponerle una brida a vuestro corazón, antes de que os lleve al barranco. Voy a hablar con Juan, no os preocupéis, le hablaré de vuestra buena disposición y veré si podemos arreglar un poco las cosas.

—Gracias, padre, por ayudarme.

—Es mi deber cristiano, hija mía. Por cierto —dijo, cambiando de tema—, necesito que vos me ayudéis a hablar con Cuauhtémoc y su primo, están inquietos y cansados por este viaje y hay que tranquilizarlos, hablarles de los caminos de Dios, que son un misterio, y únicos para cada uno. Vos mejor que nadie sois el intermediario perfecto.

Me acerqué a ellos para tratar de comprender sus preocupaciones y ayudar al padre Tecto. A Cuauhtémoc y a Tetlepanquetzaltzin les mortificaba su estado de salud. No sabían si podrían seguir el paso de los expedicionarios, a pesar de que, a ratos, se les permitía montar a caballo. La tortura había disminuido su vigor y su salud, no se diga su capacidad de caminar largas distancias o senderos escarpados. Se sentían confundidos por las razones de Cortés de llevarlos a ese viaje. Les preocupaba no ser útiles y, por el contrario, sí una carga, y no querían mostrar abiertamente su desacuerdo. Los entendía. En ocasiones era difícil comprender a Cortés. Les comenté que ya no tenía la misma influencia que tenía sobre él años atrás. Difícilmente podría convencerlo de que los regresara a Tenochtitlán. Los persuadí de que tuvieran paciencia y que prestaran oídos al padre Tecto. Quizá si se bautizaban, Cortés les tuviera consideración y los mandara de regreso a la ciudad, sin necesidad de terminar un viaje tan extenuante.

Al día siguiente levantamos el campamento y nos dirigimos a Coatzacoalcos. En el camino recibimos muchas cartas inquietantes. Por lo que me enteré, porque Cortés en esos días casi no me dirigía la palabra, Salazar y Chirinos habían recibido informes de que la ciudad, entonces en manos de Estrada y Suazo era un caos, que se peleaban entre ellos y que la situación era muy tensa. Supe que Cortés les pidió que regresaran y pusieran orden, encargándoles que tomaran la situación en sus manos.

Por lo que supe después, fue lo peor que pudo haber hecho. Mandó a alacranes a pelear contra alacranes y puso su destino en las manos equivocadas. Los españoles se fueron dejándonos a merced de la fatalidad.

Como a los ocho días, pasamos por Olutla,[29] mi lugar de nacimiento.

Seguramente estaban avisados de que veníamos, la Malinche y yo, la Malintzin. El pueblo nos recibió con sahumerios y el canto de los atecolli. Nos colocaron guirnaldas de flores y nos sentaron en lugar privilegiado. El cacique se inclinó hasta el suelo e hizo el gesto de comer tierra. Cortés agradeció la bienvenida y me presentó como la nueva encomendera del lugar, a quien tendrían que pagar rentas cada año y reconocer como dueña y señora del lugar. El cacique aceptó la situación de buena manera y luego, como si estu-

---

[29] No se sabe con exactitud el lugar de nacimiento de Malintzin. Hay investigadores que aseguran que fue en Oluta, pueblo cercano a Coatzacoalcos, otros que nació en Painalá, un poblado chontal, también de Veracruz, pero también existe una fuerte tradición oral de que nació en Copainalá, Chiapas, comunidad zoque.

viera ansioso por proseguir, dijo que había alguien que deseaba presentarse ante mí y rogar por mi perdón.

Lentamente se acercaron al lugar de honor una mujer mayor y un joven, que de inmediato se inclinaron y se tiraron al suelo. La mujer lloraba desconsolada. No sabía quiénes eran, pero el pecho se me estrujaba nada más de suponer que podría ser mi madre, a quien no recordaba, pues hacía más de veinte años que no la veía.

Era tan frágil, pequeña, y de largas trenzas de color gris. Parecía que se rompería a cada paso. No me explicaba cómo una mujer así podía haberme dañado tanto. Me pedía perdón a grandes voces, y el joven, quien supuse era mi medio hermano, ni siquiera levantaba el rostro pidiendo indulgencia.

Todo el dolor, todo el odio que había vivido durante años y años en contra de ellos ya no residía en mi pecho. Traté de hurgar mis adentros para sentir si se encontraban escondidos en el hígado, en el estómago o aun en mis pulmones. Aquellos sentimientos que innumerables veces sentí que me ahogaban, que no me dejaban respirar, todas las tribulaciones que pasé y por las que había jurado vengarme, los días nefastos que viví, la soledad, la culpa y la aflicción estaban ausentes. Habían perdido su fuerza y su sentido. Ya ni siquiera pensaba en ellos, para mí era como si no existieran.

Les pedí que se levantaran y se acercaran. Les dije que la vida fue muy dura conmigo por mucho tiempo, pero que ahora era feliz, estaba casada y tenía marido, y les presenté a Juan, ante quien se inclinaron pidiendo clemencia. También les comenté que tenía un hijo muy hermoso y que ya no era esclava, sino una mujer libre.

El cacique me rindió su vasallaje, me colocaron una diadema de oro sobre la cabeza, y me dieron un hermoso bastón de mando, también hecho de oro. Cortés, a lo lejos, parecía satisfecho, pero no se acercó.

Después de la ceremonia, nos ofrecieron una comida de bienvenida y aquella noche dormí en mi pueblo, por primera vez, después de muchos años de haberme ido. Cómo daba vueltas la vida, pensé. Y esa noche traté de amar a mi esposo lo mejor que pude, agradeciendo a la vida lo que me otorgaba.

30

El camino hacia el infierno

(Noviembre de 1524)

EL MES DE NOVIEMBRE COMENZÓ MIENTRAS ESTÁBAMOS EN Coatzacoalcos, en donde supe de inmediato que el viaje duraría más de lo previsto. Cortés mandó pedir provisiones, que llegaron por mar al puerto local, pero de ese momento en adelante todo empezó a ir de mal en peor. Aunque los naturales nos habían dibujado en un lienzo cuál era el mejor camino, no nos esperábamos la profusión de ciénagas que nos cerraban el paso y la dificultad que enfrentaríamos para cruzarlas. Éste era territorio desconocido para Cortés y para todos nosotros. Sé que después justificó con el rey su necedad para atravesar dichos territorios con su conocida frase de "descubrir y poblar", pero mejor hubiera sido embarcarnos en un navío e ir por mar hasta las Hibueras. Nos hubiéramos ahorrado mucho tiempo y sufrimiento. Pero lo hecho, hecho estaba.

Cortés tuvo que mandar hacer un puente para poder cruzar con los caballos las grandes ciénagas, hasta alcanzar un lugar llamado Cupilcon.[30] Como es de suponerse, la construcción de los puentes consumía la energía de los hombres y perdíamos mucho tiempo. De ahí, sin que nadie pudiera señalarnos el camino, pues se alzaba un macizo montañoso, nos dirigimos a Zagoatán.[31] Tuvimos que cruzar en canoas el río Guezalapa[32], que era muy caudaloso, y seguir a los exploradores que iban delante mostrándonos el camino. Perdimos algunos bastimentos y a un negro que se ahogó en la travesía. Esa noche la pasamos muy mal, bajo una tormenta que se desató intempestivamente y nos empapó hasta los huesos. Al día siguiente, mojados y débiles, nos vimos obligados a subir la montaña con gran dificultad, resbalándonos constantemente con el barro que escurría por las laderas y, después de esforzarnos bastante, al llegar, nos encontramos con que el pueblo estaba desierto. Toda la gente había huido, llevándose consigo la comida, por lo que tuvimos que salir casi de inmediato, en busca de provisiones, porque nuestras reservas escaseaban.

Unos naturales que encontramos rezagados nos dijeron que debíamos continuar hasta un pueblo llamado Chilapa.[33] De nuevo tuvimos que atravesar grandes ciénagas, algunas a nado, otras haciendo puentes y llevando los caballos con el agua más arriba de la rodilla.

---

[30] Ahora llamado Nacajuca, en Tabasco.
[31] Actualmente Jalapa, Tabasco.
[32] Hoy conocido como Mazapa.
[33] San Andrés Tuxtla, Veracruz.

Cuando por fin llegamos a Chilapa, varios días después y muy hambrientos, encontramos de nuevo el pueblo vacío, pero al menos esa vez había maizales, árboles frutales y gallinas y nos aprovisionamos lo más que pudimos porque nuestra comida se había acabado. De ahí tuvimos que cruzar otro ancho río en balsas, donde una vez más se perdió otro esclavo, hasta que llegamos a Tepetitán.[34] De nuevo nos topamos con que los habitantes habían quemado sus casas y habían huido con la comida. Avanzamos como pudimos, a tumbos y sin comer, hasta Iztapan, para hallarnos con la misma situación. Allí encontramos a algunos habitantes a los que Cortés me hizo preguntarles por qué quemaban sus casas y huían llevándose todo.

Me dijeron, muy compungidos, que el señor de Zagoatán así se los había ordenado, advirtiéndoles que nosotros les haríamos daño, los mataríamos y les quitaríamos sus tierras. Entre Cortés y yo hicimos lo que pudimos para convencerlos de que eso no era cierto, que veníamos en paz para conocerlos, para hacernos cargo de ellos y que no pensábamos maltratarlos. Entonces lloraron arrepentidos diciendo que los habían engañado, que ahora veían la verdad, que no queríamos dañarlos. Mientras tanto, nosotros estábamos desesperados, exhaustos de trasegar en la selva, entre las alimañas y las serpientes venenosas, y, sobre todo, moríamos de hambre. La cantidad de moscos que nos atacaba era insoportable, y muchos enfermaron con las fiebres. Teníamos que llevar a los caballos por caminos infranqueables, cargar con los enfermos y con los viejos, como los padres Tecto,

---

[34] Provincia de Macuspana, Tabasco.

Aora, Cuauhtémoc y Tetlepanquetzaltzin, además estábamos débiles, pues no hallábamos qué comer y a veces sólo nos alimentábamos de raíces o de insectos, lo que nos provocaba vómitos y diarreas.

Durante días caminábamos perdidos en la selva, porque no teníamos idea de en qué dirección viajar, ni cuál era la mejor ruta para llegar a la siguiente población. Era una pesadilla, y Cortés no las tenía todas consigo. El bufón y los contorsionistas no eran de ayuda; de hecho, muchos de los cortesanos, que no estaban acostumbrados a las penurias de una expedición, se habían ahogado, enfermado o muerto. Habíamos dejado abandonados los platos de plata y los cubiertos, porque pesaban demasiado y muchos de los cargadores habían muerto.

Estábamos sucios, sudorosos, soportando un calor extremo, y dejando toda la energía que nos quedaba en cruzar las ciénagas que nos cortaban el paso, a cada momento, como oponiéndose a que continuáramos.

Un día se me ocurrió preguntarle a Cortés, en mi delirio de hambre:

—Hernán, ¿y si nos regresamos? No sabemos qué vamos a encontrar y ya llevamos tres meses caminando sin saber si vamos en la dirección correcta... No tenemos qué comer, quiero ver a Martín...

Se me quedó mirando, primero no me contestó. Luego habló lentamente, con la lengua pastosa, como si le costara trabajo pensar. Nunca lo había visto así.

—No podemos abandonar la misión, pequeño ocelote, y vamos a la mitad del camino, estoy seguro de que tendrán que mejorar las cosas. ¿Acaso creéis que no quiero ver a

Martín? ¡No volváis a decirme qué tengo hacer! —me gritó, y luego remató—: ¡Y para que lo sepáis, también os extraño!

Se hizo silencio. ¿Qué significaba eso de *también os extraño*?, me pregunté. ¿Qué acaso era tan evidente que yo lo extrañaba a él? Quizá de ahí venía su mal humor. Pero extenuada como estaba, no quise abundar más en el asunto. Ya no quería tocar las llagas de mi corazón, en aquel momento sólo pensaba en comer, algo, lo que fuera.

Comprendí que no podía hacer nada, no podía regresar sola. Pensé que quizá muriera durante el viaje y tenía que estar en paz con la vida. Deseé que el hombre tuviera razón y las cosas mejoraran. Era tan necio y persistente que siempre acababa saliéndose con la suya. Ojalá que todo hubiera sido diferente, porque no era un buen tiempo para nada, ni para amar, ni para huir, ni siquiera para mejorar mi matrimonio o enmendar mi relación con Cortés. Moríamos de hambre y fatiga y nadie estaba de buen humor. Además, para mí era muy claro que aparte de tener sexo con Juan, no había nada en común entre nosotros. Su cuerpo era apetecible, y yo lo tomaba de la misma manera en que él me tomaba a mí, para satisfacer sus deseos carnales, pero fuera de eso, no había nada, excepto quizá revancha contra Cortés. Cuando se presentaba la ocasión, Juan me mandaba llamar para empezar a besarme y acariciarme enfrente de Cortés. Había descubierto que eso alteraba bastante al gobernador. Yo le seguía la corriente con gusto. Era nuestra pequeña venganza; parecía ser lo único que nos unía. Y, por alguna razón, era nuestro aliciente para acercarnos, porque una vez que comenzaba a besarme y acariciarme, no podíamos parar. Nuestros cuerpos entraban en una frenética carrera de deseo mutuo que iba creciendo y no podíamos ocultar nuestra excitación. La gente a nuestro alrededor se iba, cohibida y envidiosa, y nosotros, sin importarnos nada, nos tocábamos sin vergüenza, nuestra respiración se entrecortaba y me sentaba sobre él para terminar entre quejidos de placer y satisfacción. Recuerdo que una vez volvimos a nuestros sentidos después de amarnos apasionadamente en medio de la selva y nos aplaudió a nuestro alrededor media docena de soldados excitados, que permanecieron mirando para regodearse con el espectáculo. Creo que esa vez envidiaron a Jaramillo.

Durante el viaje, me acerqué mucho al padre Tecto, pues era la única persona con la que podía hablar y contarle mis cuitas. El padre se había vuelto muy cercano a Cuauhtémoc y al señor de Tlacopan. Estaban siempre juntos y les hablaba del amor a Jesús y del amor que debíamos tener hacia nuestros semejantes. De lo irrazonable que era el sacrificio humano, pues los astros seguían caminando en el cielo por la gracia de Dios, sin necesidad de recurrir a prácticas dictadas por el demonio. Se ayudaban unos a otros. De hecho, los había convencido de que se bautizaran, lo que a mí me parecía un logro inmenso. El último gran Tlatoani de México-Tenochtitlán por fin doblaba las manos. Pensé que eso alegraría mucho a Cortés, pero no fue así. Nubes negras se acercaban para maldecirnos a todos.

Después de unos días de estar perdidos, pudimos dar con el señor de Iztapan, que también nos confesó que había sido el señor de Zagoatán, quien les había advertido que quemaran y abandonaran todo, pero finalmente se apiadó de nosotros y nos ayudó. Mandó abrir camino para que avanzáramos, nos dio canoas para seguir por el río y nos proporcionó algo de comida, mas el siguiente pueblo también lo encontramos quemado, y saliendo de ahí nos topamos con más ciénagas. Tal parecía que el camino hacia el infierno estaba plagado de pantanos.

Anduvimos días haciendo camino y pasando a los caballos por el agua, que les daba hasta las cinchas. Estábamos perdidos, porque no encontrábamos camino por donde avanzar. Cortés mando traer la aguja de marear y decidió encaminarse al nordeste, hasta que por fin divisamos un pueblo. La gente, hambrienta, corrió como enloquecida hacia el lugar, sin mirar que había otra ciénaga de por medio, a donde se hundieron los caballos y no pudimos sacarlos sino hasta el día siguiente, a costa de mucho esfuerzo. Aunque el pueblo de Ziguatecpan[35] al que llegamos estaba quemado, tuvimos suerte de encontramos bastante comida abandonada y hierba para los caballos. Descansamos y comimos todo lo que pudimos, pasamos varios días reponiéndonos. En el momento en que quisimos cruzar el río, nos dimos cuenta de que era demasiado caudaloso. Cortés, con su infinita iniciativa, decidió construir un puente, pero en realidad fue gracias a la ayuda de Cuauhtémoc, quien exhortó y convenció a los naturales del lugar, que regresaron cuando vieron que no les haríamos daño; éstos pusieron manos a la obra y terminaron el puente en sólo cuatro días, porque nosotros estábamos exhaustos. Cortés les prometió darles grandes beneficios. Fue una hazaña de admirar, y por ahí pasamos, junto con los caballos y la carga hacia la provincia

---

[35] Hoy Tenosique de Pino Suárez, Tabasco, a orillas del río Usumacinta.

de Acalán. Nunca supe si Cortés pudo cumplirles lo que les prometió.

Llegamos a Tizatepetl, donde la gente nos recibió bien y nos dio de comer. Sin embargo, el padre Aora llegó muy débil. Esa noche murió, tan lejos del lugar que lo vio nacer y en la negrura de la selva. No era el primero en morir de hambre y debilidad. Ya otros habían fallecido a causa de las fiebres, por mordedura de serpientes o ahogamiento. Mucho me entristeció su partida.

Por la mañana, vino a vernos el hijo de un rey llamado Pax-Bolón, nos dijo que su padre había muerto, y que él era el nuevo cacique y nos daba la bienvenida.

Pero, poco después, el señor de Tizatepetl se apareció para aclararnos que aquel muchacho sí era el hijo del rey Pax-Bolón, pero que su padre no había muerto y que sólo quería desviarnos del camino, para que no conociéramos sus ciudades, y nos pedía que fuéramos discretos y no le dijéramos que nos informaba la verdad, porque entonces a él lo matarían.

Cuando volvimos a ver al hijo de Pax-Bolón, Cortés lo enfrentó con la verdad, y él muy tranquilo contestó que le mintió porque así lo mandó su padre, pero que seguro si le contaba de Cortés, de lo agradable que era y lo bien que los trataba, vendría gustoso a verlo y atenderlo como se merecía. Entonces el gobernador le proporcionó un caballo para que fuera a traerlo. Conociendo a Cortés como lo conocía, me pareció que estaba cansado y molesto por los dimes y diretes, porque los mayas no lo recibían como otros pueblos lo habían hecho en el pasado, sino que le mentían, lo engañaban, lo traicionaban. Se sentía perdido en todos sentidos. Ni siquiera durante la guerra de conquista habíamos padecido tanto. Habían pasado ya cuatro meses de extenuante travesía y aún no podíamos llegar a nuestro objetivo: las famosas Hibueras. No sabíamos qué había sucedido con Olid, ni con Francisco de las Casas, que calculábamos ya habría llegado a su destino por mar hacía tiempo. "¿Por qué no tomamos esa ruta?", nos preguntábamos todos.

Partimos de ahí, rumbo a Itzamkanac, lugar donde Pax-Bolón señoreaba, pero antes, al anochecer, llegamos a un pueblo llamado Yaxzam. Los sonidos de la selva aquella noche fueron especialmente inquietantes. No me dejaron dormir y me llenaron de premoniciones oscuras. Mi estómago estaba duro, como preparándose a recibir un golpe. El nombre del lugar habría de permanecer en mi memoria y no imaginaba por qué. Al amanecer, fui llamada por Cortés a su tienda. Me extrañó que me solicitara tan temprano y temí aún más una calamidad.

Un hombre que dijo llamarse Mexicatzíncatl apareció de la nada en el campamento. Era un cacique que afirmó provenir de Tenochtitlán y tener información sobre Cuauhtémoc. ¿Era de Tenochtitlán, pero vivía en la selva, o cómo nos había encontrado si nosotros mismos no sabíamos dónde estábamos? ¿De dónde sacaba su información que afirmaba era de primera mano? A mí todo lo que reveló me pareció sospechoso. Nos dijo que tenía pruebas de una conspiración encabezada por Cuauhtémoc y Tetlepanquetzaltzin y de que se estaba tramando un levantamiento en contra de Cortés. Aseguró ser testigo de una conspiración junto con la gente de Tlatelolco y que planeaban matar a todos los españoles. Llegar a las Hibueras era parte del plan para asesinar ahí mismo a Olid y a Cortés, para de regreso ir matando a todos los españoles hasta acabar con ellos. Nos mostró un lienzo pintado como prueba de la conspiración, pero para mí eso no probaba nada, pues cualquiera podría haberlo pintado y pensé en la falta que nos hacía Santiago en aquel momento. Por los trazos, quizá él hubiera dilucidado quién lo dibujó, pero esa posibilidad estaba muy lejos de nosotros. ¿Quién era ese Mexicatzíncatl y qué ganaría inculpando a Cuauhtémoc? ¿Quién estaría detrás de todo esto?, pensé. ¿Sería el nuevo gobierno que había quedado encargado? Era imposible que Cuauhtémoc, con quien había estado conviviendo tan de cerca en los últimos meses, pudiera estar involucrado. No había tenido comunicación con nadie. Parecía una trampa.

El plan de conspiración me sonaba tan descabellado, que fui traduciendo con desgano, aunque a Cortés pareció impresionarle demasiado lo que se afirmaba. Iba montando en cólera cada vez más, quizá porque ya había oído los mismos rumores desde que salimos de Tenochtitlán, posiblemente atizados por otro grupo de nobles mexicas que querían achacarle el muertito de la conspiración a Cuauhtémoc, y que, en ese momento, parecía confirmarlos con la información de aquel hombre que nunca habíamos visto y de quien no sabíamos ni quién lo enviaba, o de dónde había salido. El hombre terminó afirmando que una vez muertos todos los españoles se pondrían fuertes guarniciones en las costas para no dejar desembarcar más navíos extranjeros.

Pensé que Cortés tomaría las cosas con más calma, que las analizaría con cierta desconfianza. El plan que mencionaba el desconocido hubiera funcionado cuatro o cinco años atrás, pero ya todo había cambiado, las cosas ya no podían echar marcha atrás. Me parecía que Cuauhtémoc se encontraba tan lejos de Tenochtitlán, tan solo y vulnerable como el mismo Cortés, y más perdido que todos nosotros. Triste, derrotado, su mundo ya no era este mundo. Era una sombra bautizada como Fernando Cortés Cuauhtémoc.

Cortés mandó llamar a los inculpados de inmediato y el padre Tecto apareció con ellos, dispuesto a defenderlos a capa y espada.

Los interrogó en un juicio improvisado enfrente de todo el campamento. Cuauhtémoc se defendió diciendo que todas las acusaciones eran habladurías. Que ni él ni Tetlepanquetzaltzin serían capaces de traicionar a Cortés, que ya eran cristianos y vasallos del rey de España. Argumentó que se había entregado junto con la ciudad de Tenochtitlán hacía más de tres años. ¿Por qué razón habría de traicionarlo en aquel momento, cuando ya no era ni el rastro de lo que había sido?

Un silencio mortal rodeaba la selva, en la que sólo hablaban los monos saraguatos y se columpiaban inquietos entre las ramas de los árboles, atestiguando tan ridículo teatro.

A Cortés se le ocurrió entonces cuestionar al padre Tecto, ya que éste fungía de confesor de los acusados.

El padre replicó que lo que Cuauhtémoc afirmaba era cierto y que lo que le confiaba en confesión estaba protegido por el secreto del sacramento. Cortés trató de convencerlo, diciendo que de eso dependía la seguridad del reino, como lo hacía con la mayoría de la gente, pero no dio resultado. Tecto no cedió.

Cortés, fuera de sí, malhumorado, irracional y quizá queriendo resarcirse de la autoridad que había perdido durante la travesía, condenó a muerte al tlatoani y a su primo, el señor de Tlacopan, y al padre Tecto lo mandó azotar. Diez azotes fueron suficientes. Moriría unos días después.

Cuauhtémoc, conmovido por los acontecimientos, exclamó:

—Malinche, muero tranquilo, ya me esperaba algo parecido de ti. Sé que no ibas a cumplir tu palabra de respetar mi vida. Muero lejos de mi ciudad, a destiempo, sin justicia, pues soy inocente de lo que me acusan. Alguien quiere dañarme, no sé quién, pues yo no represento ninguna amenaza para ti.

Tetlepanquetzaltzin, un hombre de pocas palabras, sólo añadió:

—Muero orgulloso al lado de un gran guerrero como Cuauhtémoc.

Debo decir que no tuve el valor de oponerme a Cortés, quizá estaba débil, física y mentalmente, quizá mi tristeza era tan enorme que las palabras de justicia y misericordia no salieron de mi garganta. Se quedaron ahí, muertas, pudriéndose durante días y años. Una garra tomó posesión de mi corazón de venado y no dejó que se moviera. Mi lengua, siempre inquieta por decir, proponer o sugerir, se mantuvo quieta como una serpiente agazapada en su escondrijo, esperando un mejor momento para atacar.

Nadie pronunció una palabra. Era como si el silencio nos hubiera contagiado la enfermedad del mutismo.

Cortés hizo que los colgaran.

Luego, les cortaron la cabeza y las clavaron a una ceiba.

Bernal escribió en su diario algo que me leyó durante la noche y que yo le insistí que recordara para siempre: "Verdaderamente yo tuve gran lástima de Guatemuz y de su primo, por haberles conocido tan grandes señores, y aun ellos me hacían honra en el camino en cosas que se me ofrecían, en especial darme algunos indios para traer yerba para mi caballo. Fue esta muerte que les dieron muy injustamente, y pareció mal a todos los que íbamos".[36]

A todos los que íbamos en aquel viaje al infierno nos pareció que se había hecho una gran injusticia, un hecho tan atroz y sin sentido que todos los presentes lo reprobamos y nos hizo sentir muy tristes. El caudillo se había vuelto loco.

La muerte de Cuauhtémoc nos pesó a todos durante muchos días y habría de perseguirnos por años, pero sobre todo a Cortés, porque ni siquiera al rey de España le pareció del todo bien ese crimen que pareció tan absurdo, tan fútil.

Y eso sucedió el 28 de febrero de 1525.

---

[36] Bernal Díaz del Castillo, *Historia verdadera de la conquista de la Nueva España*, México, Editorial del Valle de México, t. II, 1976, p. 709.

31

El otorgamiento de la palabra

(Marzo de 1525)

AL DÍA SIGUIENTE DE LA EJECUCIÓN DE CUAUHTÉMOC, nadie se atrevió a moverse del lugar. Era como si las hojas de los árboles, las sombras y los claros de la selva de pronto se hubieran vuelto sagrados. Pisábamos con cuidado para no ofender a la madre Tierra. Era como si el viento se hubiera imbuido del espíritu del último tlatoani de los mexicas y soplara atravesándonos las carnes y los huesos, y de algún modo nos aligeraba el espíritu, nos hablaba con voces que no eran palabras, pero las entendíamos en lo profundo. Había sido, quizá sin querer por parte del conquistador, el sacrificio humano definitivo, el último que habría de llevarse a cabo en estas tierras siempre sedientas de sangre. Una inmolación dual que cerraba el destino de un imperio, de una raza, de una visión del mundo.

Cortés había dado órdenes de levantar el campamento, como si a él lo persiguieran los gritos no proferidos de los espíritus, pero sucedió que a todos en el campamento, como si nos hubiéramos puesto de acuerdo, nos entró una inmovilidad invencible. Era como si un peso muy grande nos hubiera caído encima. Le decíamos que sí, hacíamos como que hacíamos, y no hacíamos. Yo sentía que todos los espíritus de la selva observaban nuestros movimientos, nuestras palabras, condenándonos, y por eso nos susurrábamos en voz baja e íbamos y veníamos como las hormigas que se afanan para llevar comida al nido, pero en realidad caminábamos como nadando sin agua, respirábamos de manera superficial, nos manteníamos callados.

En una de esas vueltas sin sentido, me senté sobre una gran piedra tallada que se alzaba en medio del claro de la selva. Quizá había pertenecido a un templo, quizá había sido robada en una guerra. El retrato de un gran guerrero con sus insignias reales se desdibujaba en un costado, con signos de fechas, según sabía. Ahora era sólo una piedra abandonada en medio de la selva. Muy apropiado para pensar en los líderes que caen, que mueren, que se olvidan en el tiempo y sus huesos se vuelven cenizas. Pensé en Cuauhtémoc, y en Cortés. ¿Cuál de los dos sería más olvidado, o más recordado? Reflexioné en lo sola que estaba. A lo lejos observé que algunos naturales, de manera silenciosa y con mucho cuidado, desclavaban la cabeza de los tlatoanis y bajaban los cuerpos colgados. Cortés esperaba que se pudrieran en la selva, supongo. Entonces los hombres, cobijados por la sombra de la tarde, envolvieron los cuerpos en mantas, junto a las cabezas, los ataron en un fardo y se fueron silenciosos como hormigas que cargan hojas y ramitas, per-diéndose en el nido de la selva. Se marcharon sin que Cortés lo ordenara, en secreto, a guardarlos, a rendir sus respetos a aquellos muertos tan importantes. El fin de un linaje, el ocaso de un modo de ver el paso de los astros, la vida, el res-peto por la naturaleza.

Me pregunté a dónde irían, hasta dónde podrían llegar y si alguna vez lo sabría. Si alguna vez conocería el lugar de descanso de Cuauhtémoc, último tlatoani mexica.

Entonces me vino a la mente el recuerdo de aquel día en que íbamos en la casa que camina sobre el agua. Lle-vábamos varios días caminando sobre el mar. Íbamos de la tierra de Potonchán hacia el Golfo. Era algo maravilloso que nunca creí posible. La nave se movía empujada por la fuerza del viento, del poderoso Kukulcán, o Ehécatl, como le decían los mexicas. Me gustaba sentir su caricia salada en el rostro, ver a las aves sobrevolando a nuestro derredor.

En las naves venían algunas mujeres. En total serían cer-ca de unas veinte, repartidas en los once barcos. La mayoría eran esposas o hermanas de algunos de los hombres, unas cocinaban y hacían labores de limpieza, otras eran solda-dos, como María de Estrada. Eran muy trabajadoras. En aquel entonces pensé que vestían raro, con esas telas suaves al tacto y gruesas, que las hacían sudar mucho y que des-pués supe que se llamaban paño y terciopelo. También sus pieles eran muy blancas, aunque no eran tan tersas como las nuestras. A nosotras nos miraban raro. Al principio nos veían de cerca y nos olían y nos tocaban el cabello y no-sotras a ellas. Como que no nos aprobaban. Poco después, algunas se acercaron a hablarnos, querían aprender cómo cocinar la comida que nos traían a regalar los pueblos, y a su vez nos enseñaban algunas cosas a nosotras. Con ellas aprendí palabras básicas, como *comer, beber, vino, agua, sal, mar, navío*. A veces tomaban vino en lugar de agua porque no tenían espacio en los barcos para guardar agua fresca y ésta escaseaba. También comprendí por qué olían tan feo, casi nunca les alcanzaba el líquido para bañarse. Ellas, por su parte, admiraban nuestras telas bordadas y aprendieron a usar el metate para moler semillas o chiles o jitomates. Pronto, como mujeres, nos acercamos unas a otras y tratábamos de comunicarnos, aunque al principio sólo a señas, pero poco a poco fui aprendiendo algunas palabras y expresiones. A ellos se les dificultaba mucho repetir nuestras palabras, entonces era más fácil aprender las de ellos. "¡Tenemos hambre!", "¡tenemos sed!" y "joder" fueron algunas de las primeras expresiones que comprendí porque las repetían muy seguido.

Pasados seis días de caminar sobre el agua llegamos a una parte de la costa, que el que guiaba el barco moviendo una rueda, Alaminos, dijo conocer. Mencionó que estábamos frente a la "isla de los sacrificios". Hubo mucho alboroto, pero esa noche dormimos en el navío y no fue sino hasta el día siguiente que se prepararon a bajar a la playa con las naves pequeñas. Pero antes de que pudieran hacerlo se acercaron unas canoas con una treintena de hombres y mujeres, que debieron divisar los barcos de lejos, porque se acercaron poco después del amanecer. En el barco hubo pánico porque se pensó que tal vez querían guerra, como los de Tabasco, y los hombres pidieron sus armas, a pesar de que los visitantes parecían amistosos.

Les bajaron la escalera de cuerdas para que subieran a bordo y de inmediato llamaron a Gerónimo de Aguilar para que tradujera lo que decían. Casi todos estábamos en cubierta ayudando a los hombres a ponerse armadura y cargar armas, por si los atacaban, pero los hombres que subieron al navío no venían armados. No sabíamos de dónde procedían, pero parecían importantes. Recuerdo que eran cinco guerreros jaguar muy ataviados, con plumas y con sus capas de piel de jaguar, acompañados por un sacerdote, y traían regalos de todo tipo para los extranjeros, incluyendo comida y sirvientes, lo que los *dioses blancos* apreciaban mucho. También subieron algunas mujeres para que les cocinaran y algunos pintores para que retrataran todo lo que veían. Los hombres de inmediato hicieron el saludo ceremonial de comer tierra, aunque simbólico, pues en el navío no había tierra, y se enfrascaron en algún tipo de conversación, o al menos lo intentaron. Sospeché que eran embajadores mexicas por sus vestimentas y sus maneras tan formales. Yo había visto varios de ellos en Tabasco. Pero ésas eran cosas que a mí no me incumbían.

En ese momento me distraje porque una mujer que venía con los visitantes se acercó a mí, temblorosa. La pobre tenía miedo de venir a conocer y cocinar para los *teules*, temía hacer algo mal y ser castigada y me preguntó si podía ayudarles a preparar la comida que traían con ellas —yo ya los conocía, dijo, y podía aconsejarle qué comían—, además, tenía mucha curiosidad por saber qué se sentía pasear por las aguas. Me dijo que le llamaba mucho la atención cómo esos cerros podían caminar sobre las aguas. ¿Usaban algún hechizo?, preguntó. Le contesté con entusiasmo que era una maravilla, que caminaban gracias al viento, pero que al principio uno se mareaba mucho y era un tormento que duraba varios días, y me reí explicándole lo mal que me había sentido durante varios días. Ella rio también, y de pronto caí en la cuenta de que todo el mundo parecía haberse quedado callado, nos rodeaba un silencio incómodo y todos los hombres parecían observarnos. Por un momento, dudé si era a nosotras a quienes miraban, y al constatar que así era, pensé que quizá había hecho algo incorrecto al hablar con aquella chica y me castigarían por haberlo hecho sin permiso. Reflexioné en que aún no había visto que golpearan a ninguna mujer, pero que tal vez, con mi mala estrella, yo sería la primera. Las dos nos quedamos en silencio temiendo lo peor, y entonces Alonso, mi hombre, me mandó llamar. Ya para entonces sabía qué significaba: "Marina, venid acá".

Instintivamente bajé los ojos y me acerqué despacio al grupo de hombres, temblando de miedo. A los hombres nunca había que mirarlos a los ojos. Gerónimo me preguntó en maya que cómo me entendía con aquella mujer que acababa de subir al barco, que si ella hablaba maya. Hasta ese momento no me percaté de que había estado hablado náhuatl con ella, mi lengua nativa. Simplemente le contesté con la misma naturalidad con la que nos hablamos entre mujeres, porque mi lengua materna era el náhuatl, al parecer, la lengua de los visitantes. Temí que me reprendieran por eso. A través de Gerónimo les pedí que me perdonaran, que sí, que hablaba su lengua, pero que no volvería a pasar. Que sólo hablábamos de cómo preparar la comida que habían traído los visitantes. Que de ahí en adelante permanecería lo más callada posible.

Hubo un diálogo entre Cortés, el jefe de todos, y sus capitanes. Entonces Cortés se dirigió a mí a través de Gerónimo y me habló muy suavemente, como solía hacerlo cuando quería enganchar a alguien, enamorar o engatusar. Muy pronto conocería bien sus maneras de tratar a la gente.

—Marina, ¿es que acaso entendéis lo que dice la mujer y también lo que hablan estos señores? —me preguntó.

Entonces, todavía con los ojos bajos y un poco insegura, le pregunté al líder de los guerreros jaguar, excusándome por la osadía de dirigirme a él, yo una simple esclava, si hablaba mi lengua y de dónde venían. El hombre, que luego sabría que era el mayordomo de Cuetlaxtán, extrañado de que una mujer del pueblo se dirigiera directamente a él, pero viéndose imposibilitado de hablar con los extranjeros de otra manera, un poco confundido y sin entender bien qué estaba sucediendo, me contestó que sí, que hablaban náhuatl, y que eran enviados por el señor más grande de estas tierras, el gran tlatoani, Moctezuma Xocoyotzin.

Los enviados del soberano mexica normalmente no trataban con mujeres. Me preguntaron quién era y qué hacía ahí. Les expliqué mi historia brevemente y de nuevo les pedí disculpas por no tener el rango adecuado para dirigirme a ellos.

A pesar de que no era yo un embajador, pero ante la oportunidad que se les daba de ser entendidos, accedieron a hablar a través mío, aunque con un poco de reticencia. Repitieron varias veces que eso era algo inaudito. Pero por fin hablaron. Convinieron en decirme que Moctezuma los enviaba para adorar al que venía en nombre de Quetzalcóatl, a darle la bienvenida, a decirle que había llegado a su casa.

Sólo entonces contesté afirmativamente a los extranjeros, que ya se les "cocían las habas" —para usar un término castizo— por saber qué estaba sucediendo, qué hablaba con ellos. A través de Gerónimo, les aseguré a los españoles que podía entenderme con los señores embajadores, y entonces se hizo otro silencio, aunque más breve.

Cortés reflexionó. Siempre era igual. Ya lo había observado. Fruncía el entrecejo, apretaba los labios y entrecerraba los ojos, como mirando muy lejos. Como que se quedaba ausente, como que navegaba con los ojos por el mar remontando las olas color de chalchihuite. Lo que no sabía entonces es qué tan lejos podía llegar su pensamiento. Cuando terminó, a Gerónimo le dijo algo que no entendí, pero parecía que no me castigarían, lo que querían era que *yo* hablara con los enviados de Moctezuma, aunque por entonces los extranjeros aún no se imaginaban quién era el gran tlatoani de México-Tenochtitlán.

Cuando Cortés se dirigió a mí a través de la boca de Gerónimo de Aguilar, me dieron escalofríos. En ese momento se selló mi destino.

—¿Seríais tan amable de decir a Gerónimo lo que os dicen los señores enviados de este Motecuzoma —pronunció mal— para que él trastoque la palabra a nuestra lengua?

Entonces entendí a la perfección lo que ellos buscaban. Hice movimientos afirmativos de cabeza y, aunque un poco nerviosa, me dirigí de nuevo a los señores visitantes. Les dije que yo, Malintzin, su humilde servidora, entregada como regalo a los señores del barco, tras la batalla de Centla por el líder Tabascoob, pasaría sus palabras a los oídos del hombre llamado Gerónimo, para que, a su vez, fueran entendidas por el jefe de los extranjeros: Cortés. Dijeron que ya tenían noticias de lo acaecido en Centla. De inmediato, los mensajeros del tlatoani se presentaron, dejaron esa actitud de extraviados que traían cuando trataban de hacerse entender en vano y recuperaron su dignidad de caballeros. Regresaron a su postura de embajadores y a sus fórmulas diplomáticas. Venían en paz a hablar con los hombres blancos. Traían regalos, parabienes, mil sirvientes que les atenderían en tierra, la intención de tratarlos como dioses, pero querían que después de unos días que descansaran y tomaran fuerzas regresaran a sus tierras, que se devolvieran por las aguas que los habían traído y no volvieran jamás.

Agregaron que también querían saber si en verdad eran dioses, si Cortés era, en realidad, Quetzalcóatl, todo eso lo querían saber de cierto y que yo se los dijera a los que recién llegaban por donde nace el sol. Traían con ellos los atributos del dios Quetzalcóatl, el traje ceremonial, y se los daban a Cortés para que se los probara, para ver si los reconocía.

Eran tesoros maravillosos que mis manos nunca habían tocado. Una máscara de serpiente hecha de mosaicos de turquesa, la cual querían que Cortés portara. Un travesaño para el pecho, hecho de plumas de quetzal. Un collar con un disco de oro. Un escudo de oro y concha nácar, con plumas de quetzal en el borde. También traían el espejo sagrado de Quetzalcóatl. Una ajorca de chalchihuites con cascabeles de oro para el tobillo y un lanzadardos de turquesa. Una diadema de piel de tigre con plumas de faisán. Y le calzaron las sandalias de oro y obsidiana, dignas del dios.

Y, por si fuera poco, también le entregaron los atavíos sagrados de Tezcatlipoca y de Tlalocan Tecuhtli. Eran objetos majestuosos de dioses. Le explicaron de qué se trataba, pero para los extranjeros no era fácil entender de qué les hablaban, y yo sospechaba que Gerónimo no era tan buen *trastocador* de palabras, pues él tampoco sabía quiénes eran Quetzalcóatl, ni Tezcatlipoca, ni Tlalocan Tecuhtli, ni qué significado tenían sus atavíos, por eso no podía comunicarles la importancia y el honor que les hacían. Tampoco entendían el valor de las plumas ni de las piedras. Ellos sólo hablaban de la tal madre de Dios y su hijo sacrificado en una cruz, por eso a donde llegaban deseaban poner cruces, para recordarlo y honrarlo, decían.

A pesar de los regalos tan espléndidos con que eran homenajeados, en lugar de mostrarse agradecidos, los extranjeros preguntaban quién era Moctezuma, qué era México-Tenochtitlán y qué tan lejos estaba, y los enviados de Moctezuma les contestaban que Moctezuma era el más grande soberano de estas tierras y que Tenochtitlán estaba muy lejos, tras un camino sorteado de peligros y enemigos, y al que nunca podrían llegar.

Cortés, por su parte, les hablaba a los mexicas de un poderoso rey allende las aguas, que venían en su nombre y que deberían someterse a la voluntad de aquel rey que nunca habíamos visto, ni sabíamos que existía.

Era muy difícil hablar con ellos. Yo les decía a los mexicas, entre cosa y cosa, que los extranjeros eran muy necios, que no los convencerían sus palabras y tenían la fuerza de la ignorancia. No les importaba conocer nuestra lengua ni nuestras costumbres. Las querían cambiar porque decían que estábamos equivocados. Pero los hombres de Moctezuma, debo decirlo, eran igual de necios que los españoles, o aún más. Tampoco oían razones y menos la opinión de una mujer. Insistían en lo que se les instruyó que dijeran, y esto era que debían regresar por donde habían venido, que los cuidarían mientras permanecieran en el agua o en la playa, pero deseaban que se fueran pronto.

Mientras eso decían, vistieron a Cortés, con la máscara y el travesaño y el chalequillo y el collar de oro y lo calzaron con las sandalias. Los hombres del barco se rieron, hicieron mofa de los atavíos sagrados. Cortés se parodió sobre la cubierta vestido así, en son de burla, sin entender la importancia del asunto, y luego preguntó si era todo lo que traían a regalar. Era una pregunta ofensiva y me apenó hacerla, pero tuve que formularla.

Los hombres de Moctezuma, extrañados, contestaron que sí. No querían hacer enojar al dios blanco y mucho menos a quien los enviaba por haber fallado en su misión, así que estaban temerosos. Yo pude reconocer sus reacciones. Yo estaba ansiosa, no sabía qué sucedería. Los extranjeros, yo lo sabía ya, no eran dioses, eran hombres que parecían buenos, pero eran como todos los hombres, y por eso podían ser salvajes, crueles y desagradecidos, no entendían, no sabían que tenían que ser educados, condescendientes, responder con consideración y tacto, pues los hombres eran embajadores de rango. Y tal como lo había sospechado, después de haber recibido regalos dignos de dioses, Cortés dio órdenes a sus soldados de que maniataran a los enviados. Me sobresalté, no adivinaba qué tramaban. Después de hecho esto y sin que yo pudiera opinar siquiera, dispararon una de sus armas, que hizo mucho ruido y estremeció el barco y produjo un olor a quemado.

En ese momento los hombres de Moctezuma cayeron desmayados, se les fueron las fuerzas, quedaron como muertos. Los extranjeros se rieron mucho. Cortés los calló. Yo seguía ahí parada sin saber qué hacer. Estaba asustada. Alonso me mandó traerles comida y vino para que recuperaran sus fuerzas, para lo que me apresuré junto con otras mujeres; mientras tanto, los reanimaron, me dijeron que les dijera que *eso* (el cañón que dispararon) había sido una advertencia para que supieran de su poderío, pues eran dueños de los truenos. Cuando los guerreros ya estaban recuperados, les dieron más vino y los pobres, que no sabían qué era eso, se marearon. Y, aun así, todavía los retó. Les dijo que había escuchado que eran muy buenos guerreros y que quería pelear con uno de ellos, para saber cómo hacían la guerra. Que al día siguiente pelearían, pero ellos estaban muy atemorizados porque Moctezuma no los había mandado para aquello, entonces, aunque mareados, bajaron del barco y subieron a sus canoas y remaron lo más rápido que pudieron hacia tierra firme, asegurando que tenían prisa por ir a reportar los hechos a su señor Moctezuma.

Yo tenía el estómago revuelto de tanto coraje que me había dado ver lo que les habían hecho. Habían asustado a los caballeros jaguar y los habían hecho correr con el corazón apresurado, los habían espantado como a ratas inmundas. Me volví —sin esperar órdenes— para regresar a la cocina a preparar los alimentos sin que nadie me diera las gracias, cuando observé que Cortés llamaba a Alonso y luego le dijo a Gerónimo de Aguilar que me llamara. De nuevo temí un regaño.

—Marina —me dijo Alonso a través de Gerónimo—, se ha dispuesto que ya no estaréis más trabajando en las cocinas. Ayudaréis en otras labores más necesarias y menos pesadas. Estad atenta por si Cortés os necesita para traducir. Por lo pronto, podéis ayudar a almacenar la comida, pero nada más, ya no tendréis que hacer tortillas, ni sentaros frente al fogón.

Quedé sorprendida, no supe qué decir. Moví la cabeza afirmativamente. Antes de que me fuera, Alonso me tomó de la muñeca con fuerza y me atrajo hacia sí. Me besó con pasión. Su lengua se movió en mi boca como una cuija en celo. Me excité, mi lengua respondió como un colibrí en vuelo, lo cual me sorprendió, yo casi no sentía nada cuando los hombres me tocaban, no respondía a sus caricias. Él suspiró y me soltó. Caminé por la cubierta como si hubiera tomado aquel vino que se ofreció a los mexicas. Estaba borracha de emoción. El corazón latía rápido y asustado. Estaba contenta, pero también recelosa. Parecía que me habían otorgado el mejor regalo de todos, aunque me decía a mí misma que no debía emocionarme.

A mí, que en mi vida anterior no me dejaban opinar, que el habla me había sido arrebatada y sólo me quedaba bajar la vista ante el amo, ahora se me daba la palabra, la dádiva más preciada, porque el que habla es escuchado, porque la palabra tiene un vestido de poder. Era una esclava que en un momento de suerte me convertí en embajadora, en tlatoani. Ellos no entendían lo que eso significaba en nuestro mundo, pero yo sí. Estaba, por primera vez, en el centro, era visible, aunque también, quizá, sería el mensajero maldito.

Los hombres, lo había visto sorprendida ese día, bajaron la vista ante mi presencia, y yo tenía poder sobre ellos mediante mi lengua. Esa lengua que podía moverse como las alas de un colibrí y sentir placer por primera vez. Podía apaciguar, podía azuzar. Quizá hasta controlaría lo que le decía o no a Gerónimo, y él nunca se imaginaría que yo transformaba el discurso. Tendría poder con unos y con otros. ¿A quién favorecería? ¿Les diría secretos a los hombres de metal sobre el mexica? ¿O les hablaría a los mexicas de los españoles? ¿Habría alguna diferencia? ¿A quién serviría de ahora en adelante?, me pregunté. Por primera vez pensé que quizá trabajaría para mi propio beneficio, nunca más para los demás.

Y obedeciendo a Alonso, me fui a ayudar a la cocina por última vez.

El recuerdo se desvaneció y regresé al presente, a la piedra sobre la que estaba sentada, en medio de la selva. La oscuridad había caído sobre nosotros. Pensé que con este recuerdo de seis años atrás, del día en que me convertí por casualidad en la lengua de Hernando Cortés, quedó sellado mi destino y que, con la muerte de Cuauhtémoc, valiente guerrero, se cerraba un ciclo en mi vida. Una etapa que no volvería, porque los vientos de cambio ya habían empezado a soplar. Ya nada era ni sería igual.

Me bajé de la gran piedra y me fui a ayudarles a las otras hormigas que pululaban sin destino y sin objetivo, buscando quizá su alma perdida en las ciénagas.

Cuauhtémoc iba ya en busca de un lugar de descanso y Cortés fue incapaz de impedirlo. Incapaz de detener el desastre que ya había comenzado y del que ni siquiera estaba enterado.

32

La consolidación del desastre

(Abril-mayo de 1525-abril de 1526)

Un mes después, sorteando innumerables ciénagas, cocodrilos y serpientes venenosas, llegamos a Tah-Itzá, territorio del *halach uinik*, Ah Can-Ek. Era un poderoso señor a cargo de varias ciudades, donde fuimos bien recibidos, y donde se nos dio de comer y pudimos descansar. Fue el último tramo antes de llegar a territorio conocido de Guatemala. Seguimos padeciendo hambre y sed, pero hubo días buenos, como aquel en el que, conducidos por los guías de Can-Ek llegamos a un lugar donde había muchos venados y se mataron dieciocho de ellos. Fue la mejor cena que tuvimos en meses.

Para entonces, Cortés pareció regresar a sus sentidos, y pidió que se le proporcionara una embarcación para poder llegar por mar hasta Naco, ciudad de las Hibueras, a donde por fin desembarcamos el 25 de mayo de 1525, siete meses después de haber salido de la ciudad de Tenochtitlán.

Cortés pronto averiguó que Cristóbal de Olid, la razón de ser del viaje, ya tenía tiempo de estar muerto. Lo había matado Francisco de las Casas en una pelea de cuchillos, según nos dijeron, después de que primero Olid apresó a las Casas, pero luego tuvo la mala idea de soltarlo para cenar con él. Entonces, las Casas capturó a Olid y lo mató. Yo sentí que me bañaban con agua helada al saber la noticia. Tanto tiempo, esfuerzo y vidas desperdiciadas para conseguir un objetivo que ya no tenía caso perseguir. Tantas enfermedades, penurias, muertos. Quería llorar...

Cortés fundó una villa ahí, que llamó Natividad de Nuestra Señora, y no sé cómo, porque nadie de los que íbamos teníamos fuerzas para nada más, tenía planes para explorar, descubrir y conquistar, como si hubiera olvidado Tenochtitlán y todo lo que había logrado hasta ese momento. Debo decir que, en un momento dado, entre las hambres y la enfermedad, Cortés estaba tan flaco y macilento que estaba irreconocible. Su cabello se había tornado gris y su juicio, no poco mudable, no estaba del todo en equilibrio.

Fue entonces cuando recibió unas cartas de Alonso de Suazo, uno de los tres gobernadores que se habían quedado a cargo del gobierno de manera temporal, narrándole cómo Salazar y Almíndez, sus compañeros de gobierno, habían tomado el poder argumentando que Cortés había muerto, y cómo a él lo habían puesto en un barco con destino a la Española, para quitarlo de en medio. No sabíamos nada de cómo estaba la situación en la ciudad de Tenochtitlán, pero, por lo que Suazo afirmaba, la situación era grave. Salazar había tomado el poder, y tanto él como el veedor Almíndez Chirinos perseguían con saña a los seguidores de Cortés.

Si no lo hubiera visto con mis propios ojos no lo hubiera creído, pero Cortés lloró al enterarse de las noticias. Luego se serenó, dobló la carta y se quedó inmóvil. Parecía no saber qué hacer. Creo que la debilidad física lo mantenía desorientado. Se me figuró ver miedo en su expresión, aunque lo dudé. ¿Qué podía temer Cortés el invencible?, reflexioné. En lugar de regresar a reclamar lo que era suyo y poner orden de inmediato, tomó la decisión de enviar al fiel Sandoval de regreso a la ciudad, por mar, para que él se hiciera cargo de la situación. No sé si alguna vez se dio cuenta de lo importante que fue la labor de Sandoval en todos los aspectos, pero me da la sensación de que nunca hizo lo suficiente para expresarle su agradecimiento por una lealtad a prueba de fuego. Cómo deseé en aquel momento regresar con Gonzalo y ver a mi Martín, me había perdido ya su segundo cumpleaños. Pero Cortés se opuso, arguyó que aún me necesitaba y había mucho por hacer, y una vez más, lo obedecí.

Al menos pude descansar y reponer fuerzas, pues también estaba esquelética y tan débil que ni yo misma me reconocía. Después de unas semanas, quizá sintiéndose físicamente un poco más fuerte, y con más ánimo, Cortés decidió regresar, pero habría de subirse tres veces a un navío, y las tres veces los dioses se opusieron a su partida. ¿Por qué lo retenían? No lo sé, pero me consta que la primera ocasión que lo intentó, una vez a bordo, el viento cesó por completo. En la segunda, a las dos leguas de haber avanzado, se rompió la entena mayor, y en la tercera un fuerte viento quebró el mástil. Lo tomó como mal augurio y regresó a tierra pensando que así lo dictaba el destino.

Nos quedamos en un pueblo llamado Trujillo. Hernán, enloquecido, ya planeaba en su mente la conquista de Nicaragua, sin ejército, sin estrategias, sin recursos. ¿Qué pasaba por su mente entonces? No tenía idea, lo veía casi como un extraño.

Nos acomodaron en la mejor casa del pueblo, y tuve un par de doncellas para que me cuidaran. Le había pedido a Cortés que escribiera una carta para que se averiguara la salud de Martín, nuestro hijo, así que al menos supe que estaba bien cuando nos llegó la respuesta.

Sandoval regresó antes de lo que pensábamos, y entre él y un fray Diego Altamirano, también primo de Cortés, lo convencieron de la gravedad del asunto. No sólo lo daban por muerto, sino que Salazar se hacía proclamar gobernador y capitán general de la Nueva España. Era urgente que regresara a poner orden. Todo lo que había logrado peligraba, estaba a punto de hundirse en el desorden y Hernán parecía no darse cuenta.

La verdad es que aquel viaje había sido completamente inútil. Según las noticias que nos llegaban, los gobernadores interinos que se quedaron a cargo del gobierno se peleaban entre sí, se traicionaban unos a otros y prácticamente la ambición de oro y de poder también les había quitado el juicio.

A mediados de septiembre nos llegó noticia de que habían apresado a Rodrigo de la Paz, mayordomo y primo de Cortés, para torturarlo y sacarle todos los secretos acerca de dónde tenía Cortés escondido —según ellos— su tesoro. Al no resistir la tortura, lo colgaron en la Plaza Mayor.

Salazar, no contento con el crimen cometido, envió gente a todo el territorio a buscar los tesoros y arrestó a algunos seguidores de Cortés que se refugiaban en una iglesia. El padre Valencia, ante tal desacato, protestó por tal violación y excomulgó a toda la ciudad de México. Así de revueltas estaban las aguas.

Por aquellos días, en medio de las noticias inquietantes, descubrí que esperaba un bebé. Y no había duda de que era de Juan. Así que me olvidé de todos los asuntos de Cortés y me concentré en el crecimiento de mi vientre. Finalmente, si el caudillo cavaba su propia tumba, sería su culpa. Aun así, le insistí que era hora de regresar, que su gobierno se estaba desbaratando, que, si no lo hacía, todo el esfuerzo habría sido en vano.

Por fin, en abril de 1526, Cortés decidió regresar a la ciudad de Tenochtitlán, pero esta vez por mar, como tanto le insistimos desde que salimos. Zarparon tres barcos y en uno de ellos, diferente al de Hernán, veníamos Juan y yo.

Yo habría de dar a luz a una pequeña, pero hermosa niña, en altamar. La llamé María, como a la Virgen, porque pensé que era el nombre que fray Bartolomé Olmedo me hubiera recomendado, si hubiera vivido.

33

El regreso a la ciudad de México

(Mayo de 1526)

AL LLEGAR A LA CASA DE COYOACÁN, JUANA SE ABALANZÓ a abrazarme. Hacía varios días que me esperaba, pues las noticias de nuestra llegada nos precedían. Estalló en agradecimiento:

—Gracias, Papalotzin, gracias por haber rescatado a mi hijo y por mandarlo de regreso lo antes posible —exclamó, al tiempo que me llenaba de besos.

Luego, notando a la bebé que traía amarrada en el rebozo, cuestionó:

—¿Y ésa? ¿De Cortés?

—No, Juana, te presento a mi marido, el alférez Juan Jaramillo.

Jaramillo había entrado a la casa conmigo, escoltándome, y se quedó unos pasos atrás mientras Juana me saludaba tan efusivamente.

—¿Tu marido? —dando un paso atrás dijo, sin poder evitar un dejo de duda y sorpresa. Juana ya conocía a Jaramillo desde hacía años, pero no podía creer que fuera mi marido.

—Sí, Juana —le dije un poco molesta por su reacción—, nos casamos hace año y medio cerca de Orizaba y ésta es nuestra pequeña hija, María. ¡Mira qué bella! Me muero por ver a Martín, no sabes cómo lo he extrañado. ¿Dónde está? ¡Quiero abrazarlo!

Juana hizo cara como de que teníamos que hablar en privado. Luego contestó:

—Martincillo está bien, ahora mismo lo traigo.

—Y después tendrás que atender a tu nuevo señor —le requerí.

Juana hizo una leve caravana, mirando desde abajo a Jaramillo, sin pronunciar palabra.

Martín ya había cumplido cuatro años y casi no lo reconocí cuando Juana me lo presentó. Me sorprendió enormemente verlo tan alto y formal. Se parecía a su padre, pero su nariz era mucho más pequeña y achatada, como la mía. Quise abrazarlo y comérmelo a besos, pero el niño no me reconoció, se resistió a que lo cargara y lo besara, lo que me causó una punzada de dolor en el corazón. Corrió a abrazar a Juana y la llamó mamá.

—Martín, yo soy tu mamá —le dije.

—No, ella es mamá Juana, tú no eres mi mamá. Mi mamá se fue de viaje y no regresó.

Me molestó mucho que Juana le hubiera enseñado a decirle mamá. Se lo reclamé.

Ella contestó que le decía al niño que la llamara mamá Juana, y que mamá Malintzin regresaría un día. Y luego agregó:

—Pasó tanto tiempo desde que se fueron, Papalotzin, que de verdad pensé que no regresarías, perdóname, pero el niño necesitaba cariño, tener una madre, aunque fuera de a mentiras.

No me hizo gracia, ni me satisfizo la explicación.

—Marina, tendrá que acostumbrarse de nuevo a ti —insistió—. Ten paciencia, ahora tienes que alimentar a esa niña.

—Tienes razón, Juana, a ésta sí le doy el pecho yo —contesté, y le pedí que trajera unas viandas, pues nos moríamos de hambre.

Juana y Rosa trajeron todo lo que había en casa, que no era mucho, pero me cocinaron unos huevos con mole y guajolote, porque dijeron que parecía un hilacho de flaca.

Luego les expliqué que en los próximos días nos mudaríamos a una casona que le habían asignado a Jaramillo en Tenochtitlán, dos cuadras al norte de lo que antes fue el templo de Huitzilopochtli. Para allá iríamos todos, incluyendo tres mujeres que me habían asignado en el viaje para cuidarme. Le dije a Juana que su hijo y ella podrían hablar maya con ellas para que no extrañara su lengua. Que también Juan tenía otra casa en Tacubaya, así que estaríamos ocupadas. Además, le informé que Cortés acababa de nombrar alcalde de la ciudad a Jaramillo, por lo que todas eran buenas noticias.

Juana se disculpó y se retiró a la cocina.

Jaramillo se quitó las botas, se puso cómodo y me indicó que deseaba que le prepararan un baño.

Entonces me dirigí a la cocina para supervisar los arreglos, y al entrar, lo primero que me cuestionó Juana a bocajarro y molesta fue:

—¿Por qué te casaste con ese pelafustán?

34

Jaramillo, el león con piel de cordero

(Agosto de 1526)

—Despacio que voy de prisa —le contesté a Juana.

Juana se apaciguó. Me pidió disculpas, pero me dijo que se moría por saber cómo había sucedido todo y cómo había acabado con Jaramillo.

—Juana, voy llegando de un largo viaje, ten paciencia, hay mucho que debo contarte.

Fue entonces que le conté sobre los tormentos y las hambrunas que pasamos en el viaje, cómo todo se complicó, sobre el pleito atroz que tuve con Cortés y sobre cómo éste estaba obsesionado por llegar a las Hibueras por tierra, cuando todo el mundo le aconsejaba tomar los ríos y embarcarse en la costa. No sé qué quería. Creo que encontrar más reinos que conquistar, para aumentar su dominio y su riqueza, pero todo lo que nos topábamos eran pantanos. Fue difícil narrarle sobre el asesinato de Cuauhtémoc y Tetlepanquetzaltzin y de la muerte del padre Tecto y Aora, y al final, de la poca ganancia que se obtuvo, pues Olid ya estaba muerto cuando llegamos, y cómo aquellas tierras selváticas ya estaban en manos de otros españoles aprobados por la Corona.

Juana, perspicaz como siempre, adivinó que en parte el pleito con Cortés había sido por su hijo, y me agradeció aún más lo que había hecho por ella. Nunca tendría cómo pagarlo, dijo.

—Tanto que te insistí en que dejaras a Cortés y ahora no sé si hice bien.

—¿Qué quieres decir, Juana?

—Pues no sé si el cambio por este caballero sea mejor, y como me cuentas las circunstancias en que se dio la boda, Marina, no lo sé, tienes que ser cuidadosa, no abras tu corazón, o pueden rebanarlo de un hachazo. Te conozco, eres fuerte, pero por dentro eres suave como un zapote maduro —me recomendó.

—A él no le conviene dejarme, perdería su riqueza. Cortés le dio todas las propiedades a cambio de que me aceptara por esposa. Y a mí me interesa estar casada con un español. Ahora nadie me verá por abajo, ¿entiendes?, y tendré ventajas de todo tipo. Ya no soy la concubina de Cortés.

—Exacto, serás una gran señora, ¿pero a costa de qué? El que esté casado contigo no quiere decir que él te respete, ni es garantía de que te trate bien a ti y a tu hijo. Recuerda, no es su hijo, y le pesará su presencia. Y en cuanto a que nadie te vea por abajo, está por verse. Los conquistadores, que te conocen, siempre te han considerado como igual, reconocen el valor de lo que hiciste, pero los nuevos, Marina, los que están llegando por montones, sin haberse esforzado por nada, sin conocer a nadie y sin entender nada de nuestro modo de vida, y que sólo llegan con afán de conseguir fortuna y ser alguien que no eran en su lugar de origen, ésos no van a tratarte bien, ni te verán como igual. Las cosas están cambiando, desde allá lejos, donde sea que esté el reino de España, y están enviando hombres que lo primero que buscan es reducir el poder de Cortés, porque no lo quieren. He oído decir que lo consideran un vulgar advenedizo y tú sabes que además de eso tiene a muchos que se ha echado encima como enemigos en el camino. Deberías de haber visto cómo se puso la cosa desde que se fueron. Al par de meses de su ausencia, esparcieron el rumor de que Cortés y todos los que iban con él habían muerto, y ¿sabes por qué lo hicieron?

—Pues porque querían ocupar su lugar.

—Y no sólo eso, muchos han protestado contra las arbitrariedades de Cortés, sus injusticias, su círculo de preferidos, se murmura que mató a su mujer, y con lo de Cuauhtémoc, se lo van a acabar. Están exigiendo un juicio de residencia, en donde se le juzgarán todas sus faltas y van a oír a los que estén a favor y en contra. Lo que no está mal, pero no creo que vaya a ser un juicio justo.

—Bueno, Cortés es hábil para manejar ese tipo de cosas y quizá logre convencerlos a todos. No te olvides que sabe de leyes.

—Quizá, Marina, pero esto no es la guerra contra los mexicas, son españoles contra españoles y tú sabes cómo son ellos de desalmados, duros, ambiciosos; no sé en qué va a parar todo esto. Y nosotros estamos en medio de este relajo.

—No te preocupes más —dije, porque estaba contenta de haber regresado, de ver a mi hijo, de ser recién casada y de tener una hija. No quería pensar en otras cosas, y menos en Cortés. Después de avisarle a Juan que el baño estaba listo, le ayudé a Juana a empacar nuestras pertenencias para mudarnos a la casona de Santo Domingo.

La casa era grande y hermosa, y tenía un patio con flores de muchos colores y de pájaros cantarines. Pronto la llenamos de muebles y tapices venidos de España y los primeros meses me sentí feliz. Pero, efectivamente, tal y como Juana lo puso en duda, las cosas no marcharon como yo esperaba. Casi de inmediato al llegar a la casa nueva, Juan me exigió que debía vestirme a la usanza española. No me gustó su imposición, pero no había mucho que pudiera hacer. Al principio me sentía muy rara, pero traté de agradarle y escogí las telas más finas que el sastre podía ofrecerme. Me deshice de las trenzas y me peiné el cabello en un chongo. Recordé a Tecuichpo y cómo ella, más joven, se había adaptado mejor y más rápido que yo. Saqué el abanico que me había regalado hacía años y me preparé para usarlo. Hasta donde sabía, ella aún estaba casada con Alonso de Grado. Seguramente nos toparíamos pronto en algún solar o en la iglesia. De hecho, lo hicimos en el bautizo de María, que celebramos con gran lujo en la casa nueva, pues se encontraba entre la lista de invitados. Asistió una gran cantidad de gente, casi todos españoles y unos cuantos tlaxcaltecas, e invitados especiales, como Tlacotzin y Tecuichpo. Cortés llegó puntual con un regalo exquisito para la niña: un collar de perlas de tres vueltas.

El gran ausente y a quien más extrañé fue fray Bartolomé. Cómo habían cambiado las cosas desde entonces. ¿Se alegraría él, si estuviera vivo, de mi casamiento con Jaramillo? Si hubiera vivido, estoy segura de que Cortés lo hubiera arrastrado al viaje a perseguir a Olid, y seguro no le habría gustado lo que sucedió. Me refiero, sobre todo, al ajusticiamiento de Cuauhtémoc y Tetlepanquetzaltzin, entre otras cosas, pero quizá él me hubiera aconsejado mejor en cuanto al casamiento.

La fiesta de bautizo se extendió hasta las primeras horas de la noche, pues a donde iba Cortés, iba todo el mundo, y todos querían pasarla bien. Y yo en aquellos momentos creí que el mundo debía de ser así y que había un equilibrio que lo sostenía. Que una cosa parecida a la armonía reinaba en mi vida.

María era una bebé hermosa y fuerte, e iba creciendo y madurando a paso lento. Tenía los ojos azules como su padre y su piel era mucho más blanca que la mía, cosa que me alegraba, porque eso le aseguraría una vida mejor. Sólo me entristecía que su padre la ignorara. Jamás la miraba, ni jugaba con ella. Ciertamente, Juan no era un padre como Hernán. Aprendí que no todos los padres son iguales. Y cuando la niña estaba cerca, de inmediato mandaba que se la llevaran porque le molestaba su presencia.

Pasadas unas semanas de mi regreso, mi hijo Martín fue acercándose poco a poco a mí. Empezó a aceptar que su mamá había vuelto del viaje aquel que había parecido interminable, y que su mamá era yo. Ya tenía más de cuatro años y era un pequeño caballero, que además era todo un hablantín. Después de todo tenía a quién heredar. Hablaba como una tarabilla y preguntaba constantemente cosas que se le ocurrían. Y por qué esto y por qué lo otro. Yo le llevaba conmigo cada vez que podía, a todos lados. La gente le hacía caravanas cuando lo veían, pues no en vano era hijo del gobernador Cortés, y no había nadie que no lo supiera.

Sin embargo, a pesar de que tenía cocineras, sirvientas y lacayos y hasta un conductor con librea para nuestra carroza, extrañaba mis actividades en Coyoacán. A veces me llamaban para algún asunto y acudía de inmediato, cambiándome de ropa para no aparecer ante la gente del calpulli con mis enaguas españolas, y a veces, por gusto, me quedaba un par de días y tardaba en regresar a la casa de la ciudad. De tal manera que, sin darme cuenta, pasaba más tiempo en Coyoacán que en Santo Domingo, puesto que no me gustaba estar cerca de Juan, ya que cada vez que me veía, torcía la boca, sin siquiera disimular, suspiraba y evitaba mi presencia. Durante el viaje las cosas habían sido distintas, pues fuera de los roces iniciales, habíamos podido comprendernos, al menos en la cama, pero ahora que estábamos de vuelta a la vida cotidiana, a la vida de la Nueva España, no ocultaba su desazón al verme.

A veces durante las noches cuando estábamos juntos, se acercaba a mí, vencido por la necesidad, penetraba mi tepilli, sin darse el gusto de gozarme, ni a mí me permitía gozarlo a él. Creo que nos hacía falta tener a Cortés enfrente para hacerlo rabiar, y nuestro deseo había menguado. A veces el asunto resultaba tan rápido que cuando me daba cuenta, ya había terminado. Me sentía más como su puta que como su mujer.

Sucedió un día de noviembre, lo recuerdo bien porque María ya tenía seis meses de edad. Regresé de Coyoacán a la casa de la plaza de Santo Domingo el mismo día que me fui, pero cerca de las nueve de la noche porque se hizo tarde, sólo para encontrarme con que Juan había organizado una fiesta en nuestra casa y yo no estaba ni enterada. La mayor parte de la gente bailaba y cantaba y se notaba que había bebido bastante, se reía y hablaba en un murmullo de abejas. Me encontré a Juan en el salón principal, besando apasionadamente a una mujer blanca, sin importarle que todos los vieran. No supe quién era ella ni de dónde había salido. En los últimos tiempos, las blanquitas llegaban como moscas hambrientas en los barcos, dando vueltas en enjambres en busca de maridos y fortuna, pues corría el rumor de que todos los conquistadores estaban hechos de oro, y por supuesto, Jaramillo tenía fama de ser uno de los más acaudalados.

Me planté delante de ellos con los brazos en asa y le reclamé a mi marido.

La española, una rubilla bastante rolliza, preguntó sin la menor turbación:

—Y ésta, Juan, ¿quién es?

Jaramillo se quedó callado, pero la mujer insistió.

—¿Es que acaso la servidumbre os viene a reclamar, señor alcalde?

Jaramillo se puso rojo y fue cuando me increpó:

—Marina, pero ¡qué hacéis aquí! ¡Creí que os quedarías en Coyoacán!

—Ésta también es mi casa, Juan —respondí bien encabronada—, y puedo llegar el día y a la hora que quiera, y tú eres mi marido, para que lo sepa la blanquita esta —dije dirigiéndome a la mujer, que para entonces ya se había separado de Juan—. Y para todo aquel que esté aquí y no lo sepa —agregué—. Ésta es *mi* casa, donde por lo visto no soy bienvenida, pues ni siquiera me entero que habrá celebración. Si no fuera por mí, Juan, ¡no tendrías todo lo que tienes! ¡Recuérdalo! —exclamé, dirigiéndome a mi esposo, mientras en el salón se hacía un silencio completo. El murmullo de abejas se había acallado. Entonces me di media vuelta para irme, cuando él me tomó del brazo, me jaló para acercarme a él y me dio un puñetazo en la cara que me tiró al suelo.

Se escucharon exclamaciones de sorpresa. Muchos no sabían quién era yo, pero la mayoría sí, y aunque no lo externaron, les pareció equivocado el trato que me daba.

—¡No volváis a decirme eso, Marina, y menos delante de mis amigos! —gritó mientras continuaba golpeándome—. Yo soy un buen capitán y me lo he ganado porque he arriesgado el pellejo igual que todos los demás, siguiendo al loco de Cortés. ¡Y es sabido de todos que yo no quería casarme con vos, fue él quien me ha obligado! ¡Sabrá Dios por qué, pues eras su barragana!

No fue sino hasta que Gonzalo Sandoval lo detuvo, que dejó de golpearme. Gonzalo le reprochó:

—Pero ¿qué hacéis, bruto? ¿No os dais cuenta de que es doña Marina? A ella todos le debemos algo, y en mucho, el estar vivos. Lo menos que le debemos es nuestro respeto, *¡hijoeputa!* ¿Estáis loco? ¡Si no queríais, hubieras dicho que no, y ya! ¡Él no os amenazó con colgarte, os amenazó con haceros rico! ¡Dejad que se entere Cortés! —le reclamó empujándolo al patio donde siguió hablando con él en voz baja.

Con rabia, Juan aventó una botella de licor al suelo antes de salir del salón.

Pasaron un par de días en los que Juan y yo no nos dirigimos la palabra. Al tercer día, Cortés vino a ver al alcalde a su casa, tan temprano en la mañana, que nadie esperaba su visita.

Hasta donde yo me había podido enterar, Cortés no la había tenido fácil desde nuestro regreso, pues se había visto forzado a poner orden en los asuntos de gobierno que se le habían ido de las manos durante el tiempo que estuvimos de viaje en las Hibueras, pues al poco de nuestra vuelta había llegado un juez proveniente de España, llamado Luis Ponce de León, enviado por el rey para poner orden después de las noticias de los disturbios, ocasionados por la toma de poder de Salazar y Almíndez, que habían provocado tantos desmanes y disturbios. El hombre llegaba como nuevo gobernador y, al mismo tiempo, como juez del juicio de residencia[37] que se le abriría a Cortés y por el que muchos de sus enemigos clamaban desde hacía tiempo. Esto implicaba que le quitaban a Hernán todo el derecho a gobernar. Quizá era un castigo por su descuido, quizá era sólo que no querían darle más poder del que ya tenía, o quizá las insidias de sus enemigos y sus valedores en España empezaban a tener éxito.

Como fuera, Hernán obedeció y le cedió el poder, pero como era sabido por todos, el hombre llegó ya enfermo a la

---

[37] El juicio de residencia consistía en que al término del cargo de un funcionario público se sometían a revisión sus actuaciones y se escuchaban todas las acusaciones que hubiese en su contra. El funcionario no podía abandonar el lugar donde había ejercido el cargo, ni asumir otro hasta que este procedimiento concluyera. La mayoría de las veces el encargado de dirigir el proceso, llamado juez de residencia, era la misma persona ya nombrada para sucederle. Las sanciones variaban, aunque con frecuencia consistían en multas. En el caso de Cortés, el juicio tuvo tantas aristas que se convirtió en un tema político y quedó inconcluso.

ciudad, con algunas fiebres que había contraído en la Española. Se presentó los primeros días de julio ante Cortés. Él, como era de esperarse, lo trató a cuerpo de rey y aceptó las disposiciones reales sin chistar. El hombre estuvo en el cargo doce días y luego, sintiéndose muy enfermo, se retiró y murió cuarto días después, el 20 de julio de 1526. Hubo muchos que dijeron que Cortés lo envenenó en la cena a la que lo invitó unos días antes. No fui testigo de los hechos, así que no puedo negarlo, ni tampoco afirmarlo, pero sí sé que la gente alrededor de Cortés, sobre todo la que no le convenía, solía desaparecer con mucha frecuencia. ¿Coincidencia? Además, al poco tiempo, también murió Marcos de Aguilar, que era el juez suplente de Ponce de León, lo que desató aún más el chismerío.

Así que, entre todos estos asuntos de importancia, el que se tomara la molestia de venir a visitarnos era más que apreciada, aunque desde el primer momento que nos avisaron de su presencia supe que su visita no era casual, y que venía a verme a mí. Me puse nerviosa, las manos me sudaban. Tenía mucho tiempo que no lo veía. Corrí al espejo a soltarme el cabello y a tratar de esconder mi ojo morado tras él.

Juan lo recibió en el despacho. No sé exactamente de qué hablaron, pero le dijo que venía a consultarme algún asunto. Supuse que Sandoval, o cualquier otro de los presentes, le había contado lo sucedido. Jaramillo, aunque nervioso, no pudo negarse y me mandó llamar.

Todavía me dolía mucho la cara y el ojo derecho aún lo tenía medio cerrado. En el momento en que entré al despacho y nuestras miradas se encontraron, una lágrima resbaló sobre mi mejilla. Me odié por no poder controlarme. Lo extrañaba. Extrañaba tantas cosas que ya no eran posibles. No sé por qué ese día me había puesto los tres hilos de perlas que Cortés le había regalado a María en su cumpleaños.

—Ocelote, ven acá —dijo, mientras le hacía señas a Jaramillo de que nos dejara solos.

Lo primero que dijo me sorprendió.

—Estabais en lo cierto, Marina. Teníais razón, no os lo había dicho antes, pero con esas ropas os veis ridícula.

Me hizo reír. Nos reímos un buen rato, como en los viejos tiempos. Entonces, sin importarme nada, lo abracé, en un abrazo suave, extraño, como si hubiera sido el hermano que nunca tuve. Extrañaba tanto su olor, la dureza de sus brazos. No podía hablar, tenía un carrizo atravesado en la garganta. Él también me abrazó, aunque su abrazo fue más corto. Luego preguntó, con esa voz ronquilla que ya casi había olvidado:

—¿Acaso esas perlas que traéis no son las que le regalé a María? ¡No deberíais de usarlas, Marina!

—Pero ¿por qué no? —pregunté sorprendida.

—No, no es nada, es que es de mala suerte poneros un regalo que no es vuestro. Deberías quitároslas, si queréis otras, yo puedo regalaros las más finas...

—Está bien, Cortés, si te disgusta me las quitaré... —contesté mientras destrababa el broche—. ¿Es eso lo que venías a decirme?

—No, por cierto, no. Lo que quería deciros es que, ¿no es esto lo que deseabais? ¿Estar casada con un señor rico? ¿Con un español? ¿Crees que estaríais mejor con el señor de Xochimilco?

No contesté.

—Dime —dijo, mientras examinaba mi ojo cerrado—, ¿cómo es con los niños este desalmado?

Fue cuando por fin pude contestar.

—No nos quiere, Cortés, ni siquiera a su hija. A Martín lo soporta sólo porque es tu hijo, pero sé que le molesta su presencia.

—Quizá ahora entendáis, Marina, que el amor y el matrimonio son dos cosas muy distintas.

—En tu mundo sí.

—Ahora es vuestro mundo también. Yo conseguiré otra esposa, tal y como vos me dijisteis aquel día en la selva, una mujer que no ame, ni ella a mí, pero que me proveerá con una buena dote y me dará hijos con nombre y renombre. Aunque lo único que tengamos en común sea el color de la piel y la frialdad en el corazón.

Permanecí callada.

Él continuó:

—Ocelote, entended, tenéis que ser una buena esposa y obedecer a vuestro marido. No esperéis que te quiera. Si él desea divertirse, debéis dejarlo hacer... y vos permaneced callada, algo que sé que os cuesta mucho trabajo.

Me enfureció que hubiera venido a darme un sermón. Que solapara las acciones de su compinche sólo porque así lo hacían los hombres, sin importar lo que las mujeres pudiésemos sentir. Entonces reaccioné:

—¡Qué dices! ¡No! ¡No puedo, Cortés! ¡Déjame ser libre, como los jaguares en el monte, como los pequeños ocelotes en el bosque! ¡Quiero separarme! ¡Ni él nos quiere a su lado, y yo no quiero estar junto a él! ¡No me importa su fortuna! ¡Yo tengo mi propio caudal! ¿Puedes pedirle que me deje ir con los niños a Coyoacán? ¡Si tú se lo pides no podrá negarse! Yo no soy española, no tengo por qué seguir sus costumbres y sus reglas.

—Pero sois cristiana, Marina, ¡y os casasteis por la iglesia!

No quise responder a eso porque sabía que era una provocación.

—Le puedes pedir a alguien que no reconozca mi matrimonio. Sé que fray Toribio Motolinía es juez apostólico. Se puede conceder una nulidad si se argumenta bien. He estado investigando.

—Vaya, habéis aprendido bien. Casi os podría hacer notaria.

—He aprendido con el mejor maestro. Además, si me voy a Coyoacán podrás ver a Martín cuando quieras. ¡Incluso puedes mandar por él si no quieres verme! ¡Te lo suplico! ¡Ayúdame, Cortés! —le rogué, sabiendo que disfrutaba hacer el papel de líder magnánimo que otorga dones y perdones.

—Hablaré con Juan, pero antes, quiero pediros un favor.

Yo sabía que Cortés siempre pedía algo a cambio por un favor. Nunca era tan espléndido.

—Quizá dos —corrigió—. El primero es que, si se reabre mi juicio de residencia, declaréis a mi favor. Sois un testigo que ha estado muy cerca de mí y podrían obligaros a declarar en mi contra, o presionaros de alguna manera. Y vos sabéis muy bien que mis enemigos dirán cualquier cosa para hundirme. Vos sabéis por qué he hecho todo lo que he hecho. Siempre hubo una razón de peso al tomar las decisiones. Me acusan de matar a mi mujer. Dicen, también, que a Cuauhtémoc lo mandé colgar injustificadamente. Vos sabéis que había una rebelión. Lo mismo hablan de que la matanza en Cholula fue un acto de crueldad. Vos estuvisteis ahí, sabéis la verdad.

—Sabes, Hernán, que nunca hablaría mal de ti.

—¿Y el segundo favor? —inquirí, pues no quería entrar en discusiones con él.

—Llegado el caso de que tuviera que reclamar el poder de nuevo, me gustaría tener el apoyo y el auxilio de los pueblos. No sólo de los tlaxcaltecas, que siempre han sido mis aliados, sino de todos los demás. Vos sois una pieza clave para hablar con ellos, reunirlos y convencerlos para que se levanten en armas. No creo que sea necesario, pero si así fuera, ¿lo haríais por mí?

—¿Vas a pedir la anulación? —contesté con una pregunta. De él había aprendido el arte de la negociación. Él asintió. Entonces, yo también acepté.

Hernán se levantó y me ordenó:

—Preparad vuestras cosas y las de los niños, os vais a Coyoacán —dijo, mientras salió a hablar al gran patio con el señor alcalde.

Alcancé a oír gritos y reclamaciones. Mi corazón latía con fuerza, de nuevo me sentía vulnerable, cambiando mi destino una vez más, aunque ésta era la primera vez que se daba por voluntad propia, y aun así tenía que ser por intermedio de un hombre, aunque no cualquier hombre, el más poderoso de la Nueva España.

Pero nunca lo pensé dos veces, el impulso de huir era más fuerte que la razón.

35

Final primero[38]

(Junio de 1527)

QUIÉN HUBIERA PENSADO QUE MORIRÍA TAN PRONTO, DESpués de liberarme de Jaramillo, y que la felicidad de estar sin dueño duraría tan poco.

Jaramillo protestó de que nos separáramos, aunque no entiendo por qué, si nunca estuvo a gusto conmigo. Se casó por conveniencia, por la riqueza que Cortés le prometió y le dio. Supongo que lo hizo más por salvar cara que por otra cosa, y que le urgía volverse a casar. Él y Cortés se las ingeniaron para pedir una anulación papal, argumentando que

---

[38] Muchos autores, como Camilla Townsend, Margo Glantz, Rosa María Zúñiga y Juan Miralles, entre otros, plantean que Malintzin murió alrededor de 1527, basándose sobre todo en dos hechos: que su hija María Jaramillo así lo aseguró en un pleito por la herencia de su padre, años después; y que Juan Jaramillo, su esposo, se volvió a casar aproximadamente en 1528. Sin embargo, fuera de esos hechos circunstanciales, no existen pruebas documentales de la muerte de Malintzin.

yo no estaba bautizada. ¡Yo, entre todas! ¡Yo que fui de las primeras mujeres en recibir el bautizo! ¡Yo que fui la primera voz en hablarles a los indígenas sobre una corte celestial de hombres y mujeres amorosos y buenos que sólo quieren el bien para sus hijos! Pero supongo que algo tenían que decir y no me importó. Yo sabía la verdad, allá ellos. ¿Quién era yo después de todo, sino sólo una humilde india en este nuevo mundo que se construía día a día a mi alrededor y que comenzaba a serme tan ajeno?

Debo confesar que mientras ellos ideaban sus artimañas, yo vivía muy en paz en la casa de Coyoacán con mis dos hijos, los hijos de Juana y las demás muchachas que me servían. Cortés nunca dejó de aprovisionarme regularmente, Jaramillo mandaba una moneda de oro o de plata de vez en cuando, y la gente de Coyoacán no me abandonaba. Siempre había regalos de su parte en mi puerta: chía, huatli, flores de calabaza, maíz, frijol, chiles, pescado... Además, cada año llegaba puntualmente el tributo desde Olutla y Jaltipan.

En cuanto al papel que antes desempeñaba como tlatoani, era cada vez más difícil ejercerlo, porque las autoridades venidas de España estaban tomando el control de la ciudad y sus alrededores, y a Cortés le limitaban su poder a cada paso, pero eso aún no impedía que me reconocieran como una personalidad importante dentro de la comunidad y mi opinión era tomada en cuenta. Cuando surgía algún conflicto, me mandaban llamar para que explicara la situación y, sobre todo, les *tradujera* el punto de vista de los indígenas, pues en general a los extranjeros les costaba entender su manera de pensar y de actuar, era algo que iba más allá de la lengua.

Martín había cumplido cinco años y ya tomaba clases de esgrima, de gramática y latín. Cortés le impuso dos tutores, el que le enseñaba las artes de la espada —lo que al niño le encantaba— con la ayuda de una miniatura de madera; y dos veces a la semana un bachiller se encerraba con él a enseñarle a contar, la magia de las letras y un poco de latín, pues su padre afirmaba que eran las mejores habilidades que un hombre podía aprender en el mundo. Y el día de su quinto cumpleaños, Hernán le regaló una lustrosa yegua negra. El niño estaba feliz, pero debo decir que me pareció un regalo desproporcionado para alguien tan pequeño. Me preocupaba que mi hijo, ante el exceso de regalos, creciera para convertirse en un ser arrogante y egoísta como su padre.

María había cumplido un año y ya caminaba, tocando todo a su paso como una tromba. La hija de Juana, que ya tenía seis, adoraba jugar con ella y la trataba como a una muñeca, y yo la quería como a nada más en el mundo.

En cierto modo acepté que mi relación con Cortés estaba rota para siempre y que no podría volver a unirse. Nuestros caminos se separaban cada día más, pues yo ya no intervenía en nada que tuviera que ver con el nuevo gobierno, y después del extenuante viaje a las Hibueras, difícilmente pensaba seguirlo a ninguno de sus viajes de exploración, pues él siempre tenía uno en mente. Ahora decía que quería dirigir sus pasos al norte, pero yo sólo quería estar con mis hijos y vivir tranquila.

Pero sucedió que, a finales de junio, cuando ya habían comenzado de nuevo las lluvias, la viruela volvió a acecharnos y, aunque siempre le hui, esta vez me atrapó y no me dejó salir viva.

Precisamente una tarde en que la tormenta tomó el valle de rehén empecé a experimentar fiebre y un dolor de cuerpo muy intenso. De inmediato supe que estaba enferma y no sé por qué recordé aquella tarde en que encontré a Cortés en mi cama con la nodriza. Había sido el principio del fin. Pensé que si no me hubiera enojado tanto, quizá las cosas hubieran marchado de diferente manera.

A los dos días del primer síntoma, tenía el cuerpo cubierto de los granos negros que matan. Le pedí a Juana, en medio de mi delirio, que apartara a los niños y que mandara llamar a Cortés. Él de inmediato envió a su médico, el cual, al verme, sólo dio consejos para que cambiaran mis sábanas y me dieran baños con unos polvos disueltos en agua. Recomendó que me dieran de beber mucha agua y que rezaran por mí.

También mandó colocar una tela en los cuatro postes de mi cama para evitar contagios. Sin embargo, Juana no se separó de mí, no entiendo cómo ella no se enfermó.

Cortés vino a verme poco después y hablamos un poco, tela de por medio, como si la tela hubiera sido un símbolo de nuestra separación, que ahora sería eterna.

Le dije que estaba segura de que se haría cargo de Martín, pero que debía pedirle que también velara por la pequeña María, pues ella era inocente y dudaba mucho que Jaramillo se hiciera cargo de ella. Lo prometió, y antes de irse me dio las gracias a su manera.

—Marina, reconozco vuestra labor más de lo que pensáis, y debo deciros que nunca conocí a una mujer como vos, y dudo mucho que alguna vez conozca otra igual. Sabéis que pedimos la anulación papal de vuestro matrimonio, y aunque llegue tarde, serás libre, Marina, tal como querías.

Con muchos trabajos, porque apenas me quedaba aliento, me reí.

—Bueno, él también será libre muy pronto, sin necesidad de anulación, porque quedará viudo. ¡Qué suerte la suya! —exclamé.

—No digáis eso, Marina, con la ayuda de Dios nuestro Señor y la Virgen de los Remedios quedaréis libre de la enfermedad muy pronto —dijo para animarme.

Pero antes de que se fuera, no pude contener mis celos y le reclamé:

—¡Me enteré de que le has otorgado todo el pueblo de Tacuba en encomienda a Tecuichpo! ¿Qué tiene Tecuichpo diferente de mí, aparte de ser hija de Moctezuma? ¡Ella no ha hecho nada para merecer tantas atenciones! ¿Te la estás cogiendo? ¿Por qué a mí no me diste Coyoacán? ¿Por qué a ella le das tanto? ¿A quién le importa ahora Moctezuma? ¡No te importó cuando mandaste pasarlo a cuchillo antes de la huida!, ¿verdad? ¿Ya no te acuerdas de que lo aventaron al canal como a un perro? ¡Yo también tuve un padre, que de haber vivido hubiera velado por mí! ¡Entonces no me hubieras tratado como lo hiciste!

—¡Calmaos, pequeño ocelote! —dijo al tiempo que llamaba a Juana—. Recordad que a él y a los otros nobles los sacamos a un costado del palacio. ¡Estáis delirando!

A mí me dio un acceso de tos en ese momento y no pude seguir hablando. Cortés se retiró y Juana se quedó cuidándome, pero alcancé a escuchar que murmuraba: "Fueron las perlas, las malditas perlas, no debisteis ponéroslas, os advertí que te las quitaras… yo tengo la culpa…"

Ya no pude preguntarle a Juana de qué perlas hablaba Cortés, porque en ese momento se presentó el capellán a darme la extremaunción. Se acercó lo menos que pudo, sosteniendo un pañuelo sobre su boca, y con la otra mano enguantada me untó el aceite, que según entendía, era como un pasaje seguro para que el alma se deslizara al paraíso de Dios.

Lamenté que lo último que había hablado con él hubieran sido reclamos, pero ya no había remedio.

Pasé tres días más deseando la muerte como la visita de un amante, pues ya era suficiente tormento verse y sentirse como un monstruo putrefacto. Pero aunado a este suplicio me llegaban recuerdos intermitentes de hechos vergonzosos. Cosas que vi y presencié que no me gustaron, que se quedaron anidando, tejiendo una red de culpas que me asfixiaban en ese momento de desesperación.

Cómo no lo vi entonces, me preguntaba con culpabilidad, cómo no advertí lo que se nos echaba encima, la tragedia, el exterminio, las cenizas. Cómo no me di cuenta de que yo había facilitado la muerte de nuestros dioses.

Una oscuridad se cernió en mi alma y dejé de pronunciar palabras, lo que significaba mi condena final.

Alcancé a ver que Juana guardaba las perlas que Cortés le regaló a María en una caja y les ponía un crucifijo encima. Juana la descreída. También murmuró algo de una maldición. ¿Serían acaso las perlas de la Marcaida que nadie quería recoger? ¿Cortés se deshizo de ellas, regalándoselas a mi hija? ¿Perlas malditas? No lo creo, mi destino ya estaba escrito desde hacía mucho y estaba ligado a la tierra que me vio nacer.

Al amanecer del tercer día, después de luchar arduamente contra la oscuridad, pude al fin cerrar los ojos y ver la luz.

Lo último que vi, en medio de una niebla que no me dejaba saber si era un último sueño o una primera visión del paraíso, fue a Cortés vestido con sedas negras, tomando de la mano a mi Martín, mientras los dos subían a un navío que los llevaría a cruzar las aguas del océano, a un lugar que nunca conocí: los reinos de España.

36

Final segundo:[39] lo que vino después de mi primera muerte

(Marzo de 1528)

LA VIRUELA ME TOMÓ PRISIONERA, MAS NO ME VENCIÓ. SI no pudieron hacerlo el hambre, las fiebres, las largas caminatas, o la guerra, no me iba a subyugar una enfermedad más. Luché con todas las fuerzas que me quedaban en el corazón de jaguar. Y pasó la fiebre. Y recobré las fuerzas. Aunque mi rostro quedó marcado para siempre. Y eso sí

---

[39] El historiador e investigador inglés Lord Hugh Thomas, en su libro magistral *The Conquest of Mexico*, afirma en una nota del epílogo (p. 769) haber encontrado en el Archivo General de la Nación, en México, una carta de Martín Cortés Malintzin, hijo de Hernán Cortés y Malintzin, donde se menciona a doña Marina viviendo todavía, en el año de 1551, en una casa perteneciente a Xoan Rodríguez Albaniz; y otra carta donde Luis Quesada, el marido de su hija María Jaramillo, la menciona fallecida para el 15 de febrero de 1552. Por lo que se deduce que Malintzin debió morir a finales de 1551. Thomas, Hugh, *The conquest of Mexico*, Hutchinson, London, 1993, primera edición.

debilitó mi ánimo. Me recluí, no quería que nadie me mi rara, no deseaba que nadie supiera que estaba viva. Igual a Jaramillo le vendría como anillo al dedo que no volviera a aparecer en público. Pero a pesar de vencer la enfermedad, aún no adivinaba los golpes que se avecinaban y que me hicieron desear estar mil veces muerta.

En mi encierro, me llegaban de vez en cuando las noticias de lo que sucedía en la ciudad, de los chismes que circulaban. Como cuando me enteré, a mi regreso del viaje a las Hibueras, que en nuestra ausencia le había nacido un hijo a Cortés que había tenido con una mujer española y que había nombrado Luis. Así fue como supe que, aparte de mi nodriza, también se tumbaba a esa mujer y que mi Martín ya no era su único hijo varón. ¡Cuánto me faltaba por aprender entonces! Aunque ya estaba casada con Juan, de todos modos me dolió saberlo. Fue otra espina más que se clavó en mi corazón.

Poco después me enteré de la muerte de Alonso de Grado, el marido de Tecuichpo, ese mismo año de 1527, que se decía acaecida el Día de Todos los Santos. En cierta forma, la compadecí. Ya sabía lo que era estar casada con un español. Pero eso fue apenas el principio de las calamidades que se aproximaban.

Antes de morir Marcos Aguilar, quien se había quedado en lugar del juez Ponce de León, nombró como su sucesor al tesorero Alonso de Estrada. Unos lo apoyaban y otros eran de la opinión que debería gobernar junto con Cortés. Finalmente se decidió que gobernara con Sandoval, lo que resultó por unos meses, hasta que comenzaron a pelearse, y luego, a principios de 1528, llegó una orden de España para que Estrada administrase solo. Y como a todos se les suben los humos cuando los encumbran y, además, estaba el asunto de que todos le temían al poder real que detentaba Cortés, ese hombre pensó que la mejor solución era quitarlo de en medio, así que no lo pensó dos veces y lo desterró.

Por alguna extraña razón, Cortés, en lugar de defenderse o levantarse en armas, como ya lo había pensado alguna vez, creyó que la medida era correcta, o a la mejor fue su manera de salvar cara, y expresó que era el momento de ir a exponer su caso a España y hablar personalmente con el rey, para que se le hiciera justicia, y el soberano entendiera, de una vez por todas, las grandes hazañas que su persona había llevado a cabo a favor del reino, y de paso aclarar los comentarios de maledicencia que se habían levantado en su contra.

Entonces, aquel hombre que había hecho de mí lo que había querido, habría de hacerme aún el mayor mal que podía, a pesar de que me había prometido lo contrario.

Ése fue el día en que me arrepentí haber deseado que me entregaran a los teules, aunque eso parecía ya muy lejano en el tiempo, como si hubiera sido en otra vida.

Vino a verme a principios de marzo. Estaba muy consciente de que Martín cumpliría seis años el día 23. Yo no quería recibirlo, no quería que me viera con mis cicatrices de viruela, aunque Juana mandó traerme de la costa una pasta que hacían con las conchas de abulón, que me había ayudado a suavizarlas un poco. Usé el abanico, como Tecuichpo lo hacía para ocultar sus marcas. Una cosa eran las cicatrices en el rostro y otra muy diferente eran las heridas ocultas en mi pecho, que dolían, que no sanaban, pero lo recibí, después de todo era el padre de mi hijo, y me proveía, aunque cada vez menos.

Me habló de su situación que se presentaba delicada y de su confianza en que el rey sería lo suficientemente bondadoso con él, para arreglar todos los malentendidos. Y me anunció que se llevaba a Martín con él. Que quería hacerlo un caballero español de bien, llevarlo con los caballeros de la Orden de Santiago, y presentarlo con el rey, que ya le había pedido al papa que lo legitimara, y que, para avanzar con su educación, propia de un hidalgo, debería conocer la tierra de su padre, y otras tantas cosas a las que ya no les presté la menor atención, ni le entendí.

Para mí, la única frase que me entraba era que se llevaría a Martín.

¿Por cuánto tiempo? ¿Cuándo lo volvería a ver?, eran las únicas preguntas que se agolpaban en mi cabeza.

Supliqué, lloré, berreé. Me jalé los cabellos. Todo fue inútil. Dos días después de su cumpleaños, vinieron por él. No hay manera de explicar que una despedida así no es posible. Todavía luché. Lo retuve en mis brazos, pataleé. Rasguñé y escupí a los que vinieron por él.

Lloré por varios días y luego algo murió dentro de mí, lentamente, y cada día me hundía en las aguas engañosas de una ciénaga donde el dolor lo abarcaba todo. A veces, sólo el cantar de los pájaros o una sonrisa de María lo aliviaba. Tuvieron que pasar muchos años para que el consuelo llegara vestido de resignación.

Supe que levaron anclas a finales de marzo, en varios navíos. Iba acompañado, como era su costumbre, de un gran séquito. De sus fieles Gonzalo de Sandoval y Andrés de Tapia, de tres hijos de Moctezuma, de don Lorenzo, el hijo de Maxixcatzin, señor de Tlaxcala, y algunos indios más, entre ellos, algunos voladores de Papantla, que llevaba como un espectáculo para el rey. De nuevo cargaba con bufones, acróbatas y enanos. Por supuesto, según me contaron, tampoco podían faltar los regalos: mantas, joyas de oro y plata y trabajos de plumería.

Durante mucho tiempo no supe más de ellos, hasta que, en agosto, me llegaron otros chismes más cercanos, pero que tenían que ver con Cortés, y nada menos que con Tecuichpo, que según sabía yo, se había vuelto a casar con otro español, un tal Pedro Gallego de Andrade. Doña Isabel Moctezuma había dado a luz una hija que, según las hablillas, era nada menos que de Cortés. Se decía que, a los pocos días de muerto Alonso de Grado, Cortés se la llevó al palacio que construyó en la ciudad y ahí la forzó a tener comercio carnal con él. Antes de irse, la casó, pero todo el mundo sabía que Isabel Tecuichpo estaba preñada de Cortés, y en avanzado estado. La noticia era dolorosa para mí, es cierto, Hernán con Tecuichpo, la niña altanera que conocimos en el palacio de Axayácatl, la niña que juró proteger, a quien siempre envidié; pero lo más sorprendente era lo que se murmuraba. Que Tecuichpo ni siquiera había querido ver a la niña cuando dio a luz, que la odiaba desde que la tuvo en el vientre, y que no la reconoció como su hija. ¿Qué mujer puede hacer eso? ¿Qué tendría que pasar para que algo así sucediera?, me preguntaba. Debió de odiar a Cortés, más, mucho más de lo que yo lo odiaba.

Juan Gutiérrez de Altamirano, primo de Cortés, y quien apenas hacía un año había llegado a la ciudad de México y que fungía como mayordomo de Cortés, se hizo cargo de ella, y la bautizó como Leonor.

¿Qué más sorpresas me daría ese hombre?, me preguntaba.

En medio de mi tristeza no quería tener nada que ver con él, nunca más, me dije. Nuestro lazo estaba roto, hecho trizas.

Sin embargo, lo más urgente era encontrar un medio para sobrevivir. Sin estar Cortés, tenía que ver la forma de subsistir. Afortunadamente, recibía el tributo de Olutla y Jaltipan. Y todavía me quedaban joyas de oro, más de las que la gente podía imaginar. Las había guardado, desde que Moctezuma nos mandaba regalos y Cortés me los obsequiaba. Claro, eso sólo lo sabíamos Juana y yo, era nuestro secreto. Sabíamos que nos serían útiles de una manera u otra.

Además, tenía mi propiedad en Coyoacán, en la que sembré árboles frutales y algunas hortalizas, y tenía la ayuda de la gente del lugar, que nunca dejó de compartirme lo poco que tenía.

37

Santiago

(1529)

DESPUÉS DE PASAR POR UN LARGO PERIODO DE DUELO E introspección, Malintzin le pidió a Juana que buscara a Santiago Severino, de quien hacía más de un año no tenía noticias. Temía que la viruela también lo hubiera atrapado. Necesitaba un amigo, una persona de confianza con quien hablar y compartir sus tristezas. No sabía dónde podría estar, si en Texcoco, en Tlaxcala, o dónde lo habría llevado el destino, así que se hicieron indagaciones. Alguien les informó que Santiago estaba viviendo en Cuernavaca y que ayudaba a fray Toribio de Benavente, Motolinía, como se le conocía, en la fundación de un convento y en la evangelización de los lugareños. Entonces Malintzin le pidió a Juana que fuera discreta y que ella misma lo fuera a buscar. Le quedaba claro que entre menos contacto tuviera con españoles, sería lo mejor.

La cuestión con su hija María era un poco más complicada, pues siendo hija de español, se veía obligada a vestirla y educarla como española para presentársela a su padre, las pocas veces que la veía. La educación de la niña, que de ningún modo se igualaba a la de Martín, también era supervisada por Juan González Altamirano, pero al menos la enseñaban a leer y a escribir y a tocar algo de música. El bordado también les parecía esencial, aunque a su madre le parecía algo totalmente inútil, pero se veía obligada a complacerlo. Fuera de ese contacto, evitaba lo más posible a los extranjeros.

Una vez localizado Santiago y avisado que era requerido por Malintzin, vino a visitarla un fin de semana. Le contó entusiasmado lo que hacían en Cuernavaca, enseñando a niños pequeños y a comunidades aledañas

El haber estado lejos de Tenochtitlán los había librado de la viruela, se disculpó Santiago con Malintzin, como si el no haberse enfermado lo hiciera sentir culpable.

Malintzin, por su parte, estaba preocupada de que Santiago ya no la viera con los mismos ojos de antes. Tantas cosas habían sucedido desde que ella se despidió para irse al viaje a las Hibueras. Se había casado, había tenido una hija, se había separado de su marido, había perdido a su hijo, y ahora su rostro no era el mismo de antes. Sin embargo, Santiago no pareció prestar la menor atención a ese detalle. Se alegró de verla, de ser bien recibido en la casa de Coyoacán, e incluso le propuso hacer un libro sobre ella.

Ella se negó en redondo. ¿Para qué querrían hacer un libro sobre su vida?, argumentó. ¿Le gustaría que se dijera todo sobre ella? Pero se quedó pensando en el asunto.

No pudieron dejar de tocar el tema del juicio de residencia a Cortés, que se había vuelto a abrir en su ausencia, y de cómo todo el mundo comentaba que avanzaban las acusaciones en su contra, azuzadas por Gonzalo de Salazar, a quien Estrada había liberado, y sobornaba a los testigos de manera bastante cínica para que declararan falsamente.

Malintzin recordó que Hernán tenía miedo de que ella fuera llamada como testigo a declarar, pero, a pesar de haber sido una de las personas más cercanas al caudillo en la guerra de conquista, consideraron que era testigo no idónea simplemente porque era india y porque su declaración no podía ser objetiva, pues había sido su amante conocida y reconocida y tenía un hijo de él, concluyeron. De hecho, ella sabía que la razón principal para no llamarla había sido precisamente por ser cercana a él, ya que ella sabría los hechos verdaderos, que podrían corroborar lo que Cortés afirmaba: que no era culpable de los muchos horrores que se le imputaban. O al menos, de algunos, pero tomarle la declaración a una india implicaba darle voz jurídica y eso no era algo que el gobierno o la corona misma quisieran fomentar.

Los nuevos oidores que llegaron a la Nueva España en ausencia de Cortés: Nuño de Guzmán, Delgadillo y Matienzo, resultaron una pesadilla más grande que los primeros.

Los seguidores de Cortés y los conquistadores que llegaron con él estaban siendo perseguidos, y se encontraban escondidos o refugiados en el convento de San Francisco.

Había tales abusos y desórdenes por parte de los oidores, sobre todo relacionados con mujeres, que la gente ya hablaba de los *oidores y las oidoras*, pues era sólo a través de ellas, y la influencia que ejercían sobre ellos, que algo se podía lograr en cuanto a asuntos de Estado y justicia se referían. Nada los detenía y sus abusos y su codicia eran vergonzosos. Sus fiestas, su despilfarro y su descaro eran ya la comidilla de toda la Nueva España.

De no haber sido por el obispo fray Juan de Zumárraga, a quien tenían vigilado, pero que se las ingenió para enviar una carta al Emperador, contándole de los abusos y el mal gobierno, la pesadilla no hubiera terminado jamás.

Santiago y Marina comieron juntos, bebieron vino y saborearon un delicioso chocolate.

—Sabes de dónde viene tu nombre, ¿verdad? —y sin esperar respuesta, comentó—: Del apóstol Santiago, patrono de España, ésa fue una de las primeras cosas que aprendí estando con *ellos*. Me enseñaron que Jesús era hijo de la Virgen María, tal y como Huitzilopochtli había sido hijo de Coatlicue, quien se embarazó con una bola de plumas que guardó en su pecho. Algo muy parecido sucedió allá, me dijeron, pues María también se embarazó sin conocer varón, ¿es extraño, verdad? Esas coincidencias… no se pueden explicar bien, es como si en el fondo todo hubiera estado planeado con anticipación, como si las historias de los dioses se parecieran —movió la cabeza de un lado al otro y continuó—: Como te habrán enseñado quizá los frailes, el apóstol Santiago era hermano de Jesús, y fue el primer mártir, murió apedreado defendiendo las doctrinas de su hermano. Sus restos se encuentran en una iglesia muy grande y bella, dicen, pero que ni tú ni yo la veremos jamás. Se encuentra allá del otro lado del mar, en un lugar que se llama Santiago de Compostela, según me han contado. De ahí viene ese grito que invocaban los conquistadores cada vez que empezaban a batallar: "¡Santiago y cierra, España!", exclamaban, y era como pronunciar una palabra mágica, ante la cual todos los soldados se plegaban a las órdenes de los capitanes y se movían al unísono como un solo cuerpo y una sola mente. Siempre me sorprendió la obediencia y la organización. Quizá ésa fue la clave de su éxito, esa disciplina militar que aparecía en cuanto se invocaba al apóstol Santiago. Los guerreros de aquí, en cuanto caía su líder, se dispersaban, o entraban en pánico al ver los caballos u oír la pólvora y salían corriendo.

Sin dejar a Santiago contestar, Marina le cuestionó:

—¿Tú crees que seamos cobardes?

Santiago permaneció pensativo unos segundos antes de contestar:

—¿Nosotros, tú y yo?

—Me refiero a nosotros, *los indios*, como *ellos* nos llaman… ¿que seamos agachados?

—Tal vez lo seamos, Marina, pero apenas comenzamos a transitar un largo camino de lo que tendremos que soportar más adelante. Nuestro sufrimiento no acabará luego, y para eso hay que tener valor y fortaleza, no cualquiera lo aguanta.

38

Una esperanza apenas renovada

(1530-1531)

MALINTZIN Y SANTIAGO SE SIGUIERON VIENDO CUANDO podían y su amistad y cercanía evolucionó en algo más. Su relación fue creciendo poco a poco, antes de que siquiera se atrevieran a compartir la cama. Era algo profundo que emocionaba a Malintzin como a una chiquilla. En aquel momento, el *tlacuilo* era para la traductora su sostén, sus raíces. Nunca había tenido algo así. Callado, discreto, algo que se compartía en privado, sin necesidad de alardear o hacerlo público, tan valioso como una capa de plumas de quetzal. Y así lo mantuvieron. Sólo los más cercanos a ellos lo sabían, y ni siquiera lo declararon en sus confesiones con los padres de la iglesia. Era suyo, era único, y nadie tenía por qué saberlo.

La calma de su vida sólo se vio trastornada cuando Marina se enteró del regreso de Cortés a costas mexicanas en julio de 1530. Su alma se inquietó al pensar que su hijo Martín vendría con él y quiso saber su paradero. Un aleteo de esperanza se movió en su interior, aunque también el miedo de que algo le hubiera sucedido se agitaba en el fondo de su corazón. No había tenido noticias de él desde entonces.

Muy pronto corrió la voz de que había llegado una cédula prohibiéndole al caudillo el paso a la ciudad de México y que, además, debía mantenerse a diez leguas de ella. Supo, entre otras cosas, que Gonzalo de Sandoval, el capitán más leal a Cortés y autor de tantas hazañas militares, había enfermado camino de ver al rey y había muerto del otro lado del océano, lo que en verdad la entristeció. Averiguó que Cortés, a su regreso, se había aposentado en Texcoco, que venía casado con una mujer bella y de alcurnia y que, además, la dama se encontraba embarazada. Al parecer, varios de los caciques locales lo visitaban ahí con regalos, ofreciéndole su lealtad. Eran demasiadas nuevas para digerirlas tan rápido. Marina había pronosticado ese matrimonio, y ya era una realidad. El que fuera a tener un nuevo hijo no la alteraba, era uno más entre tantos. Sabía que ya nada tenían en común, más que su hijo, por lo que de inmediato mandó un mensajero preguntando por Martín.

Cortés le respondió con una lacónica carta a su nombre, notificándole que su hijo estaba bien y permanecía en España, y que había ingresado al cuidado de la Orden de Santiago, donde completaría su educación, la cual duraría algunos años más, no podía precisarle cuántos.

Su debilitado corazón seguía recibiendo golpes. No podía concebir a un niño de sólo siete años abandonado por su padre en una tierra desconocida, separado de su madre por ser india y llevado a vivir a un lugar de extraños, soportando una disciplina militar y tratando de adaptarse a cielos ajenos. ¿Sobreviviría? ¿Sería lo suficientemente fuerte para sobrellevar esa carga?, se preguntó Marina.

Poco después, supo que tanto la madre de Cortés, a quien había traído a enseñarle la tierra de sus conquistas, así como el hijo que recién le había nacido, habían muerto. Los enterraron juntos en la iglesia de Texcoco. Tal parecía que la fortuna no le estaba siendo favorable.

Malintzin no volvió a verlo.

Decidió que buscaría la posibilidad de dictar unas cartas para su hijo; era lo único que le quedaba. Santiago podría ayudarle a escribirlas. Y pensar que recién cuando conoció a los extranjeros ella y los demás creían que leer las cartas era un acto de magia. Quizá sí lo era. Leer las palabras dichas o pensadas por alguien hacía tiempo y luego repetirlas en otro lugar, en otro momento, con otra voz... Tal vez no fuera demasiado tarde para aprender a leer y escribir, consideró.

Por aquellos días sucedieron muchas cosas: llegaron nuevos oidores, quienes le permitieron de nuevo la entrada a Cortés a la ciudad, pero a ella ya no le interesó. Lo último que supo fue que el caudillo, ahora nombrado marqués de Oaxaca, o marqués de Nada, como repetía la gente, se había llevado a su joven esposa a vivir a Cuernavaca y ahí le construía un palacio a todo lujo, digno de una marquesa.

En agosto de 1531, el día 13 para ser más exactos, se celebró a lo grande en la ciudad el décimo aniversario de la caída de Tenochtitlán. Hubo desfile de caballos y caballeros, corridas de toros y juegos. Verbena popular, como le llamaban, con venta de comida y algunas mercancías. Doña

Marina no celebró; se quedó encerrada en casa bebiendo, eso sí, vino español. Para ella, no había nada que celebrar. Si tan sólo hubiera sabido en lo que iba a resultar la guerra. Como en el juego de cartas, que tanto les gustaba a Cortés y a los españoles, el ganador de la partida se había llevado todo. Y, aun así, no podía quejarse, su posición era privilegiada, gracias a que había convivido y colaborado con ellos.

En diciembre de ese año, hubo cierto revuelo porque un indígena aseguraba haber visto a la niña María, a la Virgen María, aparecida en el cerro del Tepeyac. Se decía que la había visto tres veces, y que era una mujer muy bella y dulce.

Malintzin no sabía qué pensar, ella la había imaginado muchas veces, pero nunca la había visto. Envidiaba a ese tal Juan Diego, porque al menos viendo a los dioses se hacían menos lejanos e inalcanzables. Se hacía más fácil creer, si de creer se trataba. Decían que le había informado del caso al obispo Zumárraga, pero que él no había hecho mucho caso. No lo dudaba. Zumárraga tenía muchas cosas más importantes en qué ocuparse y no le iba a creer a un indio, aunque dijera la verdad. Así eran las cosas. Después de años y por lo que había pasado, Marina dudaba de todo. Veía las debilidades humanas reflejadas en los dos lados: indios y blancos, pero a los españoles, que en un momento los admiró casi como dioses, ahora los veía débiles, descompuestos, dejándose arrastrar por sus pasiones y sin un sentido de servicio a la comunidad. Además de todo, ella se sentía culpable.

Le preguntó a Santiago qué pensaba acerca de lo que se comentaba de la aparición de la Virgen.

—Quizá sea de verdad, la madre Tonantzin que ha vuelto para confortarnos, vestida de española.

Marina se rio, recordó aquel diálogo en el que Cortés le dijo que se veía ridícula vestida de esa manera.

—Quizá tengas razón, Santiago, pensemos que nuestros dioses sólo están cambiándose de ropas, como en una pastorela, cuando el mismo actor sale de ángel y de Satanás. Se están despintando el rostro, quitando las plumas, los huipiles, los taparrabos y ahora se ponen las enaguas, los velos, las togas y las aureolas. Después de todo, los atuendos no hacen a las personas, ¿cierto?

—Marina, qué cosas dices… —respondió Santiago—. Aunque quizá tengas razón —replicó—. Ya era hora de que regresaran, ¿no te parece?

—Santiago —respondió Marina cambiando de tema—, he decidido que sí quiero que escribas ese libro. Hay cosas que quiero contar, aunque no sean todas, que conozcan mi versión de los hechos, la visión de Malintzin, de lo que sucedió, de lo que no se dijo.

—¿Cuándo empezamos, Marina? —indagó Santiago.

—Empecemos ahora mismo, quiero contarte, por ejemplo, lo que sucedió en Cempoala, cuando por primera vez se destruyeron los dioses. Fue algo espantoso que no he podido olvidar. Hasta el día de hoy puedo escuchar los lamentos. ¿Estás listo?

—Estoy listo —afirmó Santiago, haciéndose con su pluma en la mano.

—Muy bien, todo comenzó cuando, habiendo sido invitados a conocer Cempoala por el cacique gordo, y después de varios días de haber sido sus huéspedes de honor y de saber Cortés que había divisiones entre nosotros, y que debería de buscar la alianza de los tlaxcaltecas, porque éstos eran enemigos de los mexicas, se le metió en la cabeza que deberían destruir lo que él llamaba los ídolos.

"Así que un día, a las cuatro de la tarde y bajo las escasas sombras que se formaban a esa hora, Cortés y los principales de Cempoala se reunieron en la plaza.

"No era buena hora para parlamentar. El calor y la humedad aún hacían una combinación demasiado poderosa para soportarse. Las moscas y las avispas molestaban a los presentes con sus zumbidos impertinentes. Todos sudaban, pero los hombres ataviados de hierro lo hacían más copiosamente que los lugareños. Las gotas de sudor les escurrían por las sienes. Su cabello crespo se les pegaba al cráneo con la humedad, pero, aun así, guardaban la compostura.

"Cortés ya había decidido marchar hacia el interior del territorio, pero primero quería asegurarse de que contaría tanto con el apoyo como con la lealtad de los totonacas, antes de ir al encuentro con los tlaxcaltecas, quienes, según lo que aseguraban los de Cempoala, eran enemigos de los mexicas y se les unirían como aliados.

"De esta manera los totonacas, avisados ya de que habría una especie de ceremonia o acuerdo entre los dos grupos, habían traído consigo ocho doncellas para entregarlas a los españoles, pues ¿qué mejor acuerdo de lealtad puede haber sino la mezcla de sangres? Desde antaño, desde que comenzó el mundo, entregar a las hijas, que son representaciones de la diosa creadora, de lo femenino primordial, para que sean receptoras en su vasija de la semilla del otro, del donante, de los aliados, ha sido la mejor prueba de voluntad que puede haber, mejor aún que la palabra, que puede llegar a romperse y a malinterpretarse... Por lo que el cacique gordo tomó la palabra y se dirigió a mí, que era ya conocida y respetada por ser la trocadora de palabras y tenía el don del entendimiento de dos lenguas, y con palabras solemnes les entregó a los españoles a las hijas de los principales del pueblo, haciendo énfasis en la importancia del regalo.

"Cortés agradeció el gesto, aunque puso un pero. Quería bautizar a las jóvenes antes de aceptarlas. Nadie, salvo los cristianos, entendía qué significaba eso del bautizo. Además, añadió que deseaba que destruyeran a sus dioses.

"Cuando el significado de lo que se les pedía se abrió paso por el entendimiento del cacique gordo y los otros principales, hubo un murmullo de desaprobación. La gente del pueblo daba voces de sorpresa y alarma.

"El cacique respondió claramente sorprendido, y reaccionando con las entrañas, que eso no podía ser, que sus dioses eran... sus dioses, que les daban buenas cosechas, les daban vida y prosperidad. No podían destruirlos, contestó, enojado.

"Cortés, como para aliviar un poco la tensión, le ordenó a Diego de Godoy, el escribano, que leyera el acta notarial de vasallaje a la Corona española, para que ellos entendieran a cabalidad lo que esto significaba y a qué los obligaba, pero que, por lo mismo, ellos no podían hacer alianza con idólatras; aunque era poco probable que entendieran esto último, porque ni yo lo comprendía. Cortés aseguró tajante que tenían que dejar a sus dioses, parar los sacrificios humanos y la ingesta de carne humana y también la práctica de los hombres de tener relaciones carnales con otros hombres. En ese orden.

"De algún modo, los agraviados creían que era magia aquel acto de sacar palabras de un papel, como si lo comuni-

caran los dioses directamente, otros dioses que no conocían
y que hablaban por boca de los intérpretes, y de esa magia
extraña nada se comprendía, salvo que existía un poderoso
monarca más allá de las aguas del mar al que tenían que serle fiel, más fiel que a Moctezuma Xocoyotzin, un rey que a
lo mejor no verían nunca, pero aquí estaban sus enviados,
que eran reales, presionando para que dejaran la fidelidad
militar y de tributo a Moctezuma, y sacando, muy conven-
cidos, palabras de un papel que venía del otro lado del mar.
¿Qué tal y las voces que leían venían desde allá? Pero ¿por qué
tenían que ser más fieles a aquel rey desconocido? ¿Por
qué tenían que dejar sus dioses y los sacrificios y el ritual de
comer la carne de los sacrificados? ¿Qué tenía que ver con
los dioses que a los hombres les gustara comerciar carnal-
mente con otros hombres? ¿Qué acaso ellos no lo hacían?
¿No lo habían probado nunca? Era, en realidad, una costumbre muy antigua y excitante. A todos los hombres de
esas tierras les gustaban esas maneras de acoplarse y para
eso había hombres que, por naturaleza, se ofrecían con gusto y hacían de receptores del vigor masculino.

”La sorpresa era mayúscula para los principales y para el
pueblo, que no tenía voz, pero sí sentimientos. Murmura-
ban descontentos, escandalizados. Sin embargo, no sabían
qué hacer, estaban en desventaja ante aquellos extraños. En
ese infierno, estaban cegados. Los principales de Cempoala
tartamudearon, trastabillaron, hablaron entre ellos, a susurros, maldijeron el día que regalaron a sus hijas, y al fin contestaron con voz apagada, pero decidida, que ellos no toca-
rían a sus dioses. Simplemente no podían, no tenían cara, ni
valor, no podían traicionarse a sí mismos en tal magnitud.

Estaban apabullados, entristecidos, apocados, más vencidos que en una batalla campal.

"Me dijeron, entre pasmados y enojados, que ellos no alzarían una mano contra sus dioses, pero que tampoco se opondrían si alguien más lo hacía. Yo conocía bien el sentimiento de sentirse abatido, resquebrajado, a merced del otro, despedazado, traicionado.

"Ante esta declaración desfallecida, Cortés de inmediato dio órdenes a su gente, la cual, con azadas y mazos en mano, se abalanzó sobre el templo y los templetes. Pedazos de argamasa se vinieron abajo, manos y cabezas de dioses encumbrados desde antiguo cayeron al vacío, y el tiempo se detuvo.

"Todos los movimientos de los perpetradores se volvieron lentos y terribles. Todos escuchamos gritos y susurros, palabras que siseaban, maldiciones ancestrales que despertaban sobresaltadas y tomaban aliento. El vuelo profético de las libélulas se quejó. Oímos voces de espanto que provenían del inframundo y los cantos admonitorios de los pájaros que piaban desesperados ante el desacato.

"Los extranjeros, sordos a lo que se desataba a su derredor, sólo escuchaban los golpes de los martillos y los mazos y el estruendo de las piedras que rodaban por las escaleras de los adoratorios de los ídolos. No se daban cuenta del drama que habían desatado, de la tragedia sin fondo y sin fin que ya rodaba por la Historia. Estaban, de hecho, muy complacidos consigo mismos, pues un aire de orgullo se cuela por ahí cuando se somete al otro.

"Una vez que hubieron tirado a los ídolos de su pedestal, los asesinos de dioses, los terribles ogros rojos y barbados, escurriendo sudor y satisfacción, rasparon la sangre pegada en las paredes y echaron cal viva para limpiar, para purificar el ambiente demoniaco del lugar.

"El pueblo y los principales, que habían sido testigos de la masacre, de los alaridos de los pájaros, de las voces agudas de la maldición, postrados, lloraban la destrucción de su mundo, del orden establecido por sus padres y abuelos y por los abuelos de sus padres.

"Justo cuando el sol estaba por esconderse y traer un poco de frescura al lugar, con la ayuda y la complacencia del dios Huehuetéotl, traidor hasta los confines del tiempo, los forasteros prendieron fuego a los escombros, a los restos cercenados de los dioses. El cacique gordo aún esperaba que los dioses reaccionaran ante tal violencia y desacato en la forma de un trueno, un rayo, un feroz jaguar que surgiera de la nada y reestableciera el universo conocido, que los dioses del inframundo protestaran enviando espíritus vengadores que se llevaran a todos los extranjeros al infierno.

"Pero nada. Las llamas tomaron fuerza y lo calcinaron todo. En la hoguera también se quemaron las dos mil almas del pueblo de Cempoala: guerreros, niños y mujeres que perdieron la esperanza en sus corazones.

"Después del asesinato, cuando los espíritus del pueblo de Cempoala permanecían yertos, se ordenó la ejecución de una misa. Tuve que arrodillarme junto a ellos, ante la cruz, so pena de atraer su atención, aunque mi corazón yacía con los otros, desmayado y estupefacto por la matanza divina."

39

Cholula

(1532)

Santiago se preparó para escribir y Marina para recordar. Ella le dijo al escriba que Cholula era uno de los episodios que más lamentaba haber vivido, y como además era una de las preguntas clave que se le hacían a Cortés en el juicio de residencia, por eso a ella le parecía que debía dejar constancia de lo sucedido. ¿Cortés había procedido con crueldad? La respuesta no era fácil, pero deseaba contestarla a su manera.

—Todo empezó cuando por fin llegamos a Tlaxcala por primera vez —comenzó narrando Marina—, y digo por fin porque hubo un momento en el que pensamos que nunca lo lograríamos, pues Cortés y sus hombres tuvieron que pelear cuatro terribles batallas contra los guerreros tlaxcaltecas y los otomíes, que tenían fama de ser fieros y salvajes. Había sido una prueba definitiva para los soldados de Cortés, sobre todo porque los totonacas nos habían asegurado que los tlaxcaltecas se nos unirían sin pensarlo para pelear contra el imperio de Moctezuma. Pero no fue así. Cortés envió emisarios a Tlaxcala desde Zautla para avisarles de nuestra llegada y nuestras intenciones pacíficas, y al llegar a Tlaxcala se les ofreció comida, pero se les mantuvo presos. Después sabríamos que surgió entonces una gran discusión entre los jefes militares. Maxixcatzin se pronunció a favor de aceptar la oferta de paz de los extranjeros. Xicoténcatl el Viejo estuvo de acuerdo, pero como era anciano y pensaba que pronto moriría, le dejó la decisión a su hijo, Xicoténcatl el Joven. Éste, cuyo instinto le decía que no debía de confiar en los extranjeros, propuso que, en lugar de darles la bienvenida, les dieran batalla. Ordenó que los guerreros otomíes, que eran bravos e indomables, atacaran a los intrusos de manera sorpresiva. Si ganaban, prepararían un gran banquete donde se comerían a los perdedores en *potzolli*. Si los españoles ganaban, les echarían la culpa a los otomíes, diciendo que habían desobedecido sus órdenes de recibirlos como amigos.

”Durante las batallas se perdieron hombres y caballos y Cortés estaba tan enojado que había salido a purgar muchos de los pueblos vecinos de la región, con extrema crueldad, con el solo propósito de sembrar el miedo. Me pregunto si Cortés aún se acuerda de esos episodios o los habrá guardado en lo más profundo de su conciencia.

”Aunque no lo vi, los soldados me contaron que Cortés montaba al alba y se llevaba con él sólo a algunos de ellos; y aunque muchos dijeron que habían sido los propios indios de Cempoala lo que aplicaron más crueldad con la gente, otros aseguraron que el propio Cortés fue el más desalmado de todos. ¿A quién hacerle caso? Pero, Santiago —continuó Marina—, lo que se hizo en esos pueblos no fue nada más a los guerreros. Mataron mujeres, niños y ancianos con brutalidad inusitada. Les cortaban las manos o los pies, las narices o las orejas. A las mujeres las violaban, les cortaban los pechos, las quemaban vivas. No puedo imaginarme tal impiedad —comentó la lengua tapándose los ojos con las manos.

"Durante las batallas los tlaxcaltecas se convencieron de que los españoles no eran dioses. Sin embargo, estaban apabullados y sorprendidos por la cantidad de bajas que habían tenido los otomíes. No se explicaban cómo estos grandes guerreros habían sucumbido a manos de los extranjeros. 'No son dioses, pero son excelentes guerreros y muy valientes', aceptó a regañadientes Xicoténcatl poco después. 'Parece que los favorecen sus dioses', se dice que comentó el guerrero, entre molesto y admirado.

"Cuando por fin los tlaxcaltecas se rindieron y nos dejaron entrar a su ciudad en calidad de huéspedes distinguidos, comenzamos a trazar una estrategia. Uno de los primeros asuntos que se trataron fue cuál era la mejor ruta para llegar a Tenochtitlán. Cortés hacía muchas preguntas, como qué tan lejos estaba, cuánto tardarían en llegar, qué clase de lugar era. Poco a poco, fue tejiendo la red para comprometerlos en su alianza contra los de Tenochtitlán. Planearon cuántos guerreros sería conveniente llevar a la ciudad con ellos, cuál sería la mejor estrategia para derrotarlos, cuáles eran las debilidades de los mexicas, cuáles las de Moctezuma, cuáles sus puntos fuertes. Los tlaxcaltecas siempre insistieron en que para llegar a Tenochtitlán debían tomar la ruta de Huejotzingo. Por el contrario, los embajadores de Moctezuma, que acamparon a las afueras de la ciudad, insistían en que la mejor ruta era cruzar por Cholula.

"Los tlaxcaltecas se oponían absolutamente a pasar por Cholula, decían que sería un error, que nos pondrían una trampa, que los cholultecas estaban en connivencia con los mexicas. Por su parte, los embajadores de Moctezuma le insistían a Cortés que regresara al mar y a sus barcos, que aún estaba a tiempo, que le darían muchos regalos antes de partir, pero ante su negativa, entonces le aconsejaban pasar por la ciudad de sus aliados, era mejor camino y el más corto, argumentaban. Yo trastocaba las palabras de ambos bandos sin agregar comentarios.

"Un día, antes de partir y retomar camino hacia Tenochtitlán, aunque esta vez acompañados de miles de guerreros tlaxcaltecas, Hernán nos mandó a llamar a Gerónimo, a mí y a sus capitanes. Nos preguntó a todos, incluso a mí, qué opinábamos de darles la razón a los tlaxcaltecas, y qué sabía yo de todo esto, si había escuchado chismes o habladurías de tlaxcaltecas o mexicas. Yo era como su espía, ¿sabes? De algún modo él confiaba en que yo sería sus oídos en todos lados, no sólo su boca. Ahora pienso que, aunque lo preguntó, él ya tenía preparada su propia respuesta y sólo montaba un teatro para justificar sus acciones.

"Yo contesté que creía que deberían de hacerles caso a los tlaxcaltecas, que según lo que sabía, ir por Huejotzingo sería una mejor opción, más segura y menos peligrosa. Luisa Xicoténcatl, la mujer que le habían dado a Alvarado, hija de Xicoténcatl el Viejo, me confesó que ella había oído que los espías tlaxcaltecas sabían que los cholultecas nos preparaban una emboscada para matarnos a todos. Cholula planteaba la posibilidad muy real de una traición que podía ser fatal. No era un secreto que Cholula y Tenochtitlán eran grandes aliados. Era obvio para mí que Moctezuma no quería que llegáramos a México-Tenochtitlán y que estaba desesperado. Estábamos cada vez más cerca de la ciudad y buscaba evitar a toda costa que Cortés entrara. Cholula sería el lugar perfecto para tendernos una emboscada sin necesidad de destruir la preciosa ciudad de Tenochtitlán.

"Entonces Cortés hizo como que meditaba un momento y luego se dirigió a sus capitanes: 'Quizá Marina tenga razón en lo que dice, pero creo que sería un error dejar a nuestras espaldas una ciudad tan importante como dicen que es Cholula, para que cuando nos demos la vuelta, nos puedan clavar un cuchillo. ¿No creen, caballeros, que sería un error dejar un enemigo armado, listo para traicionarnos por la espalda? Será mejor enfrentarlo, hablar con ellos, y si tenemos suerte, los haremos nuestros aliados, si no, tendremos que dar batalla, pero con la ayuda de Dios, como hasta ahora, saldremos vencedores'.

—¿Y qué dijeron los hombres de Cortés, Marina? —preguntó Santiago.

—Bueno, ellos no pensaban demasiado, estaban acostumbrados a recibir órdenes. Al principio estuvieron de acuerdo conmigo, pero luego, al oír a Cortés, cambiaron de parecer. Aunque estoy segura de que preferían evitar un enfrentamiento armado. Aún no sé si Cortés fue un poco ingenuo o se sobrevaluó pensando que su fama con los tlaxcaltecas lo precedía y que los cholultecas iban a querer pactar la paz con él de inmediato.

"De todos modos, con su decisión, no le daba la razón a una mujer, y menos frente a sus capitanes, ¿comprendes? En esto se arriesgó mucho, siempre lo hacía, pero le trajo muchas consecuencias adversas.

"Mandó cartas a Cholula, de nuevo, (cosa absurda porque nadie sabía leer sus cartas), donde pedía su apoyo militar y prometía que serían vasallos privilegiados del rey español si se les unían, y, por lo tanto, serían protegidos por los españoles, pero que si no aceptaban serían considerados enemigos. Le expliqué lo mejor que pude al mensajero tlaxcalteca, Patlahuatzin, lo que Cortés me indicó que debería de decir y éste se marchó muy decidido. Esos papeles mágicos eran temidos por todos porque nadie entendía qué eran, los veían como terribles maleficios, nadie quería tocarlos. Nunca supe si el mensaje llegó íntegro o no.

"Al poco, llegaron unos mensajeros de Cholula de baja ralea, a los que Cortés les dejó en claro que en breve pasaría por su ciudad y que más les valía enviar embajadores dignos de tratar con el rey de España y que no debían de tardar más de tres días o él marcharía en plan de guerra contra ellos. Pero unas horas después regresó Patlahuatzin. Nunca había visto cosa igual, Santiago. El hombre venía moribundo, desollado del rostro y los brazos y con las manos cortadas, colgando apenas de un tendón. Los cuatro caciques tlaxcaltecas se quejaron con Cortés por la brutalidad de sus vecinos y clamaron venganza. Él estuvo de acuerdo con ellos y planearon un desagravio. Cortés sólo les aclaró que, si podía negociar con ellos pacíficamente y hacerlos sus aliados, resolverían la venganza de otra manera, castigando directamente a los culpables, y no con guerra. Parecía que, de verdad, Cortés buscaba un acuerdo diplomático, otra alianza. No creo que buscara otra batalla más, después de lo que habían sufrido enfrentándose con los tlaxcaltecas. Sólo que no tenía idea de que Cholula era un señorío mucho más grande que Tlaxcala, y, además, esperaba apoyo militar de los mexicas.

"Finalmente, en un clima de incertidumbre, emprendimos de nuevo la marcha. Dormimos cerca de un río esa primera noche. Era duro volver a pernoctar a la intemperie. Al día siguiente, ya muy cerca de la ciudad de Cholula, nos encontraron en el camino los embajadores que había pedido Cortés, sacerdotes que nos sahumaron con copal, acompañados de músicos que tocaron tambores, flautas y conchas. Traían consigo comida: pavos, tortillas, mole y verduras. Nos alegramos.

—¿Y qué sucedió después, Marina?

—Como la comida no era suficiente y notamos malos modos, sospechamos una trampa. Había muchos indicios que nos llevaron a pensar que planeaban cerrar la ciudad una vez que entráramos y nos matarían como a perros. Teníamos miedo, Santiago; es difícil de explicar después de tanto tiempo. Pero, déjame decirte que te tengo una sorpresa —contestó Marina, a la vez que sacaba un manuscrito de un bolso—. Esto me lo envió el marido de Juana, Coanamaxtli, es una crónica que hicieron los de Cholula de aquellos acontecimientos y se lo mandaron cuando supieron que escribiría mi propia crónica de lo sucedido. ¿No crees que es mejor escucharlo en sus palabras?

Santiago tomó el manuscrito con reverencia. Sus manos temblaron. Luego leyó:

Ellos entraron marchando con gran pompa, los muy ilusos, con sus ropas de metal y sus venados altos y sus perros bravos y con aquella mujer atrevida y de cabello suelto que hablaba por ellos. Aquella que vestía preciosos huipiles bordados con plumas y usaba sandalias y collares y pendientes de oro, con esa que tenía el don de la palabra como un pájaro, que piaba como una urraca, pero que les servía como esclava, ella, la que había olvidado a sus dioses y le calentaba la cama al capitán.

Santiago hizo una pausa y miró a Marina, temiendo que se molestara por la descripción que hacían de ella, pero la mujer le hizo señas de que continuara, como si estuviera en paz con cualquier cosa que se pudiera decir de ella.

Llegaron por la parte de la ciudad donde gobernaban Tlaquiach y Tlalchiac, es decir, los cargos que significan el mayor de lo alto y el mayor de lo bajo del suelo.

Exigieron comida, agua, regalos, como si se los merecieran. Luego mandaron llamar a los principales, y con engaños los encerraron en el atrio del dios Quetzalcóatl. Todo lo traían planeado porque cerraron las entradas del pueblo, y aunque los tlaxcaltecas y los totonacas se habían quedado acampando afuera, los dejaron entrar y ya traían señal en el rostro para reconocerse entre ellos.

Nosotros confiábamos en la fuerza y la lealtad de nuestro todopoderoso dios Quetzalcóatl. Era nuestro divino protector, nos cuidaba y nos procuraba, era nuestro padre celestial, y nosotros, sus hijos. Estábamos seguros de que nadie podía dañarnos ni ofendernos, porque éramos sus favorecidos. Si alguien osaba hacerlo, caerían rayos del cielo, provocando pavorosos fuegos que reducirían a cenizas a nuestros enemigos tlaxcaltecas o a los enclenques extranjeros. Si no cayeran rayos, entonces el agua haría de las suyas, saldría de las entrañas de la tierra anegando los caminos, o llovería tanto que los ahogaría como a viles hormigas. Y de esto nos aseguramos bien, pues sacrificamos varios niños a Tláloc antes de la llegada de los extraños, antes de que tocaran las puertas, antes de que sus inmundos pies tocaran el suelo sagrado de nuestras plazas y las escaleras de los templos.

Tan firmes estábamos, que desollamos vivo al mensajero de los tlaxcaltecas, esos viles traidores que se han aliado con los españoles.

Para el que quisiera oír, decíamos, gritábamos a voz en cuello que Quetzalcóatl, el gran dios híbrido, pájaro y serpiente, el que nace dos veces: primero como huevo y luego como ave, y brilla al amanecer y al anochecer en el firmamento, el gemelo divino, el que se mira a sí mismo, el que vuela y se arrastra a la vez, no nos iba a abandonar a merced del enemigo. Éramos sus súbditos favoritos y él era nuestro dios tutelar.

Los de Tlaxcala temblaban nada más de oír mencionar los terribles castigos que impondría el dios Quetzalcóatl a quienes se atrevieran a dañarnos y así lo anunciaban los pregoneros del templo.

Ningún mal temíamos nosotros aún. No estábamos armados porque confiábamos en nuestro dios.

Fue entonces cuando comenzaron los gritos, la confusión. Los hombres blancos nos atacaron. Con espadas, con tubos de fuego, con flechas rápidas, con bolas de metal que destrozaban todo a su paso.

Creímos que Moctezuma vendría presto en nuestra ayuda con diez mil guerreros, eso nos prometieron los mexicas. Pero los bellacos nunca llegaron, nos abandonaron. Mientras, todos estaban con el espanto en el cuerpo, con el grito en la boca, con el temor en la mirada.

Hombres y mujeres corren con el azoro en el corazón, no saben qué hacer, para dónde dirigirse, sienten que la tierra tiembla, que da vueltas. Están sorprendidos, están temerosos. Seguros están de que el sol no saldrá más por el horizonte, que se acabará el mundo, que ha llegado el final.

Caen las manos cercenadas al suelo, los brazos, las piernas quedan tiradas, la sangre corre por las calles, lo que inunda y ahoga en Cholula no es el agua, es el líquido rojo y viscoso que huele a metal. No truena el rayo en el cielo, sino las espadas de los extranjeros es lo que resuena y llena el aire de desesperación. Quizá los extraños también necesitan ofrendar sangre a sus dioses, pero no hacen prisioneros divinos, cualquiera sirve al propósito. Es una carnicería. Tripas salidas de los cuerpos se acumulan en las calles atrayendo a las moscas. El hedor es insoportable. Huele a sangre, a muerte, a impotencia.

Niños con los cráneos aplastados, mujeres traspasadas, hombres sin cabeza. Primero son decenas, luego cientos, al final miles de cuerpos mutilados yacen en las calles perfectamente trazadas de nuestra magnífica ciudad, alzada con amor y devoción.

La ciudad apesta a destrucción, a inmundicia, a incendio, y Quetzalcóatl y su fuerza, su protección, no aparece, no se presenta, no da la cara, y nosotros, con vergüenza en las entrañas, nos arrastramos sin rumbo; con la derrota acumulada en los huesos, con el dolor en los ojos, vagamos por una ciudad que no conocemos, que antes era nuestra y ya no es; sobrevivimos con cuerpos vejados por nuestros vecinos de Tlaxcala, por esos extranjeros del mar que visten escudos de metal y sus perros que comen carne humana y nos despedazan y van corriendo con su saliva colgando y sus ojos amarillos de demonio.

Sus lanzas resplandecen al sol y sus armas hacen mucho estruendo y no se comprende tanta destrucción. Todo es tan terrible que nuestros más bravos guerreros suben a lo alto de los templos y se avientan al vacío, matándose ellos mismos. Son muchos los que lo hacen, incluso mujeres con sus hijos. Todo está perdido.

En un instante nos destruyeron, nunca se vio algo así. Familias muertas en las calles, lloran los abuelos, los niños de pecho que se han quedado sin madres, y los salvajes, sin ninguna vergüenza, entran y roban y saquean todo lo que pueden y nuestras lágrimas limpian la sangre de las calles que se ha quedado como una costra indeleble y los cuerpos estorban para caminar, no se puede andar por las calles, sólo hay muerte y desolación, estamos acabados, no hay nada que hacer, nada que decir.

Entraron y nos trajeron la muerte pelona y lloramos con mucho sentimiento y dimos voces porque comprendimos que nuestro dios Quetzalcóatl estaba vacío, muerto, era como el barro que se hace añicos, supimos de cierto que no había nadie que nos cuidara, que sólo la oscuridad nos rodeaba.

Y nos enseñaron la cruz a los que quedamos vivos, dijeron que representaba a su dios, y la impusieron en lo alto de los templos, y desde ese día supimos de cierto que el dios de los blancos era más poderoso, que había acabado con los nuestros, que Quetzalcóatl ya no era más en este mundo. Que estábamos sin dioses. Huérfanos de padre y madre.

Supimos de seguro que en esta nuestra tierra sólo quedaban nuestros muertos y que nuestra sangre penetraría hondo para hacerla fértil. Que nacería mucho maíz y algodón y calabazas. Mucho alimento maldito. Los frijoles traerían en sus entrañas lo rojo de nuestra muerte, lo negro de nuestra derrota y que, al comerlos, se amargarían las almas de las generaciones por venir.

Regados quedaron en las calles nuestros muertos. Rojas eran las calles de tanta sangre, de tanta agua de vida.

Al terminar de leer el manuscrito, tanto Santiago como Marina permanecieron callados por un rato. Hasta que Santiago preguntó:

—¿Es cierto que no estaban armados?

—Te diré una cosa: ellos actuaron muy mal. Nos recibieron como a enemigos, y era evidente que querían ponernos una trampa. La ciudad estaba lista para un ataque, eso nadie lo puede negar. La cerraron con barricadas y las azoteas estaban limpias, listas para atacarnos, con montones de piedras y flechas, eso me consta porque lo vi. Escuché en el mercado que estaba todo al punto para un ataque sorpresa. Quizá nos subestimaron porque los españoles eran pocos, quizá esperaban refuerzos del ejército mexica que nunca llegaron y tenían pocas armas. Lo que es cierto es que ya en el momento de la batalla, en el frenesí que provoca la guerra, los españoles, pero sobre todo los tlaxcaltecas, que eran miles y difíciles de controlar, se fueron sobre toda la población. Y la matanza fue terrible. Sí. Hombres, mujeres y niños perecieron, por las calles corrían ríos de sangre.

—Lo siento, Marina. ¿Entonces no tuvo toda la culpa Cortés?

—Su culpa, creo yo, fue no haber tomado el camino de Huejotzingo, Santiago. O quizá tuvo razón, a pesar de los excesos de violencia, que fueron imposibles de controlar, porque después de Cholula, ya nadie se atrevió a oponérsele. La fuerza de la sangre derramada llegó narrándole en voz viva a todos los rincones del territorio lo que los extranjeros, aliados con los tlaxcaltecas, eran capaces de hacer. Ahora déjame sola, por favor. Creo que con eso te bastará para escribir tu crónica. Necesito rezar y pedir perdón por mí y por tantos otros con los que conviví.

40

La caída de Tenochtitlán y el declive de Cortés

(1532-1550)

A CORTÉS LE QUITARON EL PODER, LA FUERZA Y LA RIQUEZA. Todo lo que fui sabiendo sobre él al paso de los años era penoso en realidad. Le quitaron el palacio que había construido en la ciudad para hacerlo residencia de gobierno. Le prometieron pagárselo, pero nunca le dieron el dinero. Era capitán general de nada, porque nunca le otorgaron los veintitrés mil vasallos que el rey le prometió. Muchas de sus propiedades fueron confiscadas. Se quedó sin dinero, sin hombres. Lo único que le dejaron fueron sus propiedades en Cuernavaca, donde instaló esas haciendas que producían azúcar y que eran casi sus únicos ingresos. Se obsesionó con hacer más conquistas y descubrimientos porque cualquier lugar nuevo que descubriera le sería reconocido como de su propiedad, según la Corona, así que se endeudó para construir barcos para explorar, pero la mayoría de las expediciones fueron un fracaso, según me contaron. Tuvo más hijos, algunos vivieron y otros no. Tuvo otro Martín, nombrado igual que el mío, que fue el heredero legítimo de sus bienes, a diferencia del mío. Según supe, mi Martín creció para ser un hombre guapo y de bien. Sólo volví a verlo muchos años después. Muchos.

En 1535 se nombró al primer virrey, don Antonio de Mendoza y Pacheco, a quien le dieron los cargos adicionales de gobernador y capitán general. Los mismos que había tenido Cortés. Llegó a la ciudad a finales de octubre y mucha gente salió a recibirlo. Hubo corridas de toros en su honor, fiestas, saraos y fandangos. Yo no quise ir. Alguna lo vez lo vi en su carruaje. Era narizón y barbón, como Cortés. Hizo algunas cosas buenas, fundó la Casa de Moneda y una imprenta. También creó el Colegio de la Santa Cruz de Tlatelolco, donde luego Santiago trabajaría junto a fray Bernardino de Sahagún. Incluso apoyó a Cortés en algunas aventuras de exploración.

Supe que Cortés viajó a España por segunda vez en 1540. Nunca más regresó. Murió en su tierra, siete años después. Dicen que dejó escrito su deseo de que lo enterraran aquí, en Coyoacán. Quién diría que se me iba a adelantar.

De vez en cuando le contaba a Santiago episodios de la guerra de conquista para que no se olvidaran, para que también mi visión perdurara. Y el libro, que era un manuscrito pintado, pero también escrito en náhuatl y castellano, fue creciendo y engordando. Le conté, por ejemplo, sobre el sitio de Tenochtitlán y otras tantas cosas:

"La guerra contra Tenochtitlán fue como desplegar una operación para desollar a un animal vivo. Se debía tener mucha paciencia, valentía y una estrategia refinada de tesón y crueldad calculadas. Los noventa días que duró el sitio en realidad se tradujeron en noventa batallas diferentes que se libraron, algunas en tierra, y otras, en agua. Un día ganaban terreno los españoles y al otro, lo perdían. Los mexicas tomaban prisioneros a los extranjeros y los españoles y los tlaxcaltecas mataban a los guerreros tenochcas. Fue un proceso desgastante, agotador, inhumano. Cada día había una ganancia y una pérdida igual. No se avanzaba gran cosa, sin embargo, los guerreros de ambos bandos persistían.

"Mucha gente cree que los españoles arrasaron la ciudad porque eran despiadados y querían borrar todo rastro de la ciudad, pero en realidad fue una necesidad que se fue presentando en cada día de la lucha. Los mexicas, hombres, mujeres, niños, estaban aprovisionados de piedras, troncos, vasijas con aceite o antorchas, cualquier objeto que pudiera hacer daño a los enemigos, y se subían a las azoteas de las casas, a los puentes, a los templos, a lanzarlas como proyectiles. De esta manera, para los españoles fue muy claro que necesitaban derrumbar cualquier construcción desde la cual pudieran lanzarles objetos. Cada día que entraban a la ciudad, iban tomando casas, puentes, templetes y los destruían hasta el suelo, a cañonazos, a mazazos, como podían, porque era su estrategia para sobrevivir. De esos edificios derrumbados ya nadie podía aventarles piedras o fuego. De esa manera, los propios mexicas provocaron, quizás sin querer, la destrucción de su ciudad. Y cuando el sitio acabó y el humo se apaciguó y los vientos trajeron claridad, Cortés pudo apreciar el destrozo de la ciudad, y ciertamente lo lamentó mucho.

"Él no quería tal destrucción, quería conservar la ciudad de Tenochtitlán como la maravilla que era. Pero la ciudad no pudo reconstruirse, en noventa días se acabó, se extinguió para no levantarse un día más, tal como los antiguos dioses murieron. Sólo quedará viva y vibrante en el recuerdo de aquellos que tuvimos el privilegio de contemplarla en toda su gloria."

Para entonces María era ya una jovencita llena de vida y belleza que sabía moverse por el mundo, por el nuevo mundo. Altamirano la quería casar con el capitán Luis de Quesada. Yo no quería que se casara con un español, pero entendía que ella tenía que moverse y defenderse en este nuevo lugar que ya no era el mío. Así que di mi consentimiento. Él era encomendero en Querétaro, así que se la llevaría lejos. Quedamos en que nos veríamos varias veces al año, ya fuera que ella viniera a visitarme o que me permitieran visitarla. Por supuesto que yo tenía que dar una dote, pues su padre era finado.

Juana y yo tuvimos que abrir el cofre del tesoro, como le llamábamos. No lo tenía en casa, sino que lo habíamos escondido en un sótano de la parroquia. Como yo había asistido a la construcción de ésta, Cortés me dio a escoger el lugar. A un costado del ábside, a mano izquierda, se bajaba al sótano. Y ahí teníamos un escondite que sólo los tres conocíamos. Creo que después él lo olvidó por completo, con eso de que ya no lo dejaron entrar a la ciudad y todas esas cosas. Había varios collares y pectorales de oro sólido, pulseras, aretes, ajorcas, cadenas de oro con incrustaciones de turquesa, de obsidiana, de coral. Había espejos de plata y de oro y otros objetos que habíamos guardado de los regalos

que nos habían dado Moctezuma, Xicoténcatl y otros jefes locales. La poca plumería que teníamos se había echado
a perder con la humedad. Yo no andaba pregonando mis
tesoros, eso sólo provocaba envidias. Quería que mi única
hija se casara bien. Que no pasara penurias y un buen matrimonio se compraba, y para eso estaba el oro, ¿o no?

Al abrir nuestro cofre, Juana y yo nos dimos cuenta de
que la pequeña iglesia que Cortés había mandado construir
estaba muy deteriorada. Nadie le había dado mantenimien-
to y a nadie le importaba, no era de las grandes y famosas
que se habían construido en el centro de la ciudad, como la
de San Francisco, o la de San Hipólito. Fue entonces cuando
Santiago y yo decidimos remozar la parroquia de la Concepción. Conseguimos tezontle y piedras y estuco, y todo
el pueblo de Coyoacán cooperó para que la pequeña iglesia
se embelleciera y siguiera de pie. La encalamos para que se
viera blanca y limpia y la Virgen se sintiera contenta.

41

La muerte se acerca

(Coyoacán, noviembre de 1551)

SABÍA PERFECTAMENTE BIEN QUE SU FIN ESTABA CERCA.
Había tenido una vida larga e intensa. Era momento de hacer un recuento, ella lo sabía bien, de repasar los días, los años, y verlos reunidos en un hato por primera vez. El sendero no había sido fácil. Pero ¿qué camino es fácil?

Miraba el jardín de su casa de Coyoacán a través del cristal. Primera reflexión: el cristal. Ese material no existía en su universo cuando comenzó su vida en las tierras cercanas a la costa. Eso fue algo que conocieron después, porque lo trajeron los españoles. Trajeron consigo tantas y tantas cosas, buenas y malas. Ideas diferentes, algunas huecas y otras, profundas. Enfermedades, vicios, ambición. Lo cambiaron todo, todo lo trastornaron, pensó.

La segunda reflexión pasó al hermoso jardín que miraba y que era suyo. Era propietaria de tierras, casas y servidumbre. En cierto modo, había vuelto a encontrar la abundancia perdida en la infancia y la posición que, por derecho propio, por sangre, le correspondía. Pero no habían sido sus gentes, su familia, su raza, quienes se la habían restituido. Había sido el reconocimiento de un solo hombre a su labor, a su esfuerzo, y quizá también a su entrega, a algo que había sido como el amor o la admiración, o ambas. Pero ¿en realidad había sido amor? ¿O sólo pasión, lujuria, locura momentánea? Las preguntas y las dudas la atormentaban. Sin embargo, ¿qué importaba ya? Aquellos momentos quedaban muy lejos en el tiempo. Se diluían en la memoria, en una mezcla entre realidad y fantasía, entre deseos nunca satisfechos y hechos palpables.

Pero esta reflexión la conducía a preguntarse si se sentía feliz y complacida por todo lo que tenía. ¿Estaba orgullosa de lo que había hecho? ¿De los hijos que había parido? ¿Del marido que tuvo? ¿De sus propiedades? Ésas eran cuestiones que parecían simples, pero no lo eran, y su corazón de ciervo perseguido se negaba a contestar con un simple sí o con un enrevesado no.

Una multitud de fantasmas se agolpaba ese día alrededor de su cama de nogal labrado. Era una cama regia, pesada, con dosel de terciopelo rojo y vestiduras de brocado entretejido con hilos de oro traídas de España. De ese lugar que se encontraba a muchas leguas marinas, pero que ella sólo imaginaba en sueños.

Lo imaginaba como un lugar luminoso, pero contrastado con sombras que cortaban el camino a cada paso. Una humedad pegajosa lo llenaba todo, y se escuchaban ecos de palabras entrecortadas. Lo imaginaba repleto de casas de piedra, pesadas, lóbregas, y a la vez adornadas con flores de alegres colores, pero de sus ensoñaciones regresaba a la realidad, a su gran cama, a la manta hecha con pieles de oveja que la mantenía caliente durante el invierno. Lástima que su cuerpo ya no retenía el calor. Y el poco que le quedaba apenas alcanzaba para entibiar los parajes helados y desiertos de su alma.

Desde que cayó enferma —los médicos decían que eran los pulmones— comenzó a tener visitantes inesperados. Juana insistía en que era la fiebre, pero Malintzin lo sabía bien: eran entes de otra dimensión. Eso la convencía de que el fin estaba cerca. Podían ser días, o semanas, o hasta meses, quizá. Pero algo estaba claro: pronto traspasaría el umbral al otro mundo.

Algunos de los espectros que la visitaban mostraban un aspecto extraño, de moho verdoso, como si fueran espíritus vegetales que vinieran a cobrarle cuentas del despojo territorial; otros eran muy blancos y barbados y vestían terciopelos y la miraban desde un lugar extraño, unos más la veían como tratando de hablar su lengua, algunos más, desesperados y dolientes, se mostraban ensangrentados, mutilados, cercenados y condenados a vivir en un infierno indescriptible de torturas. Su visión era un espectáculo pavoroso. No quería verlos, no quería escucharlos. Sus voces y lamentos la apabullaban.

Otros fantasmas, los menos, eran figuras de luz, pero aun así, todos, sin excepción, gemían y reclamaban. Demandaban algún tipo de pago, resarcimiento, apelación o venganza, y para empeorar la situación, exigían en diferentes lenguas: maya, náhuatl, totonaca y castellano. Lo peor es que ella era la única que los entendía a todos. Los menos reprochaban, y sólo uno entre tantos suplicaba perdón insistentemente. Era difícil ignorarlos, pero a ratos, con un poco de firmeza, lo lograba, los apartaba y los silenciaba, dejaban de atormentarla y sólo entonces su conciencia descansaba, hasta que después de unas horas volvían de nuevo a perseguirla, como si en eso se les fuera la eternidad. Querían traducción de sus cuitas, deseaban que intercediera por ellos con sus víctimas o sus victimarios. De aquellos tiempos ya no quedaba nadie por quien interceder, todos tendrían que encontrarse en el otro mundo.

Hacía un rato, se habían presentado los frailes, quienes le tenían en mucha estima y reverencia, porque la consideraban la primera evangelista de estas tierras, la primera en haber hablado a sus gentes de la existencia de la Virgen María, la primera en haberla amado, proclamado, aun antes de conocerla. Ellos no sabían los detalles, la verdad de lo que sucedió y aún sucedía en estas tierras, no conocían lo que su corazón había padecido, la oposición que al principio se alzó en su mente y en la de todos. Nadie lo sabía porque nunca lo había contado, eran de las cosas que ella guardaba celosamente en su interior en un cofre de siete llaves. Ellos sólo deseaban darle su bendición y buenos deseos para que se restableciera.

Poco después había venido el confesor a hacer su labor, a conminarla a hacer un recuento de su vida, sus omisiones, sus pecados. Pero ella se encontraba demasiado débil, dispersa y balbuciente, así que el hombre se retiró por consejo de Juana, su fiel ama de llaves, y decidió presentarse un par de días después, esperando que la fiebre bajara y Marina estuviera más coherente. Era cierto, su estado de ánimo era agitado: su alma y su cuerpo se debatían entre la persistencia del insomnio y la ola poderosa de la culpabilidad, tratando de darles, por fin, un sentido cabal a sus creencias, al pasado y a su próximo e inevitable paso a la tierra de los muertos.

¿En cuál de los dos reinos inmortales se le esperaría? ¿En el infierno cristiano plagado de castigos demoniacos sin fin en el que tendría que dar cuenta de todos sus pecados —aunque los padres insistían en que el tiempo en que ella no conocía la palabra de Dios sólo merecía el purgatorio— o el sombrío inframundo de sus antepasados: un lugar oscuro, cavernoso, húmedo, por el que tendría que vagar por tiempo indefinido por las nueve regiones de Mictlán antes de presentarse ante Mitlantecutli y Mictecacíhuatl?

Una voz le susurraba, sin embargo, que debía escuchar a su corazón de abeja, que, en el momento preciso, ante la bifurcación de caminos, encontraría el lugar que realmente le correspondía, el que dictaba el firmamento, no el que su mente prescribía, no el que las palabras de una lengua ajena, adquirida e impuesta le sugerían. Tendría que confiar en su instinto y dejarse llevar.

Pero el lugar de los muertos era realmente una cosa incierta, que podía o no existir. ¿Qué tal que todos los pensadores estuvieran equivocados y que el más allá fuera en realidad la ausencia de vida, la oscuridad y el silencio absolutos? ¿Que no hubiera dioses que pidieran cuentas, que no hubiera nada? ¿Ni cristianos, ni autóctonos? ¿Sólo una negrura inabarcable, un silencio abrumador? Ah, pero, por el contrario, ¿qué tal que al pasar al otro lado le pidieran cuentas precisas de sus acciones en este mundo, tanto en el infierno cristiano como en el otro? Al menos confiaba en su don de la palabra. Podría hacer un recuento detallado de verdades o de mentiras. Total, ¿acaso los jueces sabrían la diferencia?

Los hechos consumados no pueden cambiarse y a lo que su conciencia se enfrentaba era precisamente a las posibles consecuencias de sus actos, ni más ni menos. Y sus actos eran, como podría decirlo, condenables para algunos y loables para otros. Condenables para los suyos, para los de su raza. Loables para los otros, los que aplastaron la tierra en que vivía, los que construyeron un mundo ajeno. ¿Cuál de los dos mundos la juzgaría y cómo? ¿Bajo qué criterios? ¿Qué lengua hablarían allá?, reflexionaba angustiada. ¿Maya, náhuatl, zapoteca o español? ¿Tendría que aprender otra lengua más? ¿Cómo se comunicarían los ángeles del Señor? La lengua de los muertos debía ser universal, pero ¿y si no lo era? ¿Si tenía sus propios códigos? ¿Cómo explicar, minuciosamente, de manera diplomática, por qué hizo lo que hizo y lo que su corazón padeció? Quizá ni ella misma sabría decir por qué actuó de cierta manera y no de otra. Declarar evidencia ante un jurado formado por espectros. ¿A qué bando pertenecerían esos aparecidos? Seguro no quedaría bien con ninguno. Temía no darles gusto, ni justa medida.

Su angustia crecía a cada momento, porque adicionalmente al espectáculo de los fantasmas que se le presentaban regularmente tratando de hacerla de nuevo mediadora, esta vez, entre el mundo de los sin cuerpo y el mundo de los corpóreos, en su mente se llevaba a cabo una lucha a muerte en los precipicios del tiempo, en las arenas ardientes de la fe, entre dos grandes de lo etéreo: la Virgen María y la diosa Coatlicue.

En un principio creyó que esta última llevaba todas las de ganar, porque recién comenzada la riña, con fuerza masculina liberó a las serpientes de su falda como si fueran perros de caza e hizo sonar, como si fueran alegres cascabeles, a la multitud de cráneos pelones que llevaba atados al cinto. Y sus feroces colmillos brillaron filosos y amenazantes sobre la aureola dorada de la santa, quien se encogía visiblemente asustada ante la amenaza. La Virgen María parecía a primera vista una víctima indefensa, pero resistía incólume las embestidas de magia oscura de la diosa primigenia, protegida principalmente por su capa azul que, como escudo eficiente, la envolvía cual capullo de mariposa. Pero luego, parecía tomar fuerzas y se levantaba de su letargo, ataviada con un coselete dorado en el torso y blandiendo firme una espada de plata reluciente con la que seccionaba tajante las cabezas de las serpientes de la falda de Coatlicue, las que iban cayendo al piso, lánguidas, una por una. Pero, inesperadamente, a las cabezas, que parecían muertas, les crecía una cola y se retorcían lanzando veneno a la Virgen, que apenas se defendía a tiempo, de nuevo convirtiendo su manto azul en un poderoso escudo de plata que repelía el veneno. Entonces, en medio de la terrible lucha cuerpo a cuerpo, la diosa Coatlicue sacaba sus garras y con ellas empuñaba una cerbatana que lanzaba un dardo directo al cuello blanco y perfecto de la Madona.

Marina cerró los ojos con fuerza. La lucha entre los dos titanes celestiales parecía interminable y despiadada. No quería presenciar el final, si es que existía un final. Entre más se recrudecía la lucha entre las deidades, ella más se debilitaba. Más fuerza terrenal perdía.

Le parecía escuchar también en su mente, a lo lejos, la voz de Cortés. Aunque a veces pensaba que era sólo su imaginación la que la llamaba. Hernando Cortés, quien fuera el primero en hablarle de la fabulosa Madona, de aquella mujer divina, de su incomparable belleza, de su contradictoria pureza sexual y de su infinito amor maternal. De su misericordia. Las primeras noticias de la Virgen vinieron de esa voz suave, un poco ronca, que parecía hipnotizar a los escuchas. Era, le había dicho, una diosa formidable, un ser de otro mundo, indudablemente. Un ser puro, hecho de pura dulzura y bondad. Era la madre de Dios. Virgen porque no había tenido contacto masculino y, aun así, había quedado preñada por el espíritu. Ella pensó que sólo es posible resistir los embates de la atracción sexual si se es de otro mundo. Por lo que de inmediato, en su corazón, la imagen de esta diosa fabulosa contrastó violentamente con su experiencia. Con la pérdida de su inocencia tan temprana. Con la figura de su propia madre, que no se tentó el corazón para fingir que ella había muerto y en la primera oportunidad la vendió a unos comerciantes de esclavos, como si en lugar de una niña indefensa hubiera sido un trapo viejo e inservible. Una madre que no se arrepintió, que no la buscó por mar y tierra. Una madre sin corazón. ¿Cómo conciliar entonces el recuerdo nefasto de su madre con la imagen de una mujer infinitamente amorosa y maternal?

Reflexionó también que quizá su destino estaba escrito desde mucho antes, igual que el de Cortés. Eso le dijeron los astrólogos, que estaba registrado en los astros que los dos habían de conocerse un día y formarían una alianza de acero que cambiaría el mundo en el que vivían. Que, como un dios y una diosa primigenia, fundarían una nueva raza de hombres. Una raza que lloraría su pecado por siglos.

Pero los astrólogos mentían, también las estrellas, le constaba. El mundo estaba lleno de mentiras. Quizá los astros no designaban nada y ese destino sólo lo forjó ella misma lo mejor que pudo de acuerdo con sus circunstancias, pensó. Quizá sólo sembró semillas que daban sombras. Semillas que dan árboles torcidos. ¿Pero, en verdad, había alguien que pudiera oponerse a un destino ya firmado por los dioses? Todo parecía haberse conjugado para que desde dos mundos tan distantes uno de otro hubieran sido los escogidos de los dioses para llevar a cabo hazañas que cambiarían dos sociedades. Ámbitos que se escuchaban como sordos y que hablaban como mudos, pero que se unieron por la fuerza, por el miedo, por la ira, la decepción, la traición y el descontento.

Sí, era cierto que se lo pronosticaron desde su nacimiento. Se dijeron muchas cosas y se hicieron muchos aspavientos. Había algo en las predicciones que inquietaba a los astrólogos. No sabían exactamente qué era o cómo interpretarlo. Así que inventaron. O quizá no. El caso es que sí dijeron que en su cielo las estrellas afirmaban, sin lugar a duda, que había demasiada luz y que la niña recién nacida, llamada Malinalli, brillaría excesivamente. Deslumbraría. Sería muy visible para que todos la vieran. Casi como Venus en el firmamento al amanecer. Cosa inaudita, perentoria. Demasiado notoria, portentosa. En pocas palabras, era potencialmente peligrosa. ¡Una mujer así! ¡Una niña tan importante! ¡Que tenía que ver con armas y con guerreros! Opacaría sin duda a quien estuviera a su lado. Una pequeña maravilla, una amenaza latente. Habría que cuidarla de cerca, supervisarla, aconsejaron los adivinos. Esto no era bueno en una dama, acarrearía desastre. Se le veían características masculinas, de liderazgo, de lucha. ¿Tal vez sería comandante de ejércitos? Había algunos casos, raros, pero los había, de mujeres que tomaban las armas. No estaba bien visto. No era recomendable.

También se leían otras cosas inquietantes que no eran muy prometedoras en una mujercita: estaba escrita la rebeldía, la inteligencia y algo que tenía que ver con el habla, con la comunicación, pero no sabían cómo interpretarlo. Nunca antes se habían enfrentado a una conjunción astral de este tipo. Era algo nuevo, amenazante, divergente, como la lengua bífida de una serpiente, que se divide en dos y representa peligro. Planteaba, como consecuencia, la bifurcación de un camino. Nadaba entre dos aguas. No se le veía como ama de su casa, como mujer y esposa ejemplar.

Claro, no todo lo que vieron los astrólogos se dijo en público, pero los sirvientes, siempre chismosos, llevaron en su boca el asunto de que algo no andaba como debería. Algún augurio difícil, fuera de lo común, ensombrecía el panorama.

Era de esperarse, por tanto, que dichas predicciones apagaran un poco el ánimo de la fiesta de recibimiento de la nena. Lo que se sale de lo normal, de la media, siempre asusta y presupone desafíos. Y a nadie le gustan los desafíos, porque exigen más de todos, y a nadie le gusta esforzarse.

Después de oír las predicciones de los agoreros, la partera caminó por la magnífica casa del señor de Olutla, con desánimo. Pregonó los deberes que, como mujer, se le tenían destinados; ya sabemos: el arte de hilar, de moler el chile, de batir el chocolate, comportarse bien en público, no hablar demasiado, pero los divulgó sin la fuerza de la convicción. Los invitados, espantados y advertidos de cierta fuerza ominosa que caería sobre la niña en algún momento de su vida, comieron apresurados los fastuosos platillos que se les ofrecieron, pero acompañados de una amarga semilla de duda, de cierta inquietud en el corazón. En la noche se fueron a sus casas y soñaron con nefastos presagios.

En el corazón de su padre creció una preocupación que no externó y no quiso comentar con nadie. ¿Qué pasaría con la niña si él faltaba? La gente era maledicente y malintencionada. Si no estaba él para protegerla, su madre debería hacerlo, como toda madre amorosa. Debería de ser aún más cuidadosa.

Al revés de lo esperado, en lugar de despertar en su madre sentimientos de ternura y compasión, se instaló un germen de desavenencia. Una reticencia a darle el pecho, a ofrecerle su corazón. Anidó, por el contrario, en su progenitora, una especie de envidia inconfesada hacia el fruto de su vientre, que fue creciendo y echando raíces al mismo ritmo y en proporción inversa, en la medida en que la gracia, la belleza y el desparpajo de su hija se desarrollaban y florecían.

Ahora, aquella niña desdichada, después de tantos años y tantas cosas vividas, se enfrentaba al problema de ya no creer en nada. Alguna vez pensó que todo lo que le decían era cierto. Que las palabras amorosas de los frailes eran como una ley que debería acatar, que de verdad ella y sus coterráneos estaban ciegos ante la verdad antes de que lle-

garan los extranjeros a abrirles los ojos y que los augurios
y los presagios que proferían los veedores de estrellas de su
pueblo eran leyes escritas por los astros.

A estas alturas de su vida, simplemente ya no era tan fácil tragarse cualquier cosa. No podía estar segura de la existencia del inframundo de sus antepasados, pero tampoco del infierno pregonado por los misioneros. ¿Cómo hacerlo? Había presenciado tanto infortunio, tanta salvajada, tanta traición y mentiras. La vida era una ilusión pasajera. La juventud, un parpadeo. Los trajes que vestíamos, ridículos disfraces de pastorela. Cada quien un personaje con sus líneas bien aprendidas en una obra en la que era impensable salirse del personaje. ¿Pero qué había, de verdad, en el otro mundo? Era probable que fueran mentiras todo lo que se decía, lo que se pensaba. ¿Cómo podíamos estar seguros de lo que en realidad existía en la otra dimensión? ¿Quién volvió para contarlo?

Hoy sólo creía en lo que veía y en lo que tocaba: delante de ella se levantaban unos muros gruesos y húmedos que sostenían el techo alto de su casa. Sostenían ese techo estable unas largas y macizas vigas oscuras que cruzaban transversalmente el espacio como las nervaduras abiertas de un insecto necio y seco. Para ella, estas gualdras eran tan importantes como su propia columna vertebral. La construcción de su casa había sido levantada para durar más que una vida humana. Podía palpar la fortaleza del edificio. Una resistencia compacta contra la gravedad que hablaba en piedra, en argamasa. Una solidez envidiable que su cuerpo frágil no mostraba. Eso era lo único importante. Estos parapetos le habían brindado la seguridad que durante mucho tiempo anheló. La habían defendido de la lluvia, las inundaciones e incluso las enfermedades. También la habían protegido en contra de la curiosidad y la maledicencia. Dentro de ellos había sobrevivido, había amado, había sentido rabia, tristeza, padecido infortunios, vivido alegrías, y eran una muestra fehaciente y material de cómo había cambiado el mundo donde había nacido.

En sólo unos cuantos años, su tierra se había transformado, subyugada por una guerra terrible. Pero no había sido cualquier guerra, había sido una batalla brutal entre dos universos opuestos. Una contienda donde no sólo habían muerto hombres, mujeres y niños por miles.

Aquí se había dado una lucha más encarnizada y única: toda una generación de dioses había sido destronada, junto con creencias, costumbres y algo que es casi imposible de matar: ideas, conceptos, rituales. Una manera de pensar el mundo. Había sido una lucha cósmica entre titanes. Sin embargo, había sucedido sin que nadie hubiera podido evitarlo. En un hecho sin precedentes, en unos cuantos meses una cultura de siglos había sido aplastada, pisoteada, robados sus bienes más preciados, humillada y sustituida por otra. Había resabios, lo sabía, siempre quedan resabios que permanecen en la conciencia de un pueblo. Pero la devastación había alcanzado lo profundo, la médula. Había calado hondo, había carcomido las raíces.

Había sido un doble aniquilamiento: terrestre, sí, pues se había extendido por los edificios, las casas, los templos; pero también había sido celestial. No se puede derrocar a toda una estirpe de dioses sin esperar consecuencias. No se puede borrar una mitología arraigada por siglos, de un plumazo.

Una cosmogonía no desaparece de un día para otro. Quedan rastros, retazos, muñones, murmullos, suspiros, gritos apagados. Y también quedan cuentas sin pagar. Los bandos enfrentados se verán de seguro cara a cara en el otro mundo. No es cierto que aquí termine todo. Hay una secuela que continúa en la otra dimensión. Y los dioses derrotados reclamarán su desagravio, tarde o temprano. Y los vencedores pagarán sus crímenes en algún momento de la eternidad. A los vencidos se les retribuirá lo perdido, pensó.

Sólo que a ella, en particular, los dioses tenían mucho que reclamarle. Ella había sido parte instigadora, había sido partícipe importante de esa guerra y, sin buscarlo, sujeto principal de la historia y quizá, eso sí, en su corazón atribulado hallaba restos de connivencia, de complacencia, de cometer pecado de vanidad, de soberbia, de lujuria y de envidia. Y ésos eran muchos pecados para una sola vida. Mucho por qué responder a la hora del escrutinio.

42

La fiebre, el fuego que allana el templo

(Noviembre de 1551)

—Estás ardiendo en fiebre, Marina, tengo que hacerte sudar. Rosa, ve a preparar rápido una infusión para la señora y tráeme todas las mantas que puedas —ordenó Juana con firmeza.

—Juana, tú siempre tan solícita. Tengo que terminar de contarle a Santiago tantas cosas, tantas, antes de que se me olviden, antes de irme al otro mundo. Tengo que dejar testimonio, constancia. ¡Mándalo llamar, por favor!

—Ya no digas tonterías, Marina, mejor usa tus fuerzas para recuperarte. Ya amaneció y no tarda en venir el padre confesor.

—No le han de abrir la puerta.

—¿Cómo? Y yo ¿qué autoridad tengo? Van a decir que yo les obstruyo el paso.

—¡Que digan misa! Yo soy una mujer libre, hace mucho que ya no tengo marido y ésta es mi casa. Le abro a quien yo quiera y a quien no quiera, no. Mi trabajo me costó.

—Pero, Marina, no te pongas necia… que no abrirles nos puede provocar un gran problema.

—Es verdad, pero no me da la gana —contestó Malintzin con gran seguridad—. Por primera vez en la vida quiero hacer lo que yo quiero. Desde pequeña me la pasé sirviendo a los demás… ayudando, apoyando… —y continuó con voz de sorna—: ¡Haz esto! ¡Trae lo otro! ¡Di esto! ¡Di lo de más allá! ¡Traduce! ¡Ofrece! ¡Traiciona! ¡Acuéstate! ¡Bésame, chúpame, trépate! ¡Cásate! ¡Descásate! ¡Dame al hijo! ¡No hables! ¡Escóndete! ¡Piérdete! ¡Confiésate! Pero, querida Juana, ¡ya me cansé! ¡Estoy harta! Ya me voy a morir, no es un secreto para nadie, estoy vieja y enferma, así que ¿a quién le importa lo que haga o no? Hace mucho tiempo que el mundo se olvidó de mí, de mis intereses y de mis gozos y mis penas… o de mis pecados y de mis maravillas. ¡Cuánta gente me admiró y también cuánta me juzgó! ¡Otros me temieron! ¡Y muchos querían quedar bien conmigo! Algunos hasta me envidiaron —dijo por fin levantándose con trabajos de la cama—, pero nunca supieron lo que fue ser *la Marina*, la de Cortés.

—Marina, no te esfuerces, estás débil, tienes fiebre. Además, no te olvides que fue al revés, siempre fue al revés. Cortés era *el de Marina*, el capitán de Marina, *la Malinche*.

—Para *nosotros* sí, para *ellos* no. Para *ellos* fue al revés.

—Y para lo que te importan *ellos*… *él* ya no está…

—¿Te refieres a Cortés?

—A quién más, Malintzin.

—Podría ser mi marido…

—Ése ya tampoco está… y para mí que nunca estuvo.

—Está bien, Juana, sólo quiero darme un baño, vestirme bien y ponerme linda para la despedida.

—No, debes acostarte, sudar. Después de que baje la fiebre puedo bañarte, antes no.

—Está bien, Juana, a ti te obedeceré, pero es urgente que venga Santiago. Quiero dejar escrita toda mi historia y aún faltan algunos detalles. ¿Sabes? Si le cuento mi vida al confesor, a nadie le va a importar, nadie la sabrá, el mundo se habrá olvidado de mí para siempre. Los confesores tienen la virtud de enterrar las historias más maravillosas en el pozo absurdo del secreto de la confesión.

—Marina, hace mucho que el mundo se olvidó de ti. Es pecado de vanidad querer dejar constancia de tu paso por la tierra, ya bastante has hecho…

—Pues entonces al menos para mi hijo Martín, que prácticamente me lo arrebataron y él me desconoció como madre, y para mi hija María, al menos ellos sabrán algún día quién fui. Quién fue su padre y la carga que llevan en la espalda. Su linaje viene de altura, de guerreros de cepa. Tienen que saber quién fue su madre, de dónde vengo, lo que sufrí y que fui algo por mí misma, no por ser la india de Cortés y luego la de Jaramillo. Tienen que saber el cómo y el porqué.

—Te juzgarán de todos modos, mujer, los jóvenes nunca entienden nada, hasta que llegan a viejos, como nosotras, si es que llegan.

—Necesito despedirme de Santiago, mi único verdadero amor.

—Está bien, Marina, lo haré. Cálmate.

Rosa entró con varias mantas a la habitación y otra criada trajo un jarro de barro con un té de hierbas. Marina acepta tomarse la tisana y sigue las indicaciones de su ama de llaves, Juana Nepomuceno, y se sume en un sueño profundo.

Marina se encuentra de nuevo en Olutla, en la exuberante tierra caliente de la costa. La cálida luz se cuela entre las ramas de las ceibas y entre las palmeras. El aire es plácido y parece traer noticias alegres. Malintzin corre como cualquier niña de su edad respirando el olor salobre de la costa. Saborea una jugosa guayaba que encuentra tirada en la tierra. El jugo se escurre por entre las comisuras de sus labios. Ve una libélula de ojos enormes y la persigue en un juego infantil.

Por alguna razón que no entiende, regresa a casa antes de tiempo, quiere compartir otra guayaba con su hermanito, hijo de su padrastro, que acaba de cumplir un año. Recuerda que su padre murió hace tres y siente una punzada de dolor en el pecho.

Deslumbrada por el sol, sólo puede ver oscuridad en su casa. Oye voces y se esconde. Distingue la voz de su madre y de su nuevo marido.

—Tenemos que deshacernos de Malintzin.

—¿Cómo crees? No puedo hacerlo, es mi hija.

—No te lo estoy preguntando.

—¡Me estás lastimando! ¡Déjame!

Malintzin siente miedo. Su corazón palpita acelerado y lo único que se le ocurre es salir corriendo de nuevo a la luz. No escucha a su madre llorar, protestar. La luz la deslumbra como un estallido de abejas sobre los ojos humedecidos por el pánico. Pero son los oídos los que le zumban. No puede creer lo que ha escuchado. Si fuera hombre, si fuera un guerrero, se arrancaría las orejas en ese momento con un cuchillo de obsidiana porque lo que ha oído es una suciedad inconcebible. Si fuera hombre, no querrían deshacerse de ella. Si fuera hombre no estaría llorando lágrimas de miel. Si fuera hombre, hace tiempo que hubiera buscado la muerte...

Y... Malintzin abre los ojos, agitada, sorprendida por ese recuerdo largamente enterrado en la oscuridad de su consciencia, para encontrarse con los ojos serenos de Juana, que la contiene en sus brazos. El cuerpo de Malintzin arde, derritiéndose con la fiebre, consumida por un fuego que la purifica, un fuego que no puede apagarse, pero el dique se ha roto y el incendio de su cuerpo se convierte en agua. Malintzin suda, solloza y el agua salada de su cuerpo obliga a la fiebre a bajar, a desaparecer.

43

La visita del tlatoani cierra el capítulo

(Noviembre de 1551)

Juan de Guzmán Ixtolinque, tlatoani de Coyoacán, se ha enterado de que la mujer legendaria, Malintzin, mejor conocida como doña Marina, se encuentra muy grave. Considera necesario rendirle un homenaje a tan ilustre mujer y tan importante figura en la guerra de conquista, que, al paso del tiempo, comienza a olvidarse. Se coloca su diadema de mando y su atavío tradicional, que ya utiliza poco, porque normalmente usa ropas a la española, y la visita en su casa, haciéndole un gran honor.

La mujer está muy débil, tiene más de cincuenta años y ha tenido una vida llena de penurias y privaciones. Sabe que está muriendo, y lo que más lamenta es perderse las celebraciones de Navidad, su época favorita del año. Las pastorelas, los cantos, el ponche y los dulces. Todavía recuerda con cariño a fray Bartolomé, aunque su cara se borra cada vez más, quien le enseñó a gozar los días en que se celebra el nacimiento del niño Jesús.

El tlatoani sabe que es recibido porque es un personaje importante de la comunidad, no porque la anciana tenga fuerzas o ganas de recibir visitas. Pero, aun así, la arreglan y la sientan en la cama para que parlamenten, los dejan solos. Él tiene especial interés en conversar con ella, hay varios asuntos que no deben quedar inconclusos.

Marina conoció al hermano de Guzmán de cerca, el primer tlatoani de Coyoacán, Hernando Cetochtzin, hace años, porque fue él quien le cedió las tierras a Cortés para fincar en Coyoacán, y porque también los acompañó al malhadado viaje a las Hibueras, durante el cual falleció a causa de fiebres.

El tlatoani le comenta a Marina que ha oído hablar del libro que se escribe sobre sus testimonios, a pesar de que ella procuraba mantenerlo en secreto, y tiene interés en conservarlo, de manera secreta, le dice, como un documento importante de la historia de su pueblo. Quizá hasta se atreviera a agregarle algunas historias.

Marina se sorprende un poco. ¿Cuáles serán las historias que el tlatoani desea agregar?

—Doña Marina, Malintzin, mi señora —se dirige a ella el tlatoani con respeto—, quiero decirle que me han venido a ver algunas gentes para depositar en mí algunos secretos que conciernen a la vida de todos nosotros.

Marina, tosiendo, y muy débil para hablar, sólo acierta a mover la cabeza en señal de que escucha.

Juan Guzmán Ixtolinque le asegura que de buena fuente sabe, por personas de confianza cercanas a él, que el tal

Mexicatzíncatl, aquel hombre que fue a buscar a Cortés a las profundidades de la selva, era un traidor.

Doña Marina recuerda muy bien el episodio y lo sospechosas que le parecieron las afirmaciones de aquel hombre, pero que no tuvo entonces forma de comprobar que sus declaraciones fueran falsas, sólo una corazonada de que algo no estaba bien. Cortés estaba tan convencido de la veracidad de la conspiración que fue muy fácil llevarlo a la conclusión que deseaban. Se inquietó y su corazón, aunque débil, comenzó a acelerarse.

Guzmán continuó narrando que Mexicatzíncatl estaba resentido con Cuauhtémoc desde años atrás, porque el huey tlatoani nunca lo hizo capitán durante el sitio de Tenochtitlán, ya que dudaba de su honestidad y valentía, y los enemigos de Cortés lo manejaron ofreciéndole tierras y oro. Quienes aún creían que Cortés estaba vivo después de partir en busca de Olid le pidieron que lo buscara y le hiciera creer en la existencia de la conspiración de Cuauhtémoc en su contra y en contra de todos los españoles. Sabían que si Cortés mataba a Cuauhtémoc en un juicio sumario y con crueldad, tal como lo hizo, ese crimen se añadiría a la larga lista de asesinatos que ya se le atribuían y lo hundirían aún más durante su juicio de residencia.

—¿Quiénes estaban detrás de esto? —preguntó Marina con dificultad.

—Sabemos que fue Alonso de Estrada, pero muy probablemente con la anuencia y el conocimiento de Gonzalo de Salazar, pues mucho estuvo metido en este asunto un fraile franciscano sin escrúpulos llamado Barrios, que trabajaba para Salazar y quien también se ocupó de sobornar a testigos para que declararan en contra de Cortés en el juicio de residencia.

—Pero ¿acaso no decían que ellos creían que Cortés había muerto en el viaje a las Hibueras y que así se lo hicieron saber a toda la población?

—Eso es muy discutible, doña Marina. Efectivamente, así lo hicieron público, porque muerto o no, se encontraba lejos, y era el momento perfecto para tomar el poder y robarle lo que quisieran. Estrada en realidad dudaba que estuviera muerto y le propuso a Salazar enviar a alguien a comprobarlo y, por el otro lado, si no lo estaba, envolverlo para que ajusticiara a Cuauhtémoc, lo que se sumaría al lodo que le echaban encima para arruinarlo.

Marina se entristece al escuchar la historia. Tantos años han pasado, prácticamente todos los actores de la conquista han muerto, incluido Hernán Cortés. Sólo quedan las cenizas de aquellos días flotando en el aire, o al menos eso parece percibir. ¿O será que ya adivina las sombras que están por venir? Ella hubiera querido no recordar al hombre que tanto la hizo sufrir en sus últimos momentos, pero tampoco puede dejar de agradecer lo que hizo por ella: otorgarle la palabra. La poderosa palabra creadora del universo.

En ese momento de soledad plena, porque nadie más la acompañará en su trayecto al más allá, se dio cuenta de que tampoco envidiaba a nadie. Ni siquiera a Tecuichpo, quien al final, aunque de manera distinta, también se había visto obligada a pasar por muchas manos.

—Por otro lado, me han llegado noticias confidenciales —continuó Guzmán— del lugar de descanso definitivo de nuestro último huey tlatoani, de Cuauhtémoc: lo han enterrado en Ixcateopan, cerca de la costa del Pacífico, de donde era su madre. Lejos de los ojos fiscalizadores de los españoles. Ahí permanecerá escondido y en paz, hasta que la gente lo sepa en su corazón y lo busque y lo encuentre y vuelva a bailarle y a cantarle, en honor a todos los muertos de esta guerra y a todos los dioses que fueron destruidos. Permanecerá como un símbolo de nuestra identidad robada, seguirá siendo nuestro abuelo, nuestra semilla.

Marina se alegró de saberlo, se iría con ese regalo en su alma. Quizá algo de ellos quedaría, algo se salvaría a través del tiempo.

—Además, por curiosas circunstancias, a ese mismo lugar ha ido a parar el mulatillo aquel que se decía era hijo de la primera esposa de Cortés, Catalina Suárez, la Marcaida. Allá crecerán sus descendientes, a salvo de la mano dura del caudillo... con el apellido Juárez.

Marina sonríe débilmente. Se complace de esa pequeña ironía, después de todo. Con muchos trabajos y con voz apagada le pregunta al tlatoani si sabe algo del destino de Blas Botello.

—¿Blas Botello?, dices...

—El astrólogo de Cortés, fue él quien nos conminó a salir de Tenochtitlán aquella noche —Malintzin tosió—, y Juana dice que lo vio en la coronación de Cuitláhuac y que a él no lo sacrificaron.

—Sí, recuerdo quién era, pero supongo que habrá muerto en el sitio de Tenochtitlán. No lo vimos salir entre los sobrevivientes. Habrá muerto en batalla, de viruela o de hambre. No volvimos a saber de él. ¿Por qué preguntáis, doña Marina?

—Durante muchos años he guardado su cuaderno, en el que apuntaba sus observaciones a los astros y donde escribía sus predicciones. Bernal Díaz lo encontró en una bolsa de cuero, entre las últimas cosas que se pudieron recuperar cuando cruzamos el canal. También quisiera que se conservara.

El tlatoani asiente.

Malintzin manda llamar a Juana y le explica que se le entregará al tlatoani el libro pintado que ella y Santiago han hecho, así como el cuaderno de Blas Botello, pues él se encargará de mantenerlos resguardados hasta que sea hora de sacarlos a la luz.

En cuanto a su libro, le advierte que no está completo, que faltan algunos episodios, pero que será suficiente para que exista su propia versión de los hechos. La visión de la lengua. También le pasa una caja con incrustaciones de madreperla donde se guarda un collar de tres hilos de perlas finas, y le dice que quiere que lo entierren, para que sobre nadie más recaiga la maldición que traen consigo, pues esas perlas pertenecieron precisamente a Catalina Suárez, la Marcaida.

El tlatoani le dice que así lo hará, que ocultará las perlas, el libro pintado y el cuaderno de Botello en una caja de piedra, tal como se enterraban las ofrendas bajo el Templo Mayor, debajo del altar de la parroquia de la Concepción, junto con algunas figuras en piedra de la madre Tonantzin, para que "nuestra gente no se olvide nunca de quién fue nuestra primera madre, nuestra madre originaria", asegura. Le agradece también las reparaciones que hicieron ella y su marido Santiago a la pequeña parroquia de la Concepción, pues es una joya para la comunidad de Coyoacán.

Marina piensa en el tezontle que donaron, en las piedras que reconstruyeron la ciudad perdida, en la ceniza que se levantó después del incendio de Tenochtitlán. Recordaba aún las llamas crepitando por varios días. Cree que su historia debería llamarse así: *Historia de cenizas y tezontle*. Se lo dice a Guzmán con voz débil. El tlatoani promete hacer su voluntad.

Marina cierra los ojos, descansando, soltando sus amarguras por primera vez. Se siente volar y se regocija de irse.

Había hecho y vivido más que suficiente. Quizá algún día su versión de la historia fuera conocida.

El tlatoani de Coyoacán se retira llorando, con su legado en las manos, en el preciso momento en que Santiago Severino entra a la casa roja de Coyoacán.

Doña Marina, en los brazos de Juana y ante la mirada impotente de Santiago, se desvaneció sin decir palabra. Había dejado este mundo sin su habilidad más preciada.

Los dos mastines, llamados Cortés y Salcedo, que desde hacía años se habían convertido en una tradición de la casa, no dejaron de aullar hasta bien entrado el amanecer.

Epílogo

LES CONTARÉ CÓMO EMPEZÓ TODO. COMO LAS MEJORES CO-sas en la vida, fue algo casual, sin mediar premeditación al-guna. Estaba yo en las oficinas de una pequeña editorial en la colonia Anzures de la Ciudad de México, lista para fir-mar un contrato para la publicación de mi novela en turno, cuando la editora, María de la Paz González, me preguntó si me interesaría escribir una novela sobre un tema prehispá-nico. Lo mejor es que firmaría un contrato y me darían un anticipo. Me sentí verdaderamente importante. Sin embar-go, le dije que lo pensaría, cosa que no tardé demasiado en hacer, y a la semana siguiente llamé para decirle no sólo que aceptaba, sino que me gustaría abordar el tema de la mal llamada Malinche o Malintzin.

La idea les gustó y me enviaron el contrato por correo electrónico para que lo revisara, pero el monto del anticipo, previamente pactado, había disminuido considerablemente. No lo firmé. Mientras tanto, la citada editorial fue absorbida por una empresa gigantesca, de la cual no diré el nombre. Baste saber el lector que a la fecha es uno de los consorcios editoriales más grandes en el mundo entero y pronto me informaron que el proyecto ya no les interesaba.

Un poco frustrada por el incidente, me olvidé del asunto por un tiempo, mas no del todo, porque ya había empezado a investigar sobre la figura de Malintzin y la Conquista de México.

La semilla quedó plantada y, sin que me diera cuenta, empezó a echar raíces.

Un día, durante uno de los talleres que imparto de escritura creativa, les dejé a mis alumnos un ejercicio para crear personajes: les pedí que escribieran una carta en la cual el personaje principal de su relato/novela les escribiera y les dijera qué quería que escribieran sobre él/ella, qué no, y por qué. Es decir, que dejaran hablar al personaje.

Lo curioso fue que a mí también se me ocurrió hacer el ejercicio, y Malintzin o doña Marina me habló por primera vez a través de la carta. Me dijo cosas que me asombraron. Me confesó que, efectivamente, como ya muchos investigadores lo han sospechado, siendo muy pequeña, acabó en manos de vendedores de esclavos y que, a temprana edad, fue abusada sexualmente, abuso que se volvió consuetudinario. También me confió que había cosas de ella, episodios de su vida y partes oscuras de su carácter que deseaba que siguieran enterrados. Que no quería que se supieran, que eran suyos y de nadie más. Que pertenecieron a otra época lejana y que ahí debían permanecer.

Me intrigó saber cuáles serían esas zonas oscuras.

Escribir sobre la Conquista y sobre un personaje como Malintzin, la traductora, embajadora, negociadora, amante y madre de un hijo de Cortés era todo un reto. No sólo porque ya se ha escrito mucho sobre el tema, del cual existe abundante documentación, tanto por la parte española como por la parte indígena, acerca de los hechos sucedidos, sino porque escribir sobre una historia que sucedió hace cinco siglos significa un esfuerzo monumental para viajar en el tiempo y tratar de imaginar y sentir lo que era vivir y respirar en un lugar tan lejano en el tiempo. Poner los pies en los zapatos de hombres y mujeres y la mentalidad reinante en los principios del mil quinientos no era nada fácil. ¡Todo era tan diferente a nuestra época!

Para empezar, las comunicaciones se daban por carta, las cuales literalmente viajaban a lomo de burro, caballo o en barco, que tardaban meses para llegar a su destino y a veces, por diferentes razones, no llegaban. Esto dictaba un ritmo mucho más lento a los días, a las preguntas y sus respectivas respuestas. La gente estaba acostumbrada a caminar grandes distancias, porque era la única manera de viajar. A veces era difícil conseguir agua potable o comida. La vida no sólo corría pausada, sino que la expectativa de vida estaba lejos de parecerse a la nuestra. La precaria alimentación, el trabajo duro, la indefensión ante las enfermedades contagiosas, las muertes en el parto, o los peligros de las guerras, terminaban con la vida a corta edad.

En general, las sociedades existentes eran muy machistas, incluida la española y la indígena, en donde las mujeres estaban supeditadas al hogar y a los deseos, las decisiones y las leyes de los hombres. Eran poco más que objetos.

Por otro lado, las creencias religiosas de la época eran defendidas hasta con la vida. Los españoles en realidad no "evangelizaron", como se ha dicho siempre, sino que impusieron sus creencias a sangre y fuego. Los mexicas y todos los demás grupos étnicos con que los españoles se encontraron, como es de esperarse, no estaban dispuestos a dejar sus creencias así como así, de un día para otro, porque no se trataba sólo de reemplazar un dios por otro, sino toda una cosmovisión, una manera de ver y vivir el mundo.

La conquista de México fue uno de los actos más brutales de la historia, en donde chocaron dos visiones muy diferentes entre sí, aunque en el fondo sus sociedades se igualaban en muchas de sus características. Como bien escribió el historiador e investigador inglés Sir Hugh Thomas, las dos eran rígidas y les encantaban los rituales.

Adentrada en la mentalidad de la época, compré todos los libros que encontré sobre el tema en librerías de viejo. De casualidad me ofrecieron un día en la Facultad de Economía de la UNAM los dos tomos de *La historia verdadera de la conquista de la Nueva España*, de Bernal Díaz del Castillo, y asistí a un diplomado en esa misma universidad sobre arte prehispánico, en donde aprendí a *leer* mucha de la iconografía prehispánica, que no es sencilla, pero que con un poco de entrenamiento es maravillosamente gráfica y explicativa de una concepción del mundo, simple y complicada a la vez. Y para adentrarme aún más en el tema, visité varias veces la sala mexica del Museo de Antropología e Historia y el Museo del Templo Mayor.

De esta manera, el proceso de inmersión dentro del siglo XVI fue lento, pero seguro.

En cuanto se dio la inmersión, fue cuando la magia comenzó a aparecer, primero de manera aparentemente aleatoria, y luego se convirtió en una habitante permanente en mi vida. Como en un juego de espejos, una Marina escribiendo sobre la *otra* Marina, hasta el infinito.

KYRA GALVÁN HARO
Ciudad de México, agosto 2021

La visión de Malintzin de Kyra Galván Haro
se terminó de imprimir en octubre de 2021
en los talleres de
Litográfica Ingramex, S.A. de C.V.
Centeno 162-1, Col. Granjas Esmeralda, C.P. 09810
Ciudad de México.